U0916217

新世纪作家文丛第三辑

冯良 著

长江出版传媒 | 长江文艺出版社

图书在版编目（CIP）数据

西南边 / 冯良著. -- 武汉 : 长江文艺出版社, 2017.9(2024.8 重印)
ISBN 978-7-5354-9586-0

Ⅰ. ①西… Ⅱ. ①冯… Ⅲ. ①长篇小说－中国－当代 Ⅳ. ①I247.5

中国版本图书馆 CIP 数据核字(2017)第 075879 号

责任编辑：杜东辉
特约编辑：叶　开　　　　责任校对：毛季慧
封面设计：海龙视觉　　　　责任印制：邱　莉　　胡丽平

出版：长江出版传媒 | 长江文艺出版社
地址：武汉市雄楚大街 268 号　　　邮编：430070
发行：长江文艺出版社
电话：027—87679360
http://www.cjlap.com
印刷：三河市百盛印装有限公司

开本：640 毫米×970 毫米　1/16　印张：24.75
版次：2017 年 9 月第 1 版　　2024 年 8 月第 3 次印刷
字数：276 千字

定价：79.80 元

版权所有，盗版必究（举报电话：027—87679308　87679310）
（图书出现印装问题，本社负责调换）

目　录 Contents

黑彝白彝

1. 遭遇仗打完，清点伤员，曲尼阿果自报她也受伤了。小组长沙马依葛戗她，脑壳开花还是屁股挂彩了？她轻吸气，似在负痛，管自道，左脚板上扎了好几根刺，刺果树上的，带着倒钩。女队员们嫌她一贯小题大做，各自忙去。她的好朋友俞秀摸出藏在身边的绣花针，让她自己挑，一边怪她不听劝，打光脚板打出祸害来。

说“仗”都抬举对手，不过十数个蛮勇的黑彝奴隶主，趁 359 团，以及曲尼阿果所在的民主改革工作队、基干队等正在一条峡谷里埋锅造饭准备宿营的当口，打了几十发子弹，扔了十几枚手榴弹，不等 359 团全线压上，丢下伤的死的，一溜烟都逃了。

部队也不去追，天晚夜黑，极易被谙熟环境、惯跑山路的黑彝奴隶主冷枪点杀。他们互不统属，能支配的只有自家兄弟和白彝百姓，友军至多包括姻亲，上下三代，能有多少？兵力如此，技战术未必高深，擅长的不过单兵独斗，偷袭也算。来得快去得快，风一般就刮过了。这回也不例外，但特别，竟然有手榴弹。

手榴弹炸开，死的人和马儿没有几个几匹，伤的也多是失措崴脚断腿破头脸的，可炸中，火星溅上去引燃的粮食、医疗用品、帐篷、树木腾升的浓烟、火光，再有人马的腾挪、惊叫，把这条小小的峡谷憋得要爆炸。

偷袭者握有手榴弹，完全在部队的料想以外，也在防备以外。围剿他们一年，他们又没有补给，用鸦片交换武器的各节链条——鸦片的种植、贩卖、运输，武器的挑选、购买、输入，随着凉山的解放，政府的经营，已被连根铲除，积存在他们手上的枪支弹药，所剩无多，哪来的手榴弹？

答案现成，不是某某区公所或弹药车弹药库，就是某几个武装人员走在不见天日的密林里或峡谷中被打劫了。平叛越往后，起事的黑彝奴隶主的火力偶一壮大，都离不开打劫奏效。这回是一辆熄火的弹药车，为此还损失了三位押运的士兵。

凉山解放六七年以来，自称“诺苏”的彝人，不论彝话叫“诺”的黑彝，还是叫“曲诺”的白彝，彝人社会土司以外数一数二两个等级为数不少的奴隶主，一直在区县地区政府充任一官半职，光拿钱不干活。地里的庄稼、山上的牛羊自有家养的奴隶——锅庄娃子和安家娃子，帮他们忙乎。打来打去几辈子也打不分明的冤家，不管是当地的汉人豪强、刘文辉的边军、蒋介石的国军，还是自己的族人，土司和各个家支，都不再打，汉人豪强边军国军都被解放军收拾了，冤仇不解的家支头人也被凉山以外的新汉人，政府的男女干部，东劝西劝，邀来一张桌子边吃肉边一只碗里喝酒了。经常参加观礼团致敬团，汽车火车甚至飞机转一大圈，北京上海广州，大半个国家都跑到了。

以前，金沙江以北就不辨东南西北，族人之外，只认得眼前专挑平坝子住的汉人，关系却好一阵歹一阵，好时，也为在各人的地盘上行走方便，互相认作干亲；坏时，管他干亲湿亲，拿起枪举起棍棒刀就开打。这下举目一看国家这个地方硬是大得边都望不见，汉人也多，蚂蚁子一样。还热得连身子都给汗沤馊了，蚊子也专吸他们的血，图新鲜。但好看的好吃的，眼睛看花腮帮子嚼酸，又有礼物好拿，听陪同者也是彝人讲东道西，多少明白原来我们彝人住在高山上挨冻少吃穿，进个城门洞要受盘剥，大事小情都得有人质，如尼黑土司那样名气震天的人也挨了千刀剐，原来也是大汉族主义的继承人国民党反动派在搞鬼在作怪。现在把他们赶到一个叫台湾的海岛上去了，我们彝人不用躲不用藏，好得很！回到凉山，上主席台去谈感受做汇报，先还气昂昂的，往台下一瞅，黑压压的人啊，又都仰脸热辣辣地盯着自己，不免心惊肉跳、脸红脖粗，打小练就，只宜在旷野、山间，在敌阵前、在百姓娃子中纵横捭阖的辩才即刻失效，到了嘴边的彝话都忘干净，用刚学会的汉话喊：毛主席万万岁朱德总司令千千岁蒋介石两三岁。

他们性情含蓄，喜怒不形于色，好像怕授人以柄。无论走到哪里，都有男女干部争相来握他们的手。这种新礼节搞得他们紧张不堪，手心汗湿。和女人以手相握，岂止紧张，简直羞死人。女干部是女人又不是，这样一想心情稍放松。最要命的是大会小会，车行途中也得学习文件、交流思想。彝话汉话，好不容易搞明白思想原来是脑壳里想的东西。有人抵触：未必我放一个屁也要拿出来讲啊！话传开去，转眼就有干部找他谈话，膝盖抵膝盖，头碰头，亲热，严厉，让他闷出一身汗。

越往后，闷汗的事情越多，尤其家务事，男女干部也来管。对他们对他们的娃子同样殷勤周到，送穿的吃的用的，即便一根绣花针，也有娃子的一份。见面笑嘻嘻，挽臂扣手，多怜惜。欢喜得那些贱东西脏家伙滋生妄想，想翻天，想和自己的主子平起平坐，个别贼胆子大，干脆偷跑出去找政府安排学习安排工作，地撂荒，牛羊没人放养，直掉膘。

干部也安抚他们，有时还把逃到自己那里的娃子送回来。

更多的时候，干部们会劝他们，说某某娃子好年轻好聪明，不如把他送到成都的民族干部学校学习吧；某某娃子枪法好准，不如让他去基干队吧；某某女娃子嗓音好甜美，不如放她去文工队唱歌吧。这样说那样说，当真走了不少。没有走成的，内心波澜泛起，叉着双手，磨洋工。骂不听，打呢，敢拿眼珠子瞪你。

干部们连秋收的粮食怎么分配也干涉，说这家那家的娃子，春天都没到口粮就没了，应该给足他们一年哪怕半年的吧！过年猪啊羊的，光给娃子下水、蹄蹄吃，毕竟一年到头都是人家在放养！衣裳也是，烂得来背脊屁股大暴露，披毡披风尽是洞洞眼眼，渔网一样，你们戴金挂银，心安啊！言辞渐转激烈：如果不是娃子种田收粮食、喂猪放羊、纺线擀毡，用自己的血汗养活你们，你们早就饿死冻死了！天地良心，你们应该把多吃多占的土地、森林、牛羊分给娃子。大家都是父母生的，富的穷的，全凭爱怜着养大。套用你们的说法，难道你们的脑壳比他们的就大吗！你们哪里来的限制人家娶妻嫁女、吃饭睡觉、出行的权力，把人家当作牲口来出售，稍有违拗，就骂人家是会说话的畜生，忍受不了你们加给的痛苦逃跑的话，抓回来就割筋断腿。人类发展到今天，几千上万年，自由，解放，是最基本的幸福条件，你们这些奴隶主居然还在奴役驱使比你们势单力孤的同类，罪不可赦，必须发动奴隶娃子起来打倒你们，搞民主改革！话到最后，嘴唇抖索，浑身乱颤，愤怒得晕头转向。

奴隶主张着嘴巴，眨着眼睛，有的真糊涂，有的是装的，都声称听不懂干部在说啥，又为啥气得发抖！坚持那些多出来的土地、森林、牛羊是他们祖祖辈辈挣回来的，靠的是真本事，哪能说分就分。要分他们财产的那些家伙懒馋脏笨，尽是贱骨头，从今往后可能要用一把木勺舀酸菜洋芋汤汤喝，抓一个木盆里的坨坨肉吃，还可能娶他们的女儿，把清清白白的血搅浑，这不是要他们的命吗！手上有枪，这个山头那个山头的奴隶主便拉起自家的百姓，兄弟伙招呼两声，乒乒砰砰，向政府开火，反了。

死脑筋，以为不管何时只要他们振臂一呼，四面山上家属的百姓，白彝们，就会自备枪支弹药，有马儿的，骑上，跟着他们冲锋陷阵。结果，稀稀拉拉，还都是头发斑白的。年轻人，算上黑彝自己的子弟，五六年里，不断出外，远到北京，近到成都的民族培训班学习去了。学成归来，多在地区县里区上工作。就地参加解放军、参加工作的也不在少数。

此番偷袭解放军的别说白彝百姓，连白彝奴隶主也没有。白彝奴隶主历来人数有限，身份比黑彝低，即便蓄养的奴隶、占有的地盘超过黑彝。

2. 夜半，女队员们回到行军帐篷，听见曲尼阿果哼哼唧唧地在呻吟，俞秀唤她又无应答，一通打扫战场下来，都累瘫了，纳头一觉太阳出山，峡谷晶亮。

挨到午后，曲尼阿果脚板上的刺没挑出两根来，创孔四五处，脚也肿了，泪眼婆娑，间或咿唔哭泣，让轮换替她挑刺的女队员既丧气又可怜她，一时无措。

沙马依葛到底是小组长，脑筋灵活，说不如找军医帮忙，他们"连嵌在伤员胸膛脑盖骨的弹头弹片都取得出来，肉里的一根小刺儿闭着眼睛就能挑出来!"叫上曲尼阿果的好朋友俞秀，陪一蹦三跳还踮脚的曲尼阿果去团卫生队。

女队员驻扎在半山腰，起伏的坡岭，谷底一股清流的两边，清一色的男人。太阳当空，远近山上的树木花草、巨石巉岩乌麻一片；女队员的头皮、脸庞被烤得热辣辣的，沟底、缘山再蒸腾而来、带着各种植物芳香的潮气，汗沁出来，腻的。

三个年轻的女队员顺坡而下，身体晃荡在没有帽徽领章、宽大的黄布军衣里，脊背直溜，各有两条长辫子兀自晃悠，袅袅婷婷的小模样在满目皆是的男人堆里够惹火的。正好小战放松，359 团的各位指战员有的是闲心情来打量、议论三位女队员。

359 团的战斗人员分为两部分，第一部分是正儿八经的军人，解放军，凉山平叛后从成都派来的援手，皮肤都比较白，凉山上的大太阳烤了他们快一年，也没太黑。他们中个子高的来自北方的山西、陕西、河北，矮的都是成都坝子、云贵高原人氏。所以高大，源于世代以面食为主，四川兵奚落他们放的都是面屁。可怜啊，自从来了凉山，他们遇到的汉人三顿不吃大米饭就腰杆痛；碰到的彝人，吃的不是荞面揉的馍馍，就是燕麦粉做的炒面，洋芋更是家常便饭，哪里来麦香味十足又筋道的面片面条，有也是酸唧唧、黑而粘手的馒头。他们多在平原上长大，一天到黑在山上追逐、打击叛乱的奴隶主，石头、树茬没几天就把他们的胶鞋底子、帮子磨烂了，鞋尖也踢得露出袜子、脚拇指，衣服更被横生的树枝桠挂得七零八落，气得他们嗷嗷吼。革命成功，进军西藏、抗美援朝的任务免去，本来在芙蓉城里享清福，有老婆在乡下的，不嫌弃，接来；嫌弃的，离了，另娶城里的女学生。哪知道平地起惊雷，荒山野岭上几个黑不溜秋的家伙在新社会活得不耐烦，打起旗子，闹腾。以前他们根本不知道中国还有一个地方住着彝人，这下却跑来开战。

眼看着三个姑娘由远及近地走来，走过他们身边，心头嘴巴发痒的不少，但三大纪律八项注意特别有一条“不许调戏妇女”在约束他们；大会小会，都是尊重少数民族维护民族团结的条规在教育他们！只互相打赌她们是彝胞还是汉胞，这个彝胞那个汉胞。到底来凉山已有时日，眼光老到，比较一致的看法：高的两个彝胞无疑，矮的一个汉胞。并非个子，皮肤的黑白吗？眼睛的大小吗？鼻子的高低吗？或者男女都裹一种叫“擦尔瓦”的毛织披风，就是走路胳臂也紧贴着身体的两侧往里掩，上身保持不动？反正，彝姑娘没有汉姑娘细致、白皙，一个个，眼梢挑起来，下巴颏翘着，多傲慢，简直不敢和她们搭腔。

寻三个姑娘开心的，多是战斗人员的第二部分，基干队那些像军人又不像的家伙。

基干队员起的作用比工作队的大，既能承担工作队的任务，为正规军当向导，做翻译，深入彝寨做群众的工作，宣传民主改革是为了让彝人彻底砸碎奴隶制的铁锁链，和全中国人民一起走社会主义的康庄大道，从此过上政治平等、经济富裕的生活；又能冲锋陷阵，还熟悉地形村情，知晓对手的七寸在哪里。

解放军刚进凉山时，假如谁告诉基干队的年轻人，有一天他们会拿起武器和黑彝奴隶主开仗，打死他们都不会相信。就是“叛匪”一词他们生平也是第一次听说。这是汉语词，他们感到生疏并不奇怪。一直以来政府都很担待黑彝奴隶主，怎么可能成为敌人，需要讨伐！再则，那些人虽然成了叛匪，但程度不同或者名义上还是他们的主子，作为白彝百姓，他们应该为主子助阵，而不是掉转枪口去打主子。

比较一般黑彝，他们在顺应时势、待人接物方面开通，不失机巧，转圜自如，土司的地盘、黑彝的地盘都有他们的身影，土司黑彝闹得不可开交时也是他们居中周旋，势力因此壮大，尤其在土司的地盘上。土司式微，不在黑彝的强悍，而在清朝以降，皇帝老儿不欢喜他们了。眼下，在他们看来，黑彝是在自掘坟墓，人民政府当他们座上宾关照六七年，不过让他们放下臭架子，善待百姓和家里家外的奴隶娃子，分点多吃多占的土地山林牛羊给百姓给奴隶娃子，就和政府翻脸了！

白彝百姓在民改中多划为半奴隶，和奴隶同属被剥削阶级，而黑彝奴隶主是剥削阶级，分属两个阵营。这对普通白彝家庭的家长来说，最现实的是家里的土地森林牛羊不用交出来，还能再分得一份儿。而他们的子弟，年轻的基干队员最爱枪。

3. 对于他们正在交战的对手，这位基干队员经常极羡慕地说：

“罗洪拉竹那把勃朗宁小得能藏在手心里！”

那位抢过话头：“左轮枪，阿侯木呷那把，瓦亮瓦亮，人影影都照得见！”

再一位撇嘴：“勃朗宁、左轮都是娃娃耍的玩意儿，瓦渣家的那杆连发步枪比机关枪还凶，哒哒……”作势就来通模拟扫射。

基干队员还是一副老百姓的装束，裤脚宽得一丈不止，蓬松地堆在脚背上，灯笼似的；袖子窄得箍在胳膊上，线都快崩开。衣裳原来的黑色、蓝色，即便在秋天清亮的太阳光下也模糊难辨，旧的脏的，连领边襟边袖口裤腿绣的红花绿线也灰成一片。头顶是一绺关乎主人魂气、谁也不能触碰的发丝——“天菩萨”。一个个要不挎杆枪，要不把枪管杵在地上，搭两条胳膊在枪托上，歪七八扭，吊儿郎当，哪有翻身得解放的昂扬样儿，舌头嘴巴却滑溜，扬声问曲尼阿果：

“瘸着跛着，咋搞的，是不是昨天那一仗挨哪家不懂规矩的家伙的枪子儿了？”

“看清楚那个不懂规矩、开枪敢打女人的家伙没有，看清楚就告诉我们，你曲尼家儿子小没关系，我们帮你出气！”

“成都半年，学会汉姑娘的耍法了，跳房呢？”

又有人逗她：“曲尼家的丫头阿果啊，前些天我在西昌街上望见你家表哥了，身边跟着一个好白净的汉丫头。他不要你了吗？你两个打的可是娃娃亲哦！”

曲尼阿果不正眼瞧他们，更不和他们搭腔，心里骂他们贱东西臭家伙，刚吃几天大米饭，洋芋屎荞子屎没拉干净，尾巴就翘上天了。哼，不要说以往，一年前，他们名分上的主子，那些叛乱的黑彝奴隶主起事前，他们哪一个敢这么和同是黑彝的曲尼家的女儿扯淡，哪怕斜一眼曲尼家的女儿！曲尼拉博家的儿子虽然孤，年龄小，曲尼家支里姻亲里却有的是年龄大本事大的儿子。都用不上堂哥表哥，曲尼阿果的爹，骁勇善射，讲义气的曲尼拉博，看不把他们的舌头割了、眼珠子剜了、腿打断！

可表哥咋回事，两个月前就听说他跟紧急调来平叛的解放军回了凉山，至今没见他的影子，哪怕去看舅舅！

眼看曲尼阿果不理不睬，基干队的几个饶舌鬼又去缠她身边的白彝姑娘沙马依葛。他们不会去招惹汉姑娘俞秀，社会风气再变，这个规矩他们还是懂的。

他们喊沙马依葛过去，她的男人想会会她。她订的也是娃娃亲。

沙马依葛的“男人”确实在现场，羞得脸通红，抬不起头。他哪里配得上高高大大、眉眼舒朗的沙马依葛，个子矮，眉眼小，鼻梁塌塌。

沙马依葛倒大方，她让那些开她玩笑的家伙等着，等她过去撕烂他们的嘴巴，看他们还敢乱说不？他们马上嚷嚷着让她“现在就来撕，哪个怕哪个”。沙马依葛讲价钱说，要是他们不难为她，等明天部队到泸沽镇后，她打酒给他们喝。那些馋酒的家伙齐齐地喊道：

“那么我们就等起啰!”

“等吧!”沙马依葛笑呵呵地回应，掉头让俞秀卖她的酒便宜点。

俞秀老实人，左右一顾盼，不能做主：“那要问我家爹。”

娃娃亲

1. 俞秀家所在的泸沽镇，住的都是身穿青布大褂头顶白布缠头的汉人，脸盘圆，肤色白，人精明，手也巧，酿的杂粮酒辣辣的甜；用油辣子花椒面葱花拌的凉粉凉面猪耳朵，艳红缀绿，味道直沁心脾；香肠腊肉火腿更是名响川省。世面安稳时，四山上的彝男子不分白天黑夜，都耗在街边喝杂粮酒；姑娘们也总找机会下到镇里买碗凉粉凉面哄嘴巴。

曲尼阿果到泸沽赶过几回场，跟着爹爹。有回正赶上官兵追杀一个据说抢人的彝人嫌犯，鸡飞狗跳，连凉粉都没吃上一碗，就被爹爹拽进干爹家躲了起来。她们三姊妹还分别在西昌、甘相营各有不同的干爹干妈。反过来，她爹爹妈妈也是汉人儿女的干爹干妈。这种干亲在凉山很普遍，彝汉两边的人图的是在对方的地盘上行走安稳。

她家本没有放她出来工作的打算，她妈妈最瞧不上女兵女干部，说她们一身男人的装扮，随便和男人嬉笑、动手脚，不晓得羞耻，唱啊跳的，疯子一样。

她也不像二姐想出来。她二姐曲尼阿呷嗓子甜，一唱歌，鸟儿都跟着叽啾，性情活泼，女兵女干部都想当，离家天远地远也不惧，但家里死活不同意。反而她，先是爹爹后来妈妈也来动员。

最直接的理由是她表哥。

她长大后要嫁的表哥先死妈后死爹，萧条得只他一根独苗苗。他的干爹，汉人金司令南山来和他舅舅曲尼拉博商量，其实是打招呼，这一带彝汉人等都以金司令的马首是瞻：你家外甥让我送去西昌读书吧，学好汉文，再到成都上武备学堂，到时候文武双全，还怕古侯家不风光再来。他是在把古侯家的继承人当人质。那年，她表哥十三岁。

西昌四年间，表哥常回来，每次都来看舅舅。送去成都后，再听不到他的消息，就是成都也是五六年前的旧闻。

七年八年下来，表哥恐怕彝话都忘记了吧，哪能记得家乡的景象和亲人的面貌！

让她爹妈担心的不单表哥本人，更担心女儿和他产生距离，起码见识不如他，再万一他身野心野，生起贰意，不要自己的女儿就丢脸了！

她想一想也没有办法再赖在家里，快十八岁了，便哭哭啼啼地和一帮少男少女沿着山路徒步到雅安，第一次坐上汽车第一次到成都，进了西南民族干部学校。还是哭，劝不住。后来都说不管她，看她眼泪流干还哭不哭。结果眼泪没有干，哭的次数也没减少。不完全是想家想爹妈，是在开会发言、上课提问，都应付不下来的时候。

在成都不到一年，黑彝奴隶主叛乱，平叛需要翻译、向导，就不分先后，把他们派了回来。一路耳闻叛乱的近情远况，怕爹爹也裹进去，心惊不已。同路的人哪里知道她也是有心人，对她想什么做什么，都不很认真。

这次也如此。众人听说她嫌胶鞋捂脚捂得又烫又出臭汗不肯穿，偏要打光脚板，终于扎了数根必须军医才能拔出来的刺，都笑笑拉倒，嘴碎的至多说：“哦，曲尼拉博的幺女儿，娇生惯养啊！”

到了团卫生队，要在五顶帐篷里外找到军医或卫生员并不容易。眼见处，不是伤员，就是来看望伤员的人。伤员都很安静，眼神呆滞，盯着一个地方不错位置。数来看伤员的家伙最活泛，来往穿梭，大呼小叫。彝民连和工作队的既看战友，也看对手，后者中有他们某位或某几位的朋友、亲戚，几个月前他们还在一起喝酒、一同去打冤家，此时却彼此成了冤家，打得不亦乐乎。不过，一方受伤，打伤他的可能和自己没有关系，看看总让人心安。更有几个基干队员正帮着家属，在那里打点去见祖先的三个对手的后事。

三具尸体被白色的披毡和黑色的披风裹住横放在草地上，等三匹腱子结实的马儿吃饱肚皮驮回家。

山羊毛擀织的披毡、披风，是彝人一生一世的衣装，活着用它们御寒挡风，死了裹着它们去见祖先。

2. 来接他们回家的多是一身黑蓝装扮的妇人，肃穆，峭拔。听不见哭声，搞不清她们中哪位成了寡妇。或者死去的人还没有结婚，她们只是其中谁的母亲、姐妹。

曲尼阿果会哭，还会哭岔气，昏死过去。她妈妈忍得住。她小舅舅和几个年轻人吵嘴竟至动刀，被一刀扎在胸口上扎死了，她妈妈，包括三位姨孃收尸时就没掉一滴泪。她妈妈说要哭的话早哭死掉了，每一代的男人因为结仇打冤家，都会死上几个。加上那些出门打猎，换盐巴、布匹，在山路上被豹子、狗熊啃来吃了的，摔死在山崖下的，喝酒醉死的，哭得过来吗！就是哭，也在心里哭，哭出声想让那世代积下来的仇家高兴呀！妈妈叹道，像阿果这样经不起风雨只会流泪的女子以后如何撑得起古侯家的门面啊！

撑不撑得起另说，表哥古侯乌牛未必真的带了个汉丫头在身边，是从成都还是北京带回来的呢？

表哥在西昌读书时，每年年中的火把节和年底的彝年必来看舅舅，寒假暑假如果不跟他干爹去成都或者古侯家的地盘看视，也会来舅舅家住十天八天。

每一回来都有变化。比如这一回他只穿彝人的上衣，却套条瘦腿子裤，不像汉人的，他称西裤，汉人之外、好远的地方洋人的男子穿的。下一回彝人的上衣也不穿了，是上下各有两个兜子、中开带扣子、小立领的衣服，黑颜色，说是学生装。而汉姑娘上学穿上白下黑的裙装。他说："阿果，你要穿上的话，绝对漂亮。"这种时候，他顶多在外边披一件羊毛编织的黑披风。他还穿过一件叫西装的上衣，和西裤一样，也是洋人的衣服。那件灰颜色、衣领大敞开的衣服套在表哥身上，显得他肩宽腰细，好挺拔。

不管天气冷热，最爱蹬一双长到膝盖的皮靴，叫做马靴，是他干爹从成都买来送他的，骑马、打猎都般配。他每回来，总缠着舅舅带他去打猎，他喜欢用枪，但舅舅督促他拉弓射箭、以石相击，一颗石子飞出就能掷中斑鸠，或者獐子的眼睛。总告诫他，这是我们彝男子自古以来最值得遵从的本领，还专门给他备得有祖传的良弓。他的马儿骑得风驰电掣，山坡谷底一无障碍，很受舅舅夸奖。

他还看过电影，不止一次。那在靴帮上敲鞭把的样儿就是跟电影学的。他说，电影里那些骑马飞奔的好汉都这样。那些好汉黄头发，眼睛或蓝或绿，和凉山上的彝人汉人大不同，洋盘得很，所以叫洋人呢。

为了说清啥叫电影，他费了很大劲，在拧得最亮的煤油灯前猴跳虎跃，让表姐妹们看自己映在土墙上飘忽不定的影子。两个表姐下结论："完全是鬼影子嘛。"曲尼阿果没敢说，怕表哥笑话，她觉得还有点像汉人集市上耍的皮影。几年以后，她在成都第一次看电影时，自觉皮影和电影有点像。她很喜欢看电影，穿着尖尖鞋跳舞的姑娘，因为卖身重见男友感到羞耻撞车自杀的女孩，美得好像仙女，还有《一江春水向东流》的女主角，忧伤得还没哭，她先伤心落泪，心好疼，连十指尖尖都会发麻。有位叫周璇的，都说她歌唱得好，咿咿呀呀，像没用嗓子，用鼻子在哼，哪比得上她二姐的亮嗓门。

反正她表哥去西昌上学后，指手画脚，多了不起似的。她妈妈说：“乌牛啊，你五句里有三句汉话，我们听不懂，汉人怕也听不懂哦。”某天兴起，突然拉扯着阿果的爹说：“你家外甥说汉人的话、穿汉人的衣服、吃汉人的饭菜，万一哪天娶个汉丫头，丢面子不说，我家阿果咋办！”阿果的爹平常听老婆唠叨，很少有话回复，那天却怒道：

“敢，打断他的腿！”

这话传到阿果的耳里，禁不住高兴，想总有爹爹给自己做主。她十三岁，小心眼里越来越仰慕表哥，以前老嘲笑表哥的鹰钩鼻子，再看，和表哥那张有棱有角的脸简直绝配。深陷在眼窝里，被两个姐姐笑话的小眼睛，也变得明亮、温暖，虽然和人有距离，又好似藏着伤心事。悄悄和妈妈一说，妈妈也悄悄告诉她，那是因为表哥的爹妈死得早。

表哥对她对两位姐姐，一视同仁，带给她们的丝线花色一样数量也一样，汉姑娘的头花，从云南商人那里买得的玉石手镯、银戒指，连街上汉人做的米花糖、生姜糖也从不厚此薄彼。有回他掏一样东西，从深深的麂皮挎包里怎么也掏不出来。曲尼阿果盼望他会掏出一件别样的东西，还是单独送她的。东西倒别样，却是送给表弟阿可的。巴掌大、瓢虫般花花绿绿，带着四个轮子，放在光滑的地上轻轻一推，能滑出去老远。他说是辆玩具汽车，“西昌街上要不要能看见几辆，当然是真的，用来载人，也载东西，大的小的都有，样子各不相同，轰轰地响，飞快，马儿咋能和它比，天上地上！”曲尼阿果问他：“汽车靠吃啥跑那么快呢，草，要不燕麦？”他一听，眼泪都笑出来，好半天才能够给她，给表姐表弟、舅舅舅妈一个解释：“油”。问题又来了，这次是舅舅：“哪一种呢？”“汽油。”颇费唾液，因为他也不知道汽油是什么油，从哪里来的？“总不会像菜籽油，用榨的吧！能炒菜吗，或者像芝麻油、猪油、羊油？”舅舅又问。他一概不知道。

“汽车，”舅舅说，“我听说过。天上像鸟儿一样飞地叫飞机的东西我却见过。那年汉官派军队打普雄阿侯家用来丢炸弹的，肚子圆滚滚，能装好多炸弹，一个接一个地丢下来，把普雄的山都炸秃了，引燃的山火越过界，连着好几座山一起烧，烧了大半年。”

那是四五年前的事，当时他被阿侯家请去抗拒官家的军队。那些兵怕死，不敢跟进山，飞机再给他们撑腰也不敢，打了小半年，撤了。都传说阿侯家这支野夷神出鬼没，得势了，满山的林子里不分男女老幼，都在齐声呐喊，一边敲打树干，乱丢石头，把林子里的各色鸟儿吓得漫空瞎飞，不小心就撞死在千年百年的古树干上，再有那胆小被喊破胆死去的，不计其数；失手了，一个个，敛声散去，风响处听见的都是树叶树梢的摇摆，人呢，好像钻进土里石头缝里了，把官兵紧张得整排整连整团的心尖尖都在跳，生怕自己那二尺五寸长的男儿身躯葬送在凉山的野林子里，连具完尸爹和娘都见不上，脚底抹油，朝后掴得飞快。

“归根到底，”在家人时时围坐的火塘边，舅舅教导外甥，“在家听长辈的，出门多交友。”他让外甥不要怕吃苦，不要怕离家，不要操心家里的人和事，专心学业，“我们彝人以外的知识，你都学到手，到时候也开个汽车开个飞机来，我们再和别的家支再和官兵再和那好强霸道的烂汉人干仗就更有底气了。别动不动就跑来找你家表姐表妹耍，还弹你幺表妹的口弦，要不得！”

古侯乌牛安静地听舅舅教导到这里脸红了，不提一般都是女娃娃玩的口弦，只分辩他不是来看表妹，是来看舅舅的。

二表姐咏咏一笑：“我家爸爸又没有说你光和表妹耍，还有大表姐和二表姐我呢！”

曲尼阿果羞得哪能待住，慌慌张张跑出门。身后，连她妈妈都笑出了声。

3. 她跑出去，顺势爬到房后的山上。正是春天，满山上的树嫩绿着，又点缀着红的杜鹃花桃花、白的梨花李子花，嘤嘤嗡嗡，到处是翻飞的蜜蜂，灰灰的太阳光再一照，满眼花蒙蒙，瞌睡顿起。她的光脚板触到一个软和的东西，低头一看，是松鼠，一只从树上跌下来的小松鼠，再要回到树上，非得它的爸爸妈妈帮忙或者等上些时间长大才有可能。她把松鼠捉来放在手心，小家伙好像等的就是这一刻，伸展开紧贴住她的巴掌，两只棕色的眼睛半闭，尾巴轻软地垂在空中，微微晃荡。

等她耍够，要回家时，天已近黑。

刚下到路上，就听见马蹄声响，待回头，表哥和跟着他、从来弓箭不离身的娃子一齐打各自的马背上跳下来。

微光里看不清表哥的脸，听声音急得很，问她跑哪里去了，舅妈到处找呢。

还没回答，表哥吩咐："快回家去吧，都等着你吃晚饭。"说完，揪住马脖子的束带撩腿子要上马，那娃子也是。

原来表哥不是来找她的，不及失落，拽住马缰绳："要走吗？"

表哥暂停上马："是呀，专门来和舅舅告别的。明天一大早去成都，上刘主席办的武备学校。"他说的刘主席，是四川省的省主席刘文辉。

"没听你说？"

"我说时，你已经跑了。"

她"哦"一声。表哥再催促她回家。突听小松鼠吱呀呜地叫，不免问："啥呀？"

"松鼠。"

表哥锐利地叫道："你都大女娃娃了，还爬树，不怕树枝椏挂住你的裙子摔下来把脖子跌断鼻子摔裂啊！"

她不解释松鼠是她在树下拣的，捏着百褶裙的一角往腰间做塞的动作："树枝椏可挂不着我的裙子！"

表哥摇头，脑门和鼻尖泛着光，山尖尖冒出月亮的边，好亮。他说，出手似乎想制止她：“幺表妹，不要搂你的裙子，露出小腿子来不害臊啊！”

她的脸热辣辣的，泪下来，哪是搂，是撩，只一角，表哥继续教训：“幺表妹，你还要注意卫生哦，不要让人家笑话我们彝人脏，衣裳穿上再不换洗，非要烂朽朽、快臭死人才脱来丢掉。还身上头上虱子虮子，随便朝哪里一坐，拉开架势就敢掐虱子篦虮子。记得拿我带给你和表姐的香皂洗头洗澡哦，皂角捣烂……”

阿果气极，收泪斥道：“讨厌你个表哥，骑上马儿带着你的臭娃子走你的路吧！”

“咦，幺表妹，你想以烂为烂、以臭为臭吗?!”

曲尼阿果忘记手上的松鼠，两掌齐出，搡在表哥胸上，要不是他的娃子在背后撑了撑，早跌得四脚朝天，狠声：“我要烂要臭也是吃荞粑粑喝酸菜洋芋汤汤的，你可当心，当心那吃大米饭又不烂又不臭的汉姑娘嫌你吧！烂表哥，快滚，滚得远远的，我可不稀罕你！”

表哥“哎哎”地叫，大大的一条黑影子靠过来，想安抚她。她不等表哥近身，光脚板在土路上一跺，转身就往家跑，泪水哗哗淌下来，烫热了脸皮。表哥放大声：

“幺表妹，不怕得罪你，你再长大点就晓得我说的到底是对还是错。你停停脚，不要你的松鼠了？你不要，我带走啰！”

她不回头，加速大跑。马蹄橐橐，朝相反的方向而去。

自此七八年，再没见过表哥。表哥在四川武备学校上完学，听说去了重庆、南京，再回到成都时，已经解放。因为是民族同志，解放军着意培养他，派他去北京到中央民族学院学习。

一年前，曲尼阿果听从爹妈的安排前去成都学习时，心想终于要见表哥了，兀自心跳。成都、北京，完全没概念，以为都是汉人的地方，总归在一处。到成都人家告诉她，北京有从她家来成都四五个那么远。她家到成都，一路停停走走，耗了五天。她一听，凉了半截，从此再也见不着表哥，又如何做他的老婆呢，方寸大乱。

听见有人喊她，抬头看去，坡坎下冒出头再冒出身子的是沙马依葛，和她在一起的，除了俞秀，还有一位当兵的。沙马依葛介绍是夏军医。又说，是她们在水沟边找到他的，和护理员木略正躺在那里抽烟打盹。求了半天方肯挪动屁股，因为夏军医怎么也不相信某人脚板上扎的刺非得他这个外科医生出面才挑得出来。

军医夏觉仁和他的朋友木略

1. 夏觉仁仰面躺在草地上，架在空中的二郎腿轻晃，一支“飞马”牌香烟，让他一口一口地吐着烟圈，一边眯眼望向凉山青蓝的天空上似涂染着金黄颜色的云朵，慢慢舒卷。还是初夏，山里头的天气到这会儿已经沁凉。没有风，粗大挺拔的柏树杉树向峡谷两边的山坡、峭壁绵延而去。

烟是他求上海的家人寄的。一开始，没人理他，给他寄来更多的糖、饼干、奶粉，再要，母亲在回信里骂了他一通，借他大哥的笔：“不学好，屁大一点想当阿飞啊，真的是丘八了。”他当然不是屁大一点，二十三岁，当兵满年。他也不是丘八，是光荣的人民解放军的一名军医。倒是他的家人，不知今夕何夕，只知挣钱花钱。他放弃最后半年的学习，从辅仁医学院参军时，他的家人还以为他会被派去朝鲜呢。告诉他们时当 1955 年，朝鲜战场停战快两年了，听不进去。搞明白不是去和美国人打仗，是去内地的成都，松口气，还是拦他，劝他先完成学业。他家在闸北开着一家药厂，兼营药店，父亲去世早，由大哥操持。大哥善辨风向，公私合营前，已将大半资产转移到香港。二哥早就在那里打理往来业务，一直打算的是他毕业后去开家医院，三兄弟各搭一把手，家业会更加圆满。

他怎么会听从他们，落后，自私，最能打动他的是“为新生的社会主义祖国服务”。招兵的人说，与其在学校再耗半年，不如投身到火热的社会主义建设里去为广大的工人农民治病，提高中国人民的身体素质，早日将“东亚病夫”的帽子扔进太平洋。

结果他连一个工人一个农民甚至一个士兵的病都没看上，到成都的第三天就被紧急调派随 359 团上了凉山。听说凉山的奴隶主叛乱了。又听说他们本来要被派去甘孜的，那里也在叛乱。这两个地方生活的都是少数民族，甘孜是藏族，凉山是彝族。

一路上汽车磕着泥巴石头，五脏六腑都给他颠了个儿，他攀着车厢板向外吐得昏天黑地，还溅到车下步行的战士身上。几位火大的，追着卡车泥块石子的乱砸。所幸只擦破另一位军医吴升的脸。南京人，金陵医科大学的学生，也还得半年毕业，也是自愿参军。

车到雅安，要去往重重大山里的凉山腹地，只有一条蜿蜒在群山峻岭、传自西汉的羊肠小路。因为两头挑着成都和昆明，历来被叫做西南官道。又有人附庸，称南方丝绸之路，与从西安出发，往中亚再欧洲的丝绸之路有一比。

徒步很乏，吴升和夏觉仁这类的小资产阶级知识分子，还要饱受脚板打泡的痛楚。

沿路行走，眼前的景象并没有冬天的萧索，太阳朗照，山青水白。又有各种叫不上名、毛色鲜亮的鸟儿翩飞、啾鸣，野兔、草狐流窜，定睛一看，掠过的竟是狍子、豹子，华南虎也偶尔得见。

更有那从没听说也没见过的着装缤纷、神情冷傲的彝人。

他随和，吃的用的都能和人分享。吴升认定他小开做派，不惜物，未必发自真心，却佩服他不嫌脏不怕臭，所见的男女奴隶破衣烂衫、蓬头垢面、虱子跳蚤，害肺结核的，咳得脸惨绿，就敢近到身前寒暄、瞧病。总夸彝人男女身材挺拔、长相俊美，棕色的皮肤细腻得像缎子，笑也控制，总带点羞怯的样儿，让人顿生好感。

至于打仗时的表现，不用别人点评，他就很佩服自己，号称比吴升等年轻军医勇敢。他参加的第一仗，是在一个叫拖乌的地方打的。枪声一响，前后左右啪嗒各倒下几位战士，血涌出来，立刻浸透他们各自身下的草和泥巴，还有一位脑花白生生地挂在黑发上，另一位肠子心肝淌一地，惊吓得他唰地尿了一裤子。之后也害怕也呕吐，尿能憋住。吴升呢，几仗下来，还是怕得屁滚尿流，裤子都没得换，有回为躲据他说一颗飞来的子弹，竟然丢下伤员拔腿就蹿。

之所以勇敢，在于机智，有窍门，根本不用老兵指点。医疗队的老八路张队长憨勇，喊着抢救我们的战友、阶级兄弟直往上冲。那种时候，夏觉仁总要拽他一把，让他少安毋躁。开始他会摔掉、打开夏觉仁的手，三次四次，就夸学生兵聪明。战况明朗，叛匪人数有限、武器一般、乏有组织，难得激烈交火，三两个回合后，再到战场上抢救我们的阶级兄弟，万事不耽误。

他还善于总结，自觉汉彝的呼痛声大不一样，彝人的丰富，对疼的感觉在渐次加深时，会发出“啊啧啧”“啊么么”“啾……”的叫声，接下来是牙缝挤出的“咝咝”声，最后就疼得没声息，昏死过去。他们冲锋时啸叫不止，“呜哦”“呜哦”，给自己打气，也为吓唬对手。不时把长枪抡圆在空中挥舞，或者把枪当成砍柴棒，身前身后乱砍，不论砍到的是石头，还是荆棘、茅草，或者野花，声音动作之大，对手不注意都不行。机关枪一串一串扫射过来，即刻阴间多了几个胆大的鬼，还伤了不少。

凉山上满是山石树林，到处可以给他们做掩体。他们枪法准，盛传斑鸠的眼睛都能打瞎，冷枪响过，简直在点杀对手。打一枪换个地方，都是打小在山里跑惯的，一双光脚板管它石头山泥巴山，有路没路，翻得飞快，把来自华北东北大平原的小兵们晃得头晕眼花。也就这点本事，除此而外，枪基本是汉阳造的老式步枪，子弹没几发，既不懂战术，又不懂配合，只管自己充好汉，三五仗过后，再加上人民战争的威力，解放的奴隶娃子纷纷掉头帮助解放大军，带路、通风报信，拒绝给前主子提供食物衣物，最主要的是兵源匮乏，现有的不是投诚，就是逃跑，剩下的三几个还有什么能耐？

2. “夏军医！”“夏军医！”

听见有人喊他，装没听见。他累得腿肚子、胳膊都在抽筋，再不想动弹。过去的七八个小时，他一直在给伤员，部队叛匪的都算，止血、剜弹头、缝创口、扎绷带，还得抽空抬伤员。

登记他处理过的伤员也是他必做的功课。不是一般的记数，伤员的姓名都会记下来，有汉人有彝人。他在各人的名字后加注“我”或“敌”。汉姓伤兵明确，张为贵、王三福、刘满堂等。吉克尔伙、罗洪卜提都是彝人，他用汉字注音。

彝人有自己的文字，象形，写在片得薄薄的羊皮上，少有人认得，似也不打算让人使用，只供被称为“毕摩”的祭司用以祈福驱鬼。他见过那样的场景，当时毕摩在为一个生病昏迷的孩子招魂。羊皮纸上写满了招魂的经文，内容并不特别，甚至家常，“回来吧，回来，你家妈在阳光暖和的南坡上、在煮得有鸡肉炖得有猪肉的火塘边、在结了果子的桃树樱桃树下等着你盼着你”，婉转，顿挫，余音袅然，他听着当即泪下。

“哎呀，夏军医，喊你半天，没听见吗？还是装怪不睬我？”说话的是木略。

木略是团卫生队在当地招的护理员。看模样三十有余，眼角嘴角扩散的都是细而密的皱纹，牙齿焦黄，牙床却红而鲜亮。生日究竟哪天哪月哪年，他也说不清，说是主子吉黑家一只叫“点朵”的黑母羊下崽子的那一天，还说那是一个下雪天。“点朵”，很多人家的黑羊子黑狗都起这个名字，意思是黑色的云朵。吉黑主子家不知有多少只叫点朵的黑山羊，到底哪一只？又到底哪一年哪一个下雪天？单是一年，大凉山上要下多少场雪啊！

自称二十五岁，常攥紧拳头在胸前一杵，使劲喊：“看我多有气力！”其实伤员都背不动。他说和气力没关系，这种苦力活不该他干，他的身份不允许！不就是吉黑哈则家的奴隶娃子吗？答称娃子不假，但他这种娃子是主子的亲信，送信牵马点烟递酒，干的都是场面上还轻松的活。平叛后他再不说自己是主子的亲信，那有啥光荣的，狗腿子一个！

木略找来的目的很明确，要烟抽。

烟到手不走，坐下来，叉开两条腿，耐心地剥给他的“飞马”牌卷烟。

即便不问，只要有人投来疑问的一瞥，他都会停下手上的动作，用他那双掩在薄眼皮下、黑豆样的小眼珠诚恳地看定对方说，还是他的乌木烟斗抽起来够劲。

这样的屁话他每天都在重复，看对象，要是汉族，说汉话；要是彝族，说彝话。他的汉话彝腔十足，但顺畅、自如，成都学成归来的男女工作队员都不如他。自吹归功于他那远近闻名的医术，彝人找他，汉人也找他看病，当然彝话汉话都呱呱叫啰。知道的人揭他的老底：

“要不是有个汉人爹，你能把汉话说顺溜？要不是你爹教了你几手，你能替人号脉开药？能混进解放军里当护理员？”

木略的爹从成都拐来凉山时不到十岁，直接卖给了吉黑哈则家。看他白净，先放在屋里，结果笨得拉牛屎，一句彝话两三天都记不住，干脆赶山上放羊放牛。倒好，认得草药，一来二去，连草药派什么用场全有分辨。附近的人头疼脑热、拉稀肠打鸣，让他配几味草药熬了一喝真管用。谁要扭伤腿脚，摔破脑袋，打冤家挨了刀枪，他东薅一把草西挖两节树根，再几枚草果子，捣烂，糊住伤口，撕块布缠上，过几天打开一看，肉红红，新长的。

原来他家在成都是开医药铺的。可怜某一天跟着爹在市场收购凉山来的当归、三七、麝香、虎骨、熊掌，人潮汹汹，个头又小又单薄，他爹没照应到，眼前一黑，就被一个彝人用黑色披风罩了个严实。待要发声喊，小嘴巴已然填了坨羊毛。被夹在胳肢窝，走出去几步，举起来一放，像包袱，横搁在腱子结实的建昌马的背上，出了成都城。放下来，解开束缚，胳膊腿脚，麻的疼的，好像不是自己的。前后左右一望，山高水长，哪里有芙蓉城的景象，不免哭得倒抽气，娘啊爹的，喊不停，恼得那裹挟他出城、长得黑森森的彝人，拿马鞭劈头盖脸地抽。只得跟定马屁股，饥一顿饱一顿，搞不清在川西南的大山里走了多少天，反正太阳月亮，恓恓惶惶，就来了这不辨东西南北、再也见不到爹娘的蛮子地方。人总要长大，他不哭、不担忧、不害怕，不去想他的爹娘了，哪里顾得上，主子家有多少活路要他去做，背娃娃，推磨，下种，割燕麦，挖洋芋，打猪草，放羊放牛。还得提防女主子的掐和拧。还得省下时间睡觉，总也睡不够。还得摘刺果挖葛根填饱肚皮，一年四季的洋芋、圆根，油星星都见不到一滴，饿得前胸贴后背。还得找时间缝合满是厚茧子的后脚跟那深而阔的裂口。再长高一点，就得在主子打冤家时帮着扛枪背干粮。

他早习惯人家叫他“克其”了，这是主子给他起的彝名，意思是远方的人。过上三几年，就近找个女娃子配给他，稀里哗啦，没几年替主子家生下七八个男女小娃子。到现在，除木略这个幺儿子，谁晓得都让主子卖到凉山上的哪些地方去了。他们的模样呢，当爹的他也记不得了。

克其的眼睛低垂，嘴巴微开，像在笑，很是谦恭。越往后，身体越长得顺从，微微低伏着，背驼了，人又不高，走起路来，两条腿好似在扫荡。喊他“克其”“克其”，管它白天晚上、刮风下雨下雪，马上应声。即便上山采药了，老婆也能顶他的差。

像他这样从外边抢来的汉人娃子，但凡对老家对爹娘有点记忆的都逃跑过，最终跑掉的极个别，绝大多数抓回来身上的肉打烂不说，眼珠子挖了、脚筋抽了也是有的，还有的转眼又卖到更深更远的大山里了。他一次都没跑过，似乎也从没盘算过。当木略被来巡诊的解放军看中就要离开时，他展颜悄声和木略说，用的是汉话：

“解放军会不会派你去趟成都啊，那样的话，能看看老家的人谁还活着。哎，也不晓得还有没得人记得我啊！”

他最疼木略，木略却说，他那点鸦片瘾，就怪他爹。他小时候病快快的，他爹怕他死掉，常用种在屋外坡坎下的二三十株罂粟给他配药。

这会儿他终于忙完手里的活：剥开纸烟，把散出来的烟丝装进烟袋，揪上一撮，填进烟斗，左右看看，夏军医双手垫在脑后，好似睡着了，没人注意他，掏出一个小圆木盒打开，翘起小拇指，用专门蓄的长指甲抠点鸦片末，掺进烟丝，压实，打燃火石点上，深深吸一大口，闭上双目，让那袅袅的可能变幻出七彩光芒的青烟在他的五脏六腑、七窍八孔这里停停那里驻驻，帮他疏通经络、打通关节。“啊唷，好舒服好安逸，”他由衷地叫道，“不然的话，尔恩家那个脑袋开瓢，又是血又是脑花糊了我一身还死在我手里的死鬼，像泸沽镇马家烟馆的灯笼晃啊晃的，就在我眼跟前。咦，莫不是他的魂找到我了？”不用夏觉仁应声，自己也不打算追究，又吸足一口烟来含在嘴里再悠到鼻腔，刚睁开的眼睛陶醉地又闭上了。

3. 彝人里，除了木略，夏觉仁和沙马依葛最熟。这个彝姑娘漂亮，大方，不语先笑，有什么活动，都由她组织演出，热闹场面。彝姑娘，当地的汉姑娘都算上，羞答答，管你军官士兵，只要男人和她搭腔，眼皮就耷拉，脸就红，说话也不利索，一副小地方没见过世面的模样儿！

沙马依葛也不好对付，老来索要眼药水消炎膏黄连素感冒药，总不至于又伤风又拉肚子又沙眼吧？爽快，说捎给家人用。她的家人据说有二十几口，四个哥哥家连年添丁进人，家底都快啃光了，“反正解放军是帮助穷人的，对不对？”她说，搞得这一位无话可答。却听说她家并不穷，是住在县城附近，和富裕的汉人都可以相比的白彝。要不，她能说一口漂亮的汉话！自家十几亩地不够种，又去租半山上族胞的地来种。凉山上历来彝人的土地比汉人多，但不如汉人会耕种。仗着族胞，沙马依葛家租种的地总能比汉人便宜几个地租。不但种水稻、麦子、荞子，还种蔬菜，芹菜、韭黄、茭白这类细菜都种得出来。种得的粮食和蔬菜，多数背去街上卖。家人个个会算计，盐省着，米省着，一年到头，吃的都是南瓜、洋芋煮稀饭和糅得有洋芋的荞馍馍。猪羊牛、鸡鸭鹅尽量地养，舍不得吃，养肥了杀来多卖钱，鸡蛋鸭蛋鹅蛋也尽量攒了换钱。和住在山上的族胞大不相同，那些人图快活，好面子，家里穷得裤子都没有一条完整的，来个客人、亲戚，不论亲疏远近，借都要借邻居的猪鸡款待，规格高的就杀牛杀羊。

夏觉仁因此对沙马依葛很有看法，嫌她爱贪小便宜，和新社会大公无私的新气象唱反调，积极也是假装的，不觉间，对她便有点怠慢。

沙马依葛感觉到他的变化，不表现出来，还是频繁地来找他，为青年团的活动，学唱革命歌曲电影插曲。难得夏觉仁和吴升识谱，还会拉手风琴。沙马依葛更愿意找夏觉仁帮忙，这不奇怪，众人都觉得吴升没有夏觉仁大方、讨人喜欢，长得也不舒展。有时干脆就是来找夏觉仁聊天的，她的好奇心重，老拿成都和上海比，比如上海有条黄浦江，她就拿成都的锦江比，问夏觉仁两条江一样长一样宽吗？还问夏觉仁晓得金嗓子周璇住哪里、见过没有？偏头问夏觉仁自己的嗓音有周璇的好听吗？这当然都是幼稚之极的问题，可她脸上流露的向往单纯得令夏觉仁不忍扫她的兴，每一次都很细致地给她讲上海的这里那里，连他家住的那条叫永安里的弄堂都讲到了，还讲冠生园中西老大昌的糕点、万国剧院的演出盛况、遍植于大街小巷的法国梧桐。因为回想他家宁波厨娘的萝卜烧干贝，进而想起家想起母亲，连平常抵牾的大哥也浮现在眼前，眼泪汪汪。

候在一旁的沙马依葛，善解人意得好像呼吸都被她控制了。过上三两天得空再来，或者路遇夏觉仁，总会掏点吃的用的给他，比如拢在一块土布手巾里的十几枚黑枣，外加几颗板栗、核桃，南瓜叶子包裹的家制腐乳、水黄豆、豆豉粑；比如鞋垫，先后六七双，有一双特别告诉是自己纳的，鸳鸯戏水。碰巧上海寄来东西，能分的他可能分给沙马依葛一半，没心肝似的，总要补一句：“你尝巧克力尝牛轧糖，我敢说比姜糖米花糖好吃十倍不止！”说得人家本来亮闪闪的眼睛顿时黯淡。

再有为什么沙马依葛不再找他要药了，自从他有所不满后？

吴升，包括木略替他思量后说：“那是沙马依葛看上你了。”他喷出笑说，沙马依葛不是看上他，是喜欢上了大上海。木略说：“你不就是大上海吗！”说得他心头一颤。“沙马依葛可订过娃娃亲，她的准女婿不就在基干队吗！”还是木略：“新社会，不要说娃娃亲，一起睡得娃儿生下好几个的包办婚姻都不作数了！彝民连的副连长，他就没要家里给他娶的老婆，那还是他姑姑家的女儿呢。要在旧社会，他姑姑不把他活剥再生吞掉，家支也饶不了他！”夏觉仁虚乎乎的，有点慌。转念，那是沙马依葛的意思，不是他的。到底是件事，夜里睡不着，心高悬，生怕得罪沙马依葛。他只不过表示喜鹊登梅、万字符的鞋垫比鸳鸯戏水的漂亮，正把玩着的鞋垫劈手就被沙马依葛夺了回去，满脸青霜，杏眼倒竖，很像小说里描述的凶光毕露，吓得他牙颤。

此一时彼一时，这当口，沙马依葛在小河边找到他，他很欢喜：“我打听过，你们工作队受伤的都是男的，还都是轻伤。仗打起来时你在哪里呢？”

“搭帐篷。成都坝子来的几个姑娘吓得吱哇乱叫，刺笆笼笼，撅起屁股也敢往里钻。还有你俞秀，”沙马依葛话锋一转，“难道你不晓得彝人打仗不伤女人吗？惊叫唤，把我当挡箭牌。”

俞秀红了脸皮：“你胆子大，看哪天不长眼睛的子弹要了你的小命你还笑不笑！”

夏觉仁嘴欠：“像沙马依葛这么勇敢的姑娘面对死亡时笑是肯定

的，只是笑得恐怕很难看……”作龇牙咧嘴状。除开当事人，哪有不乐的，木略含口烟在嘴里，呛得空空的咳。夏觉仁一眼过去，沙马依葛的眼神刀锋般，似要划破他的皮肉，赶紧端正姿势，嗓子眼不争气，咕的闷声响。

还算机敏，掏出一把牛轧糖，不惜绕过俞秀再木略，专门递给沙马依葛。那位嘴角轻吊，浅笑浮面，摆手，夏觉仁跟进，终于接过去，掂掂，转手塞给俞秀。俞秀何德何能，不肯都要，推来挡去。木略怪叫道：

“你们的面子大啊，我和夏军医耗半天，连颗糖影子都没见到。来来来，先给我一颗甜甜嘴巴！”抢上前就夺。沙马依葛这才勉强留下几颗。“啊”一声，想起了等在卫生队的曲尼阿果。

爱情 1

1. 如何鉴别一位彝女人是否成婚，看她的头盖。姑娘顶的是一块类似瓦片因而俗称瓦盖的绣花头帕，妇人则戴状如荷叶、满是绣饰的蓝布或黑布盘帽。夏觉仁在家信里专门描述过荷叶帽。他说，荷叶帽子衬着彝女子桑叶一般细长的眼睛、尖尖的下颏、嵌着银饰片因而端直的脖子，让她们看上去又从容又优雅。他还盛赞长而叠幅多多、色彩朴素唯蓝黑白三种的百褶裙，把身着这种百褶裙的彝女子的赤脚行走比喻为云朵在天空上的移动。女娃子的百褶裙长不过膝盖上下，裹腿而已。每封信家人回复时或评论或提问。某次他的一个侄儿问："光着脚板不怕扎吗？"他回答："茸茸的草和碎花铺地，不怕！"

显然怕，眼前这位就扎了根或数根非得要他一个外科医生来给她挑的刺儿。

对于他的到来，当事人几无反应，仰着瓜子脸，用彝话，急切地和沙马依葛说着什么。这彝姑娘真的有双桑树叶子般的眼睛，眸子黑亮，眼白发蓝。看她的神情、眼风所向，关涉那几位驮着战死者的尸体、赶马离去的彝人。说话间，掏钱递向沙马依葛，那位非但不接，还似在驳斥她，脆生生，毫无间隙，堵得她嘴巴张了又张，小白牙齿忽隐忽现，沉静的面容起了波动，两手朝地上一撑便要往起站，没得逞，泪水瞬间汪满眼眶。夏觉仁待出手，俞秀比他快，竟然也会彝话，接过钱，径直朝那些反向而去的彝人追去。

那些人停下脚步，听俞秀说话，再把她引向一位死者的遗孀或姐妹。妇人左推右挡，不接钱，一边在俞秀的示意下，望向这边，身体在慢慢下坠，直至跌坐到草地上，哭将起来，草坝上一片静默。曲尼阿果的泪珠线一样的滑落，她说，用汉话，彝腔浓重：

“多造孽！”

妇人被亲友们七手八脚地拉拽起，再两边一夹持，拖上往前而去。俞秀呆一呆，赶上去随便把钱塞到某位的手里，跑了回来。

没站稳，沙马依葛便数落她：“人家本来不哭不闹，偏去惹。那么两个小钱，谁稀罕！”

俞秀好脾气：“夏军医，你快替阿果挑一挑她脚上的刺吧。”“哧”地笑道：“阿果，你想让它发芽长苗吗！”

曲尼阿果一拽她的衣襟：“你就等着明年来摘刺果吃吧！”

真善变，正哭哭啼啼呢，转过脸，已经笑成了一朵花。夏觉仁一龇牙，特意笑道：

“沙马依葛、俞秀，你们看着吧，看我怎么移栽你们朋友脚板上的刺果树。”

“刺果不是树，”沙马依葛气仍不顺，“满山上一丛一丛地长着，浑身刺，果子上也是。你不晓得吗，来我们凉山一年多了？”

“晓得晓得，”夏觉仁连声附和，“果子酸甜，晒干了可以泡水喝，你不是给过我吗！”再看沙马依葛，颜色缓和。另两位姑娘管自嬉闹，扎着刺的光脚板也不老实，敢乱晃。

“光脚板、光脚板，还说茸茸草碎花铺地呢，扎刺了吧！”自说自话，又说，“干吗不穿麻鞋啊，绣着牡丹花，多漂亮？”

等不来曲尼阿果的回答，看她的表情，眉头微蹙，眼神回收，似在琢磨。水泡般，话直往外冒：

“听不懂我的话吗？那你肯定不是在汉区边上长大的，不像沙马依葛，你家在哪座山上啊？你是白彝还是黑彝？先别回答，”瞧眼沙马依葛和俞秀，“你俩也别吱声，我猜猜。阿果、阿果，你一定是黑彝姑娘对不对？黑彝姑娘汉话都不算好，说话不看人，鼻子高翘，傲兮兮……”

三个姑娘又说开了彝话，还笑语连连，夏觉仁猜她们起码没在骂自己，冲曲尼阿果一努嘴，问沙马依葛：“说啥，这姑娘？”

“你呀，废话一箩筐！她问你是不是疯的？”

“哪儿疯？疯子，你怕不怕？”扬脸，向前一探，太过迫近，当真逼得曲尼阿果朝后一闪，面色如水，眼神凌厉，唱歌似的又是一大串彝话，伸手，似要女伴拉自己。

果然，俞秀作势要拉，沙马依葛拦住她，数落夏觉仁：“你在我这里装疯卖傻将就，在阿果面前可收敛点，她不习惯。你猜得没错，她是住在高山上的黑彝姑娘，汉话一般，交游不广。可你白彝黑彝，乱说啥！别不懂装懂，惹着我们哪一个都是民族问题。现在问题来了，她不要你给她挑刺，说哪怕脚板烂掉！”

夏觉仁这才感到两腿酸麻，不敢就座，臊得慌。

听得一声喊，解围的现身：“你们在这儿呀，手术做完没？”是木略，故意把挑刺说成手术。又听他好奇地问：“你们三个丫头，在开夏军医的斗争会？”

“哪有这种事！”夏觉仁说，趁机起身跺脚，舒展身体。一错眼珠，见曲尼阿果也在活动腿脚，想必酸麻得更甚！当即振作精神，“我取器械去，得快点，天黑就挑不成了。”招呼木略别离开，完事一起吃饭，用他留住三个姑娘。

匆匆跑回来，人都在，暗暗松口气，跪下一条腿，去捉扎刺的光脚板，躲开，再够，还是躲。

“噫，”木略说，留下他确实英明，“阿果，你的脚板要往哪里藏啊？”

沙马依葛也道：“阿果，别封建，医生男人女人的病都看，没关系!”

夏觉仁赞许地冲沙马依葛点头，那位深有默契地一碰他的眼神，全是对曲尼阿果的包容。木略笑道：

“原来嫌夏军医是男人啊！夏军医，我们两个男的走吧，吃完饭好睡觉，昨天那一仗累死人。啊，啊，”故意打两个大哈欠，“夏军医，你咋了，一眼不到，像变了个人，缩手缩脚，你在怕哪个？未必碰到鬼了?”

怕哪个？夏觉仁一哆嗦，暗问自己。他挺怕沙马依葛那张脸，明明笑着，定睛看去却在发狠，好似他的大娘婶子嫂嫂，甚至他母亲的千变脸。可他新悟到另一种怕，这种怕令他不能呼吸，让他想要凝神端详进而触及他怕的对象。哪一位呢，眼前的三位姑娘？长出一口气，再吸进的秋凉流贯过他的脑袋，一下击中了他，当然是曲尼阿果啰！抬望眼，只见她的发顶，微亮地漫漶在大山的阴影里。他们以外，太阳照旧明亮。

“喂，”木略用胳膊肘捣他，“发啥呆，赶紧挑。明天要去的泸沽好耍得很，马家烟馆酿的苞谷酒爽口啊！哎哟，他家那几个丫头才水灵、粉嫩哦，又会耍笑，我……”

“木略，”沙马依葛锐声道，“你竟敢炫耀旧社会的脏东西臭东西！你最好跟上你的主子吉黑哈则当叛匪吧，别让马家的好酒和水嫩的丫头空等你！你是不是还想去抽几管大烟啊!”

木略被当头一喊，蒙片刻，到底比他们各位多吃几年盐巴，发力道：“沙马依葛呀，晓得你积极，可你也不必拿大话狠话来吓唬我。比起你，我是翻身奴隶，你们家按汉区的土改，再狡辩也躲不脱富农的帽子；按彝区的民改，得是奴隶主。别以为我们不晓得，你家肥得流油，腊肉香肠一年四季没断过，娃子养了好几个，彝民连的俄尔是你家的娃子吧。傻家伙，听说现而今还在往你家送薪水呢。你这么积极，难道不晓得我家主子那些奴隶主为啥在闹事吗?

就是为了拽住奴隶制的尾巴不松手，让我们娃子给他们当牛做马，把挣的一点血汗钱管它千里万里都要送回去！人民政府、解放军收拾他们，就是不让他们再压榨我们这些可怜的娃子嘛！你以为你爹把你们大小几个男女娃儿送到革命队伍里来，政府就会允许你家的奴隶制存在？想得倒美！”

沙马依葛气得跳脚，哇哇叫，哪里插得上嘴。

木略见好就收：“我也不对，马家丫头的烂话，不该当着你们女同志讲，对不起你们！你们憨啊，汉区解放后，不正经的女人早扫荡掉了，马家烟馆也改成饭铺，公私合营了。我那些烂话啊，马上可以消除掉。喏，沙马依葛，比如你的衣服上落了泡鸟屎，弹掉嘛。”曲起指头在沙马依葛的衣领上弹几下，后者避之不及，骂他：

“讨厌鬼，作死啊！”话题转到曲尼阿果身上，捎上木略：

“阿果，别扭捏，再拖，天黑挑不成不说，木略那张狗嘴你以为吐得出象牙，不晓得又会把谁家的爹当成奴隶主来斗争！”

“得罪，得罪！”木略道，“好铁不打钉，好男不和女斗，沙马依葛，这两句汉话你该晓得！我两个闪开，看把夏军医的光线遮住。”

两人歪缠时，曲尼阿果扎了刺的脚，已被夏觉仁移到自己半弓的腿上，用酒精棉擦净凝血、污迹，正掂着镊子、片刀，端详着如何下手。曲尼阿果的犹豫和轻微的挣扎持续着，虽然木略和沙马依葛的斗嘴分散着她的注意力。

“你们都拿啥针挑的，咋挑的，创孔这么多！”夏觉仁用镊子尖漫点着曲尼阿果的脚掌道。曲尼阿果的脚板并不粗粝，瓷实，紧绷，被父母圈在山上，走路有限？夏觉仁想，一边捏紧其中的一个创孔，欲把刺逼出来。曲尼阿果左摇右摆，不配合。难免焦躁，轻轻斥道：“这就忍不了，还咋挑！再乱动，真不管你了，让刺儿在你的脚板上生根发芽吧！”

“阿果，”俞秀说，“你非得脚肿化脓疼死才安逸啊！”转而催促：“夏军医，快挑吧，阿果会老实听话的。”

“是吗?”夏觉仁问，这位犹疑不定，点头，摇头，泪光盈盈，脸面茸茸，上翘的下巴颏掬着的小肉坑，圆润、柔弱，不由得一颤，眼迷心蒙，镊子差点失手掉地上，赶紧垂下头，摆弄开了。

随着曲尼阿果尖利的一叫，呆愣中，已经被她扎着刺、此时又晃荡着镊子的脚踢到一边。不及多想，爬过去攀住她的腿，伸手刚够着镊子，不等捉稳，被她一掌击来，两下一碰撞，扎刺的脚板生生地被镊子划拉出条皮肉翻飞、四五寸长的口子。

2. 医疗队的队长张长生闻讯赶来，气急败坏地扒拉开夏觉仁，指挥众人将曲尼阿果抬进帐篷，亲自处理。

夏觉仁立在帐篷外，用心捕捉里面的动静。器械碰响，对答声，没有曲尼阿果的。

忽听得张队长唤他，三步并做两步，钻进帐篷一看，曲尼阿果已被安顿在担架上了。麻药的作用还没过去，眼睛半张，软绵绵，汽灯光罩着她，白亮，似要虚化她。

“你小子，”张队长骂道，“说来都是笑话，几根刺，害得人家民族姑娘缝了十几针！先不收拾你，赶紧抬上担架，把这姑娘送回去。”

夏觉仁支应着，绕到曲尼阿果的头边，这位大睁开眼睛，面色冷峻，看他意欲何为。他张张嘴，被那掩在浓密的睫毛里的黑亮眼珠锋利地一刺，什么也没说出来。张队长生气道：“对不起总会吧?”他就说：“对不起!”跟进一句：“疼吗?”曲尼阿果闭眼，侧脸，咕哝了句。没听清，当然要问：“什么?”没回应，再问，等着和他抬担架的彝族卫生员笑道：

“夏军医，你使劲问啥嘛，未必你听得懂彝话?”

“听不懂。你告诉我这姑娘说的啥?”

“不是好话，听来干吗?”

张队长一迭声催他们快走快走，哪里容他耽搁，难为他，记住了彝话的音。

刚起步，为他们掀帘子的张队长叫住他："回头把你的马儿牵给这姑娘骑，她的脚拆线前不能沾地。这些民族丫头啊，打光脚板，不讲卫生，还惹事！"

沙马依葛正好在帘子边，不免叫起来："张队长，太没政策水平！"

张队长笑嘻嘻地招架："批评得对，我会深刻反省的。你一直在等自己的队友吗，好姑娘！还有一位呢，"说的是俞秀，"你们都跟上回去吧。"拧亮系着带子的手电筒，挂到夏觉仁的脖子上。

曲尼阿果支起身直喊："俞秀、俞秀……"

俞秀侧身越过夏觉仁，握住她的手，"我在这儿呢，"轻言轻语："疼不疼？"

"打了麻药。哦，疼起来了，好像谁的手在揪扯，一下一下；又好像钻了蜂子在里面，乱蜇。"真能打比方，夏觉仁悄没声息地笑笑，心想，汉话表达得也到位。

"麻药过去会疼一疼的，你这连小手术都算不上，绝不会大疼。"夏觉仁安慰道，没人接腔。

木略借口帮他打饭，早溜了。沙马依葛和俞秀不肯先回去吃饭，俞秀更关心曲尼阿果，她说："我们可以吃荞馍馍，阿果家妈前两天给她捎来十几个，揉得有今年的新洋芋，还可以就你给的牛奶糖。"

咿，沙马依葛呢？转眼不知去了哪里。

没有月亮，星星一满天，山的轮廓、树的影子、地上有路没路的地方影影绰绰。这顶那顶帐篷，油灯光、蜡烛光，点点团团，与头顶似伸手可及的星星浑然一体。

去往工作队的坡路，让来来往往的人、马踩踏得附在上面的草和荆棘都没了，胶鞋底子一上去就哧溜。

身后的卫生员喊夏觉仁说："踩稳当点嘛，摇来摆去，电筒光乱晃，你看得清路，我看不见。"

他停下来稍做调整，一边问："这姑娘说我啥，刚才？"

“没啥！”短促的一笑。跟在后边的俞秀似没听见。

没啥，肯定有啥，这家伙才会笑了又笑。又想，曲尼阿果冷不冷啊？风一阵一阵，寒呢，忘了给她搭条毯子。

扑啦啦，几个女工作队员近到跟前，围住担架阿果长阿果短，一边手忙脚乱地帮着把担架抬进帐篷。

收拾好担架，卫生员问：“夏军医，走吗？”冲帐篷支起耳朵，摆摆手，“那我找饭吃去了。”不等说完，飞也似的跑下坡。下坡咚咚跑的只有凉山人，彝人汉人都敢。

帐篷里的声音此起彼伏，都因曲尼阿果而起，问她喝水吗吃馒头还是米饭菜不凉吧，间或能听见她一声半句的应承，没有呻吟。

夏觉仁暂时放下心，转身，撞上沙马依葛。蓦地，递给他一个南瓜叶子包着的东西，亏她好心，里面是两个馒头一块榨菜。肚子里的咕咕声清晰可闻，急忙填进嘴。背包里还有几块巧克力呢。这么一想，恨不得给曲尼阿果送去。沙马依葛扯着他的袖管问：“你晓得我干啥去了？”

自觉机灵：“给我拿吃的。”

“哎呀，就晓得吃！”星光居然能照亮人的脸，沙马依葛的就是。她说：“反正不会处分你，至多批评几句。”

夏觉仁听得越糊涂，问她：“我怎么了，要处分我批评我？”

“呀，”沙马依葛不禁叫道，“你害得我们民族姐妹差点成瘸子，不承认吗？”

“严重了吧，这种说法！”

沙马依葛以并拢的食指中指戳在他肩上：“不知反省，还不识好人心！”越往后声音越轻柔，陡然声调拔高道：“你们张队长好凶，说你脑子开小差了。”

夏觉仁脑袋嗡响，惊道：“你和我们张队长说啥了？啥小差？”以为他因曲尼阿果而滋生的妄想有所暴露。没有，沙马依葛想当然：

“你所以划破阿果的脚板，都是因为你看不起民族同志的心理在作怪。”

“嗯！”他惊讶得无以复加，心却放下一半。

“未必不是？你们这些汉人，总认为我们野蛮才爱打光脚板！”

“你们，我们，你要小心，不要犯地方民族主义的毛病，那和大汉族主义一样严重。”

“你也有点大汉族主义，也得注意。不过领教了吧，我们的彝姑娘阿果太娇气，有时候还很蛮横，不讲道理，非要给叛属送钱。这和她的阶级根子有关系，她家是黑彝奴隶主，她家爹要不是耍小聪明，这回肯定也叛乱了……”

“这你都和张队长说了？”夏觉仁急道。

“没说，一码归一码，以后再和阿果打交道你留点心。”又听得她说，

“我巴心巴肝地对你好，你呢，当着木略和俞秀的面嘲笑我！”

夏觉仁急忙辩解：“我不是和你熟吗，难免随意！”

“那是只有我们两人时。”沙马依葛说。夏觉仁无语。“对不对？”沙马依葛跟进道。

毫无转圜，夏觉仁放大声：“不对！”急眨眼，不能相信竟如此无礼。

周遭的声响顿起，哨兵的口令，马的嘶鸣，风吹树林，甚至草棵间的虫叫，尽入耳廓。听见沙马依葛问，小声小气：“哪里不对？”

这不是他能够面对的，便说：“快吹熄灯号，我得赶紧，晚了挨训。天一黑，张队长就不让我们乱跑，怕狗熊、豹子把我们叼走。”

沙马依葛不则声，闪开，给他腾路。

“哎，”沙马依葛轻唤，他站住，没回头，她说：“明天可别忘了把你的马儿给阿果牵来，她的脚不能沾地。”

他支吾着，步幅越大，逃之夭夭，从沙马依葛身边。

汉人彝人

1. 一早起来，先为伤员检查伤情，指导卫生员换药，再去听张队长每天的例行训话：

“大凉山上民情敌情复杂，国民党反动派不甘心自己的失败，训练的特务、土匪，林子中山洞里石头下，东藏西躲，这里一枪那里一枪，给我们打了多少埋伏，制造了多少麻烦，牺牲了我们多少参加过百团大战、围困太原的老战士！像你们的小胳膊细腿，”所指多是夏觉仁这号学生兵，“还不嘎嘣就给你们撅断了。”

他说他的，大家各忙各的，打背包，搭马褡裢，捆药箱，女卫生员照镜理云鬓。

夏觉仁心头急啊，担心曲尼阿果等得不耐烦找别的法子先出发。

剩在他手里的除背包和随身的药箱外，都让别人的马匹分担了。那些马儿的主人愤不平，也不隐忍，不是掉脸子给他看，就是拿鼻子哼他。

木略稍有风格，但企图明显，既要“大前门”，又不放过巧克力。工农战士多嫌巧克力苦，吃不了，木略接受新生事物快，来者不拒，瘾头十足。

木略随口而出的还有许多互不搭界的口号标语：警惕敌人的糖

衣炮弹、第一个五年计划胜利完成第二个五年计划即将开始、南朝鲜李承晚政府是美帝国主义的走狗、要把我国建成一个钢铁大国、时代不同了男女都一样……

胆子大，不怕在众人面前唾沫星子乱溅地发表各种高见，不知他底细的，还以为他是医疗队的教导员。要不是年龄偏大，组织上本来有心把他送到西南民族干部学校开办的工农速成班着意培养的。

经过民主改革教育、诉苦大会，他的阶级义愤已然生成，再抬伤员时，非得解放军和基干队员方肯出手。基干队员比叛匪多顶军帽或者军挎包，木略便来回拨弄横躺竖卧的伤员，哪管人家痛与不痛。夏觉仁告诫他从医的人不能差别对待敌方我方的伤员，包括尸体，关乎人道主义精神。他根本不加理会，抬腿就踢一个伤者。此人是他的主子吉黑哈则的朋友，某回来做客，他帮着遛马喂马，“哪个晓得那匹该死的马儿吃了啥拉稀拉得止不住，这个现在装死装得这么像的家伙拿枪托乱砸我的屁股，砸得老子差点残废。”

至于他的主子吉黑哈则，木略认识到在参加叛乱前他是人民政府可以信任的好奴隶主，之后是坏奴隶主。在吉黑哈则还是好奴隶主时，人民政府把他请到县城，让他住他家的仇人、汉人金南山的宅子，每个月还发零花钱给他。他呢，作为副科长，偶尔到县教育科的办公室转一圈。大部分时间不是在开会，大会小会都算，就是跟随各种名目的团队去内地参观、学习，连上海、北京、呼和浩特、广州那么远的地方都去过。

他的主子本来还有机会再去游玩的，但他叛乱了。

政府让他把多的土地森林交出来，分给娃子们，还让他把枪交出来，这怎么能够。一会儿拿他的老母病妻需要娃子照顾搪塞，一会儿拿他家七八口人吃饭要土地种粮食抵挡。县长给他算了一笔账，说他的土地政府又不是不给钱，赎买金相当可观，可不是他那些一辈子都种洋芋、荞子的地能挣回来的。“再加上你每个月都有的比县长我还要高的津贴，你家的生活比有地有牛羊时更好过。”老母病妻呢，县长说：“可以给你配勤务员！”以前都是娃子伺候，他们干啥呢？县长说：“他们呀，得种你分给他们的地，得管理你分给他们的树林子，还得像你一样出来工作，或者去成都学习！从此以后，他们不再是娃子了，和你我一样，是社会主义社会的公民，我们大家平起平坐了。”吉黑哈则惊吓得大瞪眼大摇脑袋，不肯和蠢蛋臭东西木略平起平坐，那样的话，“我会恶心得连胆水都哇哇吐出来的。”他宣称。

这个细节在团里组织的诉苦大会上，引起了团部叶干事的注意。细打听，木略的家世具有相当的典型意义：爹是抢来的汉人，还是从省府成都那样遥远那样政治经济文化集中的地方；木略从一个小娃子做到大娃子，服侍的都是小主子吉黑哈则。木略因此被地方和部队请来请去，到处诉苦。汉话彝话间杂，配以手上的动作、脸上的表情，既可信又生动，听的人哭得由衷，笑时也带着泪花花。

有关小主子欺负他的例证不少，比如把他当马骑，强喂他吃羊屎麻雀屎，揪他的耳朵，扯他的嘴巴，抢他爹给他逮的鹞子和用索玛花的叶汁花汁染得红红绿绿、好好看的陀螺，他抓到的斑鸠麻雀兔子烤熟也不给他吃。越说越伤心，禁不住哭将起来，声音响亮啊，半坡的鸟儿都惊飞了。主持人叶干事掏出自己的手帕递给他，不会用，小指头半翘，食指拇指捏着手帕的一角，大部分在空中轻飘，怎么看都肉麻。台下心软的，跟着在流泪的，都止不住地笑。叶干事立刻纠偏，举臂高呼：“打倒黑暗、万恶的奴隶制度！奴隶解放万岁！”提醒木略，让他控诉他的两个哥哥三个姐姐是怎么被奴隶主卖掉的。

这成了他下一次的控诉内容。

后来他的控诉主要集中在两个话题上，一是他爹是如何被奴隶主从成都抢来做娃子的，二是他妈又是如何被主子像牲口一样拉来配给他爹做老婆的，本来他妈正和情郎自由恋爱。这两大话题，叶干事不断帮他强化，一次一次的控诉后，内容更饱满表述更流畅，尤其情感更悲愤撩人。木略的风头由此大盛，盖过团里的其他彝人，男女都包括。

他性格张扬，忍不住得意，再看人时眼睛便带点斜瞥。这会儿看夏觉仁也是，后者因此警告他："小心得斜眼病!"学舌问他：

"'措污汉呷'啥意思?"

"彝话不错嘛，有人骂你?"木略正给烟斗填烟丝，一翻沉甸甸的大眼皮反问说。

果然是骂人的话!"骂的啥?"

"烂汉人!"

一口气卡在喉咙，险些呛咳。

木略笑嘻嘻地说："夏军医啊，你惹着我们哪一个彝胞了？是不是阿果那丫头？别勾脑壳啊，"一边掀他的肩膀，折腾出的动静刚够张队长目光如炬地射向他们，喊的是："夏军医，检点你的行为，你是军人，不是老百姓!"骂的像是木略。木略夹紧双肩，伸一伸舌头，顽皮样不减。等张队长的头一扭开，又凑近来，带股烟臭，悄声：

"夏军医，昨下午那么一会儿你闻到花儿的香气了吧，看见花儿长得美了吧！要不然，你会心抖手抖，把人家姑娘的脚板划得非缝针不可!"

夏觉仁别过头，不睬他。他继续絮叨："你可听清楚，千万收拾起你的美梦，不要去惹事！我们彝人，是绝对不会娶更不要说嫁姑娘给汉人的，到时候把你的腿腿打断胳膊敲折，你还不晓得得罪哪方神圣了!"

张队长宣布散会，场面即刻大乱，夏觉仁拎上小药箱跑去草坝的另一头牵马。

那马儿咬紧一丛草，让他拽了又拽。木略跟来废话连篇："你躲我呢，夏军医！等你明白过来，感谢我都来不及。"紧跑三两步，和他并排，气喘吁吁地又说：

“我们彝人是不和外人开亲的，就是我们自己，也是白彝和白彝，黑彝和黑彝，我们娃子只有和娃子相配。大家不分里外，乱开亲，成啥规矩！谁要敢破坏这个规矩，乱棍子打死不说，生得有娃儿的，不是掐死，就是丢在河里淹死，爹啊娘的，因为羞愧，上吊的，拿枪射脑壳的，总要死几个来摆起。你就只管追求黑彝姑娘吧，到时候你完蛋不要紧，你家爹你家妈哭瞎眼睛也不要紧，最主要的是你会害死人家姑娘的。本来我很不赞成沙马依葛缠你的，现在看来，你两个倒还合适点，最起码能活命，她家住在汉区边上，比较开通。咦，你吭都不吭一声啊，我口水说干，跟着你腿也酸了！”

夏觉仁不看他：“你这么胡说一气，当心那两位姑娘听见不饶你。解放了，你说的那一套都是旧社会的坏风气，不作数了。你不是常在台子上愤怒控诉奴隶制对你的人身限制吗，说你连屁都不敢随便放。这会儿咋又替奴隶制帮腔，你啊，骨子里就是当娃子的命！”

2. 牵着马儿，爬到坡上一看，空空落落，哪有人影，心下凉透。张目向部队前进的方向望去，窄窄的峡谷里满是蜿蜒的人马，男女一色的浅黄装束，间或一两杆红旗。忽听有女子嗯嗯唧唧地轻唤，扭身一看，高兴呢，左脚板缠着绷带的曲尼阿果坐在一块青石头上，等在那里。

两人目光相碰，曲尼阿果一改瞬间的振奋，脸冰冷。他嗓子发干，吭吭两声，抱歉来晚了，问受伤的脚痛不痛，有没有发烫的感觉。不回答，只高挑了眼睛看他。两眼三眼，给他的感觉好像曲尼阿果站着、自己倒坐着。

“走呀！”听她促声，挺直上身，伸展双臂，等他相拉。

伸过手，曲尼阿果把住的却是以袖子相隔的胳臂，一脚着地，使劲，起身，就着他的帮扶，单腿蹦到马儿跟前。建昌矮马光着脊背，没有鞍鞯，自然也没有马镫来让她借力。

两人你一眼我一眼，不是看对方，就是看马儿，彼此无措。马儿不耐烦等，刨地，咴咴叫，脑袋不断撇向大部队离去的方向。

蹲下身，在曲尼阿果和马儿之间，连说带比画，让她踩着自己的腿再肩膀……猛地被推了把，四肢着地，吃惊不小，待往起爬，曲尼阿果的一只脚已经踏到他的背上，伴随着轻叫，可能伤口疼，可能在发力，脚尖用劲一点，把他当作上马石，撩腿跨上马背。

马儿等的不就是这一刻吗，撒欢儿往前，他手上的缰绳也被拽走了。

爬将起来，看见曲尼阿果正在马儿的屁股上加鞭，用缰绳梢，两根长辫在身后翩飞。

拍拍巴掌，拣干净腿上的草屑、石渣，拎起医药箱也去追赶部队。

赶过慢腾腾的收容队，就是他们医疗队的担架班，旁边还跟着三四位用松树、杉树枝当拐棍的轻伤员。

这些人中，有的认识夏觉仁那匹棕色带白团花的建昌马，一位当地汉人俞昌富，自称俞秀的远房堂哥，打趣他："夏军医，你的马儿驮着好漂亮的一个丫头飞也似的跑过去了。你可是怜香惜玉的人呢！那丫头我认得，是我妹妹俞秀的朋友曲尼阿果。"

俞昌富这个汉人居然混在彝人还基本是黑彝里当了叛匪。他说，谁让他的黑彝干爹克底要叛乱呢，又谁让他当时在他干爹家吃喜酒呢。克底家以儿子的婚宴为幌子，联合姻亲，和平常走动频繁的三五家人突然起事。

他喝得半晕时，听见他干爹等人骑着马儿出了院门，动静大，吭里哐啷，火把亮红半边天。他爱热闹，又多喝了酒，抓起枪，跳上马儿，吆喝着也跟了上去。天黑得伸手不见五指，凭着几支火把，哪能看清他们团团围住的是区公所的院子。围住就放枪，砰里砰隆，爬墙的，撞大门的，人人都在吼叫。

俞昌富和他干爹的儿子一前一后往洞开的大门里冲时，不禁嘀咕，这新郎急得跟孙猴子似的，还怕以后没仗打，一枪上来要了小命，连女人是啥滋味都没尝到，好可惜！

天到底有了点光亮，瞥见死在地上的一个男人穿着四个兜兜、立领的干部服。举目望去，墙上挂着毛主席和朱总司令的像，当即吓出一身冷汗。他不落后，参加过区上组织的政治学习，要不是老婆拖后腿，早吃上政府的饭了。

旋风样的跑出来，找他干爹问究竟。他干爹看见他吃一惊，问他咋来了？不回答，只问他干爹为啥攻打区公所，不想活了？他干爹和他的意见相反：正因为想活，活得还要自在。

他干爹也曾是解放军、人民政府的红人，走在大街上，县长碰见都会专门停步和他打招呼。谁想到转眼成仇，大打出手。

状况既明，俞昌富生起的第一个念头便是脚板抹油，一逃了之。他干爹也轰他，埋怨他不该跟来。

可他是有义气的人，要不是小时候他干爹把他从狗熊的嘴巴里掏出来，他早被狗熊骨头都不嚼地吞来变成屎肥地了，他决定留下来。他干爹再不勉强他，发给他十几发子弹，安顿他别老待在一个地方，要像受惊的鸟儿，在树枝头东一跳西一跳，保命。结果还没起跳，就被一枪穿过小腿肚子，俘虏了。幸好没有伤及骨头，夏军医真是当世华佗，三下五除二，把弹头从他的皮肉里挖剥了出来。

后面这句话，他当着夏觉仁的面不知夸过多少回。此刻他拄着松树棍，蹒跚到夏觉仁跟前，央求他再看看自己的伤腿："夏军医，我的伤口痒簌簌的，不会长蛆吧？"

夏觉仁一心追曲尼阿果，敷衍："早上卫生员不是给你检查过吗？"

"卫生员，就你说的木略，你问问我们俘虏，他耐烦给我们谁检查啊，横竖用指头敲敲我们的绷带算完事！我的伤口闷在纱布里三四天，哪里解开来清洗过、上过药。"

夏觉仁心里骂他挡道，也只得蹲下来给他检查。裹伤口的纱布脏兮兮，乌黑，刚褪出三两圈，恶臭扑面而来，熏得他掉头不及。

俞昌富更有话："夏军医，臭吧！啊哟，看见了吧，都是蛆啊，肥滚滚，动一动都费劲！我白白嫩嫩的肉啊，全让它们给搅和了！"声气带哭。

夏觉仁顺手在地上捡起一块石片，朝下拨拉那些聚合在一起、蠕动的米粒大小的蛆。俘虏感觉不到痛，看着白色的小蛆直落到地，一个劲地说："难怪痒呢，原来是这些蛆在拱我。"

把夏觉仁说笑了："早知今日，何必当叛匪！"

"谁是叛匪，我可不是！我当过金司令家的兵不假。但是小兵，没有血案。金司令你该晓得吧，金南山，有名气得很，中将呢。他女儿嫁给省大员的公子，还是蒋委员长的夫人保的媒。"

夏觉仁急于赶曲尼阿果，无心听他闲扯，竖根指头在唇上，示意他闭嘴。

张队长却叫唤着过来了，他让后面的跟上，前面的慢点，拉得太开，小心碰上叛匪遭殃。瞄见夏觉仁，冲过来："彝姑娘呢？"

夏觉仁告诉说曲尼阿果丢下他，骑上他的马儿跑没影了。

"那你在这里干啥？"

"优待俘虏！"俞昌富替他回答。

张队长这才注意到蛆啊伤口的，叫道："学生兵啊，昨天把彝姑娘的脚划破，今天又让我逮着虐待俘虏。不想干了，滚啊，卷起铺盖滚回老家去吧！"

俞昌富声称："不怪夏军医。"按说怪木略，但俞昌富懂世故，把长蛆的原因揽到自己身上："有种人，比如我这样的，生就的皮肉很古怪，有种怪香，像烂了的香蕉芭蕉，招蛆！你们笑啥，不相信啊？我长蛆不是头一回，六七岁时就长过，被开水烫了，七八天后开始发痒，痒得心慌，直撞墙。我家隔壁的老中医看出是蛆在捣乱。本来也是他给我治的烫伤。他老的眼睛毒啊，判定我是长蛆的皮肉。"

张队长让他别打掩护，夏军医慢待俘虏的错误，一定会追究。

俞昌富一骨碌爬起来，摆个金鸡独立的架势，抓着再晃着张队长的手求情：“队长先生，该处理的不是夏军医，是木略。他和我们汉人不一样，脑袋像灌过牛屎，说就该让叛匪统统疼死掉，木略那个蛮杂种……”

“闭嘴，”张队长生硬地打断他，“木略是我们的同志，是我们的民族兄弟，轮不着你来告他的歪状！谁和你汉人长彝人短，竟敢喊木略蛮杂种，可恶！”抽身而去，一边让夏觉仁少耽搁，追彝姑娘要紧，别被马儿掀下来摔破哪里更麻烦。

俞昌富哭丧着脸问夏觉仁：“我不会罪加一等吧？”

“再敢胡说八道！”

俞昌富转而操心他：“夏军医，是你把蛮丫头的脚板……”夏觉仁拿眼瞪他，忙忙地轻扇自己两嘴巴子，又说：

“四海之内，大家都是兄弟，我掏心窝子，和你说个明白。想必你和蛮子，哦，和叛匪交过几次手。你不会动刀动枪，起码你观战吧。你该晓得叛匪里没有汉人吧，除了我！我啊，谁让我的彝人干爹对我有救命之恩呢。你试试，把一个四五岁的娃儿从狗熊的嘴巴里掏出来，你敢吗，吓都吓稀汤了。我家干爹就敢，凭着一把匕首，硬是把狗熊的脖子捅烂啰。我家爹躲在好粗的一棵树后头，哭得鼻涕眼泪横流，眼看着他家儿子快变成狗熊的晚饭，那他也不敢来救我！得救后，我爹就让我拜克底阿和当干爹。他真喜欢我，好吃的好喝的都会给我留一份，好耍的玩意儿也忘不了我，还一匹马上带着我去逛过西昌城。我结婚他来搭礼，银子、羊子，一样不少。但他绝对不会把他的女儿嫁给我，原因简单，我是汉人！你别听我一口一个蛮子，那只是喊习惯了，未必有恶意。我爱戴我干爹，可做他的干儿子可以，做他儿子的朋友也可以，但我绝对不会娶他的女儿。原因还是那一条，他们是彝人，不同的两种人。你想想，彝人汉人话不同，风俗不同，男女咋能在一个锅里吃饭，又在一张床上睡觉嘛!”

夏觉仁听到这里皮臊心跳，停下手中正在缠的绷带：“又乱说，闭上你的臭嘴巴!”

“不好意思，我听见你和木略牵着马儿说的那些话了。”

起码，有人替自己分担可能迷上曲尼阿果而百感交集的心思总是有益的。夏觉仁想。

曲尼阿果之前，沙马依葛几乎是工作队女队员的全部。还有一个，叫什么妞妞的，在全团的各种联欢会上唱歌的那一位，嗓子清亮、高亢，响遏行云。

恍惚间，打绷带的手劲消散。

“夏军医，”俞昌富把住他的肩，在他耳畔喊话，“神游太虚去了吗，醒醒吧!”

他强睁眼睛，湿湿的，有东西渗出来，当然是泪。俘虏俞昌富认为并不是泪：

“唉，年轻人，你这样精气外溢，伤身体啊！手起开，我自己缠，松垮垮的。”又问他：

“多大？二十二三?”

“二十四。”

“照说轮不到我来点拨你。我，穷乡僻壤的一个村夫，命不济，成了叛匪不说，瘸子铁定。你青春年少，被姑娘迷住，冲动，是好事。再说阿果那蛮丫头，别瞪我，这就改正，阿果那丫头啊，少见的美人，瘦肩俏腰，小嘴巴嘟嘟，眼睛再一雾蒙，迷死人。可你呀，不是我们这里的人，不晓得我们这里的风俗、规矩。别给我提啥新社会旧社会。即便你愿意，她未必愿意，她愿意，她家妈宁肯拉上她去跳河上吊，也不会把她嫁给你。她家的骨头硬呢，黑彝。你要敢打她的主意，就像木略说的，他们会要了你的小命。你听我的话吧，也听木略那蛮子的吧，有那么多的汉姑娘，干啥喜欢彝姑娘！咋说你都乳臭没干嘛!”

“你个老油子，我可懒得和你废话，拖拖拉拉的，莫不是想找机会逃跑？”

“别换话题呀！我这样儿，瘸着一条腿，养了那么些肥蛆，能往哪里逃啊！”

爱情 2

1. 拐过一座山的岬角，隔着老远，便看见曲尼阿果和他的马儿，不禁大喜。那马儿驮着曲尼阿果在道路一侧的草坡上慢条斯理地吃草。马儿如此，曲尼阿果却不安分，又是左顾右盼，又是以掌不断地击打马儿的屁股。路旁枝叶茂密的杉树下零落地坐着的几个掉队的老兵、伤兵，带笑地望着马儿和曲尼阿果。

另一层喜悦是马儿带给夏觉仁的。很明显，不是曲尼阿果要等他，是他的马儿不走了，不管曲尼阿果如何拍打它呵斥它，都要停下来等候自己的主人！那马儿做他的驮畜，不过半年，自己没有特别训练它，伺候得也不周到。不像木略，一天到晚，都在和马儿说话，有点好吃的也要分给马儿，比如夏觉仁给他的糖、饼干，还喂马儿酒喝，连他私藏的宝贝鸦片有时也让马儿嗅一嗅。

装没看见，大声武气地和掉队的人开玩笑：“医疗队收容队还在后边好远呢，不怕叛匪乘这个空当儿把你们抓去当娃子!”几个人嘻嘻哈哈地回应他。

效果明显，只听“嘿”“嘿”，曲尼阿果声声唤，假装听不见，路旁的闲人都在帮腔，也不理。终于听来“夏军医”一声喊，故意打个趔趄，放声：“谁在喊我?”四下张望，“是你啊，曲尼阿果！你打着我的马儿跑得飞快，我还以为你已经跑过头阵，先到泸沽镇了。”三两步抢将过去。

“你的这个死马儿，饿死鬼，使劲吃草，咋打咋哄都不走！”曲尼阿果自顾自地说。

夏觉仁攀住马嚼头，摩挲着汗淋淋热乎乎的马脑袋，掏出把炒燕麦喂它，以资奖励。

医疗队陆续过来的人看他不慌不忙地在路边喂马，马背上驮着一位漂亮的女工作队员，难免羡慕，让他和自己换。他笑笑，不加理会，等马儿把炒燕麦在掌心上慢慢舔干净。“快走呀，我们。”曲尼阿果说，带点恳求。夏觉仁轻击一掌在马背上，发话：“走吧！”那马儿撩起前蹄开路，马背上的曲尼阿果吁出一口长气。

只要走开，医疗队的那帮人又被甩在后边。

穿行在峡谷里，随着山势，弯道左一下右一下，前后看出去都是长着树铺着草的山，或者光秃秃的石头，非得把这二三十里的峡谷走完，走到宽展的山坡上，才望得见大部队。在峡谷里行军，视野虽然逼仄，却有好处，前探的山崖或者斜生的树枝举着云一般的叶子，到处都在阻挡太阳。要不然钻到路边的岩洞、崖下歇一歇也很方便。还有来自云端的清凉山水随处流淌，峡谷里的鸟儿因此不分早晚，在树叶子的缝隙里、水中的岩石上啼啭、跳跃。

夏觉仁脑筋转来转去，太阳穴都痛了，找不到合适的开场白。他很在意曲尼阿果的伤势，又担心正好勾起她的不愉快，冲淡眼前起码还能听鸟啾啾听溪水淙淙的宁静。又憋了十几步路，仰头问：“渴吗？”如果渴，他可以提供灌在水壶里、已经凉了的白开水，也可以给她取能沁凉到心肺的溪水。她摆摆头。突然想起来自大上海、战无不胜的糖果，拦在马儿前头。马儿乖巧，停下步子，等他高举两手把糖果捧给自己驮着的姑娘。那位不肯多瞧，脸一偏，打马而去。

再往前，还是没有人啊马的影子。要不要，从前边传来三五声文工队鼓舞士气的歌声、快板声，然后是妞妞唱的一支彝歌。夏觉仁问：

“妞妞唱的啥歌?”

“乱唱的。”

“多好听啊。”

“你咋晓得，又听不懂。”

“词儿虽然不懂，但妞妞的嗓子亮不亮，调子美不美，我还是分辨得出来。”

曲尼阿果哼了声，稍顿说：“憨胆子大，不晓得害羞!”夏觉仁咧嘴暗笑，原来她孩子气，有点嫉妒妞妞。曲尼阿果放大嗓门，恼道：“笑啥子，你?”

“没有呀！我为啥要笑，没啥让我发笑的!”

“你笑了，不要以为我没发觉。”曲尼阿果两腿用力一夹，马儿因之蹿出去好大一截，把夏觉仁又撇在后头。夏觉仁不着急，马儿和他一伙。果然，马儿停下来，间或在空中刨着前蹄。

曲尼阿果的脸庞红彤彤，气得，她说：“你这匹死马儿我不骑了，给我换上一匹吧。”

夏觉仁不想她气急败坏，也逗她：“我不是首长，不是马夫，哪来的马儿让你换!”

她用没有受伤的脚敲打马儿的肚皮：“你放我下来，我自己走!”

马儿被她敲打得一蹦再一跳，尾巴、屁股左右乱甩。夏觉仁急忙揪住缰绳：“小心马儿起急，把你抛下来跌破头!”

曲尼阿果还是气哼哼地在马肚皮上摔打她的腿脚，马儿越躁，四蹄滑溜，欲前欲后，曲尼阿果跟着乱晃悠，急迫下，夏觉仁捉住了她的脚踝，可事与愿违，带来的是她的大力抗拒，然后是马儿，原地打旋儿。夏觉仁本来没加力气，哪能招架，脚下一乱，重心朝自己这边一偏，幸好抓着曲尼阿果脚踝的手松开得及时，不然倒地的同时把她也带下来了。

好一会儿，简直动弹不得，闪电似的想别摔残呀，那还怎么去爱曲尼阿果，或者曲尼阿果更不会正眼瞧自己了。渐渐感到古驿道上残缺的石砖、散乱的石子和硬泥把他的瘦骨头薄皮肉硌得生疼。再一打量手腕、掌心，这里那里不是蹭掉油皮，就是渗满点点珠血，还沾着干泥、细石和草屑。

爬坐在地，打开药箱，取出蒸馏水、棉签，清洗手腕、掌上的擦伤。

忽听得嘤嘤的哭泣声，四下一看，再往上，想不到是骑在马背上的曲尼阿果在哭，泪水啊，涌流不断，都快听见哗哗声。一跃而起，问：

“噫，你哭啥，是你摔疼了，还是我啊？”

不作答，哭得浑身哆嗦，趴伏在马背上。

攀住马脖子，奇怪得无以复加：“你不是担心我吧？我没摔着，好好的。”踢腿甩胳膊，当然痛，龇牙咧嘴。

“你看疼吧！”曲尼阿果呜呜，一边说。

果然在担心自己！心头一热，手就探着了曲尼阿果的脸。皮肤滚烫，弹力十足，还有眼泪，清水一样，心颤啊！

曲尼阿果抬起身，让他的手落空，哭得止不住，两只手从里到外横揩着眼泪，脸都花了。

她不是在担心夏觉仁，哽咽着，还是把话说明白：“我可没有掀你呀，是你自己不小心摔下来碰破脸、胳膊、手的。”

“我并没有怪你！”那位还是擦不干的泪，又说，“是我没站稳当，脚下一滑摔倒的。”

曲尼阿果张开十指，露出眼睛鼻子脸颊各一部分，补充：“你的马儿太调皮，撞你了吧。”

谁说这丫头的汉话差了，绕来绕去，挺能替自己开脱！想笑，忍住，板正脸孔：“你说得对，要不是我的马儿不听指挥，扭来扭去，我是不会摔跤的。”

曲尼阿果沾了泪水的眼睛亮亮的:“那人家要问起你来，你也这么说吗?”

啊唷，她是为逃避责任!

“全是我的错我马儿的错。”夏觉仁强调，好奇之极，“谁会管这事?”

“我们队长会管，常提醒我们，要尊重你们解放军，帮你们做事情，沙马依葛最受表扬，因为她给你们洗衣裳，家里送来点好吃的也分给你们，是不是还纳了鞋垫子给你?我们队长要我们别仗着自己是地头蛇就欺负你们。你看嘛，如果人家不晓得是你的马儿犯的错，你又没有站稳当，还以为我欺负你，让你摔得鼻青脸肿。”

夏觉仁故意不搭沙马依葛的话茬:

“就算你害我摔倒的，又有啥干系，你不是故意的!”

“哎，难道你们解放军不管这些事吗?我们工作队抓得可紧了，谁要犯了点错误，队长组长就会来找你谈话，严重的还要开会让大家教育你。人人都要讲话，轮到我，都不晓得讲啥好，那么多的人，眼鼓鼓地盯着你，羞都羞死。沙马依葛最讨厌，比队长还凶!她和你挺要好的，她要晓得是我让你摔的跤，肯定会开我的批评会。”“啊呀”一声，紧着捂嘴巴，咯咯的笑声冲口而出。

夏觉仁也笑:“这你可不能怪我，是你自己暴露的。咦，你在为自己狡辩时，汉话多顺溜，词儿也多。”给马屁股一巴掌，让马儿嘚嘚的，先走起来。

2. 中午打尖，夏觉仁表态他可以给曲尼阿果当下马石。曲尼阿果不愿下马，干咽半个酸馒头，不肯再吃，还是不喝水。夏觉仁多让几回，脸色大变，很不乐意。

她不下来，马儿的辛苦持续着，到溪边喝水也得驮着她，捎带啃食沟边青嫩的草。夏觉仁觉得对不起自己的马儿，只好一次一次地喂它燕麦。

他们已经咬住大部队的尾巴了。

大太阳，一丝云彩也没有，深透的蓝上泛着淡白，燥热，再加上凉山不分季节的干风，夏觉仁因此唠叨：“少吃东西罢，再不灌些水，不出一天，人便会被烤干，脸上还会起皱纹，核桃皮一样，等宿营时，你的朋友俞秀看见你还以为哪里来的一个老婆子。”怎么说，曲尼阿果都当耳边风，用细软的桑树枝给她编的遮阳的头箍，倒戴上了。

前面传过话，让大家打起精神，加快步伐，泸沽镇就在前头。悄没声息好一阵子的快板声又响了起来，但没有上午清脆、活泼，妞妞也没唱歌。

曲尼阿果向北指点着告诉夏觉仁，她的家在那座峰顶有雪耀眼的山背后。那是视线里最高的一座山，前边，苍绿地层叠着三四座，后边，谁知道还有多少座。她说她的家从泸沽镇向东要翻九座山，从甘相营呢，只需要翻五座山。他们来泸沽镇，宁肯翻山。那几座山里遇到的彝人多汉人少，汉人也只在登相营住得有七八十户。她们绕着走，不一定非要进去。那是给南去昆明北上成都的商人准备住和吃的地方，有汉兵把守。汉兵坏得很，一见到她们，不是喊：“蛮丫头，过来和老子们晒晒挡墙的太阳”，就是叫：“帮老子们捉几个虱子来吧，痒得没奈何！”但只要她们的父兄在身边，坏蛋汉兵连偷着都不敢看她们。她说：“登相营有一家炒货香得让人想起来都淌清口水。那人家姓欧，女地叫桂兰，长得好矮哦，怕没这马儿高。狡猾得很，称她一两南瓜子葵花子也要克扣几颗。”

既然说到吃，夏觉仁又把他的糖果掏出来，建议她吃块巧克力，外国糖，还是不吃。嘻嘻笑，让他给沙马依葛留着，“我们都晓得她最喜欢你的上海糖。”问他：

“上海在哪里，比成都远吗？”

真不敢相信自己的耳朵，这姑娘天天学习，还专门在成都学习过，都学哪里去了！曲尼阿果又说：

“是电影《一江春水》演的那个地方吧。城市好大哦，楼高，灯光闪闪，晚上映在好大一片的水面上，星星一样。”她表示想吃颗那里产的糖，还得硬的，水果味。

恰恰没有。

她说：“那就不要了。”可以喝口水。

她说话算话，只一口。夏觉仁还待劝，已打着马儿插进队列。那马儿可能发现自己的主人心仪背上这位姑娘，听她指挥了。

这回留住曲尼阿果的不是马儿，是一群长胡子有黑是白的山羊，紧随它们的不但有一股又一股荡漾而来的臊味，还有拉的遍地都是的圆屎蛋子。几个牧童站在一旁，饶有兴趣地看着行军的队伍，任由山羊在队列里咩叫、乱窜，不是别了人腿，便是碰了马腿。

曲尼阿果好脾气地俯视着赶上来的夏觉仁：“你的马儿现在听我的话了。你要不信，我试给你看。”正要打马一试，望见了自己的队友：“啊呀，我看见沙马依葛她们了，我赶上她们了。你快看呀，看到没有？”激动得晒得闷红的脸蛋快绷开似的。

夏觉仁即便踮起脚尖也看不见，讨她的好，随口：“咦，那不是俞秀吗。”

“哪里？”她翘起下巴颏张望，“我咋没看见。”嘻嘻一笑：“骗我，你矮矮的，看见的都是人家的后脑勺吧。”在马背上扭来扭去，并不急着去和自己的队友汇合。

神使鬼差，夏觉仁问：

“想解手吗？”

她倒抽一口气，眼睛毕张，嘴巴也是，好一会儿，就这么呆呆地让马儿驮着自己，迈着小碎步。

至于吗？解手而已。她坚决不喝水也不怎么吃东西难道和她忍着不解手有关？紧跑上前，揪住马辔头，曲尼阿果身体后闪，脸色、眼神一派肃然。迟疑着，还是说：

“别不好意思，解手吧，憋着会得病。”

曲尼阿果额上太阳穴各爆出三两根青筋，一扬头，紧拽缰绳，两腿狠狠地一夹再一夹，马儿嗖地蹿出去，经过之处，前头后头的人都在叫唤都在躲闪。

3. 接下来的行程再没人和夏觉仁做伴，他也没有刻意加速，事情明摆着，要赶上骑马儿的曲尼阿果，除非有一双飞毛腿。他不算最晚的，抵达宿营地时，刚巧赶上某个连队的晚饭。做军医的好处是认识的人多，受欢迎。

胡乱吃两口，便去找曲尼阿果，名义上牵马儿，实际给她换药，更为比照已然印在他心中的曲尼阿果的俏模样。

部队在一个乱石滩上扎营，木略向往的有马家姐妹的泸沽镇还在三十多里以外。

旁边有一个不知道名字的寨子。

寨子不大，地还平坦，远的近的，除去水声，就是狗吠。住的都是汉人，土墙瓦顶，房前屋后植满果树，不过梨树、桃树、李子树、板栗树、樱桃树几种。这个时段果子已下树，树叶却非得十一月底才会枯黄凋零。在它们的层叠遮蔽下，房舍难显。窄门小窗是凉山房屋的基本建制。有钱的盖碉楼，把自己的家建成一个堡垒，为在月黑风高夜防范恶匪凶徒。各个寨子视财力，还多筑得有数丈高的碉楼，从四个方位俯瞰寨子和四周的动静。稍有风吹草动，镲啊锣的，盆盆碗碗敲响，有枪的拿枪，没枪的，锄头镰刀尽皆握在手中，准备一拼。这个寨子也不例外，四个碉楼分布四角，薄暮里黑乎乎的，粗大。

过来一个扛锄头的老乡，问他见过女兵吗？老乡稀奇女兵，给予特别的关注。答非所问，只顾诉苦：前天一股被大军击散的蛮子流窜过来抢东西，猪鸭鸡羊，苞谷大米洋芋，能填肚子的都抢。

类似的消息不断，表明叛匪给养困乏，难以为继。再过上一两个月，冬天时节，凉山下雨也下雪，再一坚壁清野，叛匪维持不到春天，可能就被各个击破了。击破他们以后，部队会怎么样呢？会不会开拔到别的又有叛匪的地方，或者撤回成都呢？不管前景如何，夏觉仁暗下决心，都绝不离开曲尼阿果而去。

像流星划过他的脑际，豁然开朗，亢奋渐起，为自己的绝妙念头——和曲尼阿果长相厮守，就是娶她做老婆啊！

感到有人直冲他而来，闪避不开，腰上被杵了一肘，是木略：

“直眉愣眼，想啥呢？”

他欢喜道：“这么一大天，你躲哪里去了？”

“我躲起来好让你称心！听说你四脚朝天，鞍前马后，尽忙着伺候人家姑娘了。这会儿又忙着要去哪里，难道要去给人家端洗脚水！怕不稀罕，在那里吃完饭快睡觉了。”木略往后一指说。

乌鸦鸦的，天越黑，哪里看得清：

“你见阿果了？”

“嚯，嚯，好亲热，已经叫阿果了！不光见了，还和她一起吃的晚饭。要等我们的人，早饿得挺尸！”

夏觉仁遮掩：“你看见我的马儿了吧，我得把它牵回来。”

“我已经找人帮你遛过了。你不用假装，想干啥就干啥去，我敢拦你吗！”

夏觉仁赶紧转移话题：“咱们在哪儿宿营呢？休息去吧。”随木略挪半步，假意想起似的：“我还真得去看看曲尼阿果，她的伤口该换药了。”拿不准那位的态度，强拉上木略，让他给自己带路。

木略嘟囔着，把他领前去一推：“阿果，夏医生说要给你换药、检查伤口呢。”

曲尼阿果一口回绝。她身后的帐篷漫出来的蜡烛光有少许跳跃在她的眼睛里，刚好显出她的态度，不容分说。

夏觉仁继续木略的话头：“伤口焐一天，天这么热，要是化脓，要是发烧，会掉队的。”

曲尼阿果高兴道：“那才好呢，我回家耍去。”

“要去?”夏觉仁威胁，“到时候才晓得有多遭罪，痛得你哭天喊地都不灵!”

曲尼阿果干脆抿紧嘴巴，不搭腔。

木略嫌他啰嗦:“走吧，夏军医，阿果有的是主意，稀罕你！俞秀，”朝帐篷喊道:“你好生照顾阿果，我们回去了。”拽了夏觉仁便走。这位急急地掉头还嚷:

“阿果，你先别忙着休息，待会儿我让吴军医来给你换药。”

4. 和木略寻摸到自己的宿营点，队里的人正埋锅造饭。两人躺在一旁的空地上，各点一支烟，慢慢消受。吴升不知去向，只好动员另一位军医去给曲尼阿果换药。

烟抽到半根，来了一人，全副武装，自称指挥部的，请木略跟他走一趟，极客气。

木略掐灭烟火，剩下的夹在耳朵上，吩咐夏觉仁等他回来好吹牛，跟上走了。

结果不要说夜里，第二天都没回来。问张队长吧，怪神秘，只说木略执行任务去了，叮嘱夏觉仁保密。夏觉仁不以为意，牵着马儿去驮曲尼阿果。

曲尼阿果脸上红晕漫漶，嘴唇、鼻翼轻颤。哭过吗?眼泡有点肿。感觉在期待什么似的。

把马儿牵到她身边，旋即爬跪在地，等她上马。曲尼阿果的呼吸好急促。

眼前突的一暗，大太阳天，旁边不见树木岩石，哪来的阴影!抬头看究竟，“呀”，不止一人的腿，好几人的。高抬头，沙马依葛、俞秀这两位是认识的，另两位不认识，四位女工作队员自上而下看着自己，大惑不解，尤其沙马依葛。

“干吗呢?”起身道，揉膝盖，硌在石子上，连带昨天的摔伤，生痛。

沙马依葛发话：“谁让你趴在地上让人踩的？”

来回看沙马依葛们和曲尼阿果：“我自己啊！你们吵架了？啊呀，阿果哭了！”

不提则罢，一提，曲尼阿果顿时泪水滂沱，连哭带嚷：“我说过吧，夏军医心甘情愿！”

“心甘情愿？”沙马依葛气愤之极，转而问夏觉仁，“阿果没逼你？”

“确实心甘情愿，”夏觉仁证明，“阿果上不去马背啊！她的脚，”顿一顿：“受伤了，因为我！”

“可你咋能当她的上马石呢！”沙马依葛的脸通红，话音发颤。

她急切到这种程度，夏觉仁倒不知所以了。曲尼阿果抽泣着管自说：

“依葛，这下你信了吧！还想开我的批评会！”

沙马依葛斥道：“信不信有啥关系，关键是你的旧思想根本没得到改造，你们黑彝家的、奴隶主家的本性还在作怪，你以为自己还是主子家的小姐，夏军医是你家的娃子啊！”

“我没有……”曲尼阿果哭声越大，夏觉仁赶忙帮腔：

“哪来的主子娃子啊，都是同志间的互相帮助！”

“你懂啥！”沙马依葛凶他，“一个上海佬，哪里晓得他们黑彝奴隶主的花样，他们从来都让奴隶娃子给他们当上马下马的石头。不嫌硌的，还让奴隶娃子给自己当枕头。”

“哪家奴隶主拿娃子当枕头当上马下马的石头？依葛，你看见了？还不是个别人诉苦会上骗眼泪张起嘴巴瞎说的！”插话的是曲尼阿果。

“江山易改本性难移，你就帮自己的反动阶级辩护吧！”沙马依葛敲打道，“难道木略的苦也是瞎说的吗？”

曲尼阿果给噎住了，这回帮腔的是俞秀：

“依葛，嫌木略狗嘴里吐不出象牙的是你呀！”沙马依葛瞪大眼睛，不明就里，俞秀点她："木略污蔑你家爹，说他收娃子的薪水，那个当基干队员的娃子。"

轮到沙马依葛被噎。人外有人，另两位女队员站出一位打抱不平：

"有一说一，不要找些八竿子打不着的话扯淡。俞秀、夏军医，你们不要为曲尼阿果打掩护，她做的就是不对，脚受伤需要照顾没错，上马的方式难道只有踩着夏军医的背这一种吗？现成的我可以推荐一种，把大家的背包摞起来嘛。两个不够，三个总够吧，一匹建昌矮马儿，我不信上不去。"

铿锵得很，大家悄声敛气，听她指挥：

"夏军医，把你的背包也垫上，麻利点！耽误这工夫，先头部队都到泸沽镇啰。"

5. 泸沽镇并不是目的地，部队没进城，绕着城墙直接上了东边的山路。

莫非有敌情？否则，遭遇战后部队哪能一点休整都不做啊！夏觉仁暗想，或者，木略的保密行动和持续行军有关？木略，翻身没几天的奴隶娃子，好吃懒做，贪占小便宜，能做什么呀！

夏觉仁闷头走在卫生队的行列里，很生沙马依葛的气，这个女子，生拉活扯，终于把他和曲尼阿果分开了。

沙马依葛认为既然曲尼阿果可以就着叠加的背包上下马背，马儿又很听她的话，夏军医还有什么必要跟着呢。三百个士兵才摊得上一位军医，夏军医怎能搞一对一！

来到一条峡谷，谷底的水流不大，水浪却翻滚着击打在沟中的乱石上，轰轰，淹没了说话声脚步声。小路越走越窄，羊肠子似的。对面的山腰上，往来着一些挖山运石土的民工、军人，正在那里维修被泥石流冲毁的公路。

谷口有个彝人寨子，除几家的房顶上铺着压了石头的木板外，都是瓦片，间杂几块玻璃做地叫亮瓦的在其中。村前村后的山上到处跑着牛羊，也是果树满目，再往上，松木杉树密密匝匝，连到天上，凉山常见的山林景象。

部队穿寨子而过，两边的人家房门洞开，各站着看热闹的男女人等，娃娃跑前跑后，喧哗不止。装束都还齐整，着黑的居多，不论男女都绣着彩色的花草。旁边的一位揪揪夏觉仁的衣襟：

“喂，有姑娘在向你招手。”

定睛看去，是沙马依葛，兴高采烈，一无芥蒂，只好移步过去。沙马依葛旁边有位身着彝装的女子，介绍是她大姐，嫁到这里四年了。和她一样，高而苗条，大眼睛大嘴巴，汉话也流利，只因饱受山风，眼角嘴角尽是细细的纹路，皮肤黑糙。

热情不亚于妹妹，上下打量他：“你就是我家妹妹喜欢的那个军医啊！在汉人里算高个儿，皮肤不那么白嘛。”

咧咧嘴，算回应。

沙马依葛的大姐更加热情，递上一碗透明如藕粉、称做冰粉的东西，说浇了红糖水，甜甜的，又解渴又败火。掩嘴道：

“谢谢你给的止泻药，我家小儿子要不是那药，哪里禁得住，早拉稀拉死了。毕摩来念经，苏尼来打鬼，都不管用。要说我家妹妹喜欢你呢，连我也喜欢你呢。”

这么听来，沙马依葛未必喜欢自己，喜欢的是药！夏觉仁想，讨了碗冰粉还喝，那姐姐的话听起来又不顺耳了：

“军医啊，你和我家妹妹的事你放心吧，我会把我看见你也爱见你的话告诉我家爹妈的，他们老脑筋，未必欢喜和汉人开亲，你们两个到时候可要费些周折哦。”

勉力将冰粉倒进嘴里含着，抽身而去，沙马依葛跟着。走出去好远，回头看去，沙马依葛的大姐还在向他们招手。沙马依葛问道：

“我大姐人好吧?”不等回答又说，“就是命不好，全怪我家爹固执，给嫁到这山上来了。”

“你……”夏觉仁愁得说不出口，沙马依葛力促：“说呀，我咋了?”

“你怎么可以和你姐姐说那种话?”

沙马依葛有准备，可她居然厚着脸皮不做反应，倒让夏觉仁胆壮气足，终于在他目不转睛自觉犀利地盯视下，沙马依葛眼神闪避，头微勾，很快，昂头，神态倔强，语气坚定：

“难道这么久以来，我不断地送你好吃好玩的，找你耍，陪你说笑，为你分忧，你不明白我喜欢你?工作队的姑娘笑话我，说放着营长连长不要，偏偏看上你这么个小军医！说句准话，你到底咋想我的，喜欢我吗?”驻步，盯着他，要他答复。

夏觉仁躲开她的眼锋：“你姐姐是故意的吧，说那些有的没的?”

“我就是要试你一试。”

“试出啥了?”

泪涌出来湿了她的睫毛，再漫溢到脸颊下巴，别过头，都呜咽了，还是回答：

“我也不晓得试出啥来了。你不会不睬我了吧?”

这一份委屈、执着，也揪扯夏觉仁的心，预设的防线不堪此击，声软，腰弯：“应该你不睬我呀，像我这般傻笨的家伙，不值得你高看!”

“我就要高看，”沙马依葛跺一跺脚，腰肢轻晃，“哪怕全世界的人都小瞧你!”

哪来的全世界啊！夏觉仁龇牙轻笑，沙马依葛眉眼上扬，一抹眼泪，怒道：“我丑吗憨吗，敢笑我!”

夏觉仁眼风掠过她的头顶：“我可不想进收容队，先走。”

作势欲蹿，被沙马依葛揪住后衣襟，再挎包，然后肩膀，不争气，掀来面对面，高扬胳膊，像要赏自己耳光，朝后就闪。奚落：“胆小鬼，害怕了吧！”又说：

“我咒你跟着曲尼阿果上刀山下火海，没有好果子吃!”

主子与娃子

1. 风声水响，曲尼阿果等一干女队员也听说了沙马依葛的诅咒。曲尼阿果的反应直接，让俞秀把马儿牵来还夏觉仁。总得有句话吧，哪怕难听的，俞秀说，“没有，”自己倒笑着丢下话：“夏军医，你癞蛤蟆想吃天鹅肉啊！”

夏觉仁换匹马儿找人给曲尼阿果牵去，骗她张队长让送的。送马的人回来说：

“莫非你欺负彝姑娘了，在那里哭天抹泪，好伤心哦！”

夏觉仁却大声宣布：“我没有欺负她，是爱上她，爱上曲尼阿果了。”

“爱”字既出，神情又庄重，惹得帮他忙的，包括旁边的几个粗人笑将起来：

“学生兵，爱啊爱的，想要酸掉我们的大牙巴啊！”

“色胆包天，竟敢违反民族政策，和彝姑娘勾搭！”

事态不及扩展，命令来了：火速前进，攻打被叛匪占领的拉龙区公所。

众官兵拉开步子，一路小跑。

医疗队比起正规军，慢是常态，等他们精疲力竭地赶到，太阳落山，战斗结束。

没有战斗，架势都没有拉开，叛匪闻风放下枪投降了。

晚到的夏觉仁们正好看见一溜三十来个投降的彝人，在凉山明亮的暮色里，剪影似的走在区公所由木栅栏和泥巴石块砌的战墙下。这些人一辈子以战士自居，这一刻脑袋低垂，双肩耷拉，活像夹尾巴的狗。偏偏基干队的家伙跟在一旁横加嘲笑，软刀子杀人不见血！

他们人手不少，还有处在山巅的险要地势依仗，枪声都没听到一声半响，不战而降?

原来有人策反奏效，兵不血刃，轻取了他们。

策反的人原来是木略。

那么木略不就成英雄了?

正是，这次战事中唯一的一位英雄。

木略策反的是他的主子吉黑哈则，而且一举成名。

他的主子之前没费一刀一枪便占领了拉龙区公所，策应他的是马海双布率领的基干队，八个队员，集体叛变。

理由简单："汉人区长小李把老子们惹毛了!"

马海双布找上门向吉黑哈则诉苦：小李区长人没三泡牛屎高，干饭没吃两碗，却屁话连天，给基干队员当老师，教汉话汉字、站姿坐姿，示范抓筷子握笔。更可恶的是，守在茅厕门口发揩屁股的黄草纸，让改变陋习，别用石头，或者薅把草了事。用手一抹某位基干队员的脖子，奚落污垢两寸厚，问不洗澡不刷牙吗。逼着基干队员把衣服脱下来丢进煮饭的大铁锅，说要煮死藏在里面的虱子虮子。那些衣服经年累月地穿在各人的身上，哪里经得起揉搓，竟至噗噗地在锅里煮，待捞起，条条缕缕，已然寿终正寝。种种行径，把马海双布和他的手下气得烦得怨声载道。

已经是一堆干柴，还朝里头弹火星。那一天，手舞足蹈，把某位的缠头碰落在地。偏偏缠头顶上尺高、棍状的天菩萨，一头栽进烂泥巴。主人之惊惧之恼怒无以复加，当场暴吼。

事已至此，小李区长仍好歹不论、死活不知，教育人家要科学文化，不要封建迷信、落后风俗。

话没说完，被撂翻在地，绑了个结实。

光是帮马海双布收拾得罪彝人的汉小子，吉黑哈则犯不着。他的娃子百姓，差不多都投靠政府了。眼前这一二十号都是自己的舅子老表，死了伤了，咋向他家妈和老婆交待。

要是区公所藏着好多枪好多子弹又当另说。

临出门，吉黑哈则照例去和他妈告别。他妈心口痛，躺在铺上，锅庄里的冈炭火时明时暗，他妈的眼睛也是。她不赞成儿子打区公所，她说自己虽然大门不出二门不迈，却晓得这次的情形和以往大不相同，最起码娃子逃得只丢下三几个老的小的残的，比如木略家爹妈，还得吃他们用脏手懒力气做的没有嚼头、一股子酸屁味的荞麦粑粑。

可吉黑哈则怎么舍得那些藏在区公所的枪和子弹！

根本没藏得有枪和子弹。

马海双布故意激吉黑哈则，说他本来就是叛乱分子，加上进占区公所，罪加一等，枪毙两回都嫌少。吉黑哈则没血案，根本不理会他的威胁！他当即割下一个干部的耳朵说："等我把这两个耳朵给解放军送去，看他们信你还是信我？"

吉黑哈则后悔没听他妈的话，两手抱住脑袋东想西想，没有眉目，反而把脑袋想痛了。咂巴嘴，不无遗憾地说：

"哎呀，要是木略在这里该多好，对付马海双布不在话下！"

2. 从小到大，吉黑哈则动辄骂木略蠢猪、笨蛋。他爹却说木略比他狡猾一千倍。一千倍太夸张，一百倍他承认。

木略在彝话里是"小"的意思，木略出生时主子给起的名字，说当个小东西让我家哈则照顾一辈子吧。吉黑哈则不过大他两岁。木略因此成了吉黑哈则的玩伴，某种程度上也是他的朋友，前提是必须服从他仰仗他。木略狡猾就狡猾在这里，装傻装憨，主意明明是他的，却通过小主子的嘴向外公布。

小时候他们和别家的娃儿打架，主子和主子打，娃子和娃子打，要不然没面子。木略打架总得胜。不是他力气大、功夫强，而是狡猾，要不趁对手立足未稳使绊子扯裤腰，要不撒灶灰迷人家的眼睛，要不死狗样的赖在地上再伺机反扑。吉黑哈则打架时，木略不但跳跃着给主子鼓劲，还示意，打肋巴骨打鼻子打心口，揪头发卡脖子。有一次他唆使小主子踢人家的鸡巴，把人家踢来昏死在地上，半天没动静，差点引起两家械斗。

吉黑哈则家给他订的是娃娃亲，在县城赶场和女方打了个照面，嫌那丫头头发黄软、稀少，脑门凸，像汉人做的包子，眼眯鼻塌，个子又矮，裙摆让她当扫帚用嫌长，简直比毛毛虫、茅厕里的蛆还讨厌！

慢慢的，有话传到姑娘家，说吉黑家正找巫师做法事，驱赶缠上吉黑哈则的狐臭鬼。说吉黑哈则臭的呀，把家人熏得头昏脑涨不说，连晾在房子外墙上的腊肉香肠都无法下嘴。彝人生平最怕两个遗传，一是麻风二是狐臭，怕败坏根基。吉黑哈则的准岳父母也不打听清楚，便托媒人来退亲，还要吉黑家赔二十只羊两头牛！

自那以后，再遇到难题，吉黑哈则都推给木略："你去想一想再来告诉我咋办！"

半年前，他大舅子来动员他起事，和政府对抗，他首先想到的是木略，想让他替自己拿主意，但木略这个臭娃子已经在解放军里当卫生兵了。

有啥主意好拿，就是不能参加叛乱。要不是解放军，他只要小命不丢，一天到晚都会被仇家金司令南山追得满山乱跑。解放军、人民政府是他的救命恩人啊！

梁子是他爹结下的。他爹不愿意将自家的两座山拱手让给金司令经营花果山，被金司令派人击杀在北山上。死了，还不让收尸，丢在一蓬刺巴笼子上，烂得皮肉一块块地往下掉，再风吹雨淋太阳晒，骨头架子白森森的又在那里放了好几个月。

他的大女儿当年五六岁，被金司令的兵挑在一根竹竿上戏耍，屎尿横流，魂飞魄散，到如今十四五岁，仍然傻家伙一个。

汉区解放，枪毙金南山的老婆母老虎时，他居然操心说，金司令死就死了，何必拿一个妇人家顶罪！

此话一出，众人都骂他没心肝没脑子。听说他叛乱后，木略更发狠："管你哪一天被打死被抓住枪崩，我都不会去看你一眼。"

那时木略的立场还没有完全转到奴隶娃子这一方来，对他家主子自有恨铁不成钢的牵挂。而如今奴隶社会崩溃了，凉山彝人从奴隶社会直接飞跃进社会主义社会。中间隔着两个社会，一个封建社会，一个资本主义社会。这都是解放军和政府里的男女干部在飘着红旗的台子上讲的。

主义，社会，没人能听明白，有些憨子，比如波火，也是吉黑哈则的贴身娃子，张大眼睛问木略："飞?"使劲在地上跺脚踮脚，"像老鹰的样儿，石头泥巴树子，还有山羊、黄牛、我们人都能飞吗?"木略耐着性子告诉他："这是政府打的一个比方，意思是主子管天管地就是管不着我们了！"

事情明摆着，金司令家的租户，那些汉人已经分到了土地，有些还住到以前有钱有势的人家里，个别娶的还是那家主人的小老婆。

如此明显的变化，吉黑主子没有感觉。他去过上海、北京、广州、成都那些城市后，也没有感觉。成都，他十四五岁时跟他爹去过。如果比较，他感到的变化是现在没有以前好耍，他爱逛的赛马场关闭了，枪没处买了。他带出去准备换绸缎的几坨烟土也被政府的人好言相劝，收购了。满街上的人走路飞快，泡茶馆的尽是老人，女人家不像从前那样爱打扮，也少有穿旗袍的，一色男人的裤子，腿子短的粗的，好丑。

凉山却变得好耍了，起码县城再没有妨碍他的人，城门到时间也不关，听说连墙带门还要拆掉。一天到黑，这个酒馆那个饭馆，到处忙着喝酒，飘飘然，好不舒坦。偶尔到教育科自己的办公桌边坐一坐。他妈胸口疼，捎话让他回趟家，舍不得离开酒铺子，支使木略回去应付。话说得有道理："你懂治病！"

那天，木略还没动身，吉黑哈则的大舅子瓦扎瓦铁经过这里去西昌开会，他是邻县工商科的副科长。见他的妹夫好吃懒做的样儿，很生气，骂他以前"和金司令打仗的劲头被狗吃了！睁开眼睛看看你家的娃子都在干啥！"指的是波火。那家伙忘乎所以，拒绝给他遛马。恨得他几马鞭子过去，波火嗷嗷叫唤上几声后，竟嚷着要找政府的人评理。

瓦扎瓦铁气得再没往前去西昌开会。临走，讥刺妹夫："贼胆子大，仇人的宅子敢住，仇人的床敢睡，不怕他变成厉鬼勾你的魂啊！"

瓦扎瓦铁离开后，木略被主子打发回家。

木略哪里想回去，跟着主子住在县城，鸦片找起来也顺手。政府禁烟，三令五申，特别挑宽敞的坝子烧鸦片，浓烟滚滚，真烧了不少，可惜啊！但在县城曲里拐弯的巷道里，在汉人家的土墙缝里、结了蜘蛛网的房梁上还都藏着鸦片。

木略不想回去另有原因，不想听主子给他配的老婆乌孜唠叨，总是没得吃的、穿的也没有这些废话，却生不出一男半女。人傻将就，还丑得不堪，龅牙齿，猪眼睛，鼻子瘪得不过是平面上多了两个出气的孔。

也是运气，三两天后，正在山上找治心口痛的草药，迎头碰上解放军的医疗队。领队，张队长，对这位粗通草药、汉话流利的少数民族兄弟又惊讶又欣赏，问他愿不愿意去部队当护理员。当即应承下来，完全忘了先得主子同意。张队长陪他去请示吉黑哈则的妈。

吉黑哈则的妈胸口疼，躺在锅庄边呻唤，一木瓮鸡汤凉冰冰地搁在一旁。张队长给她服了颗药，白白的小圆片，不那么痛了。撑起身听解放军要带走木略的请求，到底刚吃了人家的药嘴软，只得答应，问：“那我再疼起来咋办?”张队长又给她放了几颗药，告诉她：“县人民医院成立了，这可是凉山盘古开天地以来的一件大好事，可以去那里检查。”

“盘古开天地”，木略翻译不了，他爹三言两语，用汉话，讲盘古的故事。他爹还带点成都坝子的口音。这又让张队长他们吃一惊，光看他爹的装束、神态，和被凉山上的太阳晒得黢黑的脸，谁能相信!

他不是彝人，是汉人，记得家门前有一棵探进天空的芙蓉树，落花时分，花瓣好大好红，落到水井里，连井水都能染红。还记得每一天都有好多穿蓝布大褂、戴白布缠头的人坐在长条凳上，等他爹爹号脉看病开药方。

木略就是那一天到的部队，从此，他的自由生活开始了。

3. 吉黑主子听说后气得喷血，话是他说的，不知真假。他专程从县城跑回来，堵在木略家的门口跳脚大骂。一探手，房顶上的木板、石块被他掀落不少，劈里啪啦，尘土飞扬，吓得木略的爹妈大气都不敢出。

木略的爹牵去家里唯一的一只正挤奶喝的山羊，才勉强把他的怒火压下去，吩咐：“传我的话，家里有个屁大的事儿，木略都得给我滚回来。”

比如主子家妈心口痛、小儿拉稀、大儿崴脚、傻女儿头上跌包，地里的荞子被前晚的暴雨浇得栽倒一地，羊子走失，连主子家的马儿踢伤路人，养的一窝蜜蜂在工蜂的带动下叛逃到野桃树上，也要把他喊回去。

一来二去，便找借口抵挡，政治学习，护理，出诊，教彝语，变着花样。再后来，连主子派来喊他的人也不回去了。

越往后，吉黑主子越顾他不上。叛乱蜂起，他大舅子瓦扎瓦铁找来要他和自己和阿苏家、俄则家联手干一场："要不然，政府煽动起来的那些烂娃子就该用他们的臭脚板把我们往扁里往烂里踩了。"

吉黑哈则在县域内是旗子一样的人物，他规矩，别人敢动吗！县长、书记因此警戒不力。

瓦扎瓦铁钻的正是这个空子。不过要说服吉黑哈则起事，共同对抗政府，并不容易。吉黑哈则不想开罪政府："他们又没惹过我，还帮我报了杀父之仇，让我安心享福。"他大舅子激他："那你肯把土地把枪交出来吗！波火那个烂娃子逃到政府那里政府也不给你送回来，你可是花了三十坨银子买来的！"又听得他舅子说：

"你干耗着吧，哪一天波火把我的外甥女儿、你的大女儿娶去当老婆，我看你喊天叫地哪个应答你。"

这可说到吉黑哈则的痛处，他的憨女儿成天披衣散发，和男娃儿没正经，有回差点跟一个路过的汉商跑掉。

他舅子还让他想想当年金司令那么逼迫他时，是谁在帮他，"还不是我们这些舅子老表。"

却不过舅子，他决定回家和他妈估计一下形势，还打算把木略叫回来一起商量。听说木略的部队要开回成都，那小子可以见到他家爷爷了，他替木略考虑。

没想到，前脚进门，后脚跟进来他舅子，和阿苏、俄则两家的当家人。

他们根本不打算听他的意见，马上代表他把话传回县上，说谁要敢分吉黑哈则家的土地，敢解放他家的娃子，他就和谁血战到底。政府想和平解决，派工作组来找他谈判，没进村，就有一人的肩膀挨了一枪。开枪的人打声呼哨，喊话："再敢来，脑袋胸口一起吃子弹。"

吉黑哈则这才是叫天不灵叫地不应。

他当然要把木略喊回来，木略可是他的参谋啊。

料不到木略这个坏杂种回话说："死也要死在解放军手上，决不回头。”

吉黑哈则当真哇地吐了口血，想把木略的爹妈赶出去吧，又怕正好遂了他们的心愿。

他舅子让他一闷棍下去把木略他爹打成瘸子，好给木略颜色看。他不肯，毕竟木略的爹给他们一家三代都看过病。

他没有为难木略的老父老母确有先见之明，不然这会儿他怎么好意思在解放军喊话命令他投降时让木略做调解人呢。

吉黑哈则的脑子转得是慢，可不傻，他清楚自己有本钱和解放军谈判。有枪有人，区政府的位置也可以拿来讲价还价。这个位置背面是一座光秃秃的陡山，攻击方根本不可能从老鹰都无法落爪子的山顶蓄势。前边呢，坡陡路窄，更有杂枝丛生，乱石粼粼，很能打扰兵员的人数和步伐。能够抵挡七八分钟，他的人就能制造一点麻烦。他的人，包括他自己都弹不虚发。

解放军可能根本不在乎他们的枪法。进山的公路贯通的不止一条，成都到昆明的成昆铁路，前期工程已在铺展，路基沿线修来拉枕木、铁轨、炸药、工具和工人的道路可以借用一段两段。拉龙区公所就是在天边，不要说迫击炮，重炮也能用卡车拉来。围的人不着急，着急的是被围的。水不用担心，山泉一万年都有得喝。可吃啥？炒燕麦粉、荞麦面口袋全见底了，区公所的大米、白面，即使调成糊糊，也维持不了几天。吉黑哈则登上区公所的房顶举目一望，但见解放军的兵、基干队员，树林子里石头山上，到处都是，心头由不得一阵阵战栗。

他要和解放军谈判的第二张牌，也是最关键的，不敢轻易打出来，生怕惹得解放军火起，到时更不饶他。

他的第二张牌是七个干部，人质。本有十一个，四个女人，按打冤家的规矩，放了。

幸好女干部跑得快，要不然马海双布撵上去追回来还好，万一性起，劈头给上几枪，麻烦算谁的！马海双布认为女干部不算女人，不该放走，声称要不是吉黑哈则的人多，“我就把你的脑袋拧下来抛着耍。”其实他连觉都不敢睡，怕谁趁机把他绑了献给解放军，为自己开脱罪责。

乱纷纷，各自打着算盘，解放军喊话：只要放下武器，既往不咎。马海双布急得恼得不堪，砰地放了一枪。喊话停顿片刻，再响起来便很严厉，说给他们半个小时考虑，再执迷不悟，大军过去踩都要把他们踩个稀巴烂。“你们比蚂蚁子不如，连耗子的本事都没有，不会打洞，到时屎都要吓出来臭人哦。”嬉笑声四起，原来是基干队员在搞怪、起哄。

马海双布主张出击，给基干队的那些放屁都不臭的笨蛋一点颜色看！

没人搭腔，眼光烁烁地只看吉黑哈则，等他表态。他木讷，话少，众人不以为意，谁想一个鱼跃，把马海双布扑倒在地，麻利地捆了，再堵嘴，拖到院里绑在树干上。

下一步如何，一片昏暗，悄悄叹两口气，想到的还是木略，心说，臭娃子呀，要是在这里，还可以帮着拿个主意！

想到做到，登上房顶。这一次是喊话：

“你们可以派木略来谈判吗？”

他说得简单，那边嘀咕半天，问他木略是哪个？他回答是他的娃子。那边嘴巴不离喇叭口，干笑几声，请他指点他的这个娃子在哪里是干啥的？有名气还是有本事？“我的娃子木略在解放军里当医生。”那边又是笑，说解放军多了，医生也多了，到底是哪个部队的嘛？话难听：“谈个屁的判，也就是解放军的官可怜你们，我们呢，早被你们惹毛了，手痒得很，实在想把你们一个二个，统统砍了脑壳。”仍然是基干队员在捣乱。随之，一片哄笑，经久不散。

亏吉黑哈则记得木略所在部队的番号：“我的娃子木略，他是359团的医生。”

巧得很，359团正是把他们围堵在拉龙区公所的这支部队。

4. 吉黑哈则的判断奏效，他手上的七个人质对解放军起了相当的牵制作用。护理员木略，不是医生，在熄灯号吹响前被叫走了。

团首长召见，究竟啥事，木略不管，到跟前，先打量团长的脸。

夜已深，煤油灯的光线有限，团长的脸上确有创孔大却浅显的白麻子。他和夏觉仁曾打赌团长到底有没有麻子，他说有，夏觉仁说没有，声称某次去团部送预防痢疾的汤药，就近观察过。为此，木略输给他三根纸烟。想到夏军医不但要把赢取的纸烟还回来，还要另加三根，而且“大前门”，忍不住一脸的笑。团长问他：“笑啥?”

他毫不耽搁地说，高兴啊，要代表解放军去和自己的主子谈判！长吁短叹旧社会猪狗不如的娃子竟然可以和主子平起平坐，谈天论地，硬是睡着都会笑醒。

团长政委对他的汉话水平也很诧异，一打听他的身世，唏嘘之下，当他是自己失散的兄弟。

两位首长要他去说服吉黑哈则，让他放下武器。

“吉黑哈则”，眩晕袭来，这是他第一次直截了当、连姓带名地叫主子，虽然在心头。要是叫出声呢，试张嘴巴，“吉黑哈则吉黑哈则吉黑哈则”，连着三声，第二声第三声越来越响亮，两位首长请他不要说彝话，说汉话。

带点结巴：“不是彝话，是我主子的名字，他叫吉黑哈则。”

当然是彝话，彝人的姓名也是彝话！团首长交换眼神，且听他下面怎么解释。他不说话，脸红涨，太阳穴的筋爆出几根，弯弯曲曲，抓住团长的手，晃荡，气息渐匀，胸脯起起伏伏，“我，”他说，“可以叫主子的名字吉黑哈则了。”

这种事历来团长粗心，甩开他的手：“名字就是拿来叫的，干吗激动成这个样子！”

政委却握住木略的手，使劲再使劲，昂扬道：“以后哪怕是天皇老子，你只要想，都可以直呼他的名字，不连姓只叫名，比如吉黑哈则，你既可以喊他吉黑，也可以喊他哈则。解放了，你是自己的主子，再没有什么好担心的。”

叶干事在为木略整理演讲材料时引用了团政委的这段话，还形容木略的两个眼珠子在那一刻熠熠的，像燃烧的煤核。在那一刻，这个昔日的奴隶娃子觉醒了。

当下天麻麻亮，解放军喊话：“你们要求的谈判代表木略已经在这里了，如果没有变化，他这就出发去你们那边。”

拉龙区公所里的各个武装分子害怕解放军发动他们擅长的夜攻突袭，熬了一夜，此时昏昏然，脑袋直往胸前栽，听到对手的喊声，激灵之下，让清晨冰凉的山风一吹，都跑上房顶去瞭望谈判代表木略。

他们又好奇又急切，全然不管自己的脑袋、上身如何暴露在对手的火力下，只顾议论，其实不服气：

“瞧，那个朝这边走来的烂娃子神气活现的，不怕两条胳膊甩脱的话，往天上甩吧！”

“洋芋屎荞子屎都没拉干净啊！”

啧啧几声，感叹世道变了，连最低下的汉根娃子也敢来和他们谈判，要是以前，但凡有这种念头，先把他自己吓死。又有人质疑一个娃子的智慧能否担当谈判这样重大的任务：

“娃子嘛，鼓着两只眼睛，就晓得吃和拉，要是主子不给他们领路，悬崖下、河里头，哪个晓得摔死淹死多少！”

嚼这些舌根，包括听的都是吉黑哈则的人。这些人最起码养着三几个娃子，大小也算主子。马海双布的手下，前基干队的队员不一样，除了马海双布，都是娃子出身，要是听见吉黑哈则的手下娃子臭啊傻的乱说一气，哪有不变脸不变心的。

对于木略，他们也自有看法，话里神色里，都显出对吉黑哈则的不以为然，用手遮了嘴巴，悄声议论：不晓得木略这个臭娃子给他的主子灌了啥迷魂汤，他的主子，也即他们众人此刻的主心骨吉黑哈则那么看重他！“莫不是，”有人更压扁嗓门，“这两人，吉黑哈则和木略，是两个妈一个爹的兄弟不成?”清清嗓子，别有意味地觑定其他几位一笑，那几位附和着也笑。突然听得木略砰砰，把厚实的木门拍得山响，高声叫道：

“主子，主子，木略我来了!”

起义或投降

1. 他风一样的刮进来，不管各长着三几株核桃树、板栗树，这时分别在树干上绑着七个区干部和马海双布的院坝是怎样的景象，几大步便冲进了房。

泥巴夯就又刷成白色的房子里，桌子凳子都被拖到院子里劈来烤火了，此刻只剩吉黑哈则孤零零一人，裹着披毡、披风蜷在地上，好像睡着了。

“主子啊主子，”他唱歌般的喊道，“木略我来伺候你，你睁睁眼吧！”这是他从前请吉黑哈则起床时常念叨的，只是声音没这么大，腔调也不油滑。

吉黑哈则翻身爬坐起：“喊鬼啊，你！”抬眼上下一打量，骂道：“臭娃子，给你吃啥了，养得一肥二胖！你看看我，山兔子似的，被猎狗儿撵得气都提不上来，瘦得只剩骨架子。我要是被撵上，肯定会被砍脑壳的，对吧？”话到后来像在探口风。

木略不等招呼，一屁股坐到他面前，太靠近，把他惊得朝后一缩，气歪了脸。

“主子啊，”他晃晃身体，“你是在问我话吗，那我告诉你一个准信儿吧。猎狗儿是我啊！我这个猎狗儿追上主子，你说我能撕咬你吗？现在我呢，是解放军的代表，我说啥他们都相信。我回去给他们说，我的主子啊，和他们说话不能叫你主子，只能叫吉黑哈则，要不吉黑，要不哈则，我会说哈则一点反心都没有，你们放过他，让他回家吧。”

“光是回家还不行，让他们别分我家的地、别放我家的娃子，”瞧眼木略：“你就当你的解放军医生吧，还能给我们看病。”

“哎呀，哈则……”待往下说，那位朝后挪开去两尺远，倒抽着凉气打断他：

“你敢喊我的名字?!”

“啊，我当成和解放军谈你的事了。”

吉黑哈则眼斜嘴歪，哼哼两声。

“主子，”木略改了称呼，声调却冷，“你又不是小娃儿，啥时候了，敢和解放军计较土地计较娃子，眼下最要紧的是保住你的命。我不会撕咬你，别人呢，比如波火，他当了基干队员，我听说提起你恨得牙齿能咬碎。说他家姐姐怀了娃儿，肚子鼓得山包一样，你非逼着人家去放羊子，他姐夫求你饶一饶，嘴皮磨破流血，你也不干。结果把人家害得一个人在山上生娃儿，大人娃儿的命都丢了。他常诅咒发誓，你要是落到他手上，一定让你白刀子进红刀子出，替他姐姐抵命。”

说话间，从房顶上撤下来的家伙在门口观望片刻，感觉吉黑哈则没有赶他们的意思，都挪到跟前。他们一身的青衣青裤，屋里光线本来暗，让他们一遮蔽，只能看见各人闪烁的额头、眼白和鹰钩鼻子的尖儿。

吉黑哈则瞪圆眼睛：“烂娃子，我是想保住自己的命，哪怕狗命，那我也不怕你拿那些陈谷子烂芝麻的事吓唬我！我要死，宁肯自己吊死、跳崖死，宁肯让解放军砍我的脑壳、枪崩我，也不会让你们这些烂娃子的脏手碰一碰我!”

出身也是奴隶娃子的前基干队员听此一说，性情急躁的手颤脚动，待发作。木略盘腿稳坐，抬眼一一扫过他们，凝神聚光，脑袋左右一摇，示意他们少安毋躁，继续对付吉黑哈则：

“主子啊，我哪里在吓唬你，是在提醒你，你碰到大凶险啰！跳崖投水枪崩，都算凶死！你家妈可以请毕摩给你念超度经，请苏尼给你送鬼，百头牛千只羊杀来求神送鬼不心疼，卖地卖山林，卖到都不用人民政府分，未必管用。你随便去问一个毕摩，哪家的祖灵地会要凶死鬼的魂！凶死鬼的魂不但会在铁水里熬火海里烧，还会被蚂蚁叮蜜蜂蜇、刺巴笼子刀尖箭锋扎，那酸麻苦痛的滋味，我怕你是打熬不起哦。”说得吉黑哈则垂头丧气，见好就收：

“所以我说主子啊，”再一环顾，“我们众人都别嘴巴硬，只有祸害临到自己头上才晓得害怕。”专对吉黑哈则：“危情已经悬在你的天菩萨上了，你咋不睁开眼睛看一看，再想一想对策？反而提虚劲、说疯话！”

吉黑哈则叹口气：“那么你倒说说，解放军派你来干啥？”

“让你，还有你们，”他指那些背枪挎子弹袋的战士，“保全生命、保全身体，回家和老婆娃儿团聚！不过呢，”口气强硬：“你们中养得有娃子的几位，别以为还能像以前那样甩手甩脚地过舒服日子，告诉你们，再没有娃子伺候你们，得自己动手做来吃做来穿了。”假装不胜荣光：“不要说你们，我也不懂这世道咋一下就变得像我这样最低等的汉根娃子也能和主子平起平坐，非得把自己的大腿掐疼才确定不是在做梦！”几个前基干队员忙不迭地发声赞同，有一位竟说：

“都怪马海双布那个坏蛋，拿枪顶着我的脑门逼我跟他干。不然的话，木略，你现在的位置可能是我的，解放军派来的谈判代表！”

“嗬，也不撒泡尿照照自己，是这块料吗？”

“人家木略，早以前我就晓得，脑筋转得风快，毕摩都赶不上。”

“就是就是，我家主子，可怜他的灵魂不晓得在哪里飘浮呢，被解放军打死了。他活着时常骂我，你但凡有吉黑哈则的娃子木略十分之一的脑筋，我这一辈子能轻省多少啊！”

几位吧嗒着嘴皮子，把木略奉承得飘飘然，瞟一瞟自己那所谓的主子，正紧锁眉头，斜觑那些马屁大王，心想，还是看不起木略我啊！难道我不配人家赞扬吗？瞧你长的那蠢样儿，我可比你强一万倍不止。天变了，变成我们娃子的蓝天白云，太阳该照到我们娃子身上了。心胸豁然，拿捏道：

“都别说空话，抓紧时间，要不然，我的战友们会以为我被你们干掉了，一生气，冲锋号响上两声，不需要动兵，几发炮弹再几十个手榴弹就把你几爷子炸飞啰。”

众人眼巴巴地望着他，问咋办？

“咋办？”他重复，自己回答，“赶快把绑在树上的干部放了、送出去呀！那个脑壳裹得像皮球的人也是干部吧？不是吓唬各位，那干部要是你们整的，到时我可不能替你们求情说好话。”

当即有人撇清，那是干部不错，但割掉他耳朵的马海双布已被控制：“没看见吗，马海也绑在树上呢。”

他说，且慢，把奉命去放干部的人喊回来，让他们告诉他前因后果。他单方面判断事情是由他的前主子挑起的。

原来吉黑哈则并非首恶。这个发现让他又高兴又不解恨，高兴的是吉黑哈则不会蹲监狱；不解恨呢，觉得真便宜了他，说不定他还会因为捉拿马海双布、主动和解放军谈判立上一功。那样的话，吉黑哈则可能去地区，起码县上，任闲职或者当政协委员享清福。

这个可能的结果像谁给了他的脑袋一拳，眼前顿时一片迷蒙。有人喊他，勉力张大眼睛，鼻腔喉咙黏液稀汤，擤鼻涕，清嗓子，不亦乐乎。吉黑哈则张开巴掌，在他脸前晃，问他魂丢了？

抬起胳膊，挡开吉黑哈则的手，自嘲：“丢了丢了！”放大嗓门，命令放人，和吉黑哈则一道来到院子里。

2. 释放的人不包括马海双布，但有好事者拔掉了他嘴里的烂布团。果然火暴，顺势咬了口为他拔布团的手，啐口黏唾沫，张嘴便骂。骂吉黑哈则背信弃义，骂前基干队员助纣为虐，诅咒发誓自己就是死也要变成恶鬼凶魂，五指尖尖，撕破眼前这些仇人的胸膛，再挖出他们的心肝喂狗。

没人理会他。除了被割去耳朵的干部，刚被松绑、除去堵嘴的布团和草屑的干部们说啊跳的，比他制造的声响大。区长紧紧地搂住木略的腰攀住他的肩，又哭又笑。感谢木略代表党代表解放军把他和他的部下从叛匪的魔爪下解救出来，再三再四地请战，把张热烘烘臭乎乎的嘴巴贴紧木略的耳朵，让他勒令叛匪放下武器，马上投降。木略把他推到一边，抹了把痒而潮的耳朵：

"'马上投降'？经过我的说和，谈判成功，他们不是已经投降了吗？"

李区长一扯他的衣袖："我们一边谈。"意欲撇开吉黑哈则。木略不干：

"就这里，他基本听不懂汉话。"

李区长还是压扁嗓门："同志呀，投降不投降，里面的讲究多了。我的经验，今天这事儿可能按起义定性。"

木略听不明白，烦乱："区长，你别绕来兜去，投降，起义，不都是一回事吗！赶紧办正事，我要开大门了。"他自打算盘，准备一路走在前头，直到大部队的跟前，以充分展示自己的劳苦功高。

小李区长拽住他的衣袖："你听完我的话再当你的英雄不迟。如果不听我的，你只是小英雄，不是大英雄。"

后一句话起作用，驻步，听小李区长道来：

"要是投降，你就是大英雄；要是起义，你就是小英雄。"

"你是说，投降，对我有好处，对你也是；起义，"瞧眼吉黑哈则，"对他的好处等于或大于我的？"

"正确！"小李区长在大腿上击了一掌，"算投降，吉黑哈则仍然是叛匪，就是不进监狱，也只能老死在家；算起义，当个县政协委员不成问题，送到成都、重庆学点文化，回来做领导都指望得上。比你年轻吧？”木略不置可否，瞟眼吉黑哈则，不免义愤：比我年轻，全是我们娃子流血流汗养嫩的你！耳听得小李区长替他盘算：

“不管吉黑哈则投降还是起义，你都有功劳。你汉话流利，认字学文化不会太吃力，年龄偏大，不理想。我可以帮你扫盲，到时，来我的区，给你个武装部长干。”

木略哼一声：“别以为我是傻的，其实你是在替自己打算，想减轻自己的罪过……”

小李区长口吃：“我，我，我有啥罪啊过的，需要减、减轻？”

“还不是因为你不尊重少数民族，激怒了马海双布，他才叛变的。你呀，别拿武装部长逗我耍，以后谁是谁的领导还说不一定呢！”抓捏着小李区长骨头多肉少的肩头，前后一晃，晃得他头发乱飞，眼珠高突，感觉把他晃明白了，布置任务：

“我去和叛匪头子吉黑哈则核实情况，你负责找人扎担架，先把受伤的同志送出去，咱们再谈下一步的工作。”

3. 在他们说话的当中去后院解手回来的吉黑哈则，一脸茫然。突然看见李区长动手要把马海双布从树干上解下来，被他割了耳朵的干部也由一副拼凑的担架抬到大门口，发话：“不晓得他两个是仇人呀，一起送出去，不是要马海的命吗？”

他说彝话，李区长不认为是在和自己说，继续解绳子，不忘嘲讽转眼成了阶下囚的马海双布，气得那位奋力踊身踢他，嘻嘻笑着朝后一跳。不想，后面探来一只手揪住他的后脖领，再一旋转，近在眼前的是吉黑哈则那张窄条子黑脸，惊叫唤，乱蹦，把转而揪着他前衣领的吉黑哈则吓得赶紧松开手，惹得木略哈哈大笑。

笑毕，他在小李区长背上加把力，推开去：“快救我们的同志去吧！”再把吉黑哈则拽到墙角，凑近，掩嘴，亲热地说：

“主子，我喊你的名字你可不要在意，我那是不得已。”

吉黑哈则翻白眼："你的弯弯肠子打结，又会耍嘴皮子，我说不赢你，人前鬼后，你想咋喊就咋喊！这么小半天，我算活明白了，世道不晓得，人心确实变了，以后不要说做你的主子，谁的主子我都做不成啰，哪一天，老婆娃儿不睬我也有可能。"木略作势发声，吉黑哈则摆手让他开口不得，"我比你是傻一点，但再傻，时间长了我也能悟出道道来！说句后悔的话，我啊，就不该听我家舅子的。解放军是我家的救命恩人呢，要不是他们，我们一家子死在哪里都不晓得。还有你，就是没被打死，也不晓得被卖到哪座山上受罪去了。唉，说也无用。你可不兴老记着小时候我欺负你的那些事呀！"

"看主子你说的，都是小娃娃的把戏！"心想，还说自己有点傻，傻得不一般。小时候哪里是你，是我在收拾你！你爹把你打得死去活来那几回，都是我给你下的套子。给你嘴巴糊狗屎，也是我指使你弟弟干的。傻瓜，你可要搞清楚！放缓语速，又说：

"主子啊，别再扯那些陈年烂事。眼跟前，我们得商量一个办法，看咋打动解放军，让他们原谅你，不给你定罪。解放军也怪，对你这样的奴隶主客气得很，只要认错，就啥都不追究了。嗯，我说你会认错吗？"

吉黑哈则疑惑地看着自己的前娃子，好像照在木略脸上的太阳光晃花了他的眼睛："他们要你来和我谈判就是要我认错吗？"

"不是这个意思，是我在问你，你要咋做才能让他们消气？"

吉黑哈则居然有心情，哧地一笑："我把干部都放了，等一会儿再把马海双布交给他们，"环顾所在的院子，"被我们劈来烤火的桌子板凳作价，我赔钱，给牛羊也行。还有啥呢？我没有朝解放军开过一枪，没有伤过他们一个人，你说他们还不放过我，让我回家吗？如果不是这样，派你来谈个屁的判啊！"

"照老规矩，你说的都对，可世道不是变了吗，你那一套行不通了！"

"世道变，人心也变，天理总不会变吧！你给我小心点，小心惹到天老爷，当空一个响雷，把你打死来摆起！”

木略连气带急：“主子啊，你听不听我说完啊！”

“别再叫我主子，当不起，又好像在挖苦我嘛！”

“不叫就不叫，”木略说，“但我为你打算的心还得和你说明白。”

“你不就想让我认错吗？我没错好认。”

“你敢说没错。以前的不说，这一次你带人攻占拉龙区公所想抢武器算不算？幸好没有武器让你抢，要那样，你早被解放军的大炮炸成肉酱了。那是老天爷帮你，让你逃过一劫。下面的一劫，还是老天爷在帮你。表面看我是解放军派来的，实际是老天爷看得起你，派我来帮你。”

“别以为你是解放军的代表，神气得走路打偏偏！难道你不懂吗，管他彝人汉人，一句话说不对，一件事做不合适，就能打起来，没有谁对谁错的事。”

“唉，你不肯认错，不要说以后，眼前的难关都过不去。”

“还有啥难关？”吉黑哈则惊异，“我们两个作为双方的代表，不是已经谈判完了吗？你看我放了你们的人，把马海双布也交给你们了。大路朝天，各走一边，我带我的人马回家，你回解放军那里去，那几个基干队员我不管，由他们。你说，还有啥好扯皮的？”

木略慢悠悠地晃着脑袋：“扯皮，也一直是你在扯，作为解放军的代表，我说话了吗？”

“你还没说话，牛皮都让你吹爆了。”

“解放军说啥我告诉你了吗？”

吉黑哈则想一想，也是，问他：“解放军说啥了？”

“没明说，但意思清楚，像你这样的叛乱分子会送到内地蹲监牢的。哪有你说的这么简单，回家就行，还让带枪。”

吉黑哈则一扬胳膊，手里多了把勃朗宁手枪，怒道：“如果那样，我先崩了你，再死不迟。我绝对不去内地蹲监牢，想热死我啊！”

木略心里冷冷一笑，笑他的主子总是抓不住要害，到内地蹲监牢，他不考虑失去自由失去亲人看顾的痛苦，而是嫌内地的天气。假意发狠："告诉你，现在娃子我的命也值钱了，来呀，你开枪吧！"嘭嘭，拍两下胸膛。

吉黑哈则不过吓唬他，枪口微朝下，迟疑地看着他："你这个扯谎精，老实告诉我，解放军到底是咋说的？"

"交枪，蹲监牢。"

"不行，那可不行，"吉黑哈则原地转几圈，六神无主，握着枪的胳膊软软地垂下来。

木略冷着他，最后逼得他问自己：

"你说咋办呢，木略？"

不急着回答，掏出夏觉仁给的一根纸烟，掰下半截递给前主子，给点上火，自己的也点了，深深吸上口，噘圆嘴巴吐出一串串的烟圈，眼看着它们消散在蓝色的天空下，曼声："只有一条路好走，认错。"翻眼瞧吉黑哈则："主子啊，我晓得你好面子，宁肯死也不会认错，但你不认错，如何向解放军表示你的诚意，他们又如何信任你呢！你就认错吧，还要保证再不叛乱。然后，把你把你侄儿几个的枪弹都主动放在地上，就过关了。解放军的首长说不定会和你握手，再说不定，会把你的勃朗宁还给你，小玩意儿，留着耍吧。至于你和你的人回家也好，留下来受了教育，当兵当干部也可以。"

吉黑哈则接嘴："我是要回家的。"

"那么你同意认错，说自己叛乱，然后被我说服投降了？"

"如果像你说的……"疑虑不减。

"只会有好处，听我的吧，我的主子呀！"木略说，急不可耐，掏出从夏觉仁那里要来的一条蓝色波浪边的白手帕，反身爬上楼顶。

爱情 3

随着白手帕的飘扬，359 团上下欢呼不止。

夏觉仁也舒口气，起码今天没有伤员来麻烦他。除此而外，郁闷之极。因为曲尼阿果，他遭到来自四方面的阻碍，一是组织，代表人物张队长；二是群众，代表人物沙马依葛；三是曲尼阿果本人；四呢，听说和曲尼阿果定了亲的表哥近在咫尺，友邻部队的参谋，尤其难得的是彝汉文皆通的人才，打小在成都、重庆上国民党办的民族学校，却在那里加入了共产党的青年地下组织，四川临近解放时被送到北京学习，最近刚回来。

第四条最不能逾越，等同于破坏民族婚姻、干部婚姻的插足者，张队长说："开除军籍算小事，被军事法庭判重刑都可能。"

一路上，他故意让自己陷在医疗队的老弱病残里，为大部队扫尾。结果，错过了见证木略人生中光辉的一页：在投降者，木略的前主子垂头丧气的衬托下，团长与昔日的奴隶今日的英雄、神勇无敌的木略双手紧紧相握，现场一片欢腾。

再见到木略，已过半年。

作为平叛英雄，木略参加"彻底推翻凉山奴隶制度实行民主改革宣讲团"，到祖国内地这个那个大中城市作报告去了。

报纸不准时，但常在《西南红旗报》《蜀蓉日报》上读到宣讲团的消息。南到广州北到哈尔滨，足迹遍神州。沿途受到各地人民群众的热烈欢迎，配有欢迎的图片，热情、单纯的男女脸蛋比比皆是，捧着鲜花的是头发梢上扎着蝴蝶结的女学生。也有报告场面，有一张大概是在哪里的码头上，背景有吊车，密密麻麻，也许上海？那里也是宣讲团当然的一站，这让夏觉仁有点遗憾：应该让木略捎根纱巾回来，银色的，送给曲尼阿果，很配她浅黑、细腻的皮肤。

他这么打算时丝毫不考虑曲尼阿果如果不接受呢！他完全和曲尼阿果断了联系，连见一面都不容易，还没到工作队的驻地，就被沿途人们的眼睛嘴巴堵了回来，张队长专门吩咐吴升盯他的梢。

他血气方刚，顽固不化，什么不和汉人开亲、娃娃亲，一概视为封建陋俗，打定主意要把曲尼阿果带动起来勇敢地加以破坏。具体怎么和旧势力斗争，完全没有主张。眼前心上晃的都是曲尼阿果欲看又不看人的羞涩眼神，还有细长、润泽的脖颈，微微上翘的下巴颏和那上面的小圆肉坑。

偶然，沙马依葛的形象会岔进来，打乱他专一的情思。奇怪，只要沙马依葛的大脸盘和杏子般的眼睛一出现，他再要想念曲尼阿果，就要费点神，得从划破她的脚板想起，想她桑叶一样细长的眼睛里的愠怒，受痛的叫声，小心翼翼把受伤的脚板搁在青石头上的样子。他的心里交织起对曲尼阿果的怜惜和对自己的斥责，羞涩的曲尼阿果才会月亮般的再次浮现在他的眼前。

有天夜里，大汗淋漓地醒来，腹下一片空虚，虽然衰弱，身体却飘飘的，像被云托举在空中，欲仙。寒意袭来，羞耻追迫，夹紧两腿，翻身侧身，梦中的女人竟然不是曲尼阿果，而是沙马依葛……

第二天傍黑迎头碰到沙马依葛，心里藏着鬼，先闪烁着瞅呢，人家倒比他自如，问他上海家里最近捎啥好吃的来没，她好想吃牛轧糖哦，随手掏出一把炒蚕豆给他。两人便在漾着星光的河边吃完香喷喷的炒蚕豆，各走各的。

他们的部队这时驻扎在西昌城边的一个汉人村子里，叫小李村。好处是前面后边围着一片湖水，离海太遥远，想望吧，叫邛海。到处都是果树，村民土墙瓦片房的前后，一夜间开满了白色粉色的花儿，桃杏梨樱桃，枇杷的带点黄。夏觉仁生长的江南虽然也有如云的花儿开放，可哪一季的花儿都没有凉山的透亮，也没有爽朗的风吹送花儿的香气，闻起来还不甜腻。

没有感到花儿谢，红殷殷的樱桃，紧接着黄澄澄的枇杷就上市了。村妇，顶着盘子般的白布缠头，一色的青布衣服，守在用簸箕盛的樱桃、枇杷旁，把军人当作最大的买家，走到哪里都听见她们在脆声招呼：

解放军同志，来尝尝鲜果子！

叛匪打得差不多了，下一步如何，连营团的首长都在待命，从上到下比较放松，学习、训练也不那么紧凑，大家东游西逛，挺自在。

夏觉仁常打望曲尼阿果，学唱歌曲的队列，观看篮球赛的人群，村头河边散步的男女，总有她的身影。他还看见她端着白瓷盆去小河边洗衣服，好了伤疤忘了痛，又打光脚板，在露出河面的卵石上跳来跳去，和俞秀，和另外两个女队员打水仗，衣服湿了裤子湿了，互相扭着跌进水里。春天，凉山的大太阳是暖和，可小河里有泉水也有融化的雪水，她外露的小腿胳膊都冻红了。后来四个女队员坐在河边的石头上唱歌，说笑，晾洗就的衣裳，也晾身上打湿的衣服，时不时，会把前襟撩起来扇一扇，求快干吧。俞秀好像发现有窥视者，大家稍乱了乱，齐声喊：“哪一个，有本事站出来？”拣几块石子丢过来，打在历年的枯枝败叶和斜逸的树枝上，扑簌簌过后，静悄悄的，听鸟儿的叫声格外的亮。

平叛英雄木略及他的婚事

1. 闲在小李村，个人或组织看报读报的时间很充分，因为有木略的消息并不枯燥。先是《西南红旗报》全文登载题为《昔日的娃子今天的英雄》的长篇报道，接着《蜀蓉日报》不但选载了部分文字，还配有编者按。其中，提到木略父亲的族别、身世和故乡。成都人，有外号“成都娃子”为证。至于姓，被抢时太小，记不得了，只记得小伙伴叫自己“蛐蛐”。按语因此大胆推测，可能姓瞿。根据木略的爷爷也许是中医的信息，倡议热心又知情的市民提供线索，帮助一个沦为奴隶的族胞在有生之年认祖归宗，尤其这个族胞的儿子是一位砸碎万恶的奴隶制枷锁的英雄。

两份报纸都有木略的照片，《西南红旗报》的是平叛英雄的合影，《蜀蓉日报》只他一人，胸前戴朵大红花。这后一张，有点眯眼睛，倒显出他本身不具备的含蓄、安静，人也年轻、周正。

《蜀蓉日报》的编者按立竿见影，一周后，结果出现在头版头条，题为《漫漫寻亲路》，详细报道社会各界热心为木略找亲人还找到的全过程。

木略家确实姓瞿，是城南柳子巷有名的中医世家。走在长及二三十米、住户上百家的巷子里，随便问一位老者，都知道瞿先生的弟弟小时候被凉山上的彝人掠走了。这样的事每年发生几起。说春节前的一个午后，那一天管你新病人还是老病人一概不接诊，瞿先生的妈长声悠悠地在屋里哭，他爹一趟又一趟，出门进门，唉声叹气。原来他家幺儿子清晨起来非要跟当爹的上东门市场买来自彝区藏区的草药。草药买到，回头一看，儿子没了，找得头昏脑涨，嗓子喊哑，警察也惊动了，幺儿子呢，影子都没留下一点。从那以后，瞿先生爹妈的身体、精神两不济，五年里，妈先走，爹跟上也去了。幸好瞿先生出道早，虽然嫩，还是把家业承担下来，名头响亮，省主席刘文辉家都找上门来瞧病呢。又说瞿先生四五十年来间一直在寻找弟弟，可希望越来越渺茫，瞿先生本以为自己也会像父母一样死不瞑目，没想到解放军、人民政府帮他找到了失散近半个世纪的弟弟。他喜极悲极，反复念叨："我可怜可怜的兄弟啊，为兄今生今世做梦也想不到还能与你相见啊！"他见到的不是他的兄弟，是他有异族血脉的侄子。报纸登着一张木略和他大伯相见的照片。他的大伯飘着蓬半白胡须，面貌清癯。他们握着手坐在一起，感慨万千。旁边七大姑八大姨，都揪着一条手绢的角在抹眼擦泪。

这篇报道在359团引起强烈反响，大家争相传阅，无论男女都流下点点滴滴同情、欣喜的热泪。宣传干部为此专门以我们身边的木略同志为中心，召开揭露和批判黑暗的奴隶制度的座谈会、报告会。相继，基干队、工作队，包括彝民连的男女人等也有自报汉人身世的，不是爷爷就是爸爸，不是奶奶就是妈妈，超不出三代。宣传干事从中挑出四五位汉话尚可的做报告，词不达意者居多，搞得听众哈欠连连。

座谈会、报告会尽管现场效果不理想，但对平叛结束后部队暂时的无所适从起到收心和激发斗志的作用，战士们纷纷写决心书、倡议书，要求投身到民主改革的第一线，去帮助广大奴隶群众翻身得解放，和全国人民一道共同行进在社会主义的康庄大道上。

同时，《西南红旗报》《蜀蓉日报》以不同篇幅继续有关木略和他家人的报道。其中一篇细致地描述木略的爹、“成都娃子”悲惨的奴隶命运，提到他残疾的胳膊和被奴隶主分散卖掉也做奴隶的子女。也写到他的行医生涯，把他写成一个天资聪慧、身怀中医绝技、在凉山上悬壶济世的扁鹊。具体事例不少，据说能把中蛇毒昏过去三四天的人救活，为此发明了专治蛇毒的配方，列得有详细的药名，七八种，几乎都是彝音汉字。说他对刀伤枪伤等有特别的疗法，能有效地防治化脓、溃烂。特别提到打冤家是凉山上外伤频繁的原因。外一篇写的是木略的成长史，惊讶于他的汉话水平，竟保持着成都方音。对他在奴隶主的打压下、困苦的生活下所坚守的好学精神大加赞赏，说他稍识汉字，粗通医术。夸他机智、勇敢，从小就善于和奴隶主周旋，这次策反奴隶主、为部队扫清拦路虎并非偶然。文中记有他小时候智胜奴隶主和他的儿子吉黑哈则的几则故事。其中一则看得夏觉仁失声大叫，完全在骗人。

故事说的是，有一次他不满奴隶主的压迫顶了几句嘴，被奴隶主捆在柴火堆上任太阳晒任雨淋，不给饭吃不给水喝。他妈妈束手无策，泪如雨下。如此这般，三天以后，奴隶主的儿子看他气息奄奄，不是施以援手，反而指使不懂事的弟弟挑狗屎喂他。

实际刚相反，他才是指使者。

不过并没有他的嘴巴沾到狗屎的细节。怎么会，作为一个机智勇敢的奴隶娃子！他心生一计，把苞谷面饼子——明明说他妈妈束手无策，嚼烂，抹到嘴巴上，伸出舌头，这边一下那边一下，舔着吃，咂巴嘴，香极的样儿。小奴隶主一看，好奇啊，问他，臭狗屎那么香吗？不回答，舔食得更加起劲。小奴隶主以他反动的阶级本性，岂能容忍如此美味被奴隶专享，当然笨得蠢得不堪，也抠了点狗屎吃。结果可想而知。

几则民间故事的主角也变成了木略自己，反派人物，都是无德又蠢笨的奴隶主。

夏觉仁暗暗运气，准备等他回来，与他理论一番。最起码，看他脸红不脸红！

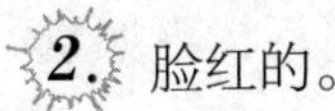
脸红的。

木略身上的皮肤由着内地的软风柔阳轻揉曼摩半年已然白皙，蓦然一红，分明得很。嘴上强辩，真的假的不管怎么糅在一起也没法道出黑暗的奴隶社会的一二。“小伙子，”压制夏觉仁，“你没吃过苦没挨过饿，根本不晓得我们奴隶娃子在万恶的奴隶社会受的是啥洋罪！”

木略说这番话时已回到凉山、回到部队两个月了，和夏觉仁却是头一次过话，之前夏觉仁一直在仰望他。和夏觉仁一起作仰望状的还有359团的全体指战员，包括基干队和工作队。木略坐在主席台上，要不在前排讲自己作为奴隶的苦难和英雄的光荣，要不坐在后排喝茶。木略的模样和会场的气氛，还有他眼下的英雄身份都很般配，庄严，荣光，间或和夏觉仁的眼神相碰，不变姿态、神情，好像不认识后者。

从主席台下来，脸一换，不改往日的嬉皮笑脸，也真想夏觉仁，拍他的脑袋，揽他的肩，催他有话赶紧说，不然，吃过午饭他们就得走，说哪里的一个师范学校等着做报告呢。哎呀，他感叹，其实得意：“坐着车东跑西颠，屁股上的肉都磨得没有啰。”又说：

“我给你带了‘大前门’，两盒。你瞧瞧，新崭崭，毛边都没起，你一点不感谢我，也不过问我在内地是咋做宣讲的、受到怎样的欢迎，和我歪缠不咸不淡的事，好心烦！告诉你，用内地这几个月来换我的一生我都干。像在梦游，吃的穿的，转眼就有人送到面前来。你看我贴身穿的这件衣服，绸子的，我家主子也只有两件，在杭州的一个丝绸厂，工人老大哥一下发给我们四件。可恨我家爹的那些亲戚，东一件西一件，送来的丝绸衣服像打发叫花子，全是穿剩下的，皱拉巴叽，尽是油花子。我都丢宾馆了。我家爹做美梦，盼着他大哥来接他呢。我伯伯有两个老婆，娃儿一大堆，恐怕我家爹和他们争家产，直说没钱，好东西都拿去典当了，鬼话连篇。他们汉人呀，小肚鸡肠，尽算计人。哼，妄想让我姓瞿，叫我瞿木略。我不干，姓拿来有啥子用，不能吃不能喝。非要的话，不如拿'木'来当姓，反正汉人也有这个姓。不说他们，还说宣讲团的事。我们啊，不管走到哪里，总有人前面后面地护着你，手挓挲开，怕你跌倒似的，就是以前我们娃子对主子也没有这么周到。那些欢迎我们的女学生，个个都像雨后大太阳下的花儿，粉嘟嘟的，听我讲战斗故事，听得入迷，眼睛亮晶晶的，眨都不眨，小嘴巴张开，露出牙齿尖尖，可爱死了。男学生呢，尽打岔，非要听打死几个十几个叛匪这类的故事，还问我是不是一枪一个。"

夏觉仁问他鸦片瘾呢，没犯过吗？

木略赶紧出手堵他的嘴，贼眉鼠眼，四下扫视："怪得很，没得抽，也不想抽。"难受过一两次，清鼻涕横淌，衣裳都湿了，再就是四肢发酸，蚂蚁子在骨头缝里钻似的。喝醉几次，人事不省，在广州还送医院打过点滴，然后舒服了。他说："我一个奴隶娃子，哪来的钱成瘾啊！"

不追究，再听他讲自己的内地神游。正好讲到在上海，讲的听的都劲头十足，打岔的却来了。沙马依葛、俞秀等一干人，没有曲尼阿果。

木略不嫌她们，更起劲。称收到过两个女学生写给他的求爱信。他是文盲，又不知轻重，跑去找领队，让读给他听，把领队逗得乐不可支，一路当笑料解闷。其中一个女生很大胆，写道：只要英雄木略不嫌弃她，"管你有没有老婆，我愿意白天给你端饭夜里给你盖被。"居然找来，小巧玲珑，挺秀气。瞥眼俞秀，叫道：

"啊，小俞秀，我看那姑娘就是照着你的模子塑的，美得很，乖得很，小鸟儿一样。工作队的女队员里，我敢说没有哪个有你的水色好，白里透红，又嫩，毛桃儿般。”

俞秀低垂头，羞得不堪。其他女队员眼望着，心有所向似的。几个月前木略要是敢这样炫耀自己和胡说八道，早被夹枪带棒，教训上了。

最感慨的是沙马依葛，她说，怎么以前没有意识更没有发现潜藏在木略身上的英雄气概呢。她这话是在奉承，而非挖苦，可听上去如木略那样的厚脸皮都讪讪的。俞秀不谙世事，质疑：

“木略，我看你在撒谎！”

大家摸不着头脑，都看她，但听她不紧不慢地道：“明明我就没有阿果好看嘛，你还在这里乱说，说我是工作队里最漂亮的姑娘！”

3. 听者哪有不笑的。隔天听说俞秀决意嫁给木略，方知那丫头当真了。

木略想不想娶俞秀呢？想得发疯。

从他回 359 团做报告，到他和俞秀联名递交结婚申请不过二十天，他们哪来的时间发起和促进爱情竟至婚姻呢？地点也是问题。

机缘凑巧。俞秀在宣讲团走后的第二天请假回家，探望生病挨日子的母亲。木略，包括宣讲团的所有成员，正在俞秀家所在的泸沽镇的驻军、学校和机关做报告。

有三天的时间供二人相处，不是三整天，是三天里的几个小时。他们在镇外的山坡下溪流边，鲜有人又有遮蔽的地方会面。那种地方俞秀了若指掌，她小时候打猪草割羊草哪里没去过，在哪里被蛇咬被蚂蟥叮摔破膝盖挂烂手臂历历可数。这个时间凉山上到处的花开艳，她家的院里院外也是，又酿酒，格外地招引蜜蜂蝴蝶。可她妈病情沉重，由不得她不心悲，想她妈死后，她爹可以名正言顺地把解放后移到外面另辟院子住的小妈接回来，两个弟弟是小妈的，到时候人家四个团圆，撇下她，还是不被喜欢的女儿，不就成孤儿了！眼泪水因之淌得连成了线。旁边有个心疼自己的男人，那自怜自痛的泪水不但沾湿了自己的衣裳，还浸透到情人的胸脯，让他更紧地把这可怜的女子搂进怀里，脚下一滑，便双双栽倒在地。

地上尽是乱石子和干的羊粪蛋子，硌人，疼，哪里顾得上。男的比女的有经验，欲望高涨，英雄的名分和家里的老婆都遏止不住，一掼，有力，有分寸，就把女的安顿在地上，已经垫了他的外衣。

这是俞秀的第一次，又从没受过这方面的教育，无论从长辈还是从朋友那里，能够认几个字也是近两年的事，所以她感到的基本上就是痛。因为痛，她不配合，遭到男的情急下的粗鲁对待，这让她更难受，哭个不停。

哭来哭去，把木略哭得起烦。他那不产崽的老婆不会这么麻烦他，可除非某一个连星星都没有的夜晚，反正必须确保看不清她的丑样子，他才会和她干那么一次，还得忍受她半张的嘴里呼出来的臭气。他的老婆不哭，也很少笑，偶然一笑，嘴巴黑洞洞，牙齿所剩无几。有次他向主子抱怨，乌孜何止四十岁，老得牙齿掉光了，身上脸上的皮肤松垮垮的，像生过二十胎的老母猪。其实，从没怀过。他妈常说，小时候和乌孜一起耍时最喜欢欺负她。“这样一推算，乌孜未必比我家妈小！”主子倒有心情，哈哈一笑：“那就喊她妈嘛。”

他的老婆是主子胡乱配给他的，像给公猪配母猪。

突然，俞秀靠过来，软和的，清香的，木略心里一颤，手指尖脚趾尖立刻麻了酥了，挨着俞秀的胳膊一舒展，轻轻地便把小鸟样的女人揽住了。两个人并排坐在泥巴地上，闻得见花草松脂的芳香，听得见鸟儿的鸣叫。扑簌簌，一只穿山甲顶着一背棕灰色的鳞甲爬过他们眼前凋零着小黄花开始结果子的刺果丛。

下得山，两人去找宣讲团的领队，由木略出面，宣布自己要和俞秀结婚，因为“一起睡过”。

他的话不但把领队吓一大跳，俞秀也是。明明在路上说好的，先说木略打算和老婆离婚，再说他俩计划结婚的前景。木略不要脸，该说的不说，一起睡过的话却说得出口，俞秀要跑开去吧，被木略都是骨头，好像鹰爪子的手攥得牢牢的，休想动一动，羞得急得憋出泪。

领队眼看这个窘得无地自容的姑娘，水灵灵，嫩乎乎，禁不住恨起她身边扁平脸、豆子眼、罗圈腿，还老的男人来，神思难免恍惚，兀自喃喃："结婚好！结婚好！"

木略激昂地喊："组织同意了，我们快告诉你家妈去，说不定她一高兴，病就好了。"

领队醒过闷来，把木略拽到一旁，问他耍的啥手段。木略一梗脖子：

"我木略是翻身得到自由的人，还用得着去骗人使诡计吗！以前那样做是迫不得已，不然咋和主子周旋。"

领队赶紧打断他，他很了解这些民族同志，三四个报告过后，个别人眼界宽了，舌头滑溜了，受追捧了，话匣子再打开没完，即兴发挥，今天说主子下黑手打断他的一根肋巴骨，明天说三根，还加上一条腿。用什么打的，不过是一节随手掰来的细如手指的野竹竿。别人发现前后矛盾，提示他，倒爽快，改口砍柴刀。木略比这样的机灵，却天上地下，荤素不分，更伤神。

怎么对付木略，领队犯难，推脱说，宣讲团是临时组织，任务完成就会解散，人员各回各的单位。木略来自 359 团，领导自然是 359 团的团长和政委，"他们说话才算数。"

木略抓着俞秀的手，拔腿要走。仗着策反有功，他和两位团首长快称兄道弟了。

领队给他两天假，"要是不能按时回来，就别回来了，宣讲团伺候不起你。"

4. 木略没有带俞秀。他身边的彝女人不知道是不是和他一路的，或者凑巧走得近？小李村后山上的每一条路每一天都有上下的彝人，或来汉区办事、买卖东西，或路过回家，很难说那彝女人和木略一定有关系。女人上了年纪，皮泡脸肿，披风、斜襟褂子、百褶裙、荷叶帽也尽是补丁、洞眼。光脚板扁扁的，满是厚茧子和裂痕，走路也不稳当。

去团部的路上，认识木略的都和他打招呼，问他宣讲活动结束了？归队了？不认识知道他的，指点说："那是咱们团的彝族英雄木略！"

大家沿途看去，但见木略和哨兵交涉后，只身进了团部。女人呢，掩紧披风，蹲在门口。

女人是木略的老婆乌孜。来路上，他和俞秀弯了弯，回家领她。

木略决定不去和他的前主子打招呼，"见了面说啥嘛，"他说，"未必问他今年荞子能收几石吗？还不是坐吃山空。"有点不忍，哪如当时给他投诚的名分呢！这个时间他应该正裹着披毡披风，蹲在县政协的院坝上，舒舒服服地抽旱烟晒太阳吧。

出门，迎头碰上女主子，吉黑哈则的老婆。吉黑哈则的妈听说病死一个多月了。木略"嗨"也不理，压着一背柴火竭力挺胸昂头，错身而过时，头别到一边，呸唾沫。俞秀气得紧，积蓄一泡唾沫也要啐，木略拦住说："随她去吧，看她死硬到啥时候！"

乌孜不但邋遢，还脏臭，如果正好在风口上，猛的一股，鼻腔、喉咙一抽搐，直想吐。他们不得不就着溪水，捋了几把松针拢成团为乌孜擦洗后颈窝和手背脚背。衣服没有办法，只有身上那一套。木略说，这样也好，团首长更能体谅他的苦楚。

他已经和乌孜谈妥，没费劲："你别当我的老婆，年过了四回，你都没有陪我睡过，不是老婆了。"乌孜点点脑袋，认账。但她问："不当你的老婆，那我当你的啥子嘛？"这倒把木略问住了。乌孜替他说："叫我姐姐行不行？"她听不懂汉话，俞秀却听得懂彝话，不干，说那样的话，自己不就成小老婆了！一屁股坐在石头上不走了，"明明有名字，叫啥姐姐？"掉头叫"乌孜"，乌孜应声，俞秀说：

“你看嘛，不是答应得好好的吗！”木略只好对乌孜说：“以前咋叫还咋叫。”乌孜不甘心：“那以后你们的娃儿叫我啥呢？”俞秀没好气：“还叫乌孜！”一句话顶得她悄悄的，不再吱声。

木略说俞秀：“你是傻子吗，不依不饶，要是到团首长面前乌孜不配合，你还咋让我敲锣打鼓地娶你嘛！”

尽管自己要嫁的这个人是英雄，父亲是汉人，老家也落实了，省上成都的，到底妈是蛮子，血脉相连，本人蛮子无疑，人又比自己大八九岁，尽是抬头纹。亲戚朋友嘴上不说，心里想啥不说也晓得，肯定十分瞧自己不起，以后生下的娃娃也要被人喊杂种了。就在几天前她还反对阿果和夏军医好呢，转眼之间，自己却要嫁给一个彝人，还是彝人汉人都鄙视的娃子。当下赌气说：

“你还和乌孜过吧，我不用你娶了！”

木略不以为然：“随便你！”改用彝话叫乌孜回家，“你还是我的老婆！”他这头说完，那头俞秀哭将起来，小拳头攥紧使劲在他身上捶，“捶吧，痒酥酥的，好安逸。”他笑嘻嘻地说：“哎，你小脑壳在想啥我一清二楚，你不就是嫌我是蛮子又是娃子吗？老你一截你也嫌。你们汉区的土改没经历过吗？不晓得越是苦出身越有前途吗？现在轮到我们彝区了。我还佩服你呢，以为你真有眼力，找到如我这样有前途、脑壳也不笨的男人，结果呢，瘟猪儿一个！你赶快想好，跟我不跟？”

俞秀跳脚抹泪，连声：“跟，跟。”自有一番娇憨撩动木略的心怀，忍不住曲指刮她的鼻梁，捏两个饱满的鼻翼，要不是乌孜在场，早亲上一口了，暂且忍道：“这才是我的心肝宝贝嘛！”

乌孜被他们两个羞得落在后边一大截。

俞秀又高高兴兴了，走路带蹦，一边在路边掰几枝快败的粉的红的杜鹃花，草多又阴凉的岩石底下明艳的兰花也被她摘来随意别在头上、前襟，给乌孜也别了两朵在稀疏的头发上。乌孜追看着蜂飞蝶舞的龙秀，漾出笑意，好像也欢喜呢。

乌孜的好心情感染到木略，把握又大了一成。

三人来到小李村的后山顶，午后的村庄青色瓦片、红土墙的房子安静地掩映在各色果树中，白蒙蒙的。再远便是邛海那青蓝色的水面、岸边陡立的大山了。俞秀说她看见阿果，正在屋前晒衣裳。她替朋友惋惜："要是阿果和夏军医也能和我们一样该多好！"木略却反驳：

"你难道不懂黑彝的臭规矩吗！夏军医是我的朋友，我不会让他吃亏的。我可警告你，千万别跟着瞎起哄。如果是沙马依葛，还有点余地。"

俞秀嘬嘴不满："依葛虚情假意，你还稀罕她！再说，她哪有阿果一半好看！"

"傻丫头，好看不是你来判断的！"木略避开乌孜的眼风，轻拍拍她的屁股：

"你先回你们工作队，我带乌孜去见团首长。"

俞秀要抗议，看木略冲她摇头、眨眼睛，便闭紧嘴巴，一步三回头，听话地走了。

5. 运气不错，团长政委不但在，眼下还都闲着没事儿。看他进来，以为宣讲团的工作结束了。不是，木略直截了当地说，他要结婚。结就结呗，奇怪他这事也来报告，送几颗喜糖甜甜我们的嘴巴就行。没有这么简单，木略请他们做主，他有个名义上的老婆，必须取消名义上的，才能把实际上的老婆娶回家。

团长哈哈一笑："真有你小子的，当英雄去趟大上海，风流了，不要旧老婆，想换新的！"

木略跟进："不是新旧的问题，是没老婆的样儿啊！我那老婆是主子，不对，是奴隶主给我配的。那一年我刚长了点茸茸毛在上唇，老奴隶主，就是我策反的吉黑哈则他爹，对我说：'晚上腾点地方，我把乌孜给你做老婆。'我哪里懂，朝已经走开去的主子问：'哪个乌孜?’我们那里有两个乌孜，一女一男。主子人还没转身，笑声先传来，他说：‘自然是女乌孜，男的能做你的老婆吗!’我当然晓得是女乌孜，可她咋能做我的老婆！我还在地上爬她已经下田薅草上山放羊了。我说：‘乌孜不行，太老了。’主子脸上在笑，眼神却在刺人，“不要乌孜，看我不打断你的腿!’他说到做到，我们娃子没有一个不害怕他的。晚上乌孜搂着她的烂披风进来时，我妈让她睡到锅庄下边。那是给客人睡的地方。她说：‘主子让我睡在木略边上，说我是他的老婆。’我妈只好让她先去水沟边洗脸洗脚。还特别让她把耳朵脖子都洗到，说：‘乌孜啊，你那上边的脏痂痂搓下来怕有一木盆哦。’”

团长一声不吭，政委打断他：“干脆说吧，你大江南北，一圈跑下来，心花，不想要自己的阶级姐妹了。我可正告你，你的老婆不管是不是奴隶主给你配的，也不管脏啊丑啊老的，你是当老婆一起过了夫妻生活的，你就是说到天上去，她还是你的老婆。跟风跟得挺紧，不知道吗，风向变了，谁再敢换老婆，要挨处分。”

“她还臭，隔着十里八里就能闻到她身上的臭气，夜里和她睡觉梦得最多的是在猪圈里打滚，臭得啊，能把自己熏醒。”木略又说。

团长绕着他转，嘴里咦咦的：“你别和她睡啊!”

木略苦着脸：“不和她睡我们男人的问题咋解决，除了母牛母猪，只有主子给我配的老婆。而且她早不和我睡了，说肚子疼。”

团长说：“你是种猪吗？配!”

木略说和种猪差不多，只不过种猪和母猪配对生下来的猪儿子长大后是杀来吃的，男娃子女娃子配对生下来的人儿子长大后是用来干活路的。小叶干事说奴隶娃子对奴隶主来说是会说话的工具，不止，我们还是奴隶主用来制造小奴隶娃子的工具。看乌孜生不出娃娃来，奴隶主比我还着急，要给我换老婆，还让我拿出我家爹的本事来，稀里哗啦，给他多生几个劳力，要不地都撂荒了。

团长叫道：“这混账的奴隶制度!”

政委却说："奴隶制度虽然混账，但我们也不能让他换老婆的阴谋得逞！正告你，你是英雄，要注意影响，别让人家戳脊梁骨，说我们共产党解放的都是你这号没有情义的家伙。你是民族同志，再惹出民族问题来，比如你老婆的娘家打上门来，到时候让我给你兜着吗？我不干。"动手往外掀木略。

木略挣扎道："政委，奴隶主给我配的那个所谓的老婆等在门口，你和团长只消看上一眼就晓得我是多么的痛苦了。"

这一招管用，团长、政委在和乌孜打过照面后，完全站到了他这一边。政委语气沉重：

"黑暗的奴隶制度下才可能发生这样的悲剧啊！这样的悲剧不让它暴露在光天化日下，不从此把它打入十八层地狱永不得翻身，我们革命的意义何在！"

一旁，叶干事在做笔记。他是木略所做报告的撰稿人，木略爹的身世、木略的英雄事迹、木略与奴隶主做斗争的机智故事多出自他的笔端。题为"奴隶制度下非人性的配婚"的撰稿人非他莫属。题目是政委当场拟定的。

布置完宣讲任务，再来议论木略和乌孜的婚姻，团首长认为虽属万恶的奴隶制度下的非人婚姻，但已为既成事实，要废止它，必须走程序，否则，有失人民政权的公允。

团长让木略问乌孜愿意不愿意离婚，木略说："不用问，我晓得她，肯定愿意。"团长生气道："她和你一样都是受害人，比你更弱势，怎么能不管她的想法呢！"干脆不要木略翻译，从工作队找来沙马依葛，由团长亲自询问乌孜：

"和木略分开过，你干不干？"

乌孜说："分开好，要不然我痛得很，吃不消，不喜欢。"

沙马依葛姑娘家，搞不清男女间的勾当，照实译来，问木略：

"你打人吗？"

问得木略一愣，稍加反应，干笑两声。沙马依葛用汉话问，团首长过来人，倒把一张脸绷得紧紧的，几个宣传干事哪里忍俊得住，嘿然作笑。

沙马依葛更奇怪："笑啥？天天说妇女的地位和男人一样高，其实呢，还是男尊女卑，男人打女人不受罚！"

团长说："小同志，你的口齿好伶俐啊，要不参军来我们部队做宣传工作吧？"

团长未必认真，沙马依葛受表扬受邀请，脸红彤彤，表示愿意当兵。团长让她先把当前的翻译工作做好再说。她又按自己的理解重复：

"乌孜说，因为被木略打得痛得受不了，愿意和他分开过。"

团长说："同意你们离婚。"

忽然听得乌孜咿唔做声，仔细一听，她说以后等木略有了儿子她要帮忙带。沙马依葛恨其不争："他把你打得都吃不消了，你还惦记着给他当保姆，当娃子成习惯了？"

这些话针对的是乌孜，训的是彝话。乌孜莫名其妙，眨巴着眼睛：

"没有打我呀，木略他。"木略打断她们：

"带娃娃还不好说吗，你来带吧。"

乌孜满足地长出一口气，沙马依葛越发气愤，仍然用彝话责备乌孜：

"你这么好欺负啊，木略都骑你脖子上了？你娘家哥哥找不出来一个，舅舅呢，也没有吗？快喊来给你做主！"

木略笑嘻嘻地让沙马依葛不要搞挑拨，他说："乌孜是孤儿，想找兄弟舅舅做主，找我打冤家，要我给她家赔钱，简直白日做梦，妄想！"

没想到乌孜说她有哥哥，小时候和她抢腊肉骨头啃汤圆吃。木略问她在哪里？只说是汉人，记得喊的是哥哥，不是彝话的"麻孜"，爹和娘这样地叫法也记得。木略惊讶道：

“这样说来，你也是汉人啰!”

团长同情心大起，俯下身，搀住乌孜的胳膊，啧啧连声：“看看被奴隶主折磨成什么样子了，我的姐妹啊！唉，你的父母恐怕为你哭得伤心得眼都瞎了心都碎了吧！你还记得家乡的模样吗？不会也是从成都抢来的吧?”

木略替她回答：“不会从成都那么远的地方抢，像我家爹那样的是极少数，太远，也不那么容易下手，再在路上死了不划算。多的都是在邻近，或者与汉区交叉的地方抢的。我看，乌孜可能是凉山本地的汉人。咦，从没听她说起过!”

团长力主送乌孜参加工作，工作是假，养是真。细加思量，不用政委开导，团长也愁，怎么在工作岗位上养乌孜呢，难道让别的干部当她的保姆不成。

小叶和地方打交道多，建议把乌孜送到教养院去。说这是凉山兴办的福利机构，收留的都是乌孜这样基本丧失劳动能力的奴隶娃子。

团长平静心情，指示小叶：

“以我们359团的名义，直接把乌孜介绍给县委的同志，请他们尽快安顿，按现有条件的最高标准。”

小叶应声“是”，立正，敬礼，脚后跟一旋转，落实去了。

余下的人也待离去，木略岂肯甘休，嚷嚷他的事只解决了一半，另一半空悬着。

婚　礼

1. 婚都离了，多大的愿望啊，还有什么悬在空中？

“结婚。”

对啊，这才是木略的最终目的。被他混闹一气，都忘脑后边了。团长问他和谁结婚？

“俞秀。”

没想到这家伙真的储备得有一位女工作队员！

要不都说这家伙眼珠子滴溜溜转，狡猾呢，过去和奴隶主斗法，现在当我们是活宝耍啊！团长要发作，沙马依葛先开言：

“可是可是，她一个汉人，居然不嫌弃你，还是娃子？”

政委当即批评沙马依葛：“白受教育了，不明白社会主义倡导的各民族一家亲吗！”团首长当即表态，支持木略和俞秀的婚姻大事。

风向一变，木略和俞秀的婚事成了359团宣扬社会主义新气象——民族团结的盛事。

消息传到俞秀耳里，高兴啊，她想自己眼明心亮，找到一个好男人，有靠了。

曲尼阿果替她操心说：“你不怕人家骂你们的娃娃是杂种啊？”还说：“木略手背脖子上的黑痂痂你不恶心吗？”俞秀还嘴：“你发丝

上的虮子还少啊，白生生的发亮。”

这么斗嘴，很伤朋友的感情，再不搭理，噘着嘴各忙各的。

她们头上身上的虱子，较前一段打仗和行军时锐减。那时只要出点汗，不但胳肢窝颈窝大腿根，身上这里那里一冒热气，然后股股腥味，最招虱子。

曲尼阿果不理睬，自有人理睬俞秀，工作队的其他女队员兴致勃勃，比自己出嫁还激动。沙马依葛挨了政委的剋，找俞秀做自我批评，声称要向俞秀学习，甘当旧时代的叛逆者。

众人商量送礼物给新婚夫妻，时间太仓促，完全不够去趟西昌城。各人凑出一份钱，由沙马依葛等三人从村子里买来一床绣花被面、一对绣花枕套。这本来是位姑娘给自己准备的，不忌讳，卖给解放军的新娘新郎。等她知道原来是蛮子结婚用，当下懊恼不止。从她那里还买来一根背儿袋，几条胖鲤鱼，蜷曲着，蹦达在一朵朵水花上，煞是喜人。预祝俞秀儿女满堂，当个英雄的母亲。俞秀眼眉低垂，羞答答，倒十分用心地藏了起来。

问她穿啥？反正不穿身上这套没有帽徽的军装。几个女队员一阵乱翻，翻出一件斜襟衣裳，白夏布，印有浅蓝色的卷尾叶。俞秀茸茸的脸本就白里透红，再让蓝花白底一衬，发亮。鞋子也有一双，绣着凤凰，尾巴长长，绕在鞋帮。找不到胭脂，又是沙马依葛跑到村头人家的外墙上，蹭点标语纸的红颜色，再沾点水，粉饰俞秀，使的劲过大，脸都给搓皱了。

正乱着，文工队员敲锣打鼓吹唢呐地来到门前，男声喊道：“走起，团首长都等在主席台上了。”

俞秀一听，顿时失措，张皇道：“羞死人，还要站到台上去展览啊！”就近抓了沙马依葛的手：“你们哪个陪我啊！”

姑娘们哗然而笑，一位说：“难道我们都要陪你一起嫁吗？”

沙马依葛说：“我可以。”

嘴快的玩笑：“你两个，谁算大的谁算小的，新社会，你们不拈酸吃醋，政府也不允许啊！”眼见得沙马依葛的脸越板越正经，不像随口乱说。又听她说：

“我们可以举行集体婚礼。”

顿时鸦雀无声，女队员都在脑海里梳理，沙马依葛要和哪一个男人结婚呢？知道她和夏军医走得近，已经到谈婚论嫁的地步？沙马依葛却和俞秀说：

“木略和你一对，吴升和我一对，两对也可以举行集体婚礼吧？”

吴军医啊！

又是一枚惊雷炸响在各位女队员的耳畔，面面相觑。莫非沙马依葛有分身术，一头去见夏军医，一头去会吴军医？这边，那边，眼睛梢梢情啊意的，便把男人的魂勾住了？或者，故意和夏军医风声水响，好掩护和吴军医的柔情蜜意！也可能夏军医不配合，最近都在传夏军医中意的是曲尼阿果。

女队员都年轻，性子急，有人指点着曲尼阿果说：“不如你和夏军医也把事办了，集体婚礼，三对热闹点！”不管那位作势生气，感叹：“哎，还有谁可以嫁，我也好想参加集体婚礼哦。”另一位接嘴：“好有面子啊，团首长主持，全团的人再不齐整，也得上千吧。以后讲给娃儿听，还不把他们羡慕死！”猛地想起沙马依葛有婚约在身，问她：

“你家给你订的娃娃亲咋办？”

这位淡定：“没有学习过新婚姻法吗？包办婚姻不做数，结了还可以离呢，何况我们连手都没碰过！”

一众姑娘彻底哑巴。沙马依葛再说话时，俨然小组长，吩咐的事情似乎和自己无关，派这位去通知吴军医准备结婚，那位去队部再团部报告集体婚礼。姑娘们都是平常被她指使惯的，风风火火的就是跑，一路宣布：

“改集体婚礼啰。”

2. 集体婚礼，哪里够数，两对而已。看热闹的不少，警备连全体、团部文职武职的也是全体，这就二百人。各营各连的代表，再加上基干队、工作队，又是百八十人。这是确定的人数，不确定的村民，男女老少，叼着母亲奶头的婴幼儿，把安排在打谷场的现场挤得水泄不通，男女娃儿又在人腿间穿来梭去，场面杂乱。

两对新人确实像俞秀说的，放在台上展览。她和吴升紧张莫名，汗津津，缩手缩脚，老乡因此扯闲话：站错位置啰。以为俞秀和吴升是一对，沙马依葛和木略两位左右逢源的是另一对。两对新人的各一方一为汉人一为彝人，也让他们不解，风凉话四起："这几年人的胆子比老虎的还大，脸皮比城墙倒拐还厚，结婚像唱戏，登台表演，还敢彝汉不分，乱通婚！"搭腔的打点他："如果不是为了宣传彝汉一家，哪里有这样的气派有这么多的解放军让你饱眼福。"说那人："旧脑筋，等你家丫头给你带个蛮子回来，才晓得厉害。"

空气中飘来一股一股的肉香，那是各个炊事班在同时炖刚宰杀的猪和羊。亏得这场不够数的集体婚礼，全团要打牙祭。

新人身后，两张桃木的长案上摆满樱桃、枇杷和炒瓜子、花生。人来人去，川流不止，都是各单位的代表，上台和新人握手祝贺、送礼物。送什么的都有，普通的如毛巾、脸盆、茶缸，特别的是用弹壳弹头甚至子弹拼的船、飞机，都是双份。

婚礼开始，团长、政委致辞。两人的讲话，洋溢着祝贺凉山飞跃进社会主义社会的革命热情和祝福社会主义建设者——两对新人的无限喜悦。

群众代表发言时，众官兵也不安分了，嘻嘻哈哈，摇摇摆摆，像风吹着的麦浪、树林里的麻雀，比老百姓还喧闹。夏觉仁也亢奋，朋友结婚嘛！还浑身轻松，终于摘掉了沙马依葛这个攀附物。此刻，只要再做努力，就能越过工作队的两位女队员近到曲尼阿果身旁。目前的位子，是他连换三次得来的。

曲尼阿果落落寡合，要不勾着脑袋，要看也不看台上，偶然几次，落到夏觉仁身上，好像有所停顿，夏觉仁屏住呼吸，那眼神却已掠过。

渐渐的，曲尼阿果也在兴奋起来，脸前探，满是笑意，细圆的脖子和上翘的下巴颏因此绷就的弧线，带点牵扯，宛如鹿在微曦的晨间半扬了美丽的脑袋，正要舔食沾着轻露的叶芽。突然，听她惊道：

“俞秀的花没了。”

声音不大，夏觉仁以外没人听见，当即接应：“啥花呀？”曲尼阿果掉头见是他，再一惊，下意识地指向台上，在自己胸前比划：

“俞秀这里的大红花不见了。地上有没有，看见没？”

夏觉仁起身，伸脖子，踮脚尖，蹲下，半趴，台上地上，都扫视到了，再借着前后左右人等对他的抵挡、躲避，扒拉开两位女队员，生生地岔到曲尼阿果身旁报告：

“可能掉在来的路上了，台上台下都没有。”

曲尼阿果的反应急速：“我们找去吧，红花丢了，运气不好。”短促，沙沙响，好不悦耳，杵在那里难动弹，曲尼阿果不禁放大声：

“聋子吗？”

四周突然安静下来，举目一看，众人，台上台下的都盯着他，不单他，还有曲尼阿果。稍作反应，曲尼阿果已夺路而去。

短暂的目光追随后，拔腿便追，一边叫道：“我们去给俞秀找胸花，她的胸花丢了。”

爱情 4

1. 他这一跑一叫，喧哗重起，都在议论："这两人是不是也要凑数，参加集体婚礼啊!"也是一汉一彝，多数人认得夏军医，更觉有趣。

大局为重，集体婚礼继续。

新娘新郎和团首长移坐台下，和婚礼的参加者一道欣赏团文工队的演出。

俞秀不断地欠身探望，朝夏觉仁、曲尼阿果跑去的方向。他们跑向的地方，树林子过去便得爬山，那里是俞秀过来的地方，还等他们把她丢失的胸花送来。久等不来，她不是怨自己不小心或者木略没有看顾好，而是生起曲尼阿果和夏觉仁的气来，心想，丢就丢了，谁晓得！让他俩一嚷嚷，已经不吉利了，万一哪个坏人再脚踏胸花把木略和我咒一咒，还有啥好日子过?！越想心越局促，脸转过来，木略吓了跳，狠巴巴、丑乎乎。

曲尼阿果哪儿是去给她找胸花，是羞得逃跑了。

发力跑到村后上山的路口，回头看，夏军医跟在后边，左右都是矮树棵和荆棘丛，越不过去，只得硬着头皮往上爬。爬到半山腰，往后再看，夏军医越近，恼得叫："滚回去，不要跟我，小心我踢石头下去砸你！”

夏觉仁笑一笑，还是嗖嗖地往上爬。

曲尼阿果用脚聚拢一堆泥巴石子间杂着羊粪蛋干牛屎蹬下山，窸窸窣窣响过，到夏觉仁跟前，灰尘散尽，威力难显。夏觉仁不急于追她，不远不近地跟着。曲尼阿果又喊：

“你这个坏东西，我的脸让你丢尽了，我还咋好意思下山见人啊！我啊，那么大声，喊得大家都听见了，羞死人。”啪的一响，两只巴掌同时击打在脸上，想象中的羞愧好似随着眼睛鼻子嘴巴的被覆盖，别人就不知道了。

她自以为绝望，在夏觉仁的仰望中娇憨的模样嵌在即便晚春也以青蓝为主调的天空上，让他满怀都是悔，如果脸皮再厚点，或者今天的集体婚礼也有他们这一对了。曲尼阿果并不像别人传达给他的那么反感他、不好接近。她再是和他不同的民族，是女人对不对，是女人，任何一个男人就能按男人女人通用的方式往来，比如亲嘴、叫她小亲亲、搂她，看她的脸早上和正午和傍晚有什么不同，还有夏天、冬天和秋天、春天又如何。无端地想，只要让我把玩她的脚踝，抚摸她的细黑皮肤，亲亲她桑叶般的眼睛，戳戳她下巴颏上掬圆的小肉坑，也算没白活。具体到眼前，很想看看曲尼阿果扎过刺的脚板，还惦记她脚上的气味，不臭，有草和泥土的气味也可能！空气中适时流动的松脂味，被他当作曲尼阿果的味道，鼻子一蹙，呼呼作响，大声说：

“好香呀！”

曲尼阿果早把捂着脸的手挪开了，正自奇怪，搞不清夏军医眼睛半睁半闭，表情又陶醉又夸张，神经兮兮地在玩什么名堂，要问吧，毕竟刚骂了他，马上换张好脸给他又做不来，蠢蠢地动着自己的小心思。到底，夏军医是第一个由着她哭闹也好高兴也好啥都不嫌她还眼巴巴望着她的人，父母都做不到。这三五个月以来，她常常想起夏军医想看她又不敢、忍不了还偷看的眼神情态，因此睡不着觉、发起呆来，意识到处会去摩挲夏军医给她挑过刺的脚板心，眼前会闪现出夏军医温和、浅笑的样儿。他是一个好看的汉人，长圆脸，鼻子不塌，眼睛不小，个儿够高，就是瘦，白净，手指头长长，干爽、暖和。他看自己时，给她的感觉，似要吸住她再融化她，让她不能面对，又期待。每想及此，她会轻叹口气，说不上为什么有点后悔不该对他那么凶，都把他吓跑了。

当然得把他吓跑，要不怎么向表哥交待，还有爹妈，更何况他是汉人，即使和表哥退亲也不会跟他。一个激灵，清醒过来，下面的夏军医，弓腿昂头，仰望着她呢。

转头，为避夏军医的眼风。可没料到看见的是表哥的脸，活像碰了鬼。掉回头，她心跳得怦怦的，再回头，那张脸分明是表哥的，高棱的鼻梁，眼窝深陷，鹰眼一般的双目。和她爸爸一样也长了络腮胡，刮过，乌沁沁。那张脸上流露的惊讶比她更甚，笑意渐浮，听见叫她：

“阿果，是你吗?”

点点头，说不出话。和表哥一起的另有两人，一位显然是首长，一位年轻的警卫员无疑。跟在他们身边的是三匹马，他们不发声，连马儿都没响动，三个人三匹马静悄悄地来到自己身后。

2. 出现在他们面前的首长是608团的参谋长，曲尼阿果的表哥属陪同人员，兼翻译。要去哪里，军事秘密，不能打听。

参谋长饶有兴味地听曲尼阿果的表哥古文清参谋介绍自己的表妹，还问长道短。小李村和608团的驻地王家圃子相距不过二十华里，却是这对表兄妹半年以来的第一次碰面，加上之前的时间，七年不止。参谋长开始还以为他们只是一般的表亲。凉山上，但凡不同姓，不是姨表亲，数上去哪怕八代以外，只要沾点边的姑舅表亲，都互以表哥表妹相称。听说他们是至亲的姑舅表兄妹，当场批评古参谋不懂看顾表妹，“上个月你不是还来359团交流过彝语汉语的翻译问题吗?”表哥解释太忙，并非不知道表妹在359团。曲尼阿果问他咋没去看她爹、表哥你的舅舅啊?她说彝话，她表哥先翻译成汉话给参谋长听，再回答，也是汉话:“一直想一直腾不出时间，等平叛结束开始建设后，再找时间吧。”参谋长不赞成，嘱他这次任务结束后直接去看舅舅。

曲尼阿果吭哧一笑，用汉话:“表哥，你改汉名，不叫古侯乌牛了?”

表哥待回答，她又说，还是汉话:“你去看我家爸爸时，千万别提你改名字的事哦，他会骂你的。”

表哥轻笑笑:“没改啊，古文清只是我的汉名，彝名还是古侯乌牛!汉名彝名都是称呼，为了方便别人，不然，拗口，那还咋交流嘛!你也起个汉名吧，和我的古一样，谐音，曲作姓，叫……”斟酌着，曲尼阿果表态，不起汉名，问夏觉仁，曲尼阿果拗口吗?那位铿锵道:“多漂亮的名字，琅琅上口!”

他这么用劲，曲尼阿果的表哥不免迫近盯了他两眼，参谋长也是。

说着闲话，大家一起下山。参谋长听说他们团正为两对新人操办喜事，还听说民族结合，大表赞赏。来回一看夏觉仁和曲尼阿果，笑问:“你们两位是不是也想搞民族结合啊?”

曲尼阿果脸庞骤红，抢话:“不是。”

可为什么全团同志欢聚一堂时，你们单男独女在山上嘻哈打闹，马蹄声人声都没听见?她不吭声，夏觉仁也是。参谋长别有意味地眨眨眼:“可惜!”

夏觉仁更觉可惜。真想不通，怎么事情到他这里就成民族问题了，木略、吴升反而是民族团结!再去打量曲尼阿果的表哥，看他没有自己高，但结实、挺拔，长了一个凉山美男子的鹰钩鼻子，眼睛深藏着，也是木略夸耀的彝人崇尚的鹰眼睛，犀利不犀利，没看出来。感到他也十分留意自己，看不出态度，或者他的性情和他深藏的眼睛一样，也不露。面对长成美人，和自己打过娃娃亲的表妹，根本不激动，要是我，夏觉仁想，哪会家长里短，大姐二姐嫁没生娃娃没表弟几岁舅舅养的瞎眼鹰如何，嘱表妹捎话让表弟早学汉话汉文，又问表妹学文化吃力吗入团了吗，不一而足。

下得山，迎面过来的都是婚礼散后急着回各自单位打牙祭的人。曲尼阿果不走了，她的意思夏觉仁知道，怕被人笑话，她在会场上压倒一切的“你聋子了吗”，想必在场的各位犹在耳畔。

她用彝话和她表哥告别，神情里有些难舍又不知所措。

这话她表哥也翻译给首长听，连首长都不忍心：“在359团讨个喜食吃再走吧。小古，和你表妹聚聚去。”

小古沉吟：“不如等着一起回舅舅家再说。”首长张开巴掌，从里到外驱赶他：

“去吧去吧，给你四十分钟。”一边招呼夏觉仁，让带路去他们团部。

团部近在眼前，夏觉仁哪肯留下曲尼阿果和她表哥独处，608团的参谋长不能领会他的心情，反而让他回避，说人家表兄妹要叙旧。

把参谋长送进团部，回头望去，曲尼阿果和她的表哥还立在原地说话。表哥有点屈就，微探着身子，做倾听状。

夏觉仁掩身到墙角后还要打量，不想被一位端着一簸箩青红的早桃子出来卖的老乡叫住说：“夏军医，尝两个桃子，甜酸甜酸的。”

3. 在凉山，做买卖的不是汉人，就是回民，彝人基本不做，除非沙马依葛家那样靠近汉区的。就是做，也遮遮掩掩，碰到熟人，赶紧把头扭到一边假装没看见。熟人也如此，无论如何不敢相信自己的这位族胞居然那么不要脸地在做买卖骗钱，忍不住看个究竟，不巧那一位也在觑他，两下里眼光一交织，好生尴尬。

团里的彝人对沙马依葛家，包括她本人因此都带点不恭敬。夏觉仁想要是他们知道他家是多大的买卖人，也会瞧他不起的！

他想得开，不会把家里寄来的好吃好穿当作自己“工农化”的敌人加以拒绝，老乡们请他吃桃子、枇杷、樱桃，他也吃，最多一斤，牙就酸倒了。医疗队的几个小知识分子，哪怕吃小半捧樱桃枇杷，也非得塞点小钱给老乡，多遵守“三大纪律八项注意”似的。真有领导在生活会上表扬那种人，比如吴升。前两天，吴升特地找他商量，要不要写一份思想汇报，声称可能比他早入党。

吴升虽然讨领导喜欢，却不见得有群众基础，老乡们觉得他不好交谈，找军医看病，等都要等上夏觉仁。这会儿，有位男子专候在夏觉仁的一边，等他吃完手头的桃子，好请他去给自己的小女儿看看胳膊上被啥叮了，又红又肿。仰起一张扁平的脸，好奇地问：

“你不怕酸吗，夏军医？我的清口水都淌出来了。”朝地上呸一口，“我家也有几棵桃树呢，夏军医你随便吃，还可以摘来送给你的战友吃。”

这倒提醒了夏觉仁，掏出钱，一簸箕都要，让卖桃子的老乡送去工作队，指明一定要交给叫曲尼阿果的姑娘，还让他打听那姑娘在干吗？

卖桃子的不明就里，反问他咋不去打牙祭：“你们解放军今天好热闹，不分蛮子、汉人大办喜事。”奇怪他，“不晓得吗，在外面逛？”

夏觉仁不回答，推着他赶紧送桃子。卖桃的走出去又折回来问：“夏军医呀，你别嫌我多嘴，你说的那姑娘分明是蛮丫头？莫非你也喜欢蛮丫头，想和她结婚？”

“哪里哪里，”他说，“你只管照我吩咐的做，打听清楚后来他家找我。”指旁边请他给孩子看病的老乡。

小李村的人单纯，又多的是文盲，世代与彝人对立。他们这里的土改七八年前就结束了，现在的民改针对的是半山和高山上的彝区，一些人在359团进驻后，碰到戴军帽穿军衣的便竖大拇指，喜滋滋地议论：“这回蛮子该晓得厉害了，追着他们使劲打，看他们还敢张狂。”犹嫌不够，跑到团部请战，要求发枪，说也要去打蛮子。原因呢，“我家猪儿那一年养得肥呀，被几个蛮子一个晚上冲进来杀掉煮成一大锅砣砣肉吃掉了。”另一位说他家被抢的苞谷，第三位损失的是一只鸡和两只鹅，三四颗鸡蛋也算。有一天押来一队俘虏，审完，留下三个，其他的都放了。老乡们想不通，为啥要把那些抓到手的蛮子放了，这位那位给部队出主意：

“大军啊，你们这是放虎归山呀！他们腿上胳膊上都是一坨坨硬得来像石头一样的肌肉，跑起来风快，熟悉地形山势，再去抓恐怕又要费一番神哦。”

“他们是啥性情，我们晓得，猫似的，翻脸不认人。”

“没收他们的枪是对的，最该做的是别忙着放他们，让他们的娘老子拿银子来赎。一人十几坨银子，没有银子的，让他们拿地来顶，赶他们的羊子、牛，非把他们搞得倾家荡产，才会死心。以前的长官都是这样做的，管用呢。”

大军没人听他们这一套，上嘴唇铺着茸茸毛的小兵蛋子都敢斥责这些没见识的老乡：

“别以为我们也是汉人，就来打我们的主意，正告你们，我们是天下受苦人的军队。”

“你们自以为苦，那些没钱没势的穷彝人比你们还苦。看看你们住的地方，平展展的，四季如春，种啥活啥，想吃哪样没有！彝人呢，被封建统治阶级，你们所谓的长官，赶到山恶水险的地方，缺衣少粮，一点小病就要了命。你们看山上下来的彝胞憨厚，尽占便宜，买东卖西好耍秤，还在卖给人家的麦子苞谷里掺沙子，缺德啊！”

“你们啊，光晓得有汉人彝人，不晓得在你们之外还有藏人、蒙古人、满人，好多民族呢。藏人你们晓得，就是你们说的番番，住在你们山背后不远的地方。”

这些大道理把那些平头老百姓听得云里雾里，起码知道不能把彝人叫蛮子了，那叫啥呢，总不能“嗨”“喂”吧，叫彝胞，兵们叮嘱。所以，他们再打听时，就问：“彝胞的地能分点给我们吗？”

原来他们年年在那上面栽水稻、种苞谷的土地有些是从山上彝人手里租的。

彝人不善农耕，但拥有的土地不少。“我们先来嘛，土地当然是我们的。”他们说。至于从哪里来的，说法很多，南边北边都有，北边是从今天的成都坝子，南边就是云南昭通了。原因只有一个，发大水，淹死好多人，剩下的拼命地跑啊跑啊，只要没有累死，在一条神狗的引路下，跑到凉山上。彝人一代一代的口传史都是这样讲的。他们的文字，象形，也是这样记录的。人呈三角形，举着矛，蜿蜒着向山上而来，间或有一条身形修长的狗儿在回顾。在人和狗的身后，追迫的是翻着波浪的大洪水。然后是三角形的人或以矛或徒手和老虎豹子打斗，打死老虎豹子，盖起房子，放上羊子。再往后文字抽象化，开始记录和人的战斗，和自己人，也和异族。不知是打不赢撤到山上的，还是天气变热瘟疫泛滥在平坝子上待不住，反正他们离开河谷，越来越高地住到高山上。

人离开，土地还是他们的，除非被买去除非被强悍的汉人豪强夺取。

汉族农民打自己的小算盘，想分彝人的土地并不奇怪，参照的是汉区的土地改革。

其中的一个找夏觉仁，指使他向自己的长官打听。夏觉仁不软不硬地答复：“土地怎么能分给个人呢，在社会主义社会，土地是属于国家的。”

老乡们这样说被喝止，那样说也被喝止，干脆不说了，有啥意思嘛，又不能让自己多长一点肉。何况从民间往来来说，住在山上的彝人也有他们的朋友在其中，为了山下山上走动方便、安全，还互相认了干亲。逢年过节，比如汉人的春节、端午节、中秋节，彝人的年、火把节，大家常走动，交换腊肉香肠，请吃一顿宴席，俗称“九大碗”，红白喜事时也如此；春荒秋收时，不但借，还会到对方的地盘上挖几垄洋芋、摘几穗苞谷。有些汉人很相信彝人的毕摩、苏尼，他们一个是祭司、一个是巫师，会很多驱邪送鬼的法事。尤其毕摩，识文断字，还能给人治病。

释放的俘虏里就有一个苏尼，他没有马上回家，被小李村的这家那家留下来做法事。

当中的一家夏觉仁很熟，给他家的小儿子打过蛔虫。那家的大儿子那一年的年末准备结婚，所以请苏尼帮他们掐算日子的吉凶，女方家送亲的多少合适，人多人少，或单或双，都可能对新婚夫妇的未来产生非福即祸的影响。苏尼坐在他家门前的桃树下，打上几颗鸡蛋，看蛋黄的晕影。鸡蛋都得是当天下的，越新鲜，卜算的结果越准确。看完蛋黄，又让杀鸡，主人家一阵紧张，以为有凶事，苏尼安慰说，刚好相反，是喜事，但不明确，需要看看鸡舌根上软骨的走向。主人家松口气，赶紧杀了只阉鸡，本来要留给儿子婚礼上宴客用的。结果，软骨直溜溜的，又光滑，主要是尖儿向里弯曲，说明新娘吉祥，旺夫兴家，大富大贵。于是鸡炖在砂锅里，加上几把去年夏秋晒干的山菌子，切两根莴笋进去，又香又败火。夏军医给面子，一起就着玉米粑粑啃鸡骨头喝鸡汤，满堂欢。

4. 那天真狼狈，夏觉仁派去送桃子的老乡问的正是曲尼阿果本人，反问哪个在打听？他老老实实地回答：“夏军医。”旁边长着鹰钩鼻子的男人问：“夏军医让你打听啥？”他说：“也不是打听啥，是让我看看那丫头在干啥？”

老乡倒看清楚眼前的这对男女都是彝胞，男的汉话实在流畅，口音像成都坝子上的人，男的又说，轻笑笑：

“你回去告诉夏军医，曲尼阿果和她家表哥在打牙祭。”

老乡把一簸箕桃子往他们面前一放：“夏军医送给你们吃的。”簸箕也不要了，急转身，跑来报告夏觉仁。

过两天，天擦黑，夏觉仁正值夜班，曲尼阿果来找他，神情激愤，动作失控，把装着外科器械的盒子碰得叮叮当当地响。问能不能陪她去趟608团，那是她表哥的团，驻扎在王家圃子。她害怕走夜路，豹子、狗熊是一回事，鬼呢，眼珠子红殷殷的，爪子抓上来等反应过来已经死掉也变成了鬼。

难免迟疑，毕竟在值班，想想只有一个病人，要不是输液睡着早回家了，便答应下来。

刚出门不敢拧亮手电筒，怕哨兵发现。惯走山路的曲尼阿果，感到夏觉仁高一脚低一脚的跟不上，居然说："早晓得你这么拖拉，不如找别人。"天黑，看不清路，着急要跟上她的脚步，偏偏踩在苔藓上，滑倒了。没扭着，除了耽误时间。曲尼阿果返回来，扳过他的脚便揉，嘴里咝咝的，像在帮他负痛。再走开脚步放慢，有意等他。让他摁灭手电筒，嫌光柱子晃得林子、山石又黑又白，像张开的嘴巴要吃人。"有月牙儿，它也是有光的。"她说。

两人的脚同时碰到垒着半人高的石头墙，还扎了刺笆，主要防野兽的菜地时，608团的驻地王家圃子到了。

曲尼阿果吁口气："到哪里去找我家表哥呢？"

果然来找她表哥啊！至于自己算哪门子角色，夏觉仁没考虑。

曲尼阿果下面的话把他吓了一跳："这把刀子，也不晓得能不能够杀死我家表哥？"拧开电筒一照，竟然竟然，捏着把手术刀。这丫头，什么时候偷拿了把手术刀啊？碰响器械时？

还问他："这刀就是你划破我脚板的那一把吗？"

夏觉仁魂都快飞了，哪里顾得上此刀彼刀，又担心刺激她，轻拽一拽她的衣摆，先席地坐下，曼声道："累死人了，歇口气再说。"

曲尼阿果坐下来，疾走后甜丝丝的体香带着潮热一股股地涌来，差点他的手就要去搂这女子的腰了。

吭吭两声，问她："要不要喝水？"耳听见一沟溪水哗哗的，感觉她摇了摇脑袋，"我喝两口去。"爬将起来，三两步来到沟边，并没有喝，撩起来泼洒脸面，冰凉的山水激打出两个响亮的喷嚏，人更清醒。鸟儿扑簌簌，凌空飞起，蛙啊鼠的也被惊动得乱哧溜。曲尼阿果赶来低声斥道：“想死啊，这么大声？”

四周又悄默静气的。山林坝子上那少许的灰也不知道是天光的还是月牙儿那有限的银辉，溪水翻涌的水花要不要露出点净白，夏觉仁将电筒光遮挡在衣襟下看了看手表，十一点过三分，他们在路上花了两个多小时，现在动身的话，到家得深夜两点。

“我们走吧。”他悄声说。曲尼阿果会错意，也很小声地说：“不是你的仇人，是我的，我不会让你杀的。”

“咋就仇人了，那一天看见他，你好高兴哦，眼睛追着他转。”

“呸，”曲尼阿果啐道，“有啥好高兴的，烂表哥！我的眼睛哪里追着他转了，你不要乱说，小心我骂你！”

“是。”夏觉仁应承，暗暗一笑，又说，

“那你们啥时候结的仇？”

曲尼阿果倒爽快：“今天白天，基干队的阿合告诉我，其实大家都晓得，只我一个人憨子样，白长眼睛、耳朵了。”哼了声，“我家表哥他心里头藏着一个鬼呢，不然，回来都快一年了，不敢去看我家爹。那天也是，你没发觉吗，他一看见我就不自在，好像身上有虱子在爬。”不用夏觉仁启发，又说：“你晓得他藏的是啥子鬼吗？女鬼！哦呀，气死我了！”

莫非传言是真的，她表哥确实有别的女人？夏觉仁心头狂喜，幸好天黑，带出来的神情曲尼阿果看不见，清清嗓子，假意说：“他藏他的鬼，和你能结啥仇？再说可以找你们的苏尼捉鬼啊！”

“你啥都不懂！”曲尼阿果很不满，“我说的那个女鬼，不是真的鬼，是一个白彝丫头，我家表哥，啊呀，不要脸，和她好上了。”

果然果然，由不得不心花怒放，“嘿嘿”出声笑，立刻引来曲尼阿果的厉声质问：“笑啥笑，你！”夏觉仁不避讳：

“我高兴啊！太好了，这下你还有啥好说的，和我结婚吧，气死你表哥！”

曲尼阿果哼一声，不和他过话。

夏觉仁又欢天喜地地说：“瞧，人家木略俞秀、沙马依葛吴升不都结成革命伴侣了吗！”

“木略，他就是你们汉人；沙马依葛，白彝丫头，胆子大过天，我们黑彝可不能和乱七八糟的人开亲！”

口无遮拦如此，也伤夏觉仁的自尊心，还嘴：“你讲规矩，怎么你的黑彝表哥不要你，宁可要白彝姑娘呢！”

这可捅了马蜂窝，曲尼阿果哇地哭将起来，一边替她表哥辩解：“谁说我家表哥不要我了，还不是那个白彝丫头发骚……”

夏觉仁后悔出口太冲，等她哭一哭，挨近她，压低声音：“让我小声点，你倒好，大哭大叫，是不是想让 608 团的人都听到啊。他们要是发现了我们，你不想和我结婚都不行！人家肯定以为你是我的爱人，我呢，也是你的爱人。”说到“爱人”一词，语气加重，声调颤抖，“我们也是民族团结的典范。你还是肯放下架子的黑彝姑娘，我们俩的婚礼一定比木略他们的还轰动。”

“你要烂舌头的，胡说吧！”传来呱呱的几声蛙鸣，曲尼阿果又说，“我就是当癞蛤蟆的老婆，也不当你的！”

“那我给你捉只癞蛤蟆来？”

不再理他，悄悄一会儿，她又哭，嘤嘤的，一头数落：“我把你当好人，让你来陪我，哪晓得你也是个坏蛋，和我家表哥，和阿合一样，你们男人都是坏蛋！听说我家表哥有女人后，我这心头好像扎了针，痛得很，可是我怕阿合出我的丑，就硬装着啥事情都没有，忍了又忍，不让眼泪水流出来。阿合眼鼓鼓的，想把我盯哭好幸灾乐祸，还说：‘小丫头，赶快把我说的告诉你家爹。他用不着出面，只消一句话，我们帮他收拾你家表哥足有余。反了他，舅舅家的女儿也敢不要！’鬼话连篇，把我气得抄起一块石头砸过去。那个坏蛋躲得快，不然，脑壳早开花了。他骂我：‘没有男人要的货，敢这么凶！’这下所有的人都晓得我家表哥不要我了，我的面子丢光了，我家爹我家妈的面子也丢光了，你说我咋办，只有把我家表哥杀掉！”边说边蹬踏，泥草的气味都被撩起来。

那把可能的凶器呢？夏觉仁下意识地伸手一探，触到的是胯还是大腿？曲尼阿果倏地一缩，夏觉仁问：

“刀呢？”

“吔！”她手掌翻飞，空落落，反问，“刀呢？”

非知非觉间，刀消失了。

曲尼阿果恼得用彝话嘀咕着，四下摸索。夏觉仁挡在她的面前：“别找，小心划手。手术刀，快得很！”曲尼阿果哪里理会，头顶到他的胸上，把他顶倒在地。他后移两掌：“实话告诉你，我丢沟里了。”

曲尼阿果停止摸索，起身，没有夏觉仁预料的激动出现，扭头就走，向着她表哥所在的608团。山风飕飕，有点剺脸皮。夏觉仁冲她的背影叫道：“干啥去，不信你能用两只手掐死你表哥！你应该感谢你表哥，你们一个亲舅舅家的，一个亲姑妈家的，如果真的在一起生下娃娃，歪鼻子裂嘴，缺胳膊少腿，说不定还是傻瓜，到时候怨爹怪妈，都来不及。没看到标语吗，‘近亲结婚生残儿’。你在成都不是学习过吗，起码的科普知识啊！哎，别跑啊，小心跌倒！”

5. 跌倒的是夏觉仁，准确地说是被扑倒的。

两个哨兵一左一右地把他夹在中间，再将曲尼阿果和他带到值勤点时，曲尼阿果的表哥已经等在那里了。

曲尼阿果一改之前的哭闹，微扬下巴颏，两眼平视，谁都不看，也不说话，只好由夏觉仁出头。他说，自己是陪曲尼阿果来找她表哥的，因为曲尼阿果怕走夜路。值勤的负责人，排长说：“可以白天来啊！”白天没时间，夏觉仁说，他是一个军医，战斗结束了，可病人不断，战友，驻地的老乡。排长又问：

“你们见到古文清同志了，女同志，为啥不说话，想干啥?”曲尼阿果保持姿态不变，夏觉仁替她应答：

“他们是表兄妹，有家事要谈。阿果，你不是说，你爸爸让你来找你表哥的吗?”

她表哥也很配合：“舅舅嫌我不去看望他老人家吧?”

曲尼阿果的武器丢了，夏觉仁料她也没别的招数可以置她表哥于死地，招呼在场的几位哨兵：“我们出去，留他们表兄妹说话。”

排长抢上来和夏觉仁一起往外走：“我还是奇怪得不行，一个表哥，非得黑灯瞎火地来看，还找你这么个不相干的人陪！听说你们359团的民族团结搞得有声有色，前几天还为彝汉婚姻举行集体婚礼。莫不是夏军医你看上这个民族姑娘，来听人家表哥的意见？才多长时间，不许和民族同志谈情说爱的命令不管用了，眼跟前，半夜三更，男女野地里敢乱逛！”渐渐动了怒气，“夏军医，别摆你知识分子的臭架子，自由散漫，刚才要不是听到女人的声音，哨兵早开火了。枪子可不长眼睛，万一打中你们哪一个，众人哪晓得你是陪她来找她表哥的，还以为你对人家图谋不轨遭了报应！”

来到门外，夏觉仁耐心地听他说完，摸出两颗“大前门”，递一颗给他，都点上，深吸一口，吐出清烟说：“舒服，”打个哈欠，长长的：“瞌睡死了。”

排长揪住他不放：“有趣吧，和姑娘夜不归宿?”

“你想呢！啊呀呀，好想睡觉哦，”又打个大哈欠。假装再来一个，酝酿一半，门响，油灯光涌出一门框，接着是表哥和他的影子，语调轻缓：“夏军医，过来有话说。”

夏觉仁掐灭香烟，隐约感到某种不安。近到跟前，不安来自表哥，其实不自在。表哥拍他的肩，三四下，手上像沾着蜜，放松地、愉快地说：

“我们要做亲戚了，夏军医！”上下左右地打量他俩，以兄长的欣慰：“很般配嘛！”

不顺耳，听他饶舌："好好待我表妹哦，她从小被我舅舅舅妈宠惯了，受不得半点气。"

完全在自己的理解之外，顿感失措。曲尼阿果在旁嗫嚅："走吧，我们!"

待举步，瞟见表哥，那张脸上的表情啊，如释重负！再看曲尼阿果，腰身佝偻，神情颓唐，斗志荡然不存，一把捉住她的手，冰凉，居然没甩开自己的手，不禁问，也不知在问谁："我这是在让人牵着鼻子走吗?"

表哥笑道："哪里是鼻子，是你正牵着阿果的手啊!"

"不对，"夏觉仁握紧曲尼阿果的手，晃荡着两人连在一起的胳膊，重复，"不对，阿果怎么允许我拉她的手？她怕我像怕蛇。"

表哥好似在启发他："你们不是恋人吗?"

"啊!"夏觉仁抓着曲尼阿果的手大力一晃，要不是对方握得更紧，险些晃脱，"谁说我们是恋人？你吗，古参谋？就是你在牵着我的鼻子，还有阿果的在走。"

古参谋干巴巴地笑了笑，不失亲切："我能牵你们谁的鼻子啊，要牵也是你们互相在牵！不是正牵着吗，牵的是手!"

夏觉仁越糊涂，偏头问那位："阿果，恋人是你说的，还是你表哥说的？不是你吧，你哪会用恋人这样的词，你的汉话达不到这个水平!"

表哥接嘴："夏军医，你快成我表妹夫了，我不和你计较。不过你别轻视阿果，汉话没啥难的，才刚她一直在说，又流利又清楚。"有意转换话题，"你两个赶快打道回府吧，没请假偷跑出来的吧，再耗天就亮了，回去想挨处分吗!"又说：

"阿果告诉我你们要结婚，现在我看来听来远不是那么回事嘛！阿果，你这样，舅舅会高兴吗？还有，舅舅舅娘会同意你俩的婚事吗？组织上会批准你俩结婚吗？毕竟民族不同，阿果的黑彝出身也会有妨碍的。"

曲尼阿果不吭声，夏觉仁答腔："大人同不同意、组织上批不批准另说。倒是你，古参谋，你不是当真的吧，以为阿果黑天半夜来找你是为了告诉你她和我的婚事，可能吗？阿果，振作起来，你不是把个刀子舞得飕飕的，要来取你表哥的命吗？"别有用心地睃古参谋。

古参谋没表情，话也平淡："夏军医，想不到你说话做事如此夸张！"

"你问问你表妹嘛，是不是确有其事！问呀！"表哥不问，表妹无话，抽抽搭搭地在抹眼泪，他只好说："古参谋，何必装傻，你很明白，阿果是来找你兑现你们的娃娃亲的。"

表哥瞪目，表妹本事单一，抽身又是跑，夏觉仁被拽着也是跑，话犹未尽，扭头嚷道：

"世上还有比阿果更美的姑娘吗，你敢拿你的女人来比的话，不把你的肠子悔青我都不信！哎，傻瓜蛋一个！"

爱情 5

1. 傻不傻，时间风一样刮过后，男人女人该结婚该生子的各有着落。最先有娃娃的是沙马依葛，最先知道的是俞秀，相隔她们分别一年后。

俞秀是从德玉县报来地区卫生局的纪要上获知的。

妇女怀娃娃这点家长里短，按理绝对不会出现在上报材料里，但沙马依葛的情况特殊，娃娃怀的不是时候。当时她正在雅安护士学校学习，可能去之前，也可能吴升跑去探亲时怀上的，反正怀上了。所以，她只好请假回来待产。她回来不要紧，却影响了她和吴升所在的德玉县卫生局的人事调度，不得不改派一个叫刘凤的女同志去顶她的缺。材料引用沙马依葛的话说，产后她还要上护士学校，不辜负组织给的学习机会。

俞秀眼风及此，不免冷笑，沙马依葛得好卖乖，一贯如此。不过她这两年过得未必顺心，两口子被分配到德玉县，脚跟未稳，直接下派到区里。

这一结果，完全出乎众人的意料。平时在场面上，比较夏觉仁，大家都觉得卫生队的张队长更器重他。

夏觉仁也没有想到，张队长坚持让他留在部队上。事情捅到团长那里，更是不解。正是张队长，几天前跳脚舞爪，非处分夏觉仁不可，声称开除军籍有余。夏觉仁擅离职守，伙同彝姑娘，“鬼闹”608团，终被人家跟踪遣返，让团长颜面尽失。想下地方，赶紧滚蛋，团长说，免得一颗耗子屎坏了一锅汤。张队长看重的是夏觉仁的医术，“呱呱叫！”他说，“国民党反动派卷裹走大陆多少人才啊，医疗界也是重灾区。再说，谁没年轻过，谁没被女人弄晕乎过！”

想不到夏觉仁还是要离开部队，梗着脖子说，曲尼阿果在哪里他就在哪里。张队长说：“你凭啥，人家有主！”

答称：“阿果要嫁的人是我。”

张队长明明听说人家姑娘去会情郎，他不过一介陪客！

“好啊，”张队长见惯不惊，“她可以随军呀！”

夏觉仁不知好歹：“阿果非要留在凉山，哪里也不肯去！”

张队长恼道：“阿果阿果，她要你吃屎你也吃啊！我听说你居然趴在地上给她当过上马石，你不知道男儿膝下有黄金吗！”

夏觉仁垂手、垂头，立定在张队长的面前，张队长“喂、喂”，声声唤，再不做反应。奈何不得，把他推荐给地区医院。至于吴升，像他自己形容的，“任是飘蓬随意去”。

不愧来自金陵南京，沾点诗情，只可怜吟飘蓬词时额头落了个青疙瘩。

相关的几个朋友，曲尼阿果分在地区民政局，木略做了地区所在地幸福区的副区长，俞秀和夏觉仁都在卫生系统。

有关沙马依葛和吴升的消息，先说他们分到德玉县红星区卫生所，后来怎么调到县医院的，没人清楚过程和原因。

听到分配方案时，沙马依葛的脸色即刻黯淡。找领导，左比右比，总认为俞秀和曲尼阿果不如自己，领导替她惋惜：

“唉，小姑娘，看你挺机灵的，怎么没有抓住小夏呢，可惜！”

凭这话回来发飙，抓起搪瓷缸子往地上摔，摔掉瓷摔个坑是常理，哪里料到竟弹起来把吴升的额头砸出个由红而青的疙瘩。

吴升来和夏觉仁道别时，额头上的青疙瘩正当时。他说，不小心磕的。夏觉仁稍一敷衍，拽上曲尼阿果赶紧走，说要搭团长的车去凉山五医院报到。曲尼阿果不断回头张望，好奇吴升的青头包："那么会磕，刚巧磕出个核桃大的疙瘩来。"

到了地区，去先期抵达的木略家吃给他们准备的接风宴，两个初为人妻的女人唧唧喳喳，断定吴升头上的包一定是沙马依葛下的毒手，猜用什么样的东西打的，不破皮。

夏觉仁笑说："阿果，你那么感兴趣，不如拿我的脑袋试试!"

副区长木略的驳壳枪摆在眼前的方桌上，曲尼阿果嘻嘻一笑，抓住枪管一抡，枪把直奔夏觉仁的脑袋而去。那一位发痴，不闪避，反而往前凑。木略出手相夺，已然晚矣，闷响一声，血啊，线似的，好几股，顺着右鬓角而下。曲尼阿果扔了枪，双手捂住肚皮，好像那里疼，哭声顿起。

俞秀不知所措，这里两步，那里三步，土墙瓦片的房子不大，踢了板凳再碰倒水瓶，掏出手绢觉得不妥，又去取毛巾；木略呢，绕着夏觉仁直跳脚，场面让他们两口子搅得更加混乱。

夏觉仁两臂一展，摆脱开木略，揽曲尼阿果到怀里，抚摩着她的脑袋，安静地站在那里，一个流泪，一个流血，把木略两口子看傻了。

2. 接风宴菜没几道，却醇香馋人，俞秀娘家的腊肉香肠、水黄豆、腐乳、当归清炖鸡、青红椒炒菌子。

俞秀厨技天生，很有一手，但她说，和她妈比，天上地下，只可惜她妈命短，不过好歹见过女婿才死的。女婿老倒不嫌，嫌蛮子："女儿啊，你那个蛮子能给你置业还是添产！万一蛮性发作，把你揍得鼻青脸肿，我死了看不见倒好，你家爹老了，加上你家小妈拦着，未必替你撑腰替你出气!"

俞秀的小妈开通，对女儿女婿迎来送往，笑脸有加，家里有的，好的如香肠如腊肉，一般的如泡菜豆瓣，吃了还让他们带上。

木略两口子投桃报李，常捎钱带物。最大的贡献是在汉区甄别土改遗留问题时，木略出面通融，把俞秀娘家的成分由富农调整为下中农。

汉区彝区，山水交集，人员杂处，要协调的事情不少，基层干部彼此熟悉，也肯互相帮忙。一核查，俞秀娘家的财产土改时估算过高，几个竹编的筐筐、三副水桶扁担都折算成了钱，几乎没有成本的桃子酒当作苞谷、麦子酿的粮食酒了。纠正后，俞秀娘家的成分比中农还接近贫农，下中农，是社会主义农村值得依靠的对象。已经分给几户贫农雇农的家什物归原主，用得很仔细，碗盘完好无缺，继续盛菜盛饭，碗底盘底的宣德、乾隆隐而不显；两把黄花梨木打制的高背椅子太打眼，让小两口搬走，也为感谢女婿。他们也觉得打眼，坐着又不舒服，背直腰酸，屁股硌得生疼，直接搬文化馆了。

那以后，俞秀每回上坟，总少不了告慰母亲：你的女儿我找了个靠得住的男人！

靠是靠得住，不解风情。老婆到手，再不肯多瞧一眼，只会指使老婆给自己端茶添饭，热水洗脸洗脚。生气和他吵嘴，话现成："有啥好看的，天天见的嘛。"

哪里天天见，大白天他连个鬼影子都没有，夜里也难见，带着一帮基干民兵钻在老林子里搜三个两个漏网的叛匪。他是恨铁不成钢啊，那些当家做主人的奴隶娃子不改奴性，竟然给过去的主子现在的通缉犯送饭递衣裳，个别的看机会合适，还杀鸡宰羊，生怕过去的主子饿了冷了，肚子里缺油水了，殷勤地说："主子呀，你家的地我先种着、你家的羊子猪儿我先养着，等你以后回来，粮食溢出仓来满地都是，羊子猪儿山上坡上到处都跑着。主子呀，你不把眼睛笑眯才怪！"说明亡命在深山老林里的奴隶主的威风经过民主改革还在劲吹，和他们手上的枪也有关，时不时，会有某个翻身奴隶被逃亡的奴隶主冷枪打死的消息传来。

老婆哈欠连天，头在枕头上一偏，昏睡过去。不让睡，大力摇啊晃的，把她的脑花都晃散了，再把嘴巴贴过来搞得她的耳朵痒啊，无论如何都得睁开眼骂几句方能解气。结果，刚好入套，木略手脚并用，一个大翻身，便把她压得死死的。光顾自己舒服，完事翻身下来便大扯呼噜。俞秀的抱怨老一套：

“姿势倒是大哦，像打虎英雄，可是娃娃呢，一年多来，哪里有动静，不是人家乌孜没有能力，问题恐怕出在你的身上。”

某天夜里木略发话，让俞秀别拿娃娃打掩护，“你不就是眼气阿果，眼气她的男人夏觉仁吗？那能当饭吃还是能当水喝，我要是想，有多少酸话蜜语说不出口，又有多少软硬手段施展不出来！巴结女人，还不就像当年巴结主子，闪断你腰的话和事情我都说得出来做得出来，信不信，天上的鸟儿我都能把它哄下来给你耍。可我木略等于重生了一回，共产党就是我的重生父母，你说，我能像夏医生那个笨蛋，为一个女人自毁前程！”一搂俞秀的腰，欢喜道：“我老婆的腰啊，软乎乎的，一碰，我的心和皮肉都要化掉。”扳正老婆的脑袋，借着恰好有月亮的天光看老婆杏仁一样还有波光漾动的双目：

“秀秀，我是真喜欢你，恨不得把你嚼烂吞下肚好解馋。但那样的话，我不是看不见你摸不着你了吗，那我的心还不碎成渣渣！咋样，这几句话和夏医生有一拼吧！”

老婆纠缠：“我啥时候要求你像夏医生，敲破脑壳逗老婆高兴了?!”

木略道：“你这么说，我也奇怪呢，夏医生是中邪，还是上辈子欠阿果的！初开始去阿果家，被人家用箭竹条条往外赶，真的假的，直朝腿上胳膊上抽，青的红的，尽是棱子。

“阿果家妈不出所料，先是目瞪口呆，四肢发硬，然后一头栽到地上昏死过去。

“这种栽法毫无控制，阿果家妈脑袋磕破，右手脱臼。喷冷水，掐人中，揉太阳穴，清醒过来，负痛兑上脱臼的手腕，拽了阿果就要去跳崖。力气大啊，直拖出去两三丈，连一尺高的门槛都能越过去。拖到院子，被阿果抓着碗口粗的桃树枝。那上面挂满的秋桃子噼里啪啦落一地，枝子也被拽断。夏医生见状，扑上去抱住阿果的腿，才拖不动了。拖不动，就踢打，左一脚右一脚，打的光脚板，阿果未必痛，她家妈自己的脚趾甲倒劈了两个，疼得跳，更加生气，又去扇阿果。夏医生在其中遮挡，阿果家妈再怎么样也不会拿夏医生这个汉人出气，也是看他不起，不让他享受自己的拳脚巴掌，终于饶过阿果。可听说，没有缘故，随时随地，会落泪，灶膛的烟子一熏山风一吹，眼睛辣辣的疼，任红眼药绿眼药都不起作用。哭开就说：'脸皮都被你们这些不争气的娃儿撕来丢到猪圈里了。''娃儿'，一个指阿果，一个说的是她表哥乌牛。头好几年，哪里都不敢去，生怕人家在后边戳脊梁骨，笑话这家黑彝败坏祖宗的规矩，把血搅浑了，还有哪家黑彝敢和这家开亲啊！

"再说，夏医生家和阿果家半斤八两，一个奴隶主，一个资本家，按彝人的规矩，是汉人里的硬骨头，不比黑彝的骨头软！夏医生在阿果面前咋那么虚火呢。不自重，跑去给阿果家当娃子，夜里睡柴火堆，白天放羊放猪，兜里揣几个烤洋芋，荞粑粑都吃不上。黑彝不也是人，哪里就比我们强？要是强，这回咋打不过我们！说有骨头硬的汉人给我们撑腰，哪里硬，都是河北、山西的贫农、雇农！蒋介石在汉人里算骨头硬吧，咋样，还不是被汉人里的软骨头，那些和我一样的穷光蛋赶到海当中的一块石头上了。"

俞秀纠正他不是石头，是海岛，有泥有土，肥得很，长树长草，种出来的稻米也糯得好！

木略反驳："哪里好？上回听报告说，热得从大陆逃过去的将官要不挖山洞要不刨地洞！老兵们没钱，挖不起洞，热死好几千。"

俞秀一吐舌头，叫声"乖乖"："热死个把个还说得过去，几千人，火炉子吗！难怪不能反攻大陆呢。""咦"一声："我咋没听过。"

木略说她不够级别。

两人叫唤一阵，倦了，木略眼睛半闭，仍在阿果、夏觉仁的话题上磨叽：“哼哼，黑彝家的女儿香在哪里甜在哪里，夏医生是咋尝出来的?”

这可伤了老婆的心，丢开他搭在自己肚皮上的手，嚷嚷：“难道我这个汉人骨头软，非得配你这个骨头软得不能再软的汉根娃子?难道说我没有阿果甜没有阿果香，不值得你稀罕吗?”越说越恼，狠劲踹他几脚。

早起一看，腰啊大腿，一片一片，都是青瘀，气得木略骂她是只不下蛋的母鸡！俞秀理亏，也搞不清能不能生娃儿和他身上的踢伤有什么关系，笑嘻嘻地讨教，那位回应：

“你踢的地方，全是能帮你生娃儿的关键部位！哎哟，你自己没本事就嫁祸给老子，想要外人嘲笑我木略不是堂堂的男子汉啊?”

俞秀又气又笑：“敢的话，我两个找医生检查，看看真正想嫁祸给人的是哪一个！我就不信，没得天理了！”

3. 当然有天理，说话间，吐酸水，恶心，怀上了。比沙马依葛的小，比曲尼阿果的大。有第一个，就有第二个、第三个，到1965年，七八年的光景，俞秀生了她和木略的第五个娃儿，有一回还是双胞胎。五个金刚齐刷刷，在卫生局的空坝子上或站或跑，木略打心眼里自豪啊，还有老虎的感觉，威风凛凛。到处吹嘘：“我木略把不生娃儿的帽子丢到太平洋里去啰。”他以为太平洋是哪里的一条河，怕对方不知道，专门用流经地区的冷水河代替：“我木略把不生娃儿的帽子丢到冷水河里去啰”。后来听说太平洋是他去过的上海滩以外那一大片望不到边的水域，连过去就到了美国，啧啧几声，惊叹不已。

沙马依葛和曲尼阿果的娃娃没有俞秀多，间隔也长，沙马依葛生了两男一女，曲尼阿果是一儿一女。

如果不是女儿五岁那年曲尼阿果坚持要“样儿可以像”他的儿子，按夏觉仁的意思，就是一个女儿也已经让他的阿果遭大罪了。医院，包括卫生、民政系统的干部群众认得他们的，知道夏医生爱老婆，但爱到不忍让老婆受痛生娃儿的地步，都觉得不可理喻。更不可理喻的是，成天给病人动刀子缝伤口，黏糊糊的血沾满双手、胳膊，有时还喷到脸上胸上，毫不畏惧，可老婆分娩，产房的门都不敢挨近，像热锅上的蚂蚁，不断指使人去打听“生了没?”“生了没?”把接生的医生烦得:“再敢啰嗦，夏医生你来嘛!”

1961年女儿出生时是初夏，山上的杜鹃花开得正烂漫，专门采了一大抱回来，说献给老婆和刚出生的女儿，把医院一干工农出身的干部群众逗得乱笑，嫌他肉麻。他们的女儿因此起名索玛，彝话杜鹃花的意思。

生儿子时，也是杜鹃花开放的季节，但再要采花撷草颇费时间，五六年的光景，地区各机关的宿舍办公室有楼有平房，四面八方扩散开去，把杜鹃花等花草树木排挤得越来越远。

亏他有心，在人家盖房子挖杜鹃花时不断拣来栽在医院的空地上，来年花开，朵簇叶密，深红浅红雪白，花瓣让凉山干干净净的阳光一照，透亮。

也有缺点，栽时没有规划，长时没有修剪，几年下来，密匝匝，人走在其中，腰部以下，常有枝杈勾绊。儿子出生那一天，距离头胎五年，夏觉仁仍然不能从容面对老婆在产床上的痛苦，只在外边转悠。他走得太急，绊在杜鹃花枝子上一个前扑，脸左脸右，各各蹭破，血珠子干结成疤，好一段时间，像蝴蝶的两扇翅膀，大家都拿来取乐。

他爱老婆爱得神魂颠倒，老婆呢，未必，与俞秀只说死后绝对不和夏家那些汉人埋在一起，而且她是要烧的，烧成一捧灰，撒在父母家的前山后山。那样的话，她的魂才有依附处，“最起码，离我家妈近一点吧。说不定我家爹妈心痛我，不嫌弃我是嫁出去的女儿，还是嫁给汉人的女儿，会让我的灵魂和他们一起皈依在祖灵地的桃树林里呢。”

“灵魂是一股飘浮的人形轻烟吗?”俞秀问，曲尼阿果自有说辞，来自她母亲的梦境：她家死去的一辈一辈的亲人鲜活得很，并非俞秀说的“人形轻烟”。笑话俞秀一定是让电影《天仙配》弄昏了头。她认为生与死只是相同的人在不同的环境里的聚会。她唯一害怕的是凶死，因为会变鬼。鬼哪能进祖灵地花开光照的桃树林子啊，只能在摸不到边的黑里瞎碰乱撞。

俞秀被她说得寒毛倒竖，骂她：“要死啊，青春年少，死啊活的胡说罢了，还算计魂的去处！全是封建迷信，应该破除。”替夏觉仁抱屈：

“不晓得夏医生迷你哪样。我家木略说，夏医生家响当当的，比你们黑彝的骨头还硬！要论家产，你家有没有人家的一个零头哦！还说，”短促地一笑，“黑彝家的女儿就那么香那么甜吗?”托住曲尼阿果的下巴颏往前一拉，轻启嘴巴，舌尖探出来，嬉笑道：

“来来，让我替我家木略舔你两口，尝尝你是香了还是甜了?”

民族干部 1

1. 曲尼阿果羞得躲之不及，声声骂俞秀“厚脸皮”“不要脸”。

俞秀和曲尼阿果开这种玩笑，并非交往深厚，兴之所至，逮着谁都要奚落一番，舌尖嘴巧，常常把对方耍笑得脸红皮臊。有的男女吃这一套，不惜和她斗嘴，偶尔也动手脚。占不上她的便宜，便去找刚升任地区农牧局副局长的木略诉苦，正好找机会和木略副局长套近乎。

木略副局长也喜欢耍笑，哪怕闲扯他的老婆。比如这位访客说：“木略局长啊，你家俞秀哪里练的那张嘴哦，黄得来鬼都会被她羞跑。”

他嘿嘿笑两笑，递给来人一支烟，还给点上，又端来自己续上热水的茶缸子，请对方喝两口，润润嗓子。再拉把椅子和来人一起坐在窗下，晒着冬天暖烘烘的太阳谈天说地。

他说：“你回去照照镜子嘛，黄种人不黄，哪个黄！难道你不记得我家俞秀当年是咋样的一个腼腆丫头，你和她说话，看她敢抬头瞅你一眼不，就是瞅，也惊兔似的，哗的一个闪回。都怪我，天神地爷都挡不住，一口气让她怀了四回生了五个，把一个羞答答、娇滴滴的女娃儿变成现在这个只会撒泼打滚、嘴巴抹了辣椒的抱鸡婆。我的婆娘啊，我说，早晓得生娃儿能改变你的性情，我就不让你左一个右一个地生了。你看她啥反应，把我一扯就要上床，说等把老六制造出来再找你们这些嚼舌头的家伙算账。”

真真假假的这么一说，听者乐哈哈，认为木略副局长率性、平易，好相处，之后有什么事，随便如吃喝的、无聊如男女的、敏感如人事的，再有上下各位局领导、旁涉相关部门的，延至地区领导的行踪都来找木略副局长摆谈。

木略副局长也有严肃、认真到红脸、急眼时，结果证明都是为当事人好。

那时，他还是幸福区的副区长，有个姓王的干部胃疼难忍，潜入库房，抠了指甲盖那么点的鸦片止痛。包括鸦片，都是库里临时存放的从叛乱奴隶主家没收的物资。没有不透风的墙，很快败露。木略最火爆，撵着人家转圈跑，非要他把鸦片吐出来，上纲上线：“大家都是社会主义国家的主人，国家有吃的才有我们各位的一口饭；国家有穿的才有我们各位的一件衣裳，都像这位偷偷摸摸，当耗子，国家的财产早光光了，我们各位还不得饿死冻死！”

随后的“四清”运动，偷吃鸦片，虽然指甲盖那么点，仍属多吃多占的勾当，是“四清”之一清。恰恰区公所内外，除偷吃鸦片者，挖地三尺再找不到第二个，众口一词，摩拳擦掌，准备把姓王的揪出来示众、清算。木略却坚决反对。众人莫名其妙：“不是你一直在声讨他吗？”木略说：“声讨和清退是两码事，如果清退，小王那副身子骨，吹口气就倒，他上有的八十老母下的有乳臭小儿咋活命？念他上过三年私塾，算小小的知识分子。毛主席说，关键是改造人的思想，他饭都没得吃，还能思想吗，也就不能改造了嘛！”

小王后来给他起草过一份讲话稿，有忠心耿耿四个字。木略没有预习，当众宣读，“耿耿”这个词从没见过，偏偏“耿”字散架，就顺嘴念成了“耳火、耳火”。听众不给面子，嘿嘿哈哈，放开笑。

他倒大方，问是不是念错了？那还用说，嘴快的答腔。

谁想木略毫不在意，大声说：“‘耳火’，没错啊，对党的忠心不但嘴巴上说，听到耳朵里还要让它发热、燃烧，最好能给耳朵烙个疤，才能时刻提醒自己永远保持对党的一片忠心。”话到处，掌声雷动。

彝汉两边的人都服气他，偶然有较劲的，木略不用吱声，立刻有人替他出头：“你算老几，木略区长是和周总理朱总司令握过手照过相的人！不信，去他家墙上看。”

他家正屋的墙上，毛主席夹着雨伞去安源煤矿的油画下边，有两张也装在镜框里、周总理和朱德委员长分别和包括他在内的不下一百人的合影。照片上的他，青布缠头，天菩萨高挑，虽然幅面有限，也颇有英气。不止两张，另有准备，大的小的俱全，看场合展示。大的用在做报告时，讲平叛英雄的事迹、内地的游历、奴隶的翻身感言、受国家领导人接见的自豪；小的夹在笔记本里，随时随地取出来供人瞻仰。中央领导握着他的手久久不肯松开、亲切地和他话家常、鼓励他当好翻身奴隶的带头人，也是他讲不完，还不断添加细节的话题。地区上下没有比他名气大的，不管出现在哪里，城镇乡村，确定是英雄木略后，好崇敬，一声呐喊，追来更多的簇拥者、尾随者。

他彝话汉话兼通，常结合彝汉两族相同或不同的风俗、文化说笑，领导的报告再艰深、拗口，由他一学舌，那些没文化、坐不住的农村人也听得津津有味，绝不会出现领导在上面讲群众在下面睡的情况。大家常议论：

“别看木略大字不识两个，要是把他送到省党校学上一两个月的马列主义，回来就可以讲‘反杜林论’了。”

“要是他讲的话，我们保证能听懂。那个讲课的，听说还是四川大学毕业的高才生，人家列宁高水平的一本理论书被他讲得干巴巴、死翘翘，我们还咋贯彻到实际里去，还咋带领翻身奴隶大干社会主义，夺取荞子燕麦洋芋，和在凉山上试种六七年的冬小麦的大丰收嘛！”

省领导因此也有听说，甚至见识过木略的。有次他去省里开农业学大寨经验总结交流大会。某天午饭，恰好坐在一个副省长的旁边，低眉顺眼，谦恭有加，听副省长问短问长，也及时汇报他所领导的幸福区民改后政治和经济取得的翻天覆地的变化。饭桌新添了一层电控玻板，冷菜热菜包括汤都在不停地旋转中。经常眼到手不到，想夹一筷子凉拌猪耳朵都不能得逞。来自凉山、甘孜、阿坝的彝族、藏族、羌族的基层干部都在这一桌。他们碰到的问题和木略一样，不见得是猪耳朵，可副省长在场，都很拘谨，想得到也未必敢实施。但见凉山来的彝族同志木略，欠身和副省长道声“得罪”，单手摁住旋转的玻板，众人正愕然，他笑微微地已经夹了一筷子凉拌猪耳朵，一边招呼：“同志们，快拈，我给你们按住，它跑不脱啰。”桌边的各位，包括副省长，哪里顾得上夹菜，筷子都捏不住，浑身乱颤，哈哈哈，大笑不止。听说他在副区长的位子上一呆六年，在座的藏族、羌族兄弟直替他叫屈，如此具有少数民族典型性格，热情、率直的同志得不到重用，对社会主义建设事业是莫大的损失！

省里再有人来凉山视察、指导工作，搞调查研究，会专门点名让他协助、当翻译。经常被他逗得乐不可支，含在嘴里的饭都能喷出来。

有回喷的是牙膏沫。

省工作组里有位白面书生一天到黑讲究卫生，嫌乡下彝人脸脏手黑，人家做的荞馍馍总捏在拇指和食指间闻来嗅去，难以下嘴；人家招待吃的炖羊肉，多难得，硬说没煮熟，血红丝丝，自己因之拉稀肚疼。奇怪乡下彝人不洗脸不刷牙，更别提洗澡洗头。大家嫌他大惊小怪，不尊重人，但到底他观察到的现象也客观存在。

有天，白面书生到水沟边进行他一天里的第二次洗脸刷牙。正当午后，太阳亮堂堂，他在清冽的山水中浸湿毛巾，白底子毛巾上的红花绿叶更红更绿更艳丽，跟真的似的。

木略也来到水沟边，东问西问，一派天真，惊叹鲜艳的毛巾和他腻白如女人的皮肤，顺便要他把毛巾借给自己擦把脸，说房东家两岁大的娃儿滋了泡尿在他脸上，“童子尿治百病，舌头上也沾了几滴。”有点粘，得洗洗。

白面书生反应直接：不借，可他对汉族同志一定要以老大哥的胸怀来包容、爱护少数民族同志有认识，再则木略不是老百姓，是党培养的一个还在成长、前途不可限量的民族干部，便勉强把毛巾递了过去，继续刷牙。

木略用他的毛巾呼哧有声地搓自己的黑脸膛，嘴不闲，夸他的牙齿比牙膏沫还白。白面书生含着一嘴白沫子鼓励：“只要你也坚持刷牙……”木略要求：“那你把牙刷借给我刷一刷嘛！”白面书生惊得满嘴的牙膏沫子泛滥，再蔓延到喉头，刺痒过后，白花花的沫子直接喷射到木略的胸上脸上。

木略吱哇乱叫，跳脚舞爪，白面书生本来理屈，紧张难当，脚下一晃，垫脚的石头又小又圆，比他晃得更厉害，直到把他晃得跌进水沟里浑身上下都浸透了。

山水冰冷，冻得他脸青腿硬，再不嫌老乡家的锅庄边不设板凳、泥巴地冷而不卫生，一屁股坐下去，喷嚏连天地忙烤火。

之后，但凡调整班子、提拔干部，常有上级领导关心木略问询木略，想放过都难。同僚也不排挤他，总说：“那个缺心眼的蛮子”，丝毫感觉不到来自他的威胁。

来往几个回合，木略的任命来了，从副处级升为正处级，不是副局长的延续，而是县长；不是地区所在的县，而是德玉县。

调令下来，俞秀最高兴，那里离她的娘家比地区近，将要贯通的成都到昆明的成昆铁路也打那里经过。

另外，沙马依葛和吴升一直都在那里工作。

2. 俞秀说："总算是两个熟朋友吧。"也不想想熟朋友见到他们衣锦容光时的心情！"比如你们两口子，"木略指的是夏觉仁和曲尼阿果，他们是来送木略携家带口去德玉县赴任的，"我升了降了，都不会改变你们和我们像亲戚一样的关系。"

曲尼阿果一贯不表态，虽然不见得不同意，夏觉仁也只点了点头，俞秀放下正在拾掇的家什："夏医生、阿果，你们两口子菩萨似的，一句话没有，不会在计较我们吧！"

夏觉仁笑道："县长夫人，露尾巴了吧！我老让阿果把民政上的位置腾给你，她不会摆好脸，说话得罪人，但她说腾给谁也不腾给你，说你变色龙，人面前的和善都是假装的，是为了给木略升官打的烟幕弹。我还不信，今天算开眼了。哎哎，别动手啊！"

"阿果，"俞秀叫道，"还不拿块干牛屎堵住你男人这张烂嘴巴，不晓得隔墙有耳啊！"

曲尼阿果："管你们！"

俞秀转而骂她："这可关系到你木略大哥的政治前途，你敢不管！"

曲尼阿果一伸舌尖，骂夏觉仁"烂嘴巴"，东看西瞧："你把家收拾得连点灰尘都找不见，哪来的干牛粪嘛！木略县长，你到门外走几步，就是湿的，也拣回来，看我不把夏医生的嘴巴糊住！"

木略很配合："老婆大人，湿牛粪也可以吧？"

俞秀又急又笑："你们三个互相帮腔吧，我的话是一点都听不进去，世道有多险恶啊，躲在暗处想算计你的小人又有多少啊！等吃亏，挨了绊子，别怪我没提早给你们打招呼！"木略啪地立正，给她行举手礼：

"遵命，老婆大人！你自己也要小心，你虽然精灵，可真正要做到滴水不漏，还是你的老朋友沙马依葛的功夫深。"

"咦，俞秀，"曲尼阿果说，"你不是要把泡菜坛子留给我吗？在哪儿呢？不会像豆豉坛子，也要抱去德玉县吧！那小五谁抱呢？总不能让木略县长抱吧，到时候德玉县的群众还以为他是你家的男保姆呢！不如夏医生送你们，替你抱着，也好将功赎罪。”

俞秀拿指头点着她：“都说我会打烟幕弹障人眼目，夏医生，你耳朵没聋，听见你家这个人前说话就脸红皮烫的婆娘是咋罩你的，云啊雾的，把你罩得来非得打几声响雷，撕开条缝，才能瞧见影影儿，还是背影。”

木略笑道：“俗话说得好，要想会得跟师傅睡，要不阿果的汉话能这么地道！”

这回变成曲尼阿果嚷嚷着搥木略了。

俞秀一转眼珠子，见曲尼阿果五岁的女儿索玛和自己的二儿子木勇互相拽着在院子里转圈，比赛谁先头晕，一拍曲尼阿果：

“阿果，我们打亲家吧？木勇大索玛一岁，合适！”

曲尼阿果笑笑，不理她，夏觉仁让她少胡扯，娃儿才多大！

“嚯，”俞秀嗓门拉开，“嫌我家娃儿比起你的上海小姐土气嗦！哼，别到时候后悔来不及！”

两个转圈圈的娃娃终于转昏脑袋，同时摔在地上。不单女孩，男孩也大声哭叫，互相告状，指责对方。夏觉仁笑道：

“看来我们是做不成亲家了，两个娃儿现在就吵得不可开交！”

“未必你两口子不吵嘴？”俞秀一抚掌，“想吵也吵不起来，夏医生哪会接招呢！夏医生你呀，十年了，还迷阿果啊？看她，腰粗，脸圆，眼睛也不清亮……”还要聒噪，木略打岔：

“我不是常说吗，你啊，阿果啊，你们这个年龄又生过娃儿的婆娘，胸脯屁股都长大，变丰满了，最讨我们男人喜欢，是吧，夏医生？”没有呼应，一看，不禁扁嘴：“咦，夏医生，你瞅阿果干啥子？脸红脸白，难道和阿果混得也害羞了？”俞秀凑趣：

“夏医生在阿果的调教下咋变都不稀奇！我有好奇的要问。阿果，你二姐不嫁了？就你家几天、妈家再几天，帮你们带娃儿做家务，浪费光阴？”

曲尼阿果叹气："年轻轻时都没嫁成，又长了几岁，脾气更大，再怎么嫁！"

"也就你们黑彝家的讲究多，非得找骨头硬的不说，你二姐心气儿高，还要找个和自己差不多大小的，这可哪里找去！一茬一茬，男的女的都是老天爷给定的人数。和你二姐同龄的黑彝男子，上下错开三两岁，订亲结婚的；因为解放因为民改，觉悟的，参加工作的，当叛匪被打死的、抓了的，剩下的还有啥可挑的。你那个准二姐夫，不就是觉悟……"

曲尼阿果打断她："还有我的宝贝表哥，他也觉悟，抛弃了我！我运气好，有个汉人好嫁，要不和我二姐一样，只有当老姑娘的命！"声音打颤，泪光闪烁。

她抢白俞秀，最着急的是夏觉仁，两手在胸前直摇晃，连连说："不是的不是的""哪里哪里"。木略挡开他，笑道：

"阿果，我可以证明不是你，而是这个姓夏的汉人运气太好。你呀，就像《幺表妹》里面唱的，站在山巅亮月亮走在坝上蝴蝶绕，我们彝家好漂亮的一个幺表妹哦！"

正闹着，地区农业局的几位领导、群众，又有木略夫妻俩的六七位友好，邀约着也来欢送木略县长。跟着，德玉县派来接县长的吉普车，随后的一辆拉家具的卡车也都到了。

来接县长的是县府办公室的主任，姓杨，叫春亭，南下干部。他说，他们凌晨三点出门，为躲成昆铁路每天上午准九点的开山放炮。十月的天，泥巴路干结，正好跑车，九个小时就能倒来回。他问俞秀自己能帮着拿点什么东西？俞秀略一沉吟，请他负责豆豉坛子。那坛子有非带去不可的理由，里面混和着辣椒生姜的豆豉香得来能赶上她家妈的手艺。

怎么个拎法呢，光光的一个坛子，只能抱在怀里。杨主任是山西人，那边的男人生就比女人骄傲，让他搂个坛子，脸上不免露出迟疑。

两部车载着一干人返回德玉县已傍晚，县里的主要领导都候在县府的大门口。车一停，首先下来的是吉普车副座上的木略县长，众人上去挨个握手，有过交往的，还揽肩抚背。突然后车门一开，呼啸着，鱼贯跳出的是木略县长的几个公子，继续路上的打闹，正眼也不瞧眼前的叔叔孃孃。自然大人不计小人过，叔叔孃孃一边和木略县长寒暄，一边夸他好福气，一顺的儿子，保家卫国全有。够得着的出手摸摸其中某位顽童的脑袋，那一位吸溜着鼻涕和自己的兄弟正争夺一把木头枪，完全不作反应；再一位纵身跳开，怒道："干啥！"根本不识抬举。

卡车驾驶楼里下来的是县长夫人和杨主任。两人怀里都抱着东西，天光暗淡，大家先以为杨主任抱着的也是木略县长的另一个娃儿呢，都争相帮忙，尤其女同志，心疼那一路颠簸的婴儿，嘴里啧啧有声。结果哪里是，坛子而已！

来了红卫兵

1. 翻过年，七月份，从正在筑路的铁道上来了十几位胳膊上箍着红卫兵袖章、有穿工装也有穿干部服的男女，其中的两位男人老得可以当其他人的爹。

铁路开修后，德玉县独一条、长只有两百米的青石板街上，常常走着的铁路工人和当地人有极大的不同，他们来自凉山以外谁知道哪里，多数说的是北方话和更南一些的南方话，叽里咕噜，耳朵支棱痛，听不明白。好在铁路工人走南闯北，讲普通话，凉山上的汉话也一点就通，个别的连彝话也能听个大概，还能诌两句。普遍不喜辣椒，北方人吃的什么都咸，好像盐巴不要钱；南方人吃的甜，猪肘子都要放上糖来炖，不嫌腻。解放后，德玉县的汉人彝人出远门见世面的仍在少数，随着铁路的推进，眼见不断由汽车拉来各种物资，以前听都没听过的各种长的扁的说是海里生长的带鱼平鱼，就是虾也比当地河沟里的嚣张；再就是装在玻璃瓶铁罐子里地叫杨桃、菠萝的水果，更有各色人物，见识渐长，但仍以自己为尊，吹嘘：还是我们这不北不南、中间地段的人吃得合适，不咸不甜，再加上辣椒、花椒，做出来的肉啊菜的就是比他们那北啊南的有味道！

当地人自说自话，陶醉不已，来自天南海北的铁路职工不会和他们理论，没有交集的机会！铁路，地方，代表的是两个人群、两种环境。所以，那十几位铁路工人，不完全是，外地人无疑，一起走在街上虽然不稀奇，但再一起走进县委大院，又都是平头百姓的样儿，不像是来找地方协调关系的铁路官员，就不得不让人多瞧他们几眼，俞秀如此，还和身边一位也在机要室工作的女人议论：

“你看从哪儿来的这些人，不是工人不是干部，摆出来的架势好像要和哪个打架。”

针对来人胳膊上的红袖章，俞秀又说：“咦，今年时兴的红卫兵这么快就从成都坝子传到我们这山上来了！前几天，我家木略和钱书记从铁路上开协调会回来说，人家铁路上和中央直线联系，文化大革命的‘五一六’通知他们刚在地区的电话会议上晓得点谱谱，精神一点没领会，人家那里的群众已经发动起来，文化人多，贴了好多大字报。铁路上的几个领导还专门请我家木略和钱书记去看。我家木略没看出名堂，钱书记回来的路上长叹气，说大字报的火药味太浓，还都是对着领导来的。我家木略说，他不担心群众提意见，行得正，走得直，不怕影子歪！”顺嘴就替自己的男人打点两句，女同事悄悄一撇嘴巴，应的声却是：

“木略县长，正派得很，我们都晓得。”

俞秀舒口气：“听说红卫兵都是学生娃娃在当，你看那两个男人，穿着工装的，恐怕比我家木略还长几岁，好意思箍娃儿的红袖章，笑死人！”

从地区随木略调来德玉县，俞秀本应在卫生局干她的老本行，可她不想和沙马依葛在一个系统，和办公室的主任杨春亭打声招呼，就在县府机要室安下身来，“像我这样娃儿拖了一串串的妇女，”她说，“反正到哪里都是打杂！”

此时，她把机要室的窗扇推开，问那些气昂昂的男女：

“你们几个，是修铁路的工人同志吗？有啥事？”

那些人停住脚步，警惕地看着她，一男一女，同时问她干什么的？她回答办事员，女的放松道：“基本群众，可以依靠。”前来几步，北方女子温吞吞的腔调：“大姐，我们中有您说的铁路工人，也有大学生、中学生，我就是大学生，他，他，还有她，”分别指两男一女，“都是中学生。”三个年轻人脸毛茸茸，很严肃地冲俞秀一点头，俞秀这才看清他们各自的手上还拎着露着红纸卷的行李袋。她还是好奇，下巴颏朝年长的两位工人一扬问：

“他二位四十过了吧，也能当红卫兵？”

女大学生扑哧一笑：“这位大姐，您不知道毛主席的教导吗，革命不分先后，不分长幼，只要真心实意地想干革命，您也可以参加红卫兵！”

“我？”俞秀直摇脑袋，“我不行，我要戴个红箍箍，再套上你穿的这件没有帽徽领章的绿军装，我儿子木勇还不跟我抢！他最喜欢当兵。”

“他要是参加红卫兵，也可以给他发红袖章绿军装啊！”

“刚满七岁的娃儿，可以吗？”

女大学生的手在眼前一摆，嘀咕：“整个儿一家庭妇女！”问她：

“你们的县长、书记，当权派都在哪里？”

“你还没有回答我你们要干啥呢？”俞秀有意放慢语速。

女大学生抬胳膊，亮她的红袖章，放大嗓门：“我们是从北京来的红卫兵，是来带领你们造那些走资本主义道路的县长、书记的反的！”

俞秀脸通红，想发作，旁边她的同事，扯扯她的衣摆，冲那些人抱歉地笑道：

“你们一路过来没看见吗，我们县长和书记都在帮铁路规划区的农民收割水稻呢！要不然，该影响铁路打路基了！那些农民，满脑子的小农意识，舍不得他们那点稻子！”

那些人互相交换眼色，女大学生说：“会他们去！正好现场的群众不少，都可以受教育！”竞相而去。留下一院子的人都在问，要搞啥名堂啊？俞秀的同事先叫苦：

“哎呀，我可害了县长、书记，那些戴红卫兵箍箍的人不是要去揪斗县长、书记吧？快点快点，你们哪一个的腿长，快点跑去通知县长、书记避避风头！”

立刻就有通讯员跑得山响的报信去了。

他晚了几步，在一块收割大半的稻田里，批斗的横幅已经拉开，上书“坚决和走资本主义道路的当权派斗争到底”。横幅前站定的是县长木略和书记钱大山。钱书记规矩，木略县长却在左顾右盼，时不时向人圈子里的某位招手颔首。

眼前的景象让通讯员受惊不小，书记、县长，这两位在德玉县说一不二、响当当的人物，转眼成了任由大小人等拨弄的对象，让站直让垂手让低头，服服帖帖。好多他面熟面生的人都在争相揭发县长尤其书记的飞扬跋扈，说他们坐在睡在功劳簿上，为人民为革命立了屁大点功，就自以为老子天下第一，把旧社会地主恶霸流氓阿飞的行径搬来对付人民，伤了人民的心，动摇了人民对社会主义的信心，因此很有必要在他们的耳边大喝一声，让他们猛醒。

县委县府的几位小干部好像和外地来的红卫兵、工人代表私下里已有过接触，时不时凑在一起嘀咕。场面冷寂时，他们会站出来振臂高呼打倒官僚主义、无产阶级文化大革命万岁等口号，再或者揭发官僚如县长、书记对他们的迫害。迫害他们的，主要是书记，县长上任不足一年，反动性还没完全暴露，但也不要自以为逍遥，过两天去地区调查的同志回来就晓得县长你是黑还是红了。

迫害的原因很多，也鸡毛蒜皮，书记主持的会议迟到、打瞌睡，质疑书记的某句话，路上碰见没和书记打招呼、没有点头哈腰，长相不入书记的法眼也算。一个接一个，都被赶公社去了。其中一位去的那个公社，旁有麻风村；另一位非得借助溜索渡过一条深涧里波涛汹涌的河，才能到达目的地。

靠溜索的那位一去三年再没出来。他虽然给领导提意见的胆子大，但战胜自然的胆子小，再要让他悬在空中颠簸自己的五脏六腑，七荤八素，鼻涕眼泪，更不堪的是屎尿横流，不如死掉。这个时间，他居然出现在批斗现场，足见对钱书记的愤恨是可以超越对溜索的恐惧的。

被派去麻风村的这位，说自己再回县上，熟人都躲着，生怕被他传染。他老婆竟单独给他准备碗筷，还不让放在碗橱里，非要搭根梯子放到屋顶，让太阳晒大风吹，为的是祛除麻风病菌。再不和他同床，搞得他想要一个儿子也不能得逞，想起那天杀的三个丫头就堵心！

现场的农民，前一秒钟还觉得能和县长、书记一起割稻子，好光彩，这时想起六零年受灾挨饿的苦楚，还有因此死了娃儿、爹妈、老婆男人的，便质问两位县领导："闹粮荒时，你们两个，你们的老婆娃儿，有害浮肿病的吗有用野菜用喂猪的麸子填肚皮的吗?"不等回答，厉声断定："没有!"抢着诉说自家的苦情惨状，整个会场哭声震天。

突起的一阵号啕压过现场所有的声音，众人定睛看去，认得的知道是县委的通讯员。见他哭得不堪，就有人主张他也倒倒苦水，把他往人圈里推："说嘛说嘛，不要怕，有党和毛主席给我们撑腰!"

他是彝族，汉话夹杂彝话，抽嗒着说，他的面子"都让县长木略你的儿子木勇那个小娃儿给我丢光啰"，自诉木勇当时玩得兴起，裤子垮在腿上，屁股暴光。他去给那娃儿提裤子，好心没好报，大庭广众之下，不明不白地挨了木勇的一耳光一弹弓。他声称：

"我家的一个姐姐嫁给木略县长妈妈的一个哥哥，我们是亲戚，我是木略县长的老辈子，也是他儿子的老辈子，他儿子要叫我爷爷。"

木略听此，提脚就走，啸叫着要回去劈木勇，责怪通讯员："你是我的老辈子，咋不早吱声，我正嫌我家的亲戚稀落呢!”又说：“明天我打酒来给你赔礼。”

通讯员好不高兴，左掌右拳，推搡开环围着的人，叫道：

“天黑了，我的小辈子木略县长肚子饿，要回家吃饭，你们也回家吃饭去吧!”

他推人家，人家也不闲着，不但动手，出腿绊的，踢的，纷纷而至。他虽然年轻，成天干体力活，也架不住明拳暗脚，东踉跄西趔趄。在场的农民有怕镰刀丢了还握在手上的，激动之下，刀子碰了旁人伤了自己。疼痛一起，血再一淌，高高低低，都在锐叫：杀人了杀人了!

2. 那天傍晚，陆续前往医院的人满道路，都是去包扎伤口，不是被镰刀拉伤手背、胳膊的，就是被稻茬擦破小腿、膝盖，竟或遭人暗算，伤了腿脚的。另有陪同的亲戚和喜欢热闹的家伙。

县城上下都在盛传走资派挑动群众打群众，群众也憨，自己打自己，打得在医院里躺倒一片。

俞秀端着一瓷钵鸡汤、提着一瓶子散装的苞谷酒也来了，随身跟着二儿子木勇。他们找到通讯员，刚认的老辈子，知道他叫盘加，让木勇按彝族地叫法，喊他“阿普”，爷爷的意思，很诚恳地向他道歉，还让木勇褪下裤子让他看小屁股上箭竹竿留下的棱棱。

盘加看着木勇红胀起伏的屁股蛋子，哪里喝得进去!

三人正扭捏，门大开，闯进几个人，都是白天俞秀见过的男女红卫兵。看见盘加，松口气，女大学生说：“总算找到你了，我们还担心走资派挟持你当人质呢!”

她拿捏的汉话，盘加哪能明白，看她再看尾随她的人，其他病人也是。

门口闪进沙马依葛的半张脸、全张，接着身子：“还真是你，俞秀！你在这里干啥，不会也被镰刀割了？咦，木勇也在!”

俞秀哼哼唧唧，不置可否。沙马依葛近前来，叫女大学生“革命小将”，过于热情地出手一勾俞秀的肩膀，介绍：“这是我的老战友俞秀，她的爱人就是我们县的县长木略同志！”

几个红卫兵冷眼瞧着俞秀说：“你就是那个连泡菜坛子都舍不得，非要革命功臣帮你抱来抱去的官太太。”

一个泡菜坛子也生是非，俞秀的脑袋嗡响，眼睛冒的都是四溅的火星，不分辩此坛非彼坛，彼坛其实装的是豆豉，气鼓鼓地说：“泡菜坛子，那是我家的菜盆子啊，管它是白米饭，还是苞谷饼子、荞面粑粑、煮洋芋，就着泡豇豆莴笋萝卜白菜帮子，能吃出山珍海味。对不对，我的儿，木勇啊！”

木勇从来崇拜、害怕的唯有军人，被围攻他妈妈的几个打扮得像军人的红卫兵唬住，缩靠在窗沿边，一声不响，听妈妈叫他作证，点头摇头，无可无不可。

俞秀指望不上儿子，自己助威，拍下大腿，大声武气：“沙马依葛，说来，你家的坛子水还是从我这儿舀的呢！你不是说用我给的坛子水泡出来的泡菜，比你南京婆家的盐水鸡好吃一万倍吗！”

沙马依葛慢悠悠地说：“再好吃再是你家的菜盆子，也犯不着硬要一个在解放战争负过伤的英雄帮你当宝贝似的搂在怀里头吧！这些从北京毛主席身边来的红卫兵到处听说的都是这件事，他们气愤难当，要开你的斗争会。小蓝同志从大局出发，暂时摁住了。”指的是普通话说得拖腔拉调的女大学生。

俞秀不能让她占上风，朝几个红卫兵一努嘴巴：

“这些人都是从北京来的？我不信，你又认识他们哪一个啊？我家木略去过北京，你不如去问问他，看他在北京见过他们没有？北京城里住的是我们敬爱的毛主席，不是随便哪个小蓝大红待的地方。就说你吧，看上去像医生，实际护士都够不上，谁不是一看你拿出打针的架势就脚板抹油，一逃了之的！我给你面子，让你打过一针，半年了，屁股上挨针的地方还在痛！”

沙马依葛根本没在听，只和小蓝说悄悄话。木勇一眼不到，已经跑了，盘加干脆鼾声大作。跟来的几个红卫兵腿麻身乏，精神大失。他们在听她数落沙马依葛的医术，吭吭，笑呢。

俞秀感到天有点倾斜，朝着沙马依葛的方向。以沙马依葛平常对她的态度，起码的谦恭还是有的，俞秀想，难道木略的官真的到头？可到不到头都不是乳臭未干的小蓝和沙马依葛这个疯婆娘能够宰制的！当即问小蓝：

“你是党员吗？”

那位赧颜：“正在努力！”

俞秀的舌头翻飞：“你既然不是党员，沙马依葛也不是，她离党员的要求还差着十万八千里不止呢！那么你们凭啥这么凶，想翻天吗？”

沙马依葛头一昂，轻言细语，嘶嘶的气声却一再从她的牙缝里钻出来：“俞秀，今天我借从毛主席身边来的红卫兵小将的胆子批评你两句，平常像我这样的小老百姓，不要说和你，县长的老婆摆谈，闻到你的声气气，像老鼠见了猫，先就……”

俞秀打断她：“敢说你是老鼠我是猫！德玉县的街好长嘛，一根烟的工夫，你街头街尾，招呼我，念叨木略的长短，生怕人家不晓得你和我们的战友关系。还一趟趟地往我家跑，门槛都被你踏平了，咋那么有胆子呢！我看你现在有别的枝头山头好攀了，是吧？”

沙马依葛稍一摇摆，身子又直溜溜的：“你不学习，也不听广播吗，不晓得全国上下都在大搞‘文化大革命’，揭批走资本主义道路的当权派吗？”稍顿：“告诉你，我们德玉县，走资本主义道路最大的两个当权派，一个是你家木略，一个是钱书记。”

“慢着，慢着，”俞秀的声音飙升，盘加受惊醒来，咂巴着嘴东看西瞧，“这可是原则问题啊，沙马依葛，一则你和我一样，斗大的字识不了两个，你晓得啥是资本主义？像你男人吴升他老家南京还有上海那样的地方才有资本主义。有资本家才有资本主义，你晓得啵！蒋介石和他的亲家，蒋宋孔陈四大家族，他们才是我们国家最大的资本家，他们走的才是资本主义道路。二则要说当权派，你家吴升难道不是吗！你三天两头，要不我家，要不钱书记家，终于把县长、书记磨得来让你家吴升当上了科长，你说你图啥，图他当当权派，被揭批啊！”

小蓝金口轻启：“当权派有好有坏，坏的我们革命群众要揭批要打倒，好的我们是要保护的！”

俞秀当即附和：“这就对啰，沙马依葛，你保护好你的男人，我保护好我的，我们两个井水不犯河水，各顾各！”

3. 回到家，木略连影子都不见，俞秀心下便十分慌乱，娃娃都睡了，想找茬骂几句混混时间也没有可能。

瞥见窗台上的几盆花草，其中，吊金钟和绣球是沙马依葛咋呼着送来的。

沙马依葛不光送花草，稀罕的作料秧子也送，煮鱼用的薄荷、木姜子、百里香。顺带，还会给隔壁的钱书记家准备一份。

钱书记的老婆戴姐，是钱书记革命成功后从老家接来的乡下媳妇。和俞秀一样，喜欢蔬菜甚于花草，门前的园子不是种北方的大葱就是白菜萝卜。俞秀的多是辣椒茄子番茄。

除蔬菜这个共同的爱好值得聊几句，两个女人进来出去，总有照面的时候，轻咳一声算招呼，笑一笑都难。

反而沙马依葛翻花似的，绕过俞秀，常去戴姐家串门。

木略骂她：“笨婆娘，不晓得向你的朋友沙马依葛学啊，手段高强点，方法多样点，我们和钱书记拆掉墙就是一家人，倒让天远地远的沙马依葛抢到先机。”让俞秀切记：“德玉县谁是老大，汉族老大哥、抗日英雄钱书记！”

沙马依葛在自己的眼皮底下都能做手脚，笼络钱书记两口子，现在又有北京来的小蓝等红卫兵当靠山，不晓得会使出怎样的手段呢！心烦气躁，紧上前去，五指一抓挠，可怜沙马依葛的吊金钟和绣球红的绿的零落一地。不解气，使劲踩使劲碾。又一把抓住空枝子，连根拔出，顺着洞开的门扔了出去。

换来“啊呀”一声叫唤，探头要看，木略垂头丧气，已经进来，幸好没打着。外衣也不脱，骨碌到床上紧闭双目，再掉头冲墙，不让俞秀对自己有丝毫的打扰。

半夜，听他嘿然声声，并没有睡着，拽来朝向自己，贴他碰他摸他都不作反应，问他：“你这个官还当得了不？”“红卫兵有任免权吗？”他一拳两拳，击打在床上：“我就不信这个邪，大山大水都过来了，屁大点的几个红卫兵能把我吓稀汤吗！”

熬到天麻麻亮，爬起床，给娃儿们做早饭，南瓜汤里煮剩饭，再摆上泡菜、豆腐乳，挨个喊起来吃完，打发上学的上幼儿园的，都走了，轻推木略，已经醒来，叹着气问：“干啥，使劲摇老子？”

刚要接腔，咚咚的脚步声、喊叫声，涌进门，都是来拽木略“去说清楚”的造反派。

木略无精打采地拥着被子坐在床上：“昨天都半夜了还没说清楚呀！再说还是那些话，我没有得到啥黑司令部的黑指令。我一个翻身娃子，如果没有共产党，早就不晓得死在哪里了，恐怕骨头都被狼啊野狗啃光了。是党把我救出苦海的，我只有感谢党，你们有啥想法，不如自己去问党。问党为啥要把我从奴隶主的狼牙虎爪下救出来，还让我北京上海的观光，感受新社会的光明、旧社会的黑暗。我好幸福哦，握过朱总司令、周总理的手，恰恰没有握过你们说的大工贼大叛徒刘少奇的手。那年我到北京参加少数民族飞跃进社会主义社会的光荣大会，他领着老婆王光美去印度尼西亚了。我见都没见过他，咋从他那里得到黑指令嘛！再说救我的是共产党、毛主席，我咋能放着毛主席的话不听去听他的呢！”

俞秀耳闻木略张嘴就是这么一大通，心房豁然洞开，围站在他床边的造反派中魔般，悄没声息：

“你，你，你们三个，我晓得，从北京来的，是毛主席身边来的人，看见你们我好欢喜啊！”就近抓住一位男红卫兵的手，“问问你们，毛主席他老人家的身体好吧？忙国家大事辛苦吧？”他转头唤俞秀：“你给准备些干菌子干木耳，到时请北京来的红卫兵替我们送给毛主席。别忘了干辣椒，毛主席他老人家是湖南人，和我们一样，好辣。”专门请被他捉住手的红卫兵捎，这位应声不得，又听他说：“还得给我捎个口信，向毛主席他老人家报告，翻身娃子木略好想他老人家哦！”流泪，哽咽。一屋子的人，尽皆唏嘘。

木略扯起衣摆的一角沾眼泪，问折腾完隔壁的那几位：“钱书记呢？”回说已押去灯光球场。撩被子下床，背心裤衩，光腿光胳膊，颤巍巍，嚷嚷着也要去。俞秀悄掐他的腰，拦不下来，红卫兵意有不忍，劝他喝口稀饭再去不迟。

二姐曲尼阿呷

1. 混在球场上的人堆里，看人家批斗自己的男人，俞秀好生尴尬，闭目装养神。身边的人等心情复杂，多数是藏也藏不住的幸灾乐祸，直喊打倒走资派木略，一声比一声响亮，打雷般。

忽听得声乱音杂，张大眼，众人踮脚引颈，也在张望。呼啦啦，箍着红袖章的男女半弓着腰在追四散跑开的娃娃。娃娃，十来八个，手握弹弓，吱哇怪叫，稍有余地，拉开架势就开射。石子落处，尽在台上，斗的和被斗的，都忙着护头、闪避，也破口大骂，也有撒腿去追的。

木略就捉了一个，拎着后脖领，任凭在空中乱扑腾，挤过人群，来到俞秀面前，掼到地上，声大气足：

“赶紧把你的混账儿子领回家，别在这儿丢老子的脸!”

两人眼神一碰，俞秀握住顽童木勇的手便往外拖，骂他：“小坏蛋，回去打残你，看你还敢给爹妈惹事不!”

出得球场，松开手，任儿子呼啸而去。

勾着脑袋刚到家门口，眼前一暗，待举目，喊音响起：“俞孃孃俞孃孃”，彝腔彝调，竟是阿果的二姐曲尼阿呷，她从来都跟着娃娃们这样称呼俞秀。只见她裹着件羊毛黑披风，正从坐着的门槛上往起站，一边拍打着披风上的渣土。戴姐听到动静，专门出来说：

“这个彝族大姐让她来我家等你吧，不知是听不懂还是不愿意，只是笑。瞧她，眼亮嘴弯，又挺拔，多漂亮！”

俞秀谢谢她，告诉：曲尼阿呷是她朋友的姐姐，朋友在地区民政局工作，男人是汉族。

戴大姐再不好奇，让她赶紧待客。

俞秀回头和曲尼阿呷寒暄，用彝话。曲尼阿呷卸了披风，坐在方凳上，百褶裙蓬松地垂下去，连脚都遮盖了，轻吹着茶缸里的热开水，等她看完阿果的信。

信是夏觉仁写的，口气却是阿果的，内容简单，让俞秀等合适的时间找合适的人送她二姐回家，听说铁路上在打武斗，怕她二姐挨冤枉，子弹不长眼睛。

俞秀问曲尼阿呷为何离开妹妹家，不是说一辈子跟定妹妹生活吗？舍得抛下拉扯大，亲你比亲她家妈还厉害的外甥女儿索玛？

后一句话引得曲尼阿呷泪水涟涟，哽咽着说：“哪里是我想走，是他们非要赶我？”

“阿果不要你了，还是夏医生？”

“都不是，是他们！”

“他们？”俞秀理不出头绪，“你一个靠妹妹吃饭的人，得罪哪一个了？”

“造反派。”这三个字曲尼阿呷用汉话发音，不带彝腔。

俞秀悄然“嘿”声，问她：“嫌你家是黑彝奴隶主？”

曲尼阿呷点点头，迟疑道：“阿果和我一样，也有个黑彝奴隶主爹啊，他们不撵她，光撵我。我和他们评理，他们说下一步撵的就是阿果。我家妹夫跟屁虫，说要撵他老婆，把他也撵了。造反派不撵，留着我妹夫给武斗打伤的人做手术。有一个的肚皮开了花，我妹夫刚给他缝拢来。”

俞秀叹口气，让她先住下，说：“要在平常，木略的通讯员就把你送了，眼下啊，不那么方便!”曲尼阿呷接话：

“也就阿果他们多事，俞孃孃，你别管，明天我自己回。”

“绝对不行，”俞秀说，“你好久没回来，不晓得去往你家的路上住了好多的铁路工人，他们的武斗搞得凶，钢钎铁锹锤子舞得嗖嗖的。这几天送来县医院的伤员，听说不是头皮被铲掉的，就是腿被砸断的。铁路工人凿石头挖山洞，力气死大，你穿着裙子，跑不及，随便哪里挨上一下都冤枉!”

面上的话说得漂亮，心里却全在埋怨曲尼阿果。这当口让他们接应被遣返的姐姐不是为难人吗！他们也是泥菩萨过河啊！虽然木略仗着娃子出身，从批斗会的主角变成配角，又从配角变成陪斗，正在过渡为值得各路革命群众信任的一员，但万一革命群众晓得他们家窝藏着一个黑彝奴隶主家的女儿，到时，木略刚打网里脱出来的爪爪又会被重新捉住，绑紧!

木略半夜回来，和他商量，骂俞秀凡事没主张，芝麻大点的事也要麻烦他，“你以为老子现在好过了是吧，不好过，每天都靠舔造反派的屁眼过关!”

第二天起大早，说去县委食堂和外地来的红卫兵吃早饭，连曲尼阿呷的面都没照。连着几天也是晚回早走，躲阿呷。

曲尼阿呷对此，一无感觉，直替俞秀抱不平：“你这个汉女人憨得很，干啥找彝族男人，不顾家、不晓得疼老婆。”又说：“你看我家妹夫，成天围着阿果转，怕她吃多噎着、吃少又饿，冷了热了，心都操碎。阿果呢，阴一阵晴一阵，好不容易去一趟的婆家，连侄儿侄女都让她三分。那还是她婆家在上海的时候。她婆家迁到香啥地方去了，哦，香港。阿果让我给你家娃儿捎来的糖就是她婆家从香港寄来的，甜吧？那上面印着皇冠的糖纸漂亮吧？”

俞秀为送她回家的事急得愁得头发都白了几撮，哪有心情听她妹妹长妹夫短再香港糖的！还香港呢，那个资本主义的堡垒，被造反派晓得，好大的一桩罪过!

曲尼阿呷反客为主，俞秀的家务活她没少干，人家两口子的事、孩子的事也没少管，看俞秀的小儿子胳膊肘杵在桌子上夹菜，斥没教养，头上肩上，巴掌过去，啪啪响。长柄木勺换筷子刚刨两年大米饭，敢指导娃儿们如何握筷子。嫌俞秀炒的菜不油润，盐巴重。屋里屋外，总晃悠，还跑街上买菜。她人长得漂亮，又是黑彝家的女儿，气概到底比木略家的男女亲戚轩昂，扎眼得很，当场就有人打听她是哪一个。

回她家的路还堵着，双方隔着一道峡谷大眼瞪小眼，钢钎、铁锤不离手，听闻有枪，人人头上都是顶藤编的头盔，喊的口号也一样："誓死保卫文化大革命的胜利成果"。到处刷着的标语，包括袖箍，要不看标识，红卫队、捍红团、井冈山，谁能分清他们谁是谁。

地方也有人响应，县中学的体育老师抓着几枚运动用的投弹，前去增援，脚后跟挨一枪给送了回来。

听来听去都是这些消息，俞秀好不心焦！夜里躺在床上似睡非睡，一激灵，有主张。摇醒木略，问他让老辈子盘加绕道把阿呷送回去如何？木略不嫌她打断自己的梦，夸她脑筋够用。天快亮，两口子压低嗓门，把这些天因为曲尼阿呷憋在肚里的话倒了个干净。俞秀才知道，木略前一天派人给在各公社游斗的地区一二把手和钱书记送过大衣和燕麦炒面。

2. 困境既破，俞秀好不舒畅，一边觉得慢待了曲尼阿呷，想起还有一陶罐桃子酿的酒，是木略的前妻、现在叫姐姐的乌孜年前送来的。呷了口，没有以为的那么酸，桃子的清香、甜，绵绵的，悠长。

曲尼阿呷先推辞不喝，嫌大早上不合规矩，尝两口瘾起。两人你一杯我一杯，晕乎乎，话也长。俞秀叹息她："长得比妹妹标致，可惜没有男人心痛你！"

曲尼阿呷不谦虚，称从小到大，都夸她比姐姐比妹妹染人，性情也开朗！

“未必你就由着青春美貌浪费啊？”俞秀凑近她，“听我的，找个男人吧。”

曲尼阿呷以掌掩嘴，嗬嗬笑：“我的男人谁晓得去了哪里。”泪花花晶亮，仰头灌下一杯酒，问俞秀：

“你喝过茅台吗？我在阿果家喝过，五十多度，滑滑的，顺着喉咙再到肚里，身体上下马上酥了。”

俞秀假意放大嗓门：“你该不会被阿果两口子灌成酒鬼了？”

“酒吗，”她说，“我是好几口，阿果两口子加起来都没我能喝。我妹夫竟敢娶彝婆娘，不晓得彝男女生来就自带半斤酒量啊。白酒太辣，我还是喜欢我们的桃儿酒，红葡萄酒我也喜欢，那一次我妹夫从上海背回来好几瓶，不是还给过你家木略吗？”

俞秀点点头：“两瓶子。怪难喝，酸涩得舌头发麻。你倒喜欢！说到酒，要不是你妹夫又练酒胆子，又给买酒，你家爹恐怕至现在都不认他这个女婿吧？”

“我妈就说我爹是被阿果他们带回去的酒打瞎眼睛的！你听说过吧，我家妹夫第一次去我家，把县城的白酒都搬空了。”

“咋没听说，你妹夫巴结丈人，名声大哦，响过好几座山。哼，他在那里摆阔，不是我家木略在领导这里为他求情，说他和阿果结婚有利于民族一家亲，早把他打成奴隶主的孝子贤孙啰。”

曲尼阿呷抗议：“我家爹可是好奴隶主。”又说她的：“我妹夫背来的酒，我家爹先抗拒不喝，但他的鼻子放不过酒的香气！后来忍不住说，那我喝上一口我幺女儿的酒吧。他一口两口喝的是阿果的，三口四口喝的就是我妹夫捧给他的。我妈气得打掉我妹夫手上的酒杯子，酒洒到锅庄里蓬起好大的烟子，惹得阿果好一阵哭。

“我们彝家的习俗你晓得，丈夫陪老婆回娘家是不能和老婆同居一屋的，何况我爹妈根本没同意他俩的婚事。阿果住家里，我妹夫就在院子里那山一样高的苞谷秆堆里刨个洞，再砍来松树枝支在里头，搭了个结结实实的窝。白天趁阿果他俩上山放羊，我爹妈还有我都去看过，我妈说，‘这个汉人想赖到我家不走吗，把自己的狗窝布置得这么安逸！’

“里面齐齐整整的，有阿果的各色衣服、带跟的皮鞋，还有她用的搽脸油，叫‘虞美人’，有股野樱子花的香味，我抹了点在脸上，水润，不腻，强过我用碾烂的索玛花和蜂蜜调的香香。我最喜欢阿果的衬衣，像桃花一样的花开在灰色的底子上。一件米色的毛衣抓在手里丝绸一样的水滑，说是用山羊肚皮腋窝的绒毛织的。

“从窝里钻出来，碰到尼嫫，我妈的陪嫁丫头，民改后，不愿单过，留在我家让养老送终。她抬手往我的头上去，我以为她要帮我取根草摘片叶子呢，我家的娃子民改后都跑了，啥活我都得干，沾根草沾片叶子经常性的，就是挂着几颗干羊粪蛋也不稀奇。她取下来的是阿果的发卡，是我从我妹夫的窝里戴出来的。她说我，‘脸红啥，别不好意思！你看见阿果的汉装了，多漂亮。你的腿直溜溜的，屁股上的肉紧绷绷的，穿上裤子也不会输给她。’”

曲尼阿呷抓着陶罐的颈口晃晃：“酒喝光，说话没劲头，你也听烦了吧？”

俞秀真心实意地说，正相反，意犹未尽地问：“你从没想过出来工作吗？”

“也想过，后来忙着帮阿果，忘记了。阿果第一次怀娃儿，反应大，吃不下喝不下，还吐。最主要是害羞，不敢出门，怕熟人笑话她。和我妹夫哭闹，连要把娃儿打掉这种疯话都说得出口，可恶啊！我妹夫跑来求我家妈，请她帮忙。你晓得我们彝人，哪有女儿怀娃儿当妈的管的。我妈不愿意，她恐怕住在女婿家自己先羞死。我妹夫说，再不去，阿果说不定会死的。我妈骂：‘非要嫁个汉人，面子都让她丢光了，不如由着她死掉。’咒是咒，还是跟上我妹夫去了。等生下索玛，我去换她，她嘴上说，就走就走，却担心自己走了那两口子热饭都吃不上一口，别提养娃儿。他们的钱在手里如果不花好像会把皮烫掉，一拿到工资就往商店送，花花布这样一米那样半米，想做件衣裳还得拼；杯子勺子碗，也是东一件西一样。阿果出手大方，随便来个亲戚，酒肉招待，临走还塞钱。

“我妈把她藏在谁晓得哪个犄角的钱——都是从日常开支里扣的，取出来先交给我妹夫，他不接，又交给阿果，也不接。没办法，我妈把钱给了我。那两口子高兴了，说二姐你好好帮我们管家吧，千万别像阿妈哪一天丢下我们不管。他们两个乖得很，家里大事小情都由我做主，要个零钱花也找我。两个人都会讨好我，要不然，我也不会替他们管家，带娃儿。哎，我这一走，两个娃儿要吃苦啰！我啊，不像我家妈只认得纸票子，藏着掖着，万一忘记？万一着火？有点剩余，就拿到银行存起来。你不是外人，我给你看看存折吧。两张呢，我都贴身揣着，等一两个月安生了再给他们带回去。”

她这一席话，说得俞秀心发痒，可怜自己没有像她一样贴心的姐姐，要不说傻人有傻福呢，正是阿果！

3. 两个女人说着话，改喝好一阵茶水后，话题才扯到送曲尼阿呷回家的正事上。

曲尼阿呷聪明，“啊呀”道：“俞嬢嬢，原来你拿酒灌我，是送我走的意思啊！”俞秀不回避：“是也不是。是呢，我找到木略的一个老辈子，在县机关当通讯员的人来送你；不是呢，桃子酒再不喝会变成醋，酸掉人的牙巴。”

又说找的这个人很可靠。没有说盘加实际并不愿意，为此，她损失了几角钱。也是她自找的，和盘加躲雨躲到街上唯一的一家馆子，国营食堂的屋檐下。

盘加怪她不早说，这会儿雨下着，回曲尼阿呷家的山路不管绕不绕都要经过几条河。“那几条河不下雨的时候是水沟，下了雨，还带个穿裙子的女人，难呐。”瞥眼俞秀：“水深哦，像你这样的小个子，一下就能没过头顶。”

不到饭点，食堂的门半开半闭，俞秀说：“老辈子，饿了吧，请你吃碗榨菜肉丝面。”

盘加的眼睛亮了亮：“说饿呢，真有点。”

桌子板凳腻糊糊，粘着几只苍蝇在飞。出来一个半老女人，先说国营食堂暂时歇业，大师傅小师傅都在县委食堂帮忙，外头来的红卫兵小将等着吃饭呢。定睛一看，认得俞秀是木略县长的老婆，改口对付个回锅肉、炝炒个南瓜丝丝将就。俞秀说两样都不需要，只要一碗榨菜肉丝面，请眼前这位亲戚吃。

面端上来，红油汪汪，肉丝榨菜丝密布，盘加咕咚吞清口水，把筷子在桌上墩墩齐：“面条我吃，但人马上替你送不了，雨停后还得三两天。”吸溜两口面：“沙马依葛那个婆娘又来动员我参加她的组织，说有北京来的红卫兵做后台，前途大得很。”眼风掠过俞秀：“这碗面把我的馋虫子逗出来了，还想来一碗！”

俞秀扑哧笑道：“老辈子，木略说你憨，我看你狡猾得紧。你啊，别再想第二碗，请你吃这碗面我下了天大的决心，这三角二分钱是我一家七口两天的菜钱！”

第二天，天半亮不亮，来了，不进家，裹着羊毛织染的黑披风蹲靠在墙根，吸旱烟，把涎水一口口地啐到菜园子的篱笆上。

木勇兄弟上学出门发现他，木勇和他不打不相识，叫他“阿普”，“做啥子，不进屋？”

他说：“你家妈让我帮忙去送一个叫曲尼阿呷的婆娘。”

俞秀在屋里听见，出来道：“噫，你不是说得等雨停了三两天才能出发吗？瞧天上，还飘着毛毛雨呢，一会儿再大起来也不一定。”

木略抓着洗脸帕探头招呼老辈子进屋说话，吃碗他们当早饭的红苕稀饭。斥俞秀多嘴：“我的老辈子从小就在山里头跑，能走不能走他不晓得，你晓得！阿呷家好远的地方嘛，绕路三四个小时也能到。别去绕，铁路工人最不敢惹的是地方上的彝族和汉族农民。老辈子，你有这件披风足够，阿呷呢，全套彝装，你两个只消大摇大摆地走自己的，看哪个敢动你们一根汗毛。”

俞秀愤愤不平，质问盘加：

“你这会点脑壳了，昨天和我咋说的，说雨水大要发山洪，一不小心就把你和阿呷冲到河里头喂了鱼……”盘加嘿嘿，光傻笑。

木略又来打岔，让俞秀少废话，别耽误老辈子和阿呷动身。

俞秀也巴不得曲尼阿呷赶紧离开自己的家，翻出一瓶酒一小袋红糖，孝敬曲尼阿呷的爹妈，又吩咐盘加回来别忘报平安。特别让木略电话告诉阿果一声。

事办完，礼数尽，家里的娃儿家外的木略有多少事要操心，眨眼间，曲尼阿呷的事就丢到一边去了。

祸端 1

1. 隔天，又是雨，倒不大，细毛毛，正发愁要不要上街买块豆腐烧汤，冷不丁，沙马依葛出现在门外。喊俞秀，招呼戴姐。戴姐嫌她揪斗自己的男人，没搭理。她打个哈哈，并不尴尬，专门贴在俞秀耳边，放低声让她进屋有话说。

俞秀表示外边说，问她，咋不陪小蓝，那个北京来的女红卫兵?

“别假装，我不相信木略没有告诉你，”语调拉长，“小蓝啊，其实是骗子！竟敢说自己是西藏军区司令员的女儿。组织上一调查，西藏军区根本没有姓蓝的司令员，连副的也没有。要扯谎也不先在肚子里打份草稿!”

“听你的口气，有点替小蓝可惜?”

沙马依葛憋红脸，一把将俞秀拽进屋，语气森严：

“阿果的二姐阿呷在你家歇过几夜吧?”

俞秀愕然，勉强道：“我还奇怪哪股风把你刮来的，是这一股啊！没错，阿呷在我们家住了七八天。她一个小老百姓，能翻天?”

“何必气急败坏，”沙马依葛竖根指头在嘴前，“我不是来和你追究这事的！你动动脑筋，作为木略的对立面，没有迫不得已的情况，我跑来你这里不是给人话把子吗?”

“我还不晓得你，来搞统一战线的吧，靠山倒了！”俞秀损她。沙马依葛大人大量，朝前一倾，很是恳切：

“为啥不告诉我送阿呷的事？前几天老吴下乡路过阿果家，专门给她爹妈检查过身体，感冒药、拉肚子药没少给。”

就为表这个功啊，俞秀心想，面上笑道：“早晓得老吴去，不如把阿呷托付给他！要不是铁路上武斗，阿呷又急着回家，用专门送啊。”

“不是她急着回，是你们急着送吧？”

“想说啥，我可没工夫和你打哑谜？”

“等我说完，恐怕你就有的是工夫了。”沙马依葛深吸口气，再长长地吐出来，“你呀，送阿呷送出大麻烦啰！今早以来，满大街都在风传这件事，我一听说，心咚咚的，快跳出胸膛，我……”

俞秀沉不住气，急道：“摔山崖下了？要不然被山洪冲跑了？”

“被山洪冲走的不假，但是众口一词，说是死于图财害命，凶犯就是送她回家的……”俞秀浑身一紧，颤声叫道：

“盘加吗？绝不可能！”

“可不可能，不是你说了算的。这还不算事，关键是阿果家的舅子老表听说此事后，不管三七二十一跑来县城把盘加捶了个半死！红卫兵小将不知就里，跑去拉架，也被打伤好几个。这下事大了，公安都出动了。”

“别说了，”俞秀打断她，“我不相信！你不怕辛苦，跑来造谣，是不是想和你勾搭小蓝那个骗子的事扯平啊？”身体里一阵阵的热浪往来，胸腔憋得快爆，徒然一抓挠，眼前一黑，险些从凳子上跌落下来。

沙马依葛急起身扶她，叫道：“干吗把两件性质完全不同的事情搅到一起啊，上小蓝当的人何止我一人，木略县长、钱书记不都毕恭毕敬地请小蓝指导过工作吗！我天不管地不顾地跑来告诉你阿呷的事，完全是念着和你和阿果战友、姐妹一场，要不关我屁事！”

砰的一响，木勇撞开门，冲进来，尾随他的有弟弟也有哥哥。他见识过沙马依葛和他妈妈吵嘴，这时看沙马依葛在上、他妈妈在下，以为沙马依葛欺负他妈妈，绷紧小身体，呼呼地直喘粗气。沙马依葛笑道：

“可惜我的儿子养得太娇气，要像木勇这样敢冲敢打多称心！放松，小鬼，看清楚，我这是在服侍你家妈，要不是我，她早跌断尾巴骨了。”

小人儿不屑：“鬼相信你，我家妈说你最坏！”

沙马依葛吃惊地瞪他一眼，不轻不重地在俞秀脸上拍了掌，带笑：“你好有意思，大人间的恩怨也敢和娃儿说！”

“你就是坏，”俞秀说，“造谣生事！”

沙马依葛起身，跺脚：“我走，你赶快把眼睛蒙住、耳朵堵起，任谁告诉你，都别信！”

“我就是不信！木略的老辈子胆子大不过麻雀耗子的，咋敢杀人！何况这个人还是他尊敬的小辈子木略托付给他的！阿呷、阿呷，你不要吓我，你不会死的！”俞秀嚷道，一眼眶的泪噼里啪啦往下直掉，心里鼓槌乱敲，哪能安生。

图财害命，莫非是真的，阿呷确实装着财呢，那两张阿果家的存折！

打起精神，安顿木勇几个娃儿吃饭，出门找木略确证此事。下一步如何，一团黑云。

2. 午饭时分，路人寥寥，响遍全县城的大喇叭批判完省委书记李井泉，批判地委书记，说他是李井泉在凉山的小爬虫。一个女娃儿在念稿子，气干云天。

窸窸窣窣，纸张干燥的迸裂声，来自道路两边房墙上层叠的大字报和标语。

“文革”开始，谁想到揭发或者控诉的材料，或者自己能写毛笔字，或者不能写，比如半文盲的汉人，比如粗通汉文的彝人，都去中小学校、医院，找会写毛笔字的知识分子帮忙。然后，签上姓名，熬好糨糊，到临街临路的墙上，也不管有没有标语、大字报，拿起毛刷子蘸上糨糊，上下来回几下，就将自己带来的标语、大字报粘贴在了面上。

等她拐进县委大院，广播里念完批判文章，在播“文化大革命就是好”这支歌。

俞秀来到书记、县长平时办公的二楼，连敲几扇门没敲出一个人来。走廊里铺天盖地的也都是大字报和标语，黑字上打着红叉叉的人名，木略的也不少。

怏怏地下楼，再冲着楼上高喊几声“木略”“木略”，没人应声。心想，这个瘟神木略跑哪里去了？

往回走体乏身困，坡坡坎坎，搬着腿往上挪。突然天旋地转，要不是旁边伸过一只手把定她的胳膊，准摔个四脚朝天。

“妹妹，”听到有人叫她，“脸惨白，哪里不舒服？”男人的声音，看上去倒眼熟，她问：

“见过木略县长吗？”

“他带着县中队的人上乌尔山了。”

乌尔山，阿果娘家就在那里啊！心咯噔一跳：“为了啥还要县中队的人一起去呢？”

“听说奴隶主皮子发痒，活得不耐烦，抢粮，牵牛，赶羊，逃老林子里去了。听说还打伤了阻拦他们的社员。好几伙呢，闹大了。”

俞秀听得好糊涂，再问他：“咋说几伙呢？乌尔多大的地盘，生产队有限，奴隶主也有限，莫非个个生产队都在闹？”她更想问的是为啥他们要抢东西要跑深山老林子里去？不敢问，怕自己猜准。

“不光乌尔，上下左右，好几座山上，凡是黑彝奴隶主，都拖儿带女跑掉了。有的跑前还一把火把自家的房子、牛圈、猪圈点燃了。”

“他们为啥呀?”俞秀声轻气弱。

“妹妹，别劳心，那些蛮杂种跑不脱……”

“你说蛮杂种?”

“是蛮杂种啊，咋了?掌嘴掌嘴，不兴违反民族政策，不兴乱说!”

“不是这意思，”俞秀说，“我认出你是谁了，你叫俞昌富，说起来我还得叫你声哥呢！民改那年你跟着你的奴隶主干爹叛乱被我们抓了俘虏。你咋在这里?劳改结束了?”

“妹妹，难得你想起我！可你这样说，我咋做人啊！我是冤枉的，政府英明，没送我去劳改，回家继续当农民。”

“你不好好在家当你的农民，跑来县城做啥?”

“我想求政府再英明些，为我彻底平反！给我留着尾巴呢，说我胁从。胁从也是罪，扣了顶坏分子的帽子在我脑壳上，受管制，挨打压，我那女娃儿学习多好的，不让上学。我也刷了几张大字报，到处都贴着呢。妹妹，你抽空也看看我那比天高比海深的冤屈。木略县长没有被当成走资派打倒，还能管我的事。妹妹，你好歹替我给木略县长说上一声啊!”

“那当然，我不得叫你声哥吗!”话题一转，“木略县长他们确定往乌尔方向去了?”

“确定，我跟着看了好一阵呢。木略县长比平叛那阵子胖出一圈去，他当护理员时还给我小腿子上的伤换过药，好人啊。”发现俞秀未必想听他夸自己的男人，改口：“我听说县中队除留下十来个值班的，中队长率队，全被木略县长带走了。中队长，那家伙有名的暴脾气，不整得风狂雨暴他能罢休！这事绝对闹大了，连铁路上文攻武卫的各派工人都乖乖地把路障拆了。哎哎，妹妹，你没得事吧，我扶你，要不送你去医院?”

麻雀和喜鹊

1. 晚饭夏觉仁如果没有手术，不值夜班，和曲尼阿果总会喝上两盅。要是没有喝成，睡觉前两人也会嘬几滴。

这天夜里十一点过，夏觉仁为一个武斗中砍伤脖子的人缝针包扎完回到家，曲尼阿果正在自斟自饮。她夸口喉咙干得起火，等不及，其实刚湿嘴皮。夏觉仁端起她的杯子，轻晃晃剩在其中的“泸州老窖”，问她在杯子的哪个位置湿的嘴皮。欠身，磕磕出声地咬咬杯沿：“这里。”夏觉仁便凑到她牙咬的位置，笑着干了杯中酒。

正问索玛和小海啥时间睡的？林书记又敲门又喊夏医生的在外面喧哗。

开门，林书记靠着门框催夏觉仁别和老婆缠绵，叫上杨医生，赶紧去地委支左办找王副政委报到。

夏觉仁问啥事？曲尼阿果热情相邀：“林书记，喝上口再走，你不馋吗，这是我们存了好久的一瓶泸州老窖。”

“下回吧。”林书记笑道，又和夏觉仁说：“我也不知道啥事。我正洗脚睡觉，值班室来人喊我接电话，说是地区领导的。我脚没揩，趿着鞋子跑到值班室。那边不搭理，也没挂，和旁边的人说话，好像在布置任务，迂回过去，一个排够不够啥的。口音是河南的，我想会是哪个领导呢？书记前两天让造反派押到各县游斗去了，副书记也不是，和我一样，山西人。还琢磨呢，那边冲我‘喂喂’的，是支左的解放军，姓王的副政委。让我立刻派两个外科医生去支左办报到。王副政委知道你，说你是从他们部队转业的。”

夏觉仁穿戴齐整，悄悄把住曲尼阿果的俏腰用力，嘴上支应：“那我去问他吧！部队来的任务，时间不见得有保证。我们家的情况书记你晓得，阿呷姐被造反派赶回老家了，我这一走，谁来照顾阿果和两个娃儿呢。书记，我可都交给你了！”

“啥意思，要我给你家找保姆?!”

“找嘛找嘛!”曲尼阿果不知深浅，连连道。夏觉仁笑眯眯地看着她，认真地要求：

“那就拜托书记你帮忙找一个吧！不兴说保姆，是互相帮助的革命同志。”

“你们两个啊，活脱脱的一对宝贝!”林书记叹道，“好逸恶劳，还互相欣赏，难怪革命群众想开你们的批斗会呢!”

夏觉仁冷笑：“书记大人，你还是操心自己吧！前天大前天，我们革命群众都在批斗你！我物有所用，人体缝补、拼装手艺不错!”

林书记哼唧：“说你缺心眼还犟，我问你，你家从香港寄来的钱你到底还是取了?”

“嗯，这个?”夏觉仁支吾，“取过两回。后来都自动退回去了。”

“你呀，”林书记指点着他，“我不是叮嘱你千万别取嘛！现在事情来了。邮局送来一个公函，通告的就是你取的那两笔钱。总共六百块，对不对?”夏觉仁不肯定也不否定，“六百块，等于老子两年的工资！香港来的钱你也敢取，再说是你老娘寄给孙子的奶粉钱！政工科的张富找来问我怎么办，我说先放着。张富挠头伸舌，请我处分他。说你给他做过胃切除，给他输过血，救过他的命，他私字一闪念，还替你兜着另一份控告材料。是一个赤脚医生写的，民改前是阿果家的娃子。他还记得当年你为了娶阿果给她家下的聘礼，羊子多少黄牛多少，价值上千元，完全是资本家打点奴隶主，坚决要求开你的批斗会，造你的反。这可都是定时炸弹，你呀，夹起尾巴做人吧！”

曲尼阿果也数落他：

“你要有用，造反派能当着你的面把我二姐赶走？还把你搡了个仰八叉！你千万别在他们面前提虚劲，万一把你的手剁掉，你还咋给他们拼装、缝补！”身颤音抖，泪水瞬间漫漶在脸上，滴答。

夏觉仁勾住她的胳膊，轻拉过来搂紧慢晃，再把她安顿到藤椅上坐下：

“我说的都是屁话，不作数！你啥也别担心，不会有事的。你听林书记说了吧，支左的王副政委都晓得我。到时候谁敢难为你，就搬出王副政委来吓他们。等我出完这趟差，请他帮我们把二姐接回来好不好！”

2. 加上夏觉仁、杨医生，军用卡车的车厢里共有十二位外科大夫。和他们靠坐在车厢板上的另有十五名士兵。

领队各是连长排长，他们请医生随便两位坐驾驶室。前往德玉县必得翻的黄毛梁子，夏天太阳下刮过的风都能把人的骨头吹疼，何况夜晚。医生没一个肯，认为驾驶室便于军事人员应变。

夏觉仁原以为出医是去救治大规模武斗的受伤人员，王副政委却称突发事件。

据来自德玉县及邻近两县三区的报告，一说翻身奴隶要在民改后再次清算黑彝奴隶主，一说黑彝奴隶主死灰复燃，要报复翻身奴隶。两相交手，奴隶主狠啊，翻身奴隶被砍破头打断胳膊腿的仅德玉县就有四五十位。打过砍过，杀羊宰牛，烧屋毁房，举家逃进深山老林。奴隶主的反动行为激发起革命群众的战斗决心，他们纷纷拿上劳动工具，锄头、砍柴刀、铁锹，誓和奴隶主血战到底。又告诉他们：

“现场很安全，德玉和格哈两个县的公安中队都拉上去了，还有五个区的基干民兵，五百多号人马呢。我还不信，十三四年的时间，奴隶主就把自己养得一肥二流油，敢再和我们强大的人民政权叫板了！”

越听王副政委通报情况，夏觉仁的心越往下沉。他不担心丈人跟风，领着全家老小乱跑，怕的是逃跑的奴隶主乘机烧掉丈人家的房子畜圈，宰吃他们的牛羊猪。

想当年，阿果的爸爸不但没参加叛乱，还大义灭亲，将躲在他家后山上的阿果的大舅舅终于逼得缴械投降。

曲尼阿果的大舅舅藏在山洞里，没吃没喝七八天。搜山的解放军根本没有撤的迹象，白天黑夜，用枪杆枪托一路扫荡着积年的枯枝败叶，不停地走动、喊话，总有漏网的被搜出来。

被搜出来的情有可原，他们在这座山上没有亲戚，阿果的大舅舅有啊，他的亲姐姐就在下边的房子里吃香的喝辣的，睡她的安生觉。

姐姐想帮他，姐夫不让，把姐姐绑在楼梯上，动弹不得，劝她：“反正你家兄弟今天逮不着，明天也会逮着。我们呢，不说他藏在哪里，更不要带兵去捉他，等他饿得渴得受不住，自己钻出来。他的枪里最好没有子弹。要是运气好，他连监狱都不用蹲。”

曲尼阿果的大舅舅果然是按投降论处的。解放军的小兵绑他时，服帖，配合；给他松绑时，挣来挣去，不肯似的。人家奇怪，问他为啥？回答：“宁肯被打死，最起码绑来当俘虏，也不要投降的臭名声，太丢面子。”

其时，局势已明朗，叛乱奴隶主的末日确已到来。他们中的多数只是一般的参与者，没有血案，像阿果的舅舅，一律放回老家。但他们还想按以前的方式过日子再无可能。他们不再是武士，有杆枪挎在肩上，枪托拍打着屁股，光荣感永远失去了。他们还不能随便离开自己的寨子，牵匹马儿或骑或走，逍遥自在。他们不惯农活，视下地种庄稼上山放羊为耻辱，不得已这么做时，内心是多么得鄙视自己！一季下来，他们的牛羊猪死了再死，庄稼呢，连种子都没收回来。

他们不知反省不思进退，反而怪罪如曲尼拉博等没有参叛的奴隶主。听说曲尼拉博的外甥悔婚，不要他的女儿，欢喜得忘形，捎话："让我们去帮你捶你的外甥吧？"

曲尼拉博当即翻脸："除非我死了！"

话传回他们各自的耳里，提足虚劲，骂道：

"我们现在是被绊住爪爪的老鹰老虎，哪一天飞起来跳起来，曲尼拉博啊，你要小心，看不把你的眼珠子胳膊腿，都给你啄掉啃掉！"

3. 这都是曲尼阿呷在饭桌边讲给夏觉仁和曲尼阿果听的。开始，她讲彝话，由阿果翻译成汉话。渐渐，她能说一些汉话，夏觉仁能听一些彝话，他们就彝话汉话混起来说，不清不楚也不追究，没打算指望阿果，这一两年，阿呷还经常纠正她，常感慨："再聪明也赶不上命好的。"言下之意，阿果傻似的。

再往后，阿呷的汉话竟可以用来开夏觉仁和曲尼阿果的玩笑。某次她从父母家回来，她说，弟弟阿可问她，麻雀和喜鹊两个鸟儿结婚生下来的是麻雀呢，还是喜鹊？她喜欢喜鹊，就逗弟弟："喜鹊。"男孩又问：

"三姐和三姐夫生的娃儿是彝人呢，还是汉人？"

曲尼阿果扑过去要撕她的嘴。

夏觉仁想起当时的情形，不免咧嘴轻笑。汽车跑在沙砾路上，乱颠。车厢里屁股上肉多的没两个，都站起来，双手握住车框，任凭前后左右晃摇。杨医生说：

"立秋了吗，风这么硬？"

“六七天了，”左边传来声音说，不熟悉，可能是军医，“节气对凉山不管用，它管你夏天秋天，一会儿雪一会儿雨，没规律。”

“那也不是，”杨医生反驳，“这风是硬了点，但你试试冬天坐车厢里，耳朵能给你冻掉。平叛那会儿，我们团的一个卫生员就冻掉了耳垂。”

“原来也是我们部队上下来的啊！”还是那个议论节气的，带点激动，“地方上的同志，除了夏医生，和刚才说话的这位同志，还有谁是转业下地方的？”

杨医生说：“就我和夏医生，不过我们不在一个团。老夏，你是359团吧？”听见夏觉仁的应答又说：“我是302团的。”

那军医简直在欢呼：“首长，我们团的前身就是302团啊！”自我介绍姓袁，单名军，仍在抒情：“太幸运了，能和前辈共同投身到平息新叛的战斗中去……”

“慢着慢着，”夏觉仁问，“小同志，新叛？是这个词吗，新叛？”

“是啊，新叛！有问题吗？”

“王副政委通告的突发事件难道定性了？”夏觉仁好像在问自己。袁军接嘴：

“我也有点纳闷，为啥王副政委告诉你们是突发事件，而不是新叛？”

另一位军医插话：“可能是地方上的同志吧！”

袁军“啊呀”一声：“我不会是在泄密吧？部队上的几位，王副政委没让咱们保密吧？”

“没有。”几条嗓门放开，齐齐的，像在出操。其中一位说：

“有什么好保密的，突发事件，新叛，哪里不同？反正奴隶主不甘心自己的失败，兴风作浪呗。”

这个山口下来，便是安宁河畔的西昌城。

追逃 1

1. 民改结束时，夏觉仁所在的369团在西昌城边的小李村驻扎了差不多半年。刚开始的三个月，日子漫长，很难过，曲尼阿果根本不搭理他，还不断听说她和她表哥的长啊短的，好像两个人结婚在即。随即，他想也没想到的是阿果成了他的爱人，欢喜得很。口福也一直不错，小李村这家那家有个红白喜事都来拉他吃饭。当地汉人的厨艺与他的老家大为不同，海椒花椒，味道泼辣。曲尼阿果和他相好后，香得辣得更有滋味。两个人犹嫌小李村的食物不过瘾，毕竟村子小，哪有那么许多的宴席，做买卖的也有数，隔三岔五，请了假就往城里头跑。不远，单程步行四五十分钟，碰上军车，捎一脚常有的事。

西昌远在秦汉时就设郡立县了，司马相如开辟成都到昆明的西南大道时，曾在这里建邛都府，以后由唐朝的建昌府、元朝的建昌路、明朝的建昌卫顺序下来，到清朝再民国的宁远府时，当真城池俨然、人烟熙攘。城墙一律用方方正正的青石块砌成，一年一年，又不断抹了搅拌以米浆的淤泥在上面，越来越厚实、绵密。泥浆不到或少到之处，那墙上石头相接的缝隙接受着风吹来的尘土和草啊花啊的种子，慢慢地生长出草和花，经年累月地在那上边摇曳，连树子这里那里的也婆娑起了枝叶。

城墙如此，城里头各世家、官宦人家的宅子也十分坚固，土墙石砌木构架青瓦覆顶，还有护院的家丁，里一道外一道，相当安生。

那些远的如皇帝近的如蒋委员长的命官却不同，他们远道而来，有些连家眷都不敢带，又没有根基，心中万幸的是没有在来的路上被干掉。在广阔的凶险的凉山上能躲进安全系数最高的西昌城数最佳方案，谁还去管自己辖区的事务！

比如凉山上的瓦角地方，清末就有县治了，城墙垒了，县府的几排土墙房子也盖了，可是挡不住今天被烧了房子，明天又被在城墙上刨了几个洞，为的是方便出入。县长不断地换，城墙、县府也不断地修整，还是残破不堪，鸟儿在墙头搭窝，豹子、豺狼也时不时地穿梭其间。逢场赶集的时候，来往的彝人或者在墙角拢把火，烤个荞面馍馍、洋芋吃。天晚了，裹上披风蜷缩到县府四面透风的房子里睡上几觉。县长呢，任命下来，省府挨个三月半年，沿着成都到云南的西南大道再徒步、骑马地走上三月半年，先到西昌，号上一个宅子，当做县长大人过往的官邸来使用。又是三月半年，才慢慢地随着护送的兵丁来到自己的辖区。一下马，也坐轿子吧，心都凉透了，明明有鸟儿在城墙上和县府的屋檐下筑窝哺育自己的后代，他却丢下一句鸟都不拉屎的地方，打道回到西昌，硬是赖在那里耗完自己的任期。又何况西昌城的气候堪比号称春城的昆明，大冬天太阳照旧亮堂，红的紫的粉的三角梅开得满城艳。汉人在这里经营了几十代，嘴巴多馋的人种啊，各样肉蔬，一经过他们的手，就别样的香；再有三房四妾花枝招展的一簇拥；前庭后院，又是雕花的门窗，手植的梅花、石榴树，流水里的游鱼，那命官除了记得去讨薪俸外，哪里还记得自己的官府是在一座山又一座山的后头的后头！当然也有励精图治，想要成就一番人生事业的。比如民国年间的一位，是省长刘文辉任命的。出发时踌躇满志、心比天高，连在法国留过学的一个博士都带来了，准备普及教育、医疗，制订了好几套方案。结果千辛万苦地来到所谓的县城一看，空空如也，仅有的几家汉人和彝人差不多，汉话都说不了。连个基本群众都没有，还怎么去施展自己的抱负。当地彝人哪管白天夜里，呼啸而过，枪放得砰砰的，吓得县长，还有那个法国归来的博士心尖尖都在颤，最后也是一溜烟跑回西昌城了事。

这个县长，夏觉仁当年还给他看过病，清瘦的一个老人家，白发白须，一袭蓝布大褂，真有点贤士的风度。住的宅子三进院落，也是有花有树有流水，大概人丁稀少，儿孙都不在跟前，帮佣的多散去，满目萧条。相邻的几家也一样。有一家干脆大门洞开，花草各自争艳，却无人观赏了。它的主人罗列，曾经是蒋介石的嫡系胡宗南的参谋长，已经逃跑了。算他走运，居然让他逃掉，还一口气逃去了台湾。

当年在西昌城，夏觉仁和曲尼阿果最愿意溜达的还属城里那上下几条窄窄的街道。

街道两边，瓦片房的屋檐宽宽地探出来，连天空都要遮蔽似的。曲尼阿果喜欢吃的是芝麻茸调制的奶豆腐，黑白相间，煞是好看，吃进嘴里，酸酸甜甜。配有火腿丝，又麻又辣的凉粉凉面也百吃不厌。手头宽裕时，板鹅香肠，松茸炖鸭天麻炖鸡，三七叶子拌牛肉，还有小猪儿做的拌了青花椒红海椒木姜子的砣砣肉，间插着要上一两样。再来碗竹蒸笼蒸的米饭或者几个小馒头，那么清香、糯软，吧嗒嘴都来不及。

说到馒头，曲尼阿果忌讳“馒”“蛮”同音，指点着：“要那个”，或者“苞谷粑粑边上的那个”。卖家进一步问：“馒头?”她就说：“汉头。”卖家便掉转头和自家人嘀咕：“女的，蛮丫头无疑；男的明明是汉人，好将就那个蛮丫头哦，迷上了吧。哎呀，一个汉人咋会喜欢蛮丫头啊!”这是以汉人为主的环境，反过来，到了彝人那边，又是替曲尼阿果可惜了。

可惜不可惜，反正两个人已经共同生活十一二年了，还要一年一年地过下去，直到老死。

夏觉仁这么打算时，他所乘的车正在经过东门。没有望见早已看得眼熟的城门楼子，不免咦了声，问杨医生，嘿然笑道：

“封建玩意，掀了有些时间了，听说眨眼工夫！”

2. 他们的车在夏觉仁民改时曾驻扎过的小李村遇到第一道关卡，外地、当地口音混杂，正规军之外是基干民兵。三四道电筒光当空扫过，一个民兵喊道：

“夏医生，你也要上山啊？”相对于西昌坝子，彝区是山上。

夏觉仁不回答，反问他是哪家的娃儿，那位仍然气粗声大：

“李十二家的。你忘了吗，去年我陪我家爹还给你送过腊肉香肠呢！”

夏觉仁想起来了，李十二来找他动过胃切除手术，于是问：“你爹身体好吧？”说托他的福，嘴壮得很。特别嘱咐：

“夏医生，蛮子这回又蛮性大发了，烧房掠财，打人杀人，你上山去可要小心哦！”

夏觉仁最听不得蛮子、蛮性，不再回应。李十二的儿子没觉得得罪夏医生，循声爬上来，天光下依稀可见他年轻而兴奋的脸：“我也要跟你们上山去，还可以保护你！”探上来几只手，硬生生地把他拽下去，斥他想立功也不能盲动！安抚他，明天派他上后山巡逻，说不定能抓到几个乱窜的蛮子！

天越亮，就越能在道路的两旁看见荷枪的军人和民兵。军人不同，都掩身在漫山而上的树林子里；民兵或者枪挂在肩上，枪管冲下，或者横抓在手上，大摇大摆地来回走动，互相递烟说笑，也不怕吃上一嘴巴汽车扬起的灰尘。

这一天从德玉县几乎没有车过来，都是像夏觉仁他们这样从地区过去的。

道路在前面更窄，山上以松树为主的横杈竖枝，躲之不及，便抽到车厢里众人的脸上脖子上，热辣辣的疼。

前面又是路卡，一路过来这是第八道。几个人沿路而来，像在寻人。听见喊“夏医生”，“唉唉”应两声。原来是木略，难怪声音听起来熟。

木略叫他下车，有话说。

最近的一次见木略也在五六个月以前，那是木略来地区参加冬春农田水利基本建设大会。期间，到家里吃过一顿晚饭。饭桌上，把阿呷的厨艺夸得天花乱坠，阿呷喜不自胜，管自陶醉：“木略县长这样吃遍凉山上下宴席的人都夸我的话，那我做的菜肯定天下第一香了。”

天空灰蓝，没有云。

木略的裤腿一高一低，高的挽至膝盖，低的只到脚踝，黄胶鞋糊着厚厚的泥巴，精神不振，脸色灰暗。事情始发于他的县，他不憔悴不苦着一张脸难。但是为什么有点犹疑呢？两手相握，夏觉仁感到他急于抽回去，闪电般，眼睛移到夏觉仁的身后。那后边，除了几个吊儿郎当的民兵，就是密匝匝的树林子和一截弯路，不免笑道：

“叫我又爱搭不理的，晾我啊？来点吃的喝的，最好是热的，又饿又冷，都快昏倒了。”

木略格外殷勤：“你先坐一坐，嫌石头冷，这儿有截树桩。我给你拿吃的去，今年的头茬洋芋，刚煮熟。”转身要走，夏觉仁叫住说：

“木略县长，风格变了嘛，喜欢跑腿了！又好像害怕我，说话声音都在打抖！”

木略提起右脚，再用力踏在地上，似在给自己下决心，让身边的通讯员去取洋芋端水，问：“你晓得多少情况？”

夏觉仁莫名其妙，反问："啥情况?"

"我们县，还有邻县三个区最近发生的事件!"

"正要问你呢！支左的王副政委是我们359团的，他告诉我们地方上的医生，黑彝奴隶主不服管教，烧房子，杀耕牛，还伤了人，是一起突发事件。可我听一起来的军医说，区别上一次，叫新叛，是叛乱吗?"

木略的脸色更难看，要皱的是眉头，蹙住的却是鼻子和嘴："人都死在那里摆起了，"好似咬住舌头，睃眼夏觉仁："敢说人家叛乱!"

夏觉仁惊道："已经死人了？伤的不少吧？我们地方上的医生来了六个，部队上的五个，够用吧?"不等回答，追问：

"死了几个？我们的人，还是他们的?"

"就一个。"木略含糊道，"不是互相打斗中死的，是被山洪冲走淹死的，女的。"

"嗯，"夏觉仁疑惑道，"都听不明白。而且好像你对事件的定性有看法，不是叛乱吗?"

通讯员取来洋芋，木略招呼夏觉仁填饱肚皮再说。夏觉仁吃整颗洋芋有经验，先小口咬再慢腾腾地嚼着往肚里咽，不误说话。

"小同志，我看那边坡坎上长着海椒，你去摘一捧丢到炭灰里，焐熟了，我们就洋芋吃。"支开通讯员，看定木略：

"又只剩我们两个，你可别把我当普通老百姓哄!"

木略目光闪烁，两手往后勾搭住，呼气出气，长长的，打定主意似的，"唉，"他说，"反正你不过是曲尼家的女婿，不至于悲痛得昏过去吧。死掉的那个女的是阿呷。她爹这次不明智，草草烧掉女儿，带着老婆儿子，混进往老林子跑的黑彝奴隶主里也跑了。"

夏觉仁一把捉住木略的手腕，嘴张开，却不能出声，身子僵硬紧绷，被木略碰了再碰，一软，跌坐到石子泥巴地上，舌尖不幸被上下两排牙齿一磕，血腥满嘴。

“何至于？”木略嘟噜道。

“阿果晓得她二姐死了一定会哭得也死掉的！”夏觉仁终于能说话了，“哇”吐出口血水，“阿呷怎么会死？哪里来的山洪这么厉害？你电话里告诉我的那位送她的人呢，也死了吗？”

“阿果长阿呷短，你就不担心你丈人丈母？他们谁晓得逃到哪个老林子里去了，万一碰到豹子狗熊给吃了呢？别以为修铁路炸山老虎豹子逃没了，多得是。咿，你的嘴巴到底哪里在出血？药箱呢，云南白药行吗？”

夏觉仁摆手不止：“这才不至于，牙齿咬到舌头而已。”

木略说：“牙咬舌，想吃肉，晚饭给你宰只鸡炖菌子吃。你也别急，容我先找那位说新叛的军医问问情况，再找上级核实后，一并召集你们各位通报情况吧。”

3. 半个多小时后，木略出现了。随他一起的一干男女，有彝族也有汉族。风气使然，身为国家干部的彝族绝没有在公共场合穿彝装的，一色的灰布蓝布衣裳黄胶鞋。彝装在身的几位农民无疑，个个头发蓬乱，眼泡脸肿，衣服头发上沾的草屑叶渣也没拣干净。

他们围着木略散散地站着，鸟儿飞过来掠过去，啾啾的，间或在地上或者某个人的脸上头上投下飞翔的影子。

木略的烦闷一扫而光，似已找到确定无疑的方向，又恢复了平日的霸道，声音洪亮，再有回音，把鸟儿惊得飞走的乱唧喳的，树叶子跟着好一阵扑簌。

他不是在通报情况，而是在做动员报告，动员在场的干部职工、医生们，要积极投入到平息新叛的斗争中去。他没有解释新叛的意思，好像人人都知道。他接着讲当前的要务：“追击逃亡的黑彝奴隶主，把他们从藏身的山洞里石缝中树枝椏间清理出来，当然当然，在清理时一定要严防他们手里的武器。我敢说枪他们没有，子弹也不会有，可保不准有火药啊，和着火山沟里的硫磺揉成坨坨，丢在哪个身上，炸是炸不死，骨头炸断一两根，屁股大腿的肉削掉一坨半坨稀松平常。不要笑，那些土火药可不是拿来吓唬豹子狗熊的，起码，我们的皮子没有狗熊豹子的厚吧。奴隶主这十几年来是下田干活上山放羊了，但武功未必生疏，那都是从娘胎里带来的，一代一代的人干的都是拉弓射箭、挥刀舞枪的事，准头肯定比你我厉害。在场的汉族同志我不晓得，和我一样娃子出身的彝族，我们啊，刨洋芋圆根萝卜，甩石子打领头羊不在话下，要让我们去和奴隶主对打，我这心里头还真替自己包括各位发虚呢。”

东拉西扯，夏觉仁烦不胜烦，刚要出声，有人比他急躁：“木略县长，你是在长奴隶主的威风、灭我们奴隶娃子的志气吧！”附和声随之而起：

“黑彝奴隶主哪里凶，明明是被我们翻身奴隶吓得屁滚尿流，拽着老婆娃儿躲深山老林里去了！”

“敢说武功了得，来嘛，射我一箭，射不死的话，看我手头的枪咋收拾他们，一枪干掉好几个！”

木略高声发话：“说完没？”没人应声：“那我接着讲。你们啊，和平的时间太久，享福的时间太久，麻痹大意啊！阿苏、石哈、博惹，你们三个，在这儿吹牛皮不打草稿，你们手下的奴隶主烧房子、杀耕牛，把今年刚收获的苞谷、荞子丢到茅厕里时，你们在干啥，吓得来群众不管，老婆娃儿不顾，吊一口气在喉咙口就晓得跑，跑到公社再跑到县里管屁用！博惹，你见到我的第一句话记得不，县长啊，奴隶主疯牛样，眼珠子通红，突突地往外喷火。呸，又不是妖怪，哪来的火喷！石哈，你呢，说要不是你的两条腿倒得快，早被奴隶主砍断腿、挑断脚筋了。阿苏……”

“啊哟，县长，事情都过去了，还说啥嘛！”被点名的阿苏羞愧得头都不敢抬，声音很大的又说，“你的意思我们晓得啰，让我们不要小瞧黑彝奴隶主，别看他们平常乖得很，其实是披着羊皮的狼。就是你刚才说的一个词我不懂，新叛，啥意思嘛？是不是说黑彝奴隶主又掀起新的一轮叛乱了?”

木略笑道:“别看你胆子小,脑筋转得倒快!”

“县长,那么我说对啰?”

“一百个正确!”木略轻握拳头在胸前一压,转而对众人说,“奴隶主是在以逃跑对抗新社会!”

“可是可是,”这回石哈不明白了,“我们生产队的奴隶主烧的房子、宰的牛羊都是自家的,牛儿羊儿的肉还分给我们翻身奴隶吃。我说的这个奴隶主,木略县长你晓得,就是曲尼拉博,他家女婿是你的朋友,在地区当医生的那个汉人。”

木略闪电般的瞄眼夏觉仁,后者一矮身子,下意识,木略演说不停:

“反动的奴隶主阶级想推翻我们奴隶翻身做主人的人民政权的心从来没消停过,他们不先在我们这里闹,也会在别的地方闹。之所以发生在我们这里,原因大家都晓得,是借一起所谓的图财害命的事闹开的。为啥说所谓的呢,因为根本不存在图财害命的事!那位不幸死掉的大姐兜里的钱分文不少,包括两张存折,确实死于山洪暴发,不是哪个贪财的人把她掀进水里淹死的。

“我们山里头的人,大家都晓得,雨明明停了,太阳都晒三两天了,还可能不晓得突然从哪里来股洪水。当时的情况就这样,两个男女,女的在前,男的在后,相隔十几米。两个人虽然结伴而行,却是刚认识的关系,男人受朋友委托,好心送女人回家。我们彝族,大家也都晓得,夫妻都不好意思并排走,何况这种关系的男女。结果,哪晓得来了股洪水,女的当即被卷走,男的在后边有时间反应,才逃出一命来。可怜啊,被女方家来自四面山上沾边不沾边的舅子老表打得现在躺在医院,只剩了半条子命!

“他挨打的原因一个是有人造谣说他图财害命,一个是他俩的身份,男的白彝,女的黑彝,还是奴隶主出身,别有用心的造谣者就说白彝害黑彝,故意混淆我们奴隶阶级和奴隶主阶级的关系是白彝和黑彝的关系，坏透了。正赶上省里地区下来几批革命小将，听说黑彝奴隶主闹事，义愤交加，声讨的喊口号的，都是汉话，那些山上下来的家伙哪个听得懂，也是反动性使然，群声呼啸，手脚并用，把革命小将也打得头破血流。当时情况不明，他们受图财害命谣言的蛊惑本来情有可原，但跑回去就散布谣言，说白彝抢黑彝，把黑彝推河里淹死了；又说，县里要派公安追剿黑彝，省里地区也派了援兵，戴着红袖箍，黄军装黄军帽，叫红卫兵。找反动毕摩、苏尼干迷信，杀鸡打牛看前景。苏尼、毕摩更是乱造谣，说鸡舌骨牛心上透露的尽是白彝打黑彝，黑彝要断子绝孙的不祥兆头，于是这个寨子那个寨子的黑彝奴隶主宰牲口，烧房子，哪个敢去管，红眼睛绿眉毛，锄头菜刀，举起来劈啊砍……”

“何止锄头菜刀，我要是跑得不快，早挨一发火药枪了。”又是阿苏在插话，“我家老婆是妇女主任，刚劝奴隶主的老婆两句，被她扑上来乱抓乱打，满脸红爪印，再咬住手腕不松口，狗样，差点咬掉我老婆的一坨肉。县长啊，你说我不赶紧吆上马儿把我老婆驮来县医院还能咋样？下到半山，回头一望，寨子上空乌烟滚滚，我既担心翻身奴隶，又担心我那几个不懂事的娃儿，万一奴隶主报复，杀他们还不跟杀几只鸡儿子。从寨子里跑下来几拨人，说奴隶主放火烧房，把我们的房子也引燃了，谁要敢吱声，就开打。幸好，我家的几个小崽儿也混在里头。我说：‘我是迫不得已，要带老婆缝针，你们为啥？五家奴隶主，你们四五十户难道对付不了他们！’他们嫌我说得轻巧，‘你老婆，多泼辣，奴隶主家的老婆女儿媳妇被她管制得喊东不敢往西，跟在牛屁股后头就晓得捡牛屎，还不是被人家一口上去，咬得皮破肉绽。那还是一个奴隶主的老婆，几个都来，你老婆活得出来吗！奴隶主疯掉了，要让我们对付疯子，除非我们也疯掉。’”

听他说到此，懂彝话的，包括满怀心事的夏觉仁都笑了，杨医生捅他：“啥这么好笑？”夏觉仁努嘴，让他等木略解释。果不其然，木略笑道：

“在场的汉族同志没听懂阿苏的彝话吧。我简单地翻译几句，他是在反驳我，我批评他们犯了逃跑主义的错误。他说他们不得不逃，因为奴隶主疯狂得失去理智，见人打人，见房烧房！不是奴隶主疯了，是他们的本性如此。我就常听说有些黑彝对自己被划为奴隶主很高兴，声称那么一划，黑彝还是黑彝，白彝还是白彝，不过多了个身份。看看他们，宁肯子子孙孙没有政治前途，也要抱着所谓的黑彝身份不放！我巴不得他们握住自己那看也看不见的所谓的硬骨头自生自灭，反正历史的车轮已经碾过他们，带着我们这些昔日的奴隶娃子在社会主义的大道上向着共产主义阔步前进。但他们不会心甘情愿地被历史抛弃，总要垂死挣扎，发生在我们县和邻近两县三区的事件就如此。一山喊，百山应，新的叛乱开始了。我们怎么办？绝不手软，坚决打击！不管他们逃进多高多深的山林里，轰都要把他们轰出来。”

一个汉族干部接嘴：“北京人天上飞的麻雀都能轰来摔死掉，黑彝奴隶主有啥了不起！我们全体出动，把学校里的娃儿也发动起来，不够，到凉山以外借人去。到时锅碗瓢盆，凡是能响的都敲打起，从山下拉开阵线，长蛇一样，往山上去，喊声，再放上几千上万挂鞭炮，不信把他们轰不出来！耳朵先就给他们震聋啰！”

轮到阿苏们面面相觑，木略给他们翻译，那几位边听边呵呵地笑，阿苏质疑：

“你敲出来的声音能够震聋黑彝的耳朵，你自己的未必震不聋啊！不如放火烧，火舌一燎他们的屁股，他们自然会跑出来的！”

“鬼扯啥，你们！”木略断喝，改用汉话，“绝不能自以为是，敲盆打碗，放鞭炮，又不是耍把戏！放火烧山，想犯法，判刑吗！”换成彝话：“我们也都是凉山上土生土长的，凉山上沟啊坡的就他们奴隶主清楚、我们不清楚？清楚得很！我们还有强大的人民政权做后盾，公安人员一拨一拨，浪打浪，就快到了，有啥担心的！大家整顿精神，准备追堵逃亡的黑彝奴隶主。千万要在他们翻山越岭到甘孜、阿坝藏区前把他们堵、追回来。要不然等他们跑到那边，万一勾起也被打倒的藏族农奴主蠢蠢欲动的心，更麻烦。或者我们这里的新叛被藏胞晓得了，人家那边安定团结，我们彝族干部的脸也丢不起啊！”毫无过渡，陡然用汉话喊道：

“下面我宣布这次行动的总指挥和副总指挥。总指挥由我担任，副总指挥一是县武装部的李部长，一是县中队的高队长！三个小队，分别由我们三人带领。部队和地方医生插到三个小队去。”声音放低：

“夏医生，你跟我！”

祸端 2

1. 石哈也在木略率领的小队里。他急于和夏觉仁搭腔，总不得机会。他已问过夏觉仁：

"阿果教你的彝话?"

夏觉仁"唔"声，避开他，厕身进队伍的前列。往上，山路越走越窄，两边密匝匝、硬枝条横生的杜鹃花过后，便是黑黢黢的柏树林。身前身后都有人在啃用做午饭的冷馒头，他没心思吃，虽然饿。

爬上这面壁立的阴坡，横穿过一条长满柏树的峡谷，就是曲尼阿果的家。这一带他很熟悉，替丈人家放羊常转悠。夏秋雨后，还和阿果来捡过菌子。阿果总比他能捡，牛肝菌青冈菌刷把菌松毛菌，专找一种叫鸡枞的捡。那种菌子稀罕，细长的秆，灰白的菌帽，一丛丛地长在树根肥沃的土里，味道堪比鸡肉。这么想着阿果的鸡枞，自问的却是：

给不给二姐收尸呢?

他从来没有这么犹疑过，当然他也从来没有碰到过这么棘手的选择，关乎叛乱啊！曲尼阿呷是导火索吗？更算牺牲品吧！她不安分，精明，可惜没有机会来光大这些也称得上是优点的东西，突如其来的新时代甚至把她的婚姻都耽误了！第一次见她，她瞪眼看自己看阿果，一点不避讳对他的好奇对妹妹的妒忌。也曾计划出来工作，也有介绍婆家的，总没凑巧又合适的。认命，只要索玛为自己养老送终，一辈子帮他们管家做家务。阿果让索玛叫她阿妈，叫自己妈妈。

那是索玛的阿妈啊，夏觉仁想，却动弹不得。

翻到阳坡，晒到太阳，烤干了他们在阴坡出来即冷的汗。这是山顶，朝下的树林又阴森森的，间或在高高的松树柏树的梢上冠上还抹着点亮光。夏觉仁尽量不朝左看，连绵不绝的树木过去，就是阿果家硕大的院子里遮天蔽日的核桃树。核桃都下树了吧？二姐还说会背嫩核桃回来呢。

身后响起轻咳声，好几下。扭头看，石哈挨挨挤挤的，快贴住他的背。露出专抽自家烤的土烟叶子焦黄的牙齿，莫名其妙地说："小时候阿果经常把我当马儿骑。"又说："夏医生，你跑得好快哦，追得我心都要跳出胸膛啰。"

两下里毫不搭界，夏觉仁由不得多瞅他两眼。彝人从不离身的黑披风搭在右肩头任其晃荡，头顶的"天菩萨"纠结一团，一股股酸臭，热乎乎地扑将过来。听他悄声说：

"夏医生，我叫石哈，曲尼舅舅肯定提起过我，阿果也说过吧，我家妈和她家妈认过干姊妹哦！"见夏觉仁一脸疑惑，石哈奇怪道，"咿呀，你不晓得我吗？要不然，阿果教给你的彝话太少，你听不懂我的话？"

夏觉仁见他脑门子急得风干的汗又亮晶晶的，赶紧说：

"晓得晓得，他们经常说起你！"

石哈一咧嘴巴，得意："我就说嘛，曲尼舅舅最喜欢我了。我家妈和尼嫫一样，是阿果家妈的陪嫁丫头。曲尼舅舅总说阿果家妈、尼嫫和我家妈等于三姐妹，所以，我得叫阿果妹妹，你呢，就是我妹夫。嘿嘿!”笑声戛然而止：“阿呷也是我的妹妹。她死了，我的心也痛哦。”握起拳头嘭地敲下胸口，刺溜下去好几步，爬上来，不及说话，后边的催促不断，让到前边的瓦洛寨吃晚饭。

瓦洛寨在曲尼家的另一边，那还怎么为二姐收尸呢！夏觉仁不觉胸肺一展，呼出口长气，随之自责袭来，心又沉甸甸的。

其实，阿呷的后事已经料理了。赶上来的石哈俯在他耳边说，是他负责把阿呷烧掉的。

石哈说，是他老婆带着两个女人装扮的阿呷。衣衫坎肩裙子簇新，是花去整个少女时代给自己准备的嫁衣。镶了红珊瑚的银耳环银戒指，雕花刻草的银项片，齐齐整整。没有戴妇人的荷叶帽，瓦盖覆顶，表明是以女儿家的身子赴死的。

石哈老婆可惜阿呷的衣服裙子转眼就要烧成灰，啧啧有声地在缎衣上摩挲来摩挲去，称像狸猫的毛，金丝银线绣的花花草草，风一吹，竟可以摇摆。百褶裙又下了多少功夫啊，指头宽的褶子层层相压，蓬松开来，蓝一圈白一圈，云彩朵儿似的。

“烧完阿呷的当晚我们都不能回家，”石哈说，“不然会把凶死鬼的魂带回家，那可是恶魂啊！我们几个就座在那里把你家岳父，”喘口气：“我家舅舅送来的酒，喝了好几瓶子……”

“他给你们送来的?”

“哪里，他和舅娘伤心得动不了，尼嫫送来的。中午不到，我们就开始喝。又听见阿呷家的猪儿羊儿在叫唤，一定是在杀猪儿羊儿准备款待我们。隔不久，尼嫫就背着煮好的坨坨肉来了。不光有现杀的猪肉，还有腊肉。都说阿果家爹好大方，腊肉这样的存货都舍得煮来招待我们。等他们跑了，才晓得他们是不打算过日子了。

“扯着闲话，肚皮吃胀，脑壳喝晕，天擦黑了。我家老婆来送荞粑粑，和我说，曲尼家给每一家都送了坨坨肉，三坨五坨不拘，恐怕把家里的猪儿羊儿都杀光了。感叹，黑彝家就是有气度，以后日子咋过再说，眼前的面子要撑足。又说，阿呷的三个舅舅伙上舅子老表跑到县城把抢阿呷钱的坏男人打残了。奚落我白担了舅舅的名分，咋不跟着去给外甥女儿出气！我好生气，气他们没喊我一起去捶那个害死阿呷的坏家伙。我闷头又喝酒，干醉了，我老婆啥时候离开的都不晓得，挺尸，睡了过去。

“醒来，脑壳痛得要裂开，到沟边灌了几口冷水打了几个喷嚏，好不容易缓过劲来。

“队里两个羊倌闻着酒香摸来，他们说放羊回来一路上看到好多黑彝拖儿带女，都在往山上跑。让看前边后边的山，那里这里亮着火把呢，一边抓紧灌酒、塞肉，好像八辈子没喝过吃过！问他们为啥？两人被肉噎得、被酒辣得伸长脖子干瞪眼，半天回答我：‘新社会黑彝的骨头没有我们娃子的值钱，不好意思再赖着和我们住一个寨子里，就走了呗！走掉好，明天我们搬他们屋里头去住。’另一个嬉笑说，‘我搬曲尼家，你去罗洪家。’我一巴掌上去，打飞他们手上的酒碗，再问他们咋回事。他们说，还不是曲尼家的女儿阿呷惹的事！原来阿呷的一个跑去县城帮她出气的舅舅给抓了，另外两个舅舅伙着十几个帮忙的逃回来，哪敢回家，都躲林子里了。可公安也追了过来。消息传回各人的寨子，民兵跑去他们各家，让人家的老婆娃儿拿出腊肉香肠酒招待自己。说等一举抓获逃跑的人就往县里送，蹲个一二十年的牢算毛毛雨，枪毙都可能。当妈的一听，吓得急得半死，有点蛮劲，领着半大的儿子女儿，把门口两个扛枪的也灌醉，再取来绳子，都捆得结结实实，嘴里填上把喂猪儿喂羊子的青草，缴了他们的枪，赶上猪儿羊子就往外跑。追来几个民兵，半大的儿子会放枪，他家妈也会。砰砰两响，再不敢追。这家人反而不走了，折回来，杀猪宰羊，平常舍不得吃的粮食也都取出来做了馍馍蒸了米饭。半大的儿子火气旺盛，也是可恶，跑到生产队的牛圈放了把火，这才心不甘情不愿地和家人跑掉了。

“听他们这通说，我哪有不急的，拔腿就往曲尼家跑。还用说，人去屋空，灶台都冷了。只剩尼嫫坐在核桃树下抽旱烟，黑乎乎一团，就见烟锅里的火星在闪，风凉话不断，‘酒喝干？肉吃净？还想来要啊，没得啰，主子家都走了。’

“我心里马上叫开了苦，曲尼姨爹，你倒走得干净，我咋办？到时肯定有舌头长的人向上头反映我和他的关系历来密切，这次又帮他烧死掉的女儿，吃他家的酒，丧失了起码的阶级立场。要是把我的这个队长撤掉咋办？万一把我扭送去劳改，不就见不到我的老婆娃儿了吗！我老婆骂我和曲尼家走得太近要走出祸来，还真让她说准了。七想八想，脑壳痛，向尼嫫要了点烟渣渣抽。尼嫫问我：

“‘这个烟嘴子是曲尼主子赏你的吧？’

“我点点头，一想树下黑得来她又老眼昏花的，哪里看得见，就‘嗯’了声。

“‘曲尼主子也舍得，烟嘴子还是云南那边贩来的缅甸翡翠呐！你哦，贱娃子，晓得烟嘴子的好不？’

“尼嫫当娃子当成习惯，主子主子的改不过嘴，教育她劝说她也不管用。

“抽了一杆烟的工夫，尼嫫抖抖索索地起身来到亮光光的月亮地面，盯着环伏在自己脚背上的影子说，‘半夜了，你还不赶紧追主子他们去！’

“多古怪，我晓得往哪里追啊？我拍拍屁股上的泥巴，转身要出院门。没想到她老手老脚，动作起来飞快，一把揪住我的衣摆说：‘主子吩咐，让你追他去，顺着月亮下山的方向。’我冲着她的耳朵喊道：

“‘你家主子让我去追他，说笑啊，咋追得上，他们跑掉有大半天了！’

“‘笨家伙，打起火把，喊上人，越多越好，追去嘛！到时候哪个敢说你和主子合穿一条裤子哦。你再跑去报告政府，会照样当你的官的！’”

2. 话到这里，使劲一拍夏觉仁的肩，这位猝不及防，险被他击倒，听他感慨：

“夏医生，你看曲尼姨爹那么紧急，还在替我打算！唉，要不是因为阿呷惹出这些事来，舅子老表得罪政府先跑了，他抹不开面子，哪能走上逃跑的险路啊！”

一簸箕煮洋芋眼看露底，把夏觉仁朝边上一挤，挤进人堆就抓。

洋芋是瓦洛寨的生产队长煮来给大家吃的，三五十斤，用猪食锅，那也不够聚在院子里的二三十号人抢吃，手慢如石哈的只捞着一颗。隔壁再隔壁的院子里也是一样的抢食声。木略开玩笑说：等民兵、公安一撤，瓦洛寨该闹粮荒了。

从点着煤油灯的屋里，钻出主人家的两个女儿，各人的手里端着一木钵酸菜汤汤，跟在后边的弟弟一人发把长柄木勺喝汤用。忽听有人欢呼，众人扭头一看，原来女主人送来一大筲箕荞面粑粑，放下汤，推搡着都去抢。

夏觉仁离得近，顺手抓两个，找到石哈，递给他，问他：

“没有追到阿果的爹……”考虑到石哈的心情，改口，“你姨爹一家吧？”

“追空气啊！”石哈满不在乎，“你没听出来吗，那是我家姨爹的计谋。我把在家的二三十个民兵喊上，拿上仅有的七条枪，朝天上放三枪，点燃火把，又喊又叫就出发了。娃儿们扛着红缨枪跟在我们的屁股后头，我儿子也在里面。我不拦他们，还鼓励他们唱歌。那些娃儿当真学了不少汉语歌，少先队员之歌啊学习雷锋好榜样啊，满山都是他们的歌声，把各个寨子的狗儿引来乱叫一气。追得天快亮，我家姨爹一家，还有另外三家奴隶主，鬼影子都没捞着一见。我的嗓子哑了，喊奴隶主的名字喊哑的。我还喊着说：‘跑是跑得脱的吗，这一座一座的山，现在都是国家的，都是人民的，人民也就是我们这些翻身奴隶，你们在我们的山上跑恐怕打错算盘啰！’等我吩咐民兵排长把他的兵，还有那些娃儿都带回去时，喉咙完全干掉，直冒气，嘶嘶的。问我：‘你干啥去?’我奋力张开嘴巴哑声说：‘我要去县上报告奴隶主逃跑的事情。’”稍停顿，嘱咐：

“夏医生，你可不能把我的话告诉木略县长哦。你不会吧，你不是一般的汉人，是阿果的男人、曲尼家的女婿呐!”

夏觉仁加重语气：“当然!”

他当然会。

3. 转眼，木略抓着他的手，把他引到主人家的堂屋，煤油灯光一照，影子黑而大，唯有地当中的一塘锅庄炭火红亮。塘火上吊着的砂锅里炖着一只现宰的鸡，喷香。

锅庄边的几个男人见他们进来，赶忙起身让座。让的是木略，那只炖在锅里的鸡也是为木略这位此行最尊贵的客人宰的。木略蹲下身，抄起长柄勺先尝口鸡汤，赞道：“鲜得很，鲜得很。”男主人脸上笑得开了花似的直请县长吃口肉吃口肉。木略打捞了几块鸡肉，给夏觉仁夹两块，自己留两块，包括鸡头，这是必须的，牛头猪头羊头也如此，专门献给最尊贵的客人。

木略把盛鸡肉的木钵递给男主人，请他也夹两块，他已经嚼上了，胡噜着说：“大家一起吃，告诉外边的，还有汤喝。”

木略风卷残云般吃个半饱，再对付鸡头。先掰开鸡嘴，抠出鸡舌头，观察鸡舌骨的走向，判断这只鸡吃得是否吉利。他凑近火光，忍着炽热，观察了好一会儿，笑了，把鸡头朝火塘里一抛：“以后吃鸡的机会多多的有。”大家也笑笑，招呼县长吃荞面粑粑、烤洋芋嫩苞谷。木略应付他们的同时，询问这个寨子黑彝奴隶主逃跑的情况。

“都跑啰，”生产队长回答：“奴隶主都说，‘连假积极曲尼拉博的女儿都遭殃了，他也跑掉了，我们还等啥，未必等着被斩尽杀绝啊!’寡毒得很，跑就跑吧，六家人有五家烧房子，赶牛羊。我去追，隔条深沟看见他们就在对面，要追上，下去上来，非得半天不可，喊话倒清楚。我劝他们‘不要跑，回来好生过日子，黑彝白彝，还不是一样拉的洋芋坨坨荞面粑粑变的屎！’哪里听哦，只管走自己的。我带着枪，冲他们的头顶上放了几响，他们嗖的一下钻进林子不见了。有一个慌乱下，把一头牛推下深沟。那牛儿哞哞地叫，在石头上树枝草叶上摔出硬的软的声音，我的泪都下来了，好心疼，上好的一条耕牛啊。他们也好笑，和民改前躲祸似的，蹭上一掌锅烟煤就往女儿的脸上抹。不怕臭，猪屎也敢上身。可他们能跑到哪里去嘛？我们的人哪里不能去！就说铁路工人吧，碰到山打洞，遇见河架桥。县长你说，那些黑彝奴隶主能藏哪里藏几时呢！”

夏觉仁插嘴：“不管藏哪里，连点生产资料都没有，他们能活下来吗？再疾病瘟疫，恐怕小命都会丢掉。”

“唉唉，”木略起身，单手一挥，强硬地说：“都别滥发感情，阶级立场成问题啊！说啥只烧自家的房子，瓦普全寨子的房子都被他们引燃了，老人娃儿跑不及的，烧伤三四个。又说啥没有生产资料，滚石头滚檑木的工夫咋那么高，大石头粗木头推下来砸伤多少好心追他们的群众，有一个的腿齐着膝盖当场断掉！你们这些同志，糊涂啊！”

“那也得区别对待，”夏觉仁不依不饶，“我就听说曲尼拉博本来不想跑，有些不思改造、不求重新做人的奴隶主不是把他当做眼中钉肉中刺吗！按你们彝人的习惯，大家是帮他家的忙出的事，他咋好不跟着跑呢！”

话音落地不落地，已然响起好几个声音在质疑他：

“咄，这是哪位，彝话说得顺当，但听来听去是个汉人在说嘛？”

“啥意思，‘你们彝人’，莫非要说‘我们汉人？”

“你是哪一路的，要和我们说清楚哦？”

竟有人拨拉夏觉仁，想把他看个明白。所幸，他们没一个认识他。木略出来挡驾：“这是地区派来支援我们的医生。眼下暂时用不上他，等到用得上时，他就没这么些闲话来招惹我们了。”

其中一位说：“不怕他招惹。他一个汉族同志，把我们的话说得顺溜溜的，我们也高兴呢。主要是不满意他汉人彝人，乱说啥子！他是医生，知识分子，还是汉族老大哥，难道不如我们这些少数民族兄弟的觉悟高吗！”

夏觉仁哪还敢出大气，捏着火钳假装在火塘里刨炭。木略拽他：“医生，我两个外头去，我得教育你几句。”招呼屋里的各位：

“随便找地方睡觉吧，明天还得赶长路。”

追逃 2

1. 天还没亮，夏觉仁负责的“野战医院”已粗具模样：一顶军用帐篷里散摆着几个药箱几条木板凳。没有伤员，当门诊开！

一上午，肚子疼的脑壳晕的胸闷的，还有说不出来哪里出了毛病，反正就像有蚂蚁子在身上爬，不舒服，走一个来一个，到后来，医生们只草草地为所谓的病人抓捏疼痛的关节，揉搓太阳穴、肚脐眼。那些赤脚、衣衫脏烂的山里人微闭着眼睛，很享受地哼哼着，稍停，就催促：“医生，再按再揉嘛！”杨医生带来的红霉素眼药膏，一人一支，嘱咐哪里有划痕、起包化脓，包括疼痛，不单眼睛，都可以涂抹。有位皮包骨头、黑黢黢的老人家，有气无力地挤了点儿在指尖，再抹到胸口，他说那里疼得喘不过气来。

夏觉仁的心脏也像他一样闷疼难忍，不是疾病，是内疚引发的。早上石哈被带走到现在他就没舒坦过，他鼓起腮帮子舒缓出的大气声旁人都能听到，杨医生不止一次地劝他：“事已至此，泰然吧！”

杨医生不知道石哈的事，以为他在替岳父操心。

木略带来的两个民兵，在他眼前就把石哈架走了。

罪名是丧失阶级立场，私通新叛奴隶主。

石哈被反扭着胳膊押走时，心寒啊，大骂夏觉仁："烂汉人，阿果瞎眼婆，看上猪也不该看上你！再看见你，哪怕影影，也要拿石头把你砸个稀巴烂！"

木略神色笃定，撣撣沾上的泥巴，准备离去，夏觉仁低声："为啥抓石哈？"

"屁话，不都是你向我报告的吗？"

"你明白我的意思。"

"哼，还不是为你的奴隶主丈人开脱罪恶！"

"请你有点同情心，人家的一个女儿死了！"夏觉仁的嗓门放大。

"那也不是他逃跑的理由。你不懂我们彝人，小看他了，他是只豹子，收起自己的爪爪，还能把石哈这样完全靠共产党才过上好日子的娃子收服过去，再一跑，闻着他的屁，跟上跑的黑彝奴隶主有名无名的三四十家呢。这些人不算老的小的，女的也挑出来，光青壮年就四五十号。说不定这个时候正纠结在一处，埋伏在哪个险要路段，等着要我木略的小命呢！你的他们会替你留着，曲尼家的汉女婿嘛！"眼珠鼓凸，全是凶光，咬牙说：

"老子差点上当，陷在要命的民族感情里，王副政委批评我消极抗命还不服气。亏得石哈给老子上了一课！最可恶的是你那个了不起的丈人，"见夏觉仁作势开腔，训斥："少吭声，等老子说完。你那个丈人哦，假惺惺十几年，把老子骗惨了，下乡到他们寨子，他一个奴隶主，我一个人民的县长还打酒给他喝，毕恭毕敬！石哈那家伙，你都没有看见他跑来向我报告时装得那个像哦，头上冒热气，鞋跑掉一只。'县长，奴隶主反了！'我抓牢他的胳膊，传递给他的都是信心，说有党和政府给我们撑腰！石哈这个杂种，他一定和曲尼老鬼一样在心头嘲笑我！正告你，屁股坐正，再敢往奴隶主那边歪，监牢就要给你腾位子啰！"

2. 夏觉仁没有料到因为他的小报告，木略会把石哈抓起来。如果不是这个结果，石哈在他眼里只是一个又傻又脏的山里人，不足挂齿。除了曲尼阿果，还有她的家人，他并不觉得和彝人有什么瓜葛，人家在提到他时，总强调他是彝胞的女婿，真让他奇怪，好像这么一来，他得特别对彝人友好。

曲尼阿果便是这样来要求他的，遇上来求医的乡亲哪里不方便，总会带上满医院找他。曲尼阿果性子急，那种时候却很耐心，等他做完手术，等他查完病房。夸说夏医生的医术最高明，不但手到病除，还不疼。至于医疗费，夏医生会找院长说好话，帮助减免。

那病人，包括他的亲戚，听完曲尼阿果的一席话哪有不宽心的，最主要的是钱的问题不用太担心，赶紧把几张票值一元一角五分的钱更深地藏在贴身的衣兜里，缺乏营养、蜡黄的脸上浮现出的笑容再也不肯消退。他们拱围着曲尼阿果，和她攀亲戚。攀上后，哪怕天远地远，阿果会把他们请到家吃顿饭，还会找出几件旧衣裳送他们，有回竟然把索玛上好的一件灯芯绒衣服送了出去，惹得索玛哭不休。

这些以前有身份，也比较有钱的人，虽然庆幸白吃了顿饱饭，顺便还得到几件能避寒遮羞的衣服，却不表现出来，反而背挺得更直，头昂得更高。夏觉仁先以为他们不满意，后来明白那是他们在失去地位、钱财以后，唯一能拿捏住的尊严。

万一阿果知道他是告密者，面子何以堪！肯定会要了自己的小命，或者她自己的。这后一个想法，让夏觉仁眼前顿时暗淡。

3. 夜里终于来了一个和新叛有关的病员，一个在逃跑途中染上风寒的幼儿。

喧哗声四起，火把、电筒光，夜风呼呼，山林哗哗的响浪似在耳边拍打。夏觉仁缩着脖子，夹紧双臂，循声循光来到打麦场。

打麦场挤满人，外围民兵，间插几个军人，都面冲里站着。很难说在警戒，枪斜挎着，有一杆竟然丢在地上，绊了夏觉仁一家伙，他“啊”地叫。枪的主人倒敏捷，一个立掌把他击打得朝后摔在地上，再端起枪瞄准他，慌得他直声言：“医生、医生!”枪管下垂，伸过来，枪主人说：“抓着!”让他借力。

枪管冰凉，粘手。枪的主人钓鱼儿般，把他拉扯起来。是位汉族民兵，操本地话：

“医生，你吓我一跳，还当是叛匪偷袭呢!”

“哦哦”，夏觉仁随意应道，厕身进圈子。闪烁的火光电筒光下，或躺或蹲或坐的总有二十来位，三四家人的阵势。娃儿大人都狼狈，衣服抽巴，头发蓬乱，妇人的荷叶帽、姑娘的瓦盖一律跑丢。四下散乱着各家的包袱，卷裹在其中的没有细软，至多破衣烂裳，路上充饥的可能已干裂的荞面粑粑、煮洋芋，啃剩的几根猪羊的骨头。男女人等疲惫、淡然，却有一个年轻男子故意嚣张，因为挡道被民兵踢了脚，跳起来拳头就挥到人家头上。老人们不会让他的拳头砸下去，同时出手分别拽住他的胳膊、脚腕、肩头，把他拉坐到地上，疯子、傻瓜地骂。夏觉仁悄声问和自己搭过腔的汉族民兵：

“有伤员吗?”那一位很干脆：

“没得。”

夏觉仁耐心地又问：“俘虏里也没有吗?”

“俘虏，伤员?”民兵音高八度，“你敢放他们，且看吧，活蹦乱跳，算上那些小崽儿，比兔子蹿得还快，转眼就没影了。”

“黑灯瞎火，哪来的影子！这话用不着你马脑壳来说，我们也晓得。”旁边有人接嘴，笑声一片。

夏觉仁仔细看去，可不，下巴快掉到胸口上。还有问题：

“这几家都是这个寨子的?”

“两家是。另一家是其中一家的亲戚，本来是来投靠亲戚的，结果亲戚也在跑，就一块跑开了。”

夏觉仁试探："听说过一个叫曲尼拉博的奴隶主吧？"

"马脑壳"警觉地说："啥关系，你打听他？听你的口音，不是我们当地人。"

夏觉仁气短难言，"马脑壳"一张长脸直逼过来。

"俘虏"堆里响起声音："有医生是吧，如果把我的病娃儿治好了，我就告诉你们曲尼拉博的事。"是作势要打"马脑壳"的年轻人，汉话流利。

"呔，""马脑壳"怨夏觉仁，"就你大呼小叫，暴露目标了吧！"夏觉仁反过来教训他：

"你还说没有伤病员，不是有娃儿病了吗。党的政策是发扬人道主义救死扶伤的精神，何况还是小娃儿。"征询，"我过去，还是让他们把娃儿抱过来？"

"马脑壳"嗯了嗯，冲"俘虏"堆叫道："娃儿让他家妈抱过来。你也跟过来，"指病娃娃的爹，"老子们要好好地审审你！你个蛮子，狡猾的东西，敢谈条件！"

孩子发着高烧，火炭般。顾不得打听岳父一家的情况，接过小孩正要跑去所谓的野战医院，被"马脑壳"拦住：

"先别忙给他家娃儿看病，等他交代了再治不迟。"

"那个时候，娃儿就死了。"夏觉仁恼道，还是走。娃儿的妈妈也跟着。娃儿的爸爸说：

"走啊，随时告诉你们。这样的话，我娃儿得救了，情报你们也到手了。"

几步来到帐篷，夏觉仁忙着给患儿检查、施治，耳朵没闲着，断断续续听来的问答很快拼凑成一幅岳父家的出逃图。

病儿的爹叫阿侯沙则。他说路遇曲尼拉博时，曲尼拉博等人家正在一条水沟边就着冷水调炒面糊糊喝。跟着曲尼家的人说，他们准备翻过老鹰岩子去山那边。那边是哪里，快到藏族的地盘了。

话到此处，"马脑壳"等几个民兵一迭声地让阿侯沙则"停"

“停”。阿侯沙则乐得闭嘴，走来安慰老婆，抚摩儿子，央求夏觉仁：“医生，求你把我的儿子治好哦，我还只有这一个苗苗。”夏觉仁不及问他话，“马脑壳”就把他唤了回去。

“马脑壳”等民兵根据曲尼拉博一行将要或者已经逃往老鹰岩的情报，派其中一个民兵去报告解放军，建议部队绕过老鹰岩去藏区堵截逃跑的黑彝奴隶主。又让阿侯沙则放老实点，坦白从宽抗拒从严，继续交代。

阿侯沙则说，他们也想跟上曲尼拉博跑，因为他们三家去处不定。

曲尼拉博表情淡，话也淡：“跟着我干啥哟，我也不晓得哪里是尽头？”

“噫，明明说要去老鹰岩的嘛！”叫起来的是“马脑壳”。

“我话没说完呢。”阿侯沙则说。

“究竟去了哪里嘛？你，”指报告解放军回来的民兵，“掉转身，重新报告，曲尼拉博没打算翻老鹰岩。”转身骂阿侯沙则：“耍花招子啊你，不想活了！”

阿侯沙则再不吱声，急得马脑壳直喊：“赶紧交代！”打麦场方向传来的脚步声说话声乱糟糟的，显然对这边提供的前后不一致的消息很不满。

还得第三次。

这次专门过来一位军人。

阿侯沙则声称，曲尼拉博去的地方仍然是老鹰岩。“马脑壳”气急：“这个蛮家伙在骗人，要不就是故意扰乱视听，拖延时间。”

阿侯沙则道：“解放军同志，我没有骗人，也没有故意拖延时间，是这个民兵不听我说完，捡起半截话就跑。曲尼叔叔说‘不晓得哪里是尽头’，指的是翻过老鹰岩以后的去向，老鹰岩他肯定要去。”

“老鹰岩，老鹰岩，”军人沉吟道，“连山羊都打滑，曲尼拉博为什么非要上那里去呢?”

阿侯沙则说，他也那么问，曲尼叔叔不回答，只是让他们别跟着自己。

阿侯沙则的爹也清楚老鹰岩的险峻，加上孙子在发高烧，烧得先是抽搐，然后昏死过去，带的粮食只够喂鸡，秋天才将开始，冬天到了，全家老小，包括另外两家，一家还是阿侯沙则的姨娘，都会冷死饿死在山上，决定回家。

阿侯沙则说，他们往下二十几里地就被搜山的民兵和解放军发现了。“幸好发现得早，要不然，老的老小的小，等慢腾腾地挪到山下，我家儿子早病死啰；又幸好，有现成的医生，要不然，我的儿子还是不能活命呀!”

审问他的军人算算时间，再问他，他们见到曲尼拉博一伙人是不是两天前的事?他回答“是呀”，在微亮的天光里，低眉颔首，嗓音柔和，很配合。

军人没难为阿侯沙则，问完他最后一个问题，让“马脑壳”继续负责这里的秩序，抽身报告去了。

4. 第二天，还是一个没有云的天气，近在咫尺，需要仰望的山林和间或掰过苞谷、收割完秋荞子的田地渐次清晰，那绿的黄的景色，太阳出来后变得耀眼的明亮。

阿侯沙则的老婆俏丽的模样儿尽显无遗，纤细、柔软的身段，尖下颏，大圆眼睛。羞怯，一碰上夏觉仁，视线自动移开。按夏觉仁的吩咐，不断地绞干在一旁水沟里浸过的毛巾，再覆到她儿子的额头上，沟岸的水草茎叶有点挂冰。她的儿子仍在沉睡，体温已降下来。

外边噼里啪啦，夹杂着“马脑壳”的怒骂，夏觉仁掀开帐篷帘子一看，“马脑壳”和阿侯沙则扭扯在一起，正干架。阿侯沙则的妻子也钻了出来。她不惊叫唤，不拉架，只站在那里看。黑彝女人都有这种不动声色的本领，像从娘胎里带出来的。曲尼阿果除外。她给的理由是爹妈惯的。

夏觉仁大喊住手，强挤进去，忍着头上胸上挨的拳头巴掌，硬是把他们分开了。再扑来两个民兵，左右一夹，各捉住阿侯沙则的一条胳膊，朝后一拧，反扣住。阿侯沙则的妻子悄没声息地冲上去，探手就挠个头比她矮的民兵，刷刷两下，两个脸颊立显红殷殷的五爪痕。矮个民兵呜哇一声，松开阿侯沙则，扑向他老婆。

现场立刻大乱，跳跃着挥拳的，扭打的，劝架的，混杂着干羊粪和鸡屎的尘土扬到半天空，好一阵，打架者才被各各摁住。挂彩者因此成了“野战医院”数量最大的一批伤员。晚起的杨医生和两个军医漫不经心地给他们上药、包扎，围在四周的老乡和事后赶来的民兵抱着看热闹的态度，在那里观望。

矮个民兵因被女人抓破脸，自感丢人，耷拉着两方厚实的肩头，坚决不允许医生给他的伤口上药。他的汉话不利落，专找夏觉仁，要求给他一只口罩。他不懂口罩这个词在彝语里如何对应，连比画带说。

“马脑壳”的牙齿被打落一颗，嘴唇开裂，缝了四针。

阿侯沙则也伤在脸上，不忌讳，涂满紫药水红药水，眉毛翻皮处，贴着胶布。和矮个民兵一样，自感丢人，那一位为女人所伤，他呢，被反绑在乡亲，尤其老婆面前。

夏觉仁做主，送他老婆和小孩回家。孩子还有点轻烧，答应随时看顾。

女人没受伤，吃一惊而已。矮个民兵的狂怒在扑至女人的瞬间发生了改变，不但没有挥拳头，还在女人将倒地时拽了她一把。

阿侯沙则家的正房烧得只剩四壁的土墙，院子里堆着焦黑的房梁立柱。男人们正在耐心地敲打、刮削表面的黑炭。火没引过去，两排偏房保住了。女人和半大的小孩往来提水、拎物，忙着在收拾。院子里外逡巡着两个背枪的民兵。

他们没有问夏觉仁政府会把阿侯沙则怎么样，好像那只是阿侯沙则的命运。他们也不向送自己的亲人回来的夏觉仁表示感谢，哪怕看上一眼。眼前这个汉人，管他是谁，干什么的，反正和他们没有任何关联，提不起他们丝毫的兴趣。

他们这种植根于血液里的顽固、傲慢刹那间刺痛了夏觉仁，曲尼阿果神情、言语、举手投足间也全是这一套。很多时候，夏觉仁感到曲尼阿果在面对他时很矛盾，他相信曲尼阿果慢慢也爱上了他，比如当年自称要生一个像他的儿子。确切地说，她用的是“可以像你的儿子”，表情妩媚。同时，也依赖他，因为他医术高明还有点崇敬他，起码有面子，可以帮助她的乡亲。更觉得他给自己抹黑，玷污了她那纯洁的黑彝的血。有回她的一个表弟说：“表姐，你找了一个娃子当男人啊！”黑彝家的娃子里有的是抢来的汉人。把她气得哭了好几天，那期间简直不让夏觉仁碰她一碰。又有一回，五岁的索玛从外面玩耍回来说，有个小朋友骂她花彝、杂种。她哪里懂，看着妈妈闻声哭将起来，惊讶得直眨眼睛。偶然，阿果也说他：“汉娃子，你害得我都不好意思出门啰！”不知调侃，还是认真的。在向亲戚介绍他时，老吭哧。每回都是夏觉仁打圆场，自报家门：“夏医生、夏医生”。后来，曲尼阿果也这么介绍他。听者大多是彝人，汉话本就云里雾里，还以为此人的名字叫夏医生呢。她自己图简单，一贯把夏觉仁叫做夏，他当作爱称，很享受。

夏觉仁觉得自己的性情像狗，记吃不记打，主人家拿根骨头，哪怕光秃秃的，在他面前稍一晃悠，又能把他哄驯服。

奔 丧

1. 杨医生见夏觉仁送完小病人回来道："你忙着回来缝伤口还是打石膏啊？"

杨医生自从知道新叛的导火绳源自夏觉仁的二姨姐后，一直在迎合他，解他心宽，实在没话，干笑两声。

正要回应杨医生，跑来一个神情急迫的汉族民兵，老远就喊："夏医生，哪个是夏医生？"就近扯住杨医生的衣袖："夏医生吧，跟我走，木略县长在山下急着找你有事呢！"

来报信、给夏觉仁当向导的民兵所说的山下，指的是两天前木略训话的地方。凉山到处都可能是山上，到处也可能是山下。山上山下可以具体到某座山，也可以在两座山三座山，或者更多的山之间比较。

沿着来路走到乌尔山和瓦洛山的岔路口，夏觉仁迟疑了，他想还是去一趟阿果家吧，也许阿果的父母被追回来，已经在家了。

"要撒尿？"龙姓民兵，看他放慢脚步，似别有企图，便如此问道。

他摇摇头："离太阳下山还有一会儿，不如我们去趟乌尔山，那边的寨子里有我的……病人。"把亲戚换成病人，让他悄舒口气，强调那个病人："鼻子里长了息肉。说了你也不懂，总之，我给做的手术，想去看看他恢复得怎么样？"

"农村人，皮实得很，早没得事了，先见木略县长打紧，他再三说有重要的情况要当面通告你！"

夏觉仁舌尖轻弹，声都没发，脚下加快。

下到半山腰，碰上一队八九个人朝上来。都是彝族，男多女少，四五十岁的年龄。看见夏觉仁两个汉人，尤其小龙肩上挎着的步枪，即刻乱了步伐、神情。小龙疑心顿起，胳膊肘压着枪托，枪口上翘，用彝话问他们干啥的，要去哪里？

其中的一位跨前半步，觑定小龙："奔丧。"女人插话，声音不大，夏觉仁却分明听到：

"曲尼家死人了。"

阿呷死了嘛！看来他们是去送别阿呷的。以此推断，阿果家爹妈已经回来了，不然，谁来主持仪式呢。夏觉仁心稍安，又一紧：石哈不是把阿呷烧化了吗，还搞什么仪式？或者岳父母想为屈死的女儿招魂也说不定。

小龙往边上让，腾道，带点玩笑："你们一个二个，都是奴隶主的样儿，不是要逃跑吧？不要跑哦，满山上都是埋伏，张开网等着你们钻呢！"

奔丧的人再不搭腔，鱼贯着与夏觉仁、小龙擦身而过。他们里穿外披的穿的不复当年，颜色陈旧，尽是洞眼，绣的花草也起了毛。九年前，阿果外公的葬礼上，这些人也都在场吧？那时他们刚被清算，但仍然有能力把自己打扮得体面有加。

尤其女亲戚，镶着獐子毛绣着花草的坎肩，曳地的百褶裙，再在前颈嵌块银项牌，又有成串的琥珀珊瑚、银饰悬垂在耳畔肩头、手指手腕，撑的尽是黄油布伞，眼神含悲，面色沉静，轻动一动，起步慢走，无论怎样动作，一样的摇曳多姿。

其时，带枪的男人已少而又少，叛乱以后几乎都收缴了。但即便是被打倒的奴隶主的葬礼，到底他还有几个亲戚当了革命干部。这些人想方设法，借都要借支枪出来。区委书记、区长一类的干部，到公社化时期，连公社书记、武装干部和民兵也配得有枪。碰上必须发射子弹、听枪声的葬礼，基层干部，包括民兵手上粗陋的武器还是很管用的。只是不敢互相比赛，看谁气派大，舍得子弹，放得多放得响了。

阿呷凶死，葬礼上会放枪吗？夏觉仁想。

听见木略在喊他，往下一看，那位仰着脑袋正大喘气。近到跟前，伸手加力和他握了一握。

公路边搭着帐篷，三顶，其中一顶也挂着“野战医院”的牌子，另两顶只要看看出入当中的人，地方，军队，几乎都是男的，面容沉着，腰身厚圆，就大致清楚所属了：指挥所。

木略先和小龙嘀咕几句，再抓着他的手，不往帐篷引，专门拉到一棵枝叶匝地的柏树下，小心地左右看看，支走一旁的哨兵。

确认他们周围连鸟儿声都听不见时——暮色已降，鸟儿归巢，木略压低嗓门，直截了当：“你丈人死掉了！”

夏觉仁像没听见，眼前一派模糊。

木略叹息道：“跑嘛，跑得脑壳疼啊疼的，疼爆了，栽地上死掉了！”故意打岔：

“这是啥病呢，夏医生？”

夏觉仁横抹一把泪，想起路遇的人：“原来他们是去为阿果的爸爸奔丧啊！”急切地道：“我要去阿果家。”

木略冷笑：“动动脑筋吧，如果让你去，会叫小龙把你骗来我这儿吗！你的老丈人，曲尼拉博，不但是新叛分子，还自绝于人民，反动得不一般！”

不予理睬，还是走，木略下面的话喝止了他的步伐：

“如果你乖乖地待在这里不动，我会把石哈还给你的！他犯的事两说，一是错误，属于人民内部矛盾，他是奴隶里的奴隶，苦大仇深；一是罪行，属于敌我矛盾，严重丧失阶级立场，放跑新叛分子，酿成目前混乱的局面。二选一，前一个，石哈回家和老婆娃儿团圆；后一个，正找替罪羊，就算石哈走路踢到石子，伤了脚指头，活该，进牢里蹲几年去吧。”

2. 回到家找了一圈，大人小孩都不见，听杨医生的老婆、护士小沈告诉曲尼阿果的行踪和对小孩的安排后，也不管两个小孩此时大的是在学校、小的在幼儿园呢，还是都在院坝里玩耍，心头大悔，直恨木略连哄带吓，用石哈相威胁，派车把自己送了回来。

曲尼阿果并没有像木略预测的那样等在家中，可能已经回到娘家，当然夏觉仁也就无从开导她、安慰她，劝她人死不能复活，在这个敏感的时间、敏感的人事当头还是暂时待在地区，以他们今后的人生和小家为重了。

唉，阿果死的是爹啊，她怎么可能不回去奔丧呢！可是谁来通知她的？

问小沈，只说看见阿果上了辆吉普车，又说：“阿果来敲门时，天都没亮，你家儿子勾着脑壳还在打瞌睡。她好客气，硬塞给我五元钱，说是两个娃儿的饭钱，还让我要帮忙的话就找林书记。又让我去她的单位帮她请三天事假。我已经替她请过了。”

听来曲尼阿果并不知道她家的变故，夏觉仁松口气，明知故问：“你没问她娘家有啥事吗？”

小沈嗔道：“她也不知道，我问能问出啥来！你从那边回来，阿果家有没有事你不晓得？新叛通气会说瓦洛山有家好奴隶主的房子被来策动他们参叛不成的坏家伙烧掉了，人也被打伤了，深水河边也有一家。未必阿果家也遭殃了？你是来接阿果和她错开的吧？啊呀，我家那一口子怎么样，不会挨刀子吧？”

“你家杨医生安全得很，放心！”夏觉仁顺嘴保证。又说自己确是回来接阿果的，至于阿果娘家怎么了，他也不清楚，只晓得出了点事情。唉，早知有车来接阿果，他又何必赶回来，不如先去阿果的娘家！

“那你现在咋办呢？”小沈替他操心说。

“咋办？”假装苦笑，“再回去呗！阿果家三个大的都是女儿，一个弟弟，刚十四岁。我这个女婿不去能行吗！”

小沈同感：“女婿半个儿啊！放心去吧，两个娃儿我替你们管着。”问他：“你跟来接阿果的车停在哪里？”

倒把他问住了，“车？”定定神：“街边呢。”

街边哪里有等他的车，木略派来送他的吉普还没停稳就掉头了。这会儿他站在医院的大门口，两头看看，人和车都十分寥落。要在平常，阿果正拐过有棵枝叶凌厉的沙松的街角，下班回来。阿呷还在他们家帮忙时，不管中午下午，只要下班时间，只要没有病人打扰，他都会来这里等阿果。像今天这个天气，秋风嗖嗖，他会给阿果捎件夹衣。

暗暗叹口气，步行七八分钟来到地委门口，想进去问问地委办公室的主任，老病号，能不能帮他找辆去德玉县的顺风车。

地委的门岗增加了两道，第一道还拉着铁蒺藜。他拿出工作证，报上要找的主任的名姓，根本不起作用，哨兵冷言：“退后！”手里的步枪横端，硬邦邦地顶在他的肚皮。回缩小腹，露出笑模样，自我介绍是退役的军医，在地方医院工作，刚从新叛的地方出勤回来，要找领导汇报情况。

退役军医一说起作用，哨兵的情绪缓和，疑惑不减：“医生，你会是我们的眼线？”

夏觉仁摇摇头，“那有啥好汇报的！”哨兵说：“再则我们已经取胜，你就是有情报也用不上了。狗日的，闹是敢闹，经不住事，几个民兵朝天上空放几枪，就把他们吓回老巢啰。”

“能帮我找辆去德玉县的顺风车吗，就现在？”

哨兵一愣，再噗嗤笑，清亮的暮光里，牙齿洁白，皮肤致密，嫩娃儿，全然不知愁为何物啊！他说：“老兵，我看穿你了，给我打马虎眼，假装揣份情报要向上级报告，其实想搭便车。刚走几辆，不晓得是不是去你说的那个地方。还有没有车，更不晓得。”

第二道岗上站出位哨兵喝斥：

“干什么的？哨位神圣，不容侵犯！”

“说你呢，快走，快走！”小哨兵轰道，声音足以让二道岗的哨兵听到，压扁嗓门，“老兵，对不住，不能放你进去，也给你找不到便车，回家吧！”

“还啰嗦，什么人，带过来！”第二道岗又站出一人，这次是命令。哨兵转头一看，真急，推夏觉仁：“快离开，是我们排长，到时候不但你有事，我更麻烦。”

夏觉仁张张嘴，想直接和喊话的排长对话，没出声，要是人家追究，发现他是新叛分子的女婿，他还脱得了身去会阿果吗！于是，一声不吭，转身而去。

晚饭时分，行人稀少。这一天下来，夏觉仁只吃过一顿饭。中午和司机在西昌城里吃的一碗倒扣着两块颤巍巍的五花肉、铺着青绿的豌豆苗的面条，这时想起来，连喉咙带肚子阵阵痉挛，还伴随着咕咕喊饿的叫声。风把两边的行道树，沙松、柏树吹得呼呼响，偶尔有枝子的断裂声，吱嘎吱。越饿越冷，夏觉仁缩着脖子在路灯稀拉的街上加紧往回走。

前后两队武装巡逻的军人查问过他。借助手电筒审视完他的工作证，都让他回家待着，非常时期，不安全。

不安全？夏觉仁认为比较十天前他离开时已相当安全。那时，造反派挤在卡车厢里，满城呼啸，戛然停住车，气焰腾腾地跳下几个，截住路人，虽然不像运动初期看头发衣服不顺眼，有资产阶级嫌疑，操起剪子就剪，但更恐怖，手上这个那个会有手枪或者步枪在乱晃，问你东问你西，回答不出，或者迟疑，那枪便顶住你的脑门，大声尖叫要让你的脑壳开花。眼下的街道却清净得鬼影子都没一个。

这得归功于军管。

要是早一天军管，造反派再嚣张也不敢随便把人往回赶吧，二姐阿呷的命也能保住，新叛可能发生不了，岳父他老人家呢，悠闲老去。

3. 林书记让夏觉仁小心说话，万一被扣顶污蔑“文化大革命”的帽子，雪上加霜。

林书记说这话时，他的老伴、山西小脚妇人刚给夏觉仁煮得一碗挂面。夏觉仁找上门来，作为晚饭的一锅面片汤已被林家的两个大人和三个被他们的妈妈骂做“房肚”“驴肚”的小子吃喝光了。

林书记的老伴是农村妇女，林书记从山西老家接来后，临时在院里做护理工，都叫她林嫂子。林书记赏识、倚重夏觉仁，她也很愿意和阿呷、阿果姐妹走动，烙张大饼分一半，房前园子里几棵小葱、芫荽也不忘拔几株送去。闲时凑到一起，比试自己的绣工，花开草长鸟飞兽跑，互相借鉴，北方南方，汉人彝人，各有光彩。阿果手工欠佳，渐被排挤，闲在一旁。

阿果、阿呷，转眼间变故陡生，还与阿呷生死两隔，林嫂子听说后，眼泪就没断过。她让夏觉仁放宽心，别在心里堆积难事儿，会打嗝！说得夏觉仁和林书记憋不住笑。

林书记不肯派车送夏觉仁。他说：“你别辜负木略县长的苦心，如常守着单位守着家，躲风头、静观其变吧。”

夏觉仁回家，却吩咐在杨医生家吃完晚饭已在家的两个娃儿，明天继续去杨叔叔家吃饭，让索玛好生照顾弟弟。

天麻麻亮，爬起床，轻摇索玛，让她起来，再帮弟弟穿衣套鞋。看这小女儿，睡眼惺忪，小手小脚，自己都踢打不开，心疼顾不上，径直出门去了车站。

卖票的妇女是熟人，帮着匀出一张票。不能直达德玉县，只到西昌。稍迟疑，还是买了票。看表，离开车还有四十来分钟，便拐进车站旁的小食店就着碗豆浆米浆都说不上、酸唧唧黏乎乎的汤，吃了两根哈喇味刺喉的油条。

饭后的一支烟刚抽半截，等座的杵了几位在眼前。候车室不能去，小且不论，主要是臭烘烘的，都是经年累月半大娃儿的尿生发的。

凉山上的太阳热度有限，但明亮得灼人眼目。夏觉仁张开巴掌，遮在额上，绕道上了车站的后山。

他爬上来花了三十分钟，下山的话，以他十几年来在凉山练就的爬山登坡的本领，小跑着，七八分钟就能到达车站。对面的山脚下，不断有从车站开出来的班车往东往西而去，他要坐的往东。

这山上的杜鹃品种比较别的山独特，百色杜鹃，花色在一枝上竟有变化，红、粉、黄、紫，开艳后，花瓣肥厚、油润。

为杜鹃，他曾来过几次，伐木工都认识他。他们奉命不但伐树，还要荡平山上的荆棘，杜鹃算是后者。他听他们豪气干云地宣称，只要有令，四面的山他们都能荡平。根本不知道内地的“大跃进”已是强弩之末，兀自痴狂。再有半年，饥饿从内地蔓延过来，他们恐怕连锯子把都握不住，哪还有力气锯木砍树。

一九六一年时，反而是夏觉仁两口子在给上海的两个姐姐捎东西寄粮票。阿果说：“再不成，我们还有我家送来的荞面和洋芋好吃，你家姐姐她们靠的只有粮票。”

曲尼阿果总共去过他家三次，每次都会惹出点事。比如怎么也不肯跪拜婆婆大人，说腿打不了弯。他母亲以为他带回来一位彝族公主，自己先说免了吧，究竟气恼，举起拐棍，在他身上狠敲两下。有天见阿果打赤脚，便想当然地说：“彝人家铺的都是羊毛地毯吧！”

又比如祭拜夏家列祖列宗时非要穿彝装，说害怕夏觉仁的各位祖宗抓走她的魂。出发前，夏觉仁见她忙着将自己的绣花斜襟上衣、百褶裙装包，哪里想到为的是派此用场。

至于嫌糟豆子捂鼻子，不吃虾忌吃鱼，打飞大嫂夹给她的大闸蟹，鱿鱼的爪爪也能把她吓得惊叫唤，更举不胜举。

夏觉仁的家人，男女算上，都在挤眉弄眼、蹙鼻撇嘴，计较曲尼阿果不懂礼数！

夏觉仁因此大不满，避开曲尼阿果，威胁家人，如果他们哪一位再敢轻视他老婆，他就再也不回来了。他母亲最心痛这个小儿子，爱屋及乌，相处之下，曲尼阿果的性情反映在脸上一派天然，不耍心眼，金啊玉的，好像都不入她的法眼。反倒麝香熊胆，多稀罕的东西，三个五个的带来婆家让配药。松茸鸡枞木耳，捎来寄来，不知多少。“这样单纯的孩子，”他母亲总挂在嘴边，“哪里去找啊！”

此时坐在车站后山上的夏觉仁喃喃重复：“哪里去找啊！”又想，假设阿果给母亲磕过头，老太太更不晓得有多开心啊！

一九六三年阿果跟他回去过完春节，老太太就在那年年底迁到香港大哥家去了。从那时到现在六年多，夏觉仁再没见过自己的母亲。

东想西想，心绪难平，他硬是眼睁睁地看着自己要坐的那班车开走了。

4. 他要去，也是白去。第四天一早送索玛、小海上学上幼儿园后，正准备上班，曲尼阿果回来了，陪着她的居然是俞秀，也是他想不到的。

几天没见，阿果瘦了一圈，眼眶深陷，颧骨毕露，举手抬足飘摇不定，不看他，倒不反对他的搀扶。细打量，左脸庞额头都有结着薄痂的擦伤。把她小心地差不多抱到里间的床上，安顿着头朝里躺舒服了，手掌悬空，拿不定主意敢不敢抚摸她。带着磁力，阿果的头发飞扬起几根，碰痒他的手心。

出来在凉水盆里兑上暖瓶的开水，调匀，端进里屋，打湿毛巾，为她擦脸拭手，招呼俞秀也洗洗舒服，再自己倒杯水喝。

俞秀答应着，来到曲尼阿果床边，大声武气："咋搞的，结果你和阿果错开了？"

夏觉仁抬眼示意俞秀安静，毛巾到处正是曲尼阿果纤柔的指头，只听她颤声道："出去吧！"想要甩开夏觉仁和他手上的毛巾，竟不得逞，泪水夺眶而出。夏觉仁立起身，连声说：

"这就走这就走！"拉上蚊帐，以肩头扛扛俞秀，掩上门，一起来到外间。

不及埋怨俞秀，就听她感叹："阿果刚说了昨晚我俩见面以来的第一句话：出去吧。"

"昨晚以来？之前你没见过阿果？她家你去了吗？怎么样，老人家的丧事？"

俞秀不答，故意放大声："夏医生，你不收拾家的吧，看地上桌上，乱糟糟的，阿呷把你们惯坏了吧？"话音未落地，忙捂嘴巴。夏觉仁心里难过，疾步来到门前的花园边。

俞秀跟出来，在他旁边赞道："秋菊开得好艳哦，紫和黄的这两种，肥嘟嘟的，指甲碰一碰都会流汁吧！"

听人家夸自己的花长得好，夏觉仁也欣喜，胳膊越过杜鹃花插就的栅栏，指向花园的另一边："那是星星菊，花瓣又柔又密，绒绒球似的。"

俞秀低而有力地说："别扯闲篇！"他微叹口气：

"你回答我吧，我那些问题。"

"你的问题有我晓得的，有不晓得的，晓得的也是听说的。昨晚我见到阿果都快半夜了，她娘家我没去。哪个晓得找人送阿呷这么件比指甲尖儿比针尖儿还小的事会惹出一连串的反应：谋财害命，阶级报复，公然和司法对抗，奴隶主举家逃跑，死亡。最后居然关乎叛乱！念念在在，我这心里啊，都快憋炸了。阿果家表哥，和她打过娃娃亲的那一位，”等夏觉仁点头后继续，“他送阿果来的我家。他在越北县当公安局长，当时也在山上追逃跑的黑彝奴隶主。听说阿果家爸爸死了，立马赶过去，还派自己的司机来接阿果！阿果她表哥啊，”忍不住感慨：“忤逆舅舅，等同于和舅舅家恩断情绝，这次却在舅舅的事上这么出力，公安局长恐怕当不成啰！”被夏觉仁扛了一肩膀，醒过神来，接着老话题：“她表哥没有怪我的意思，只拜托我把阿果送回来。他说，阿果是新叛首恶分子的女儿，多在娘家待一天就多一份对自己还有你的不利因素。”抬眼瞅夏觉仁一眼：

“听木略说来也让人伤心呢！阿果临到娘家，才晓得不但她二姐，她爹也死了。举目一看，明明白白，屋檐下、桃树核桃树花红树下，这儿那儿，蹲着的站着的都是来奔丧、默不作声的亲戚老表。她爹的尸体停在东房，门口堆着新砍来的柏树枝，用来覆盖尸体。她不相信啊，旋来旋去地问她家妈，真的吗真的吗？她家妈多好强，终于绷不住，泪水迸流，啪地扇她一巴掌，骂她不知人事，枉自活了三十多年，难道不晓得天有不测风云，人都是要死的吗！阿果哭啊，刚一声半声，便昏死过去。醒来还是哭，翻来覆去好几回。你看见她的脸了吧，跌在地上擦伤的。不用给她涂点红药水紫药水？”

“结痂了，没关系。”夏觉仁说，向俞秀道谢，感谢她如此的非常时期还能顾及友情来送非常人物的女儿！

俞秀惭愧道：“是不是在骂我哦，谄的这些词，非常时期非常人物还感谢的！”略一迟疑，“骂一骂也没关系，也怪我，送的时机没选对……”夏觉仁打断她：

“已经发生的事，就像泼出去的水！”问她，“打算就走吗？”

俞秀抗议：“起码得吃点东西再说走的事吧，等在外头的司机，也饿着肚皮呢。”

“我就是这意思，”夏觉仁说，“可我没法招待你，今天上午有两台手术。”抬腕一看表，“来不及了，我得走。馒头还剩一个，鸡蛋也有，你冲个鸡蛋花先喝如何？阿果从来嫌鸡蛋花腥，你辛苦给熬碗稀饭吧。等我做完手术回来再走好不好？阿果的脾气你晓得，我担心没人照看，她会跑回娘家的。”

灵魂飘去三处

1. 阿果好似有什么神奇的脱身术，俞秀明明看见她睡在里屋的床上，很安详的样儿，帮着他们打扫完房间，再把堆积在筐里的衣服床单拿到院子里的公用水管下洗净晾晒妥当，回来准备午饭，随手撩起里间的帘子看去，还在睡。

在外搭的厨房里做得饭菜，索玛和夏觉仁前后脚回来，搂着越发俏丽的索玛，摩挲着她乌黑的头发爱怜着刚问询了两句，就听见夏觉仁大叫不止。他进里屋去唤阿果起来吃饭，早没人了，被子盖被子，假象，也亏她想得出来。

夏觉仁大急，催俞秀就要去找阿果，但医院来人堵着门说，上午做过手术的一位病人突然抽筋、翻白眼，请他赶紧去看看。只得求俞秀先赶回去帮他看顾阿果，言语之间，泪满眶，直说自己混蛋，对不起阿果，任由她一人去面对生死。

刚到家，夏觉仁的电话也追来了，是县委机要室记录后给木略送来的，地下工作者的用语，无头无尾，让给一周的时间调整。

木略不禁大骂夏觉仁刚清醒不到半秒钟，没去给他的死鬼老丈人、新叛分子送葬，又被阿果蒙住双眼了。本来不是敢声张的事，俞秀又在一旁求情，只能按下不表。

过四五天，木略半夜回来。俞秀嫌他连着几夜不回家也不打声招呼，不理他，他一掀被子："快给捏捏腿揉揉腰，老子急三火四，草山林子里不歇气地跑，腿都跑细了。为啥跑，还不是为你的朋友阿果。比起上回，算听话，回地区了。"

阿果当真跑回娘家呆了一星期？木略没好气："可不是，回来给她家爹送魂，干迷信！真敢干啊，完全是顶风作案。背后山上那个被管制的毕摩也是贼胆子大，说是曲尼拉博生前对自己有恩，死也要给他指路回祖灵地。"稍顿，略显失落地说：

"你这个汉女人，哪里晓得我们彝人死了灵魂要飘去三个地方啊，一份留在火葬地，一份存放在家里，一份远去我们的祖灵地，云南昭通。"轻拍俞秀一掌，又说：

"哪天我悄悄找毕摩问问，像你这样嫁给彝人的汉女人，死后魂归哪里呢，能不能按我们彝人的规矩，也分成三份，跟着我啊，要不，我太孤独了吧。"

俞秀头扭一边说："我可是要埋的。你呀，半个汉人，跟我还差不多。"

木略意犹未尽："汉女人，你哪里晓得我们彝人的心哦！你可别拿出去乱说，我听着毕摩给阿果家爹唱指路经，眼泪都差点落下来。去了祖灵地的魂，留在阳间的亲人多想念他啊，所以特别唱道：明日以后收禾打谷时，你变成一只白雁来，你的子孙就能见到你的身影，不然听听你的声音也是好的。"俞秀感兴趣的却是：

"送魂的事，你是咋晓得的？"木略的回答出乎她的想象：

"沙马依葛那婆娘报的信。"

不觉"啊"了声，木略反诘："'啊'啥'啊'，你不会以为沙马依葛是告密者吧？你要以为的话，警告你，赶紧嚼烂吞进肚子变成屎。这是立场问题，滑到阿果那边问题就大了。"

“阿果是哪边？”

“新叛分子的直系亲属。”

俞秀听着刺耳，找不到话驳他，阿果，阿呷，她们的爹，包括新叛，是他们家的敏感话题，碰不得。转而道：“我所以‘啊’，是奇怪沙马依葛从哪里晓得阿果家的事的，难道当不成造反派，改行当探子了？”

木略哼哼一笑：“疯婆娘，也算立了一功，说是在街边听山上下来卖柴的人闲扯的。你赶快下床打水让我洗了脸脚好睡觉，懒婆娘，反正不打算给老子按摩了。”

俞秀急于知道曲尼阿果的情况，翻身下床，伺候男人洗脸洗脚，偏腿坐到床边，递给男人一杯蜂蜜水，问他：

“你见到阿果了？”

“岂止她，还有一个人，你要猜也猜得到。不是夏医生，别想当然，也不十分奇怪，是阿果的表哥，古侯乌牛。他倒豁得出来，舅舅活着的时候气舅舅，定亲的表妹都敢不要；舅舅死了，跑去披麻戴孝！唉，政治前途就此断送啰！”一仰脖子，喝干蜂蜜水，又说，“以前多稳重、多圆滑，九十度急拐弯，站到反动阶级的立场上去了。”

俞秀也奇怪阿果这个表哥彼一时此一时的行为，更关心的是阿果。耳畔，木略絮叨：

“古侯乌牛为啥找奴隶娃子家的姑娘，还不是想借人家的奴隶出身给自己贴金描红，以为能蒙蔽组织，捞个县长当吧。哼，可能还想当专员呢！结果，只是公安局的局长。他对这样的结果，不恼火吗？一恼火，革命意志就不那么坚定了，行动也就不听从大脑的指挥了，要不咋会首尾不顾，跑去给舅舅送魂呢！”略顿，

“还有一种可能，与阿果旧情复燃……”

俞秀呸他，骂他缺德：“乌牛、阿果哪里来的旧情，都是大人张着嘴巴乱说乱整，最后搞得亲戚都做不成了。何况都做了娃儿的爹

和妈，皮糙背驼，即便有旧情也燃不起来了！”

“你那只是一般说法。乌牛不同，我发现他盯着阿果直发呆。不怕你们是朋友，我都呆。阿果的脸蛋白月亮一样，眼珠子清幽幽的。难怪夏军医到现在看阿果都像在仰望，看天似的。可阿果瞧都懒得瞧我们一眼，沙马依葛找她说话吧……”

俞秀“咦”道：“沙马依葛，她也跟着去了？告密的婆娘！”

“别乱说，沙马依葛那不算告密！”

“就是告密，民改时还告过自家的爹，说她爹在菜园子挖坑埋枪。你不记得？”

木略哪会不记得，当时团文工队据此编了一出哑剧。两个演员，一个演爹，一个演女儿，在土台子上跑来跑去，遮眼睛，捂脑袋，互绞双手，呼天抢地。

木略强调不是“跟”，是结伴去的，正好沙马依葛要去乌儿山宣传计划生育。夸沙马依葛大方、伸缩自如，说自己不小心踩到泡起了干皮的猪屎，炸开来，臭死人，还灌了一鞋子！沙马依葛不嫌脏不怕臭，把鞋子提到水沟边刷洗得干干净净。又摘了花草，里里外外擦了个遍。你拿来闻闻，左脚那只，就是有味道，也是花草香……”表情陶醉，俞秀抓起拖鞋朝他丢过去，他赶紧护住脑袋，骂老婆：

“一只破鞋你乱丢啥嘛！”

那鞋当真破了，线暴开，裂着好宽的一条缝。

2. 再说到阿果，木略申斥：“天王老子，没有一个是她怕的，竟然敢在风头上给她的新叛爹送魂，还裹上她表哥！唉，夏医生得去监牢送饭了。憨婆娘，你咋哭起来了？”

俞秀揪着木略的胳膊，揪得他痛叫，让他去救阿果。木略改口：“阿果何至于进班房，顶多开她的斗争会。”他让老婆放心，他会关照阿果，会和阿果的领导沙马补和打招呼的。

不久，果然从地区传来话：曲尼阿果从娘家回去后被扣在单位开她的斗争会，清理她给反动老子当孝子贤孙的坏思想。

她边哭边反驳批斗她的人："难道你们和孙悟空一样是从石头缝里蹦出来的，没有爹没有妈，不怕被闪电击中雷劈死啊！"然后就是哭，还不吃不喝，闹绝食。有天，趁看守她的人走神，竟然撕了件府绸衬衣再联成带子把自己吊在窗框上，要死给斗争她的人看。

夏觉仁听说后，哪里肯，娃儿不管，手术不做，跑去守在批斗老婆的现场、禁闭老婆的房门口，白天晚上，人劝也不走。初冬的天气，海拔两千多米的地方，冷得冰凌子白天都难化，就是不动弹。不断地喊话，问老婆吃抄手不、吃汤圆不。不管吃不吃，冷了热了，往来端送；糖饼干苹果，不停地往门里塞，也塞给看守老婆的两个女人。随着，就有闲人来看热闹，连等着他做手术的病人也来了。

病人们关心的都是夏医生什么时候回去给自己做手术，他们中的好几位来自旁边医疗条件更好的西昌、攀枝花，甚至云南红河。

病号们还去央求沙马补和书记，让他放掉夏医生的老婆，夏医生好给他们做手术。在他们看来，夏医生只要老婆不要娃儿，他的两个娃儿，长得好乖，被医院的人牵来抱来求他，他也不肯离开老婆稍远。老婆不理他，眼梢挑起来，凶呢。骂夏医生坏蛋一个，让他滚，要和他离婚。骂得夏医生眼泪水长淌，快下跪，自认大错特错，不可原谅。

他们病歪歪地堵在沙马书记的办公室门口、家门外，有的按着患处呻唤不止，有的干脆坐躺在地上，腿前探，路都阻断了。

沙马书记的女儿爱卫生，每回让她挤过挨过病人，多少细菌，哪受得了，哇地大吐特吐，胆水吐出来，绿绿的！

当妈的心疼女儿，警告夏觉仁，说他再赖在紧闭阿果的房门前，她就要叫公安抓曲尼阿果了。夏觉仁回答："不如让你男人放了她，我好带她回家。"房子里的曲尼阿果不干，朗声说："要我跟你回去，除非我死。"夏觉仁接嘴："那我跟你一起死。"

沙马书记的老婆更加火冒，骂他们死不要脸，大庭广众下也敢打情骂俏。

连续这么三五天叽喳喧腾，就有点嫌疑，似在破坏难得的安定团结的局面。

确实难得，起码这个派别那个派别再没有敢当街动武，哪怕骂仗的，都被勒令解散了，人员也被号召回各自的岗位上抓革命促生产了。有点眼色的还发现，省里地区走资派的日子开始好过了，地区有两个抓到监狱里的走资派也放成都看病去了。

情况上报至支左办，王副政委发话放曲尼阿果回家，让她男人负起教育她的责任，转业军人，懂得政策。

消息传到德玉县，木略笑说：“还是人家两口子厉害，自救成功。”

曲尼阿果的表哥留党察看，撤职，下到团结区做公安员。

民族干部2

1. 这一天俞秀在街上碰见沙马依葛，两个女人格外殷勤地捉手拍肩，亲热非常。说到沙马依葛给木略擦洗猪屎的事，一个感谢一个别客气，车轱辘话，嘴巴都麻了，还在翻检。

俞秀龇出门牙一乐，又说："我家木略夸你，说你走起路来风吹柳摆，长草矮树都不能妨碍你。好宽的一条沟，他们男的都得旁人搭把手才敢跳，你呢，双腿一蜷，嗖地就蹦了过去，小山羊似的……"

"你家木略没骂我疯婆娘吧?"

"哪里是骂嘛，明明爱都爱不过来！哎呀，别捶我，好疼！听他那么夸你，我脸青眼红，嫉妒了。你两个以前你掐我我掐你，互不相容，咋连爱称都有了！阿唷，别再捶了，开玩笑!"

两个女人在大街上打打闹闹，惹得往来的人，也闲，没有一个不看她们的，转眼间都在传闲话：

"沙马依葛和县长的老婆像两姊妹一样发腻，那个冒充高干女儿的假红卫兵牵连不了她啰。"

“这女人啊，快翻身了，被结合进革命委员会的木略县长会罩着她的!”

罩不罩，木略给医院打了声招呼，沙马依葛就当上了政工科的科长。

俞秀拈酸吃醋，大街上堵住沙马依葛斗法所说不谬，现在木略可赏识沙马依葛了。也常骂沙马依葛疯婆娘，可听的人，包括他自己，都感到这个称呼失去了本来的意思，有点黏糊，非要木略县长叫才亲切。碰到大事小情，他会说：“沙马依葛那个疯婆娘最合适了。”或者他反问有异议的人：“全县妇女里，像沙马依葛那个疯婆娘那么活泛、胆子又大的，你给我再找出一个来，算你有本事!”沙马依葛偶尔耍赖，就说：“你拿我这个疯婆娘有啥子办法嘛!”木略笑一笑，当真让她得逞了。不是大事，想去地区开个会出个差，以县机关的名义。理由现成，谁让我们医院轮不上这样的美差呢！也不想一想，政府机关的差事和她一个护士，即便政工科的科长有何干系。

能成事。由她带上去的材料，不管哪方面的，农业的教育的医疗的，都有体现，就写在地区定期下发到各县的简报里，有期竟连着登了三条，德玉县和它的县长木略因此风光了好几回。其他县的县长就有人不高兴了，不难，马上打听清楚原来木略那家伙派了个女人在地区活动！他们中有瞧不上这种等而下的做派的；有想效仿的，可就近还真没有如沙马依葛的人才，郁闷啊!

最让木略欣喜的是，沙马依葛居然能把王副政委，新组建的革委会负责人之一，运动来德玉县视察新叛后的第一个春播!

其实和她毫不相干，带回来的一条消息而已。

沙马依葛故意不纠正木略的想当然，听他夸自己，扭捏呢，木略当作谦虚，更起劲：

“你这个疯婆娘，都疯到革委会的眼皮子底下了。”

沙马依葛稍一呆，勉强说：“你不是就想借我的嘴巴表扬自己吗？我甜言蜜语的，都给你招呼到了。有一点得透露给你，已经有流言传到领导耳朵里了，说你老婆，和新叛分子家的关系很不一般，转移过新叛分子的家属，两次，一次找人送阿呷，一次亲自送阿果！”

“哼，疯婆娘，”木略语调轻佻，“流言，我看都是你在散播！哪天我要听说是你嚼的舌头，我告诉你，你上马儿是我扶上去的，你下马儿也得我来拽！”

沙马依葛给他一拳，大方地说：“来拽吧，我身子沉得很，小心塌在你身上压死你！”脸色一正，又说：

“木略县长啊，以后你别疯婆娘疯婆娘地喊我了，我倒不怕人家跑到俞秀那里闲磕牙，她晓得我两个一是油一是水，混不到一起，但我有自尊，早就想抗议你这么喊我了。”

木略“咦”声，奇怪道：“我都这么喊你半年了，你不抗议，突然间，抽筋了？”

“反正，你要注意口德，过两天王副政委来了，可不许你在他面前乱喊我疯婆娘。”

2. 王副政委就是那位在电话里就如何处置新叛为木略指点过迷津的军队干部。

奴隶主杀牛羊烧房子逃跑，开始木略认为仅是一般的突发事件，行文由他口授并由秘书拟定：

近来我县乌尔寨、瓦洛寨、落克寨、足斯寨共计二十三户黑彝奴隶主因受个别不良分子散布的黑彝男子将被抓捕的谣言所惑，竟举家迁往高山地带。为制止他们这种扰乱正常的社会秩序、破坏当前秋收生产的行为，我县已组织相关人员，前去执行劝阻任务。

幸好报务员肚子痛，拉稀耽搁了几分钟，电报不及发出，新叛的说法传来了。

其实，木略连“前去劝阻”都不想形诸文字。奴隶主多跑几人几家，给翻身奴隶多腾出些能耕种的土地、能牧放的牛羊，是件划算的事。最低限度，今冬明初，翻身得解放的奴隶娃子就能多吃几口荞面粑粑羊肉坨坨，他这样的基层干部也能省点心省点事，用不着听这个堡子那个寨子的男女老少喊饿了。

翻身得解放的奴隶娃子让他头疼的事不少，明明告诉他们既然做了国家的主人，就得有主人的样儿，自己管自己，偏不听，什么都依赖人民政府，饿了冷了，都等着人民政府管他们。一位昔日的娃子翻过两座山，蹚过三条河沟，走来县里找木略："政府主子啊，我家女儿出嫁了，我背来一套新擀的披毡和三瓶子酒，给你放在哪里啊？"再一位让政府给他做主，说他养了一年的猪儿被"谁晓得哪个坏蛋偷掉了。政府主子呀，你派几个公安人员，帮我把猪儿追回来嘛！偷猪儿的坏蛋抓住以后不要轻饶他，把他拉来游街。"另一位把娃儿带来，非要拜寄给木略当干儿子，说以后娃儿长大了，当兵当干部还不是干爹木略你一句话。有位更干脆："县长啊，你当主子当得好安逸哦，能让我当几天不？"……

当他们听说要把逃到更高的山上去的奴隶主追回来时，嚷嚷："木略县长明明说了，滚下山的石头就让它滚嘛，它滚掉我们照样吃喝睡觉耍，一点影响都没有，还好上加好。"

没有人追究死去的曲尼阿呷在这起事件里的作用，还有她和木略两口子的关联。有一个，就是沙马依葛。但木略相信她在自保，她的小辫子被自己攥在手心，紧了又紧。

木略起用她时，她牵扯在骗案里还没有脱身。吴升帮不了她，还是喝酒，醉胆子一大，就蹭来搂她，酒嗝臭死人，只能躲出家门。又一个被逼出来的夜里，风吹树叶子飒飒地响，她想，不是说擒贼先擒王吗，还得厚起脸皮假装什么事也没发生地去找，不是找，是投靠木略啊！

沙马依葛说来汇报思想，木略听着呵呵笑；鼻涕眼泪横擦竖抹，木略就说："当年我家女主子真哭啊，她的特权被剥夺，得自己上山砍柴下地干活，尖尖的指甲留不住了，手上的老茧生出来针都扎不进去，每天翘根烟杆晒太阳骂娃子的好日子一去不复返了，以前的娃子不高兴，不但可以吐她口水、骂她，还可以打她，你想一想她的心情如何，为此她还上吊过，被我家妈托住，没死成。你给我哭，未必哭得像她那样死的心都有？你的心气，还有狡猾，我都晓得。我早就说过，你要是男的，恐怕我们都找不着饭吃。你就不要假哭了，在我这儿不管用。在我这儿啥子管用呢，是你的心气和狡猾，就像汉人说的，惺惺相惜吧，我也怜惜你有本事呢。”

鬼相信他会惺惺相惜，连着好几天急得沙马依葛在家里转圈圈，好几次装着不经意地出现在他必经的路口。风硬，吹得脸一阵疼一阵烫。木略左右总有人，简直不看她，她不是好惹的，发声喊。木略就地转大圈，嘴巴启合幅度大：“呀呀，哪个在喊我，原来是沙马依葛啊！我说你不去造反有理，倒有这个闲工夫来招呼我！”表演得天衣无缝，旁边的人轰然而笑。沙马依葛大声道：“县长啊，你不是说要起用我吗？”木略漫不经心：

“那你得拿出真本事给我看！”

真本事？直接把曲尼阿果潜回家为她爹送魂的消息捅上去，参上本，作为该县的领导，人家在那里哭天抢地，为新叛首恶分子喊冤叫魂，你居然不晓得，还耽在太平盛世偷懒闲逛！不用添盐加醋，再把你家老婆勾搭叛属的事情一报告，看你木略还神气！她当然不会做这种鱼死网破的事，还是找木略，把手里非此即彼的两张牌摊给他看。木略着意看她一看，特意拍拍屁股，转身就走，问她：

“一起去吗？”

“哪里？”

“曲尼阿果的娘家，起码得监督一下阿果干迷信吧！人家如果问起来，就说我两个是

在路上碰到的。”

这才有了猪屎灌鞋的事。

那以后挨了三四天，各方面风平浪静，木略派的差事来了，让她负责上下联络的工作。

王副政委要来县里视察，又是她的功劳，木略能不让她参加接待吗！可一个医院的政工干部，不好定位。考虑再三，让她兼做随队医生。说到医生，先笑起来，奚落她连当护士都没有资格，问她有次打针，是不是把针头留在人家屁股上了？

3. 王副政委与沙马依葛和木略见面后满心欢喜，“都是359团的老战友嘛！”他说。随同他来视察工作的七八位干部，不是军队就是地方的。

当时他们，德玉县的党政领导，以钱书记和木略县长为首的一干人，正陪着王副政委等走在乡间的小道上。

沙马依葛位在领导之前，有向导的意思。山路一边是崖壁，一边是斜坡，都是盛开的杜鹃花。她不断掉头或者听领导说话，或者说话给领导听。大太阳下，已然出汗，微微的，皮肤红润、光亮，眼神专注，语音软和。她身后的领导，顺序排下来，打头的王副政委无疑，所以只是他们两人在交流。她觉得王副政委很亲切，因为前后战友的关系，尽管您是首长。王副政委谦虚：“哪里，沙马依葛同志，你比我在359团的资格老，算我的前辈。”“咋敢当，”这一位更谦虚，“当您的战士还差不多，省去姓，叫我依葛吧！”

王副政委有时听沙马依葛的话不甚清楚，会趋前半步，稍勾下头。她呢，也会停下脚步——本来走得不急，半仰了脸应和领导。偶尔，在头顶盘一圈的长辫子滑下来，弯在她的削肩上，她像不能忍受辫子的打扰，便舒展再弯曲手臂，重新把辫子盘起来。她堵在只有一人能通过的山路上，身体随着手的动作左一下右一下，腰窝深深，生过娃儿的妇人的腰肢柔软、弹性十足，连带胯和臀都是。

木略跟在高大的王副政委身后，只能隔山听景。还得突然止步等沙马依葛和王副政委说完话再走开。后边的人也难免受阻，十几个人，在山路上一字线排开去，都得等着。

意外说话间发生，也是必然，沙马依葛回头的瞬间，脚下一滑，身体歪向外侧的斜坡，栽倒了。王副政委惊呼下，反应快是快，却连沙马依葛在空中乱舞的手指头都没碰到，所谓说时迟那时快，平衡不再，也一头栽了下去。木略倒是捉住了王副政委的衣摆，无奈力气不逮，反而被他带来也摔下山坡。

幸好幸好，坡下尽是艳艳的正开花的杜鹃丛，沙马依葛，女人，木略，个小身弱，都被花枝托住了，未伤毫发。可怜王副政委身大体沉，压趴杜鹃丛的同时，自己也趴下了。

被众人七手八脚地拉起来，脸上身上满是杜鹃花瓣、叶片，粉的红的紫的黄的绿的，还有刮伤，额头脸颊下巴，尤其下巴那一道，从左到右，竟有三四厘米，深倒未必，血不断渗出来成了线。沙马依葛懊恼得快哭，王副政委却毫不介意，甩着两手，玩笑说自己差点为救美人当了花下的鬼。

说得沙马依葛在温暖的春阳下向左向右，闪避自己的脸，像不谙世事的丫头儿，看得木略直咋舌，心说装吧，你就假装吧。暗骂自己笨蛋一个，明明晓得沙马依葛的手段，还是被她蒙蔽了。又或者她狐狸精得把自己媚惑住了？心跳脸红，暗暗连呸两口，自己顶天立地的一男儿，意志多坚定，咋可能！耳畔分明是沙马依葛跳荡的轻笑、音调长长的话声。

晚饭后围坐在房东家的锅庄边商量工作时，沙马依葛装得更有水平，还捎上木略：

“政委啊，”省了姓，省了“副”，“我要再不说，木略县长就该抢话了。”说得木略一呆，搞不清楚她葫芦里卖的是哪味药。

王副政委本来盯着的是沙马依葛，听罢此话，难得瞥眼木略，问抢什么话？

“政委啊，明天我们要到的寨子是新叛头号分子曲尼拉博的老巢。木略县长我两个想提前向组织坦白，曲尼拉博的女儿是我们的朋友。她的爱人也是。她爱人和我的一样，汉人，我们认识的时候，正在民改，他们两个是平叛的解放军，还都是军医，也都是359团的。”

王副政委不理会所谓的坦白，而是惊叹：“难怪你的汉话这么流畅、自如，人也热情大方，原来是我们汉人的媳妇啊！来来，握握手！”掉头问木略：“这样的少数民族妇女干部咱们县上有没有培养计划啊？”

木略赶紧应承：“安排沙马依葛同志接待王副政委你们各位领导就是出于这方面的考虑。”

“好，好，”王副政委连声道，听来在肯定木略的做法，下一句好像又不是，“不要停留在考虑上，一定要落实。依葛同志窝在医院太屈才，不如放手给她压点担子，做做抛头露脸的工作，发挥的作用更大。对于那些封闭狭隘却自得的少数民族妇女也是个鼓舞。对不对啊，木略县长、钱书记?”

木略觑眼钱书记，后者也回觑他，两人再同时觑王副政委，焦距未准，各各闪开，那位眼神专注，盯着的正是他们，只得点头，钱书记更表态回去就办。

王副政委并没有忘记曲尼拉博：“你们和新叛分子曲尼拉博女儿的关系组织上都了解，你们的朋友，新叛分子的女儿还是我们的同志嘛，即便她参加了新叛，和你们也没有关系！她的丈夫，夏医生，我认识。这么说来，你们年轻时就是朋友了，依葛同志?”

木略本来对王副政委要不自己说要不只听沙马依葛说很不满，这时又听王副政委把自己和沙马依葛放到同等水平上温言相哄，当即促声：“想当年，沙马依葛和曲尼家的女儿，曲尼阿果，为争抢夏军医，哭也哭过笑也笑过。”

王副政委话音响亮：“依葛同志，汉族军医有那么好吗，你一个爱不成，又爱另一个。”稍顿，“开玩笑，不要在意哦，依葛同志！”

沙马依葛踞坐在草垫上，两条长腿不舒服地盘在身前，狠狠剜眼木略，转而眉眼迷离，顾盼浅笑，应和：“王政委，我可不是小肚鸡肠的人，处久了，你就晓得了！”

“晓得晓得，”王副政委学着沙马依葛用四川话说，改为普通话，“你们这些四川女娃娃快嘴利舌，声音又脆，好爽快！”

“政委啊，就你说好听，你们北方人嫌我们说话像爆豆子，吵死人！我算哪门子女娃娃啊，都三个娃娃的妈了。”

“三个娃娃的妈？”王副政委一拍大腿，放声驳斥，“除非打死我，打死我也不相信！瞧你那腰肢，细溜溜的，今天在路上闪啊闪的，我都怕你闪断啰！”

场面上顿时只剩他们两位。木略坐不惯低低的垫子，尾巴骨疼得难耐，不方便动弹，简直在打熬。

沙马依葛机智，“哦哟”破局：“好久没有人这样夸我了，好高兴！哼，”一偏脸：“木略啊，我们战友一场，从来没听你夸过我好看，哪怕我姑娘家时。”轻易就把那个傻瓜男人唤醒了，他眨眨眼睛，毫无控制地咂巴着嘴，打起精神说：

“是吗，木略县长？”

“我在心头夸呢，要露出点苗头，我家老婆，那个黄脸婆还不把我生吞啰。”

“你可以背着老婆夸啊，像我。”王副政委也狡猾，大家一阵欢笑，气氛轻松了，再与沙马依葛两相一望，心有灵犀似的。

说到正题，众人都有些把持不住，哈欠出去，悠长，再擦眼泪揩清鼻涕，搞得总结当天行程的木略、布置来日工作的王副政委都说不下去了。也没要紧的，各县各区的参叛、自首、伤亡人员等相关数字已有统计，新叛对生产的破坏、对社会的危害，已上报给上级机关，连批示都回来了。

这次王副政委率队下来，检查的就是批示的落实情况。沿路他都在要求受到新叛影响的各县各区各公社，当前要做的就是督促群众把苞谷、荞麦种子撒到地里去，开渠引水，尽量照顾那些挂在悬崖半坍坡上的田地，让干渴一个冬天的土壤把水喝得饱饱的，到了秋天才有粮食吃啊！拐到地里捏把泥巴放在手心，两个手掌一对搓，再展开观察，放点在舌尖儿上品味，下结论：“凉山的土质好啊，酸碱适中，要不然飞机撒下来的种子能长成这满山上的松树林子。”但批评：“凉山上的土地没有充分地用起来，彝族同胞的农业生产经验比不上山下的汉族农民，施肥不够，薅草不力。”他想不明白彝族人为什么不给土地施人粪，听说一嫌臭，二觉得屁眼里出来的怎么能又塞到嘴巴里呢？免不了笑，称肚皮都笑痛，问：“你们在吃馒头吃米饭时吃到了还是闻到了？”

“所以我说嘛，”王副政委自得溢于言表，“给庄稼施肥是提高生产力的第一要素。嫌人粪臭，可以用化肥啊！那可是新型肥料啊！”

到晚上，大家歇下来围坐在某户人家的锅庄边时，王副政委又说：“一定要把男人赶到地里去。你们彝族男人啊，就喜欢舞枪弄棒，以前不说家家，百分之五六十的人家吧，都养奴隶娃子来给自己种地。奴隶解放了，要自己干，都十二三个年头了，还是不习惯。这一路下来，地里山上干农活、放养牛羊猪的，我看大都是妇女，还有男女小娃娃。”

听到这里，捏个小本子，就着房东家昏黄、忽闪的煤油灯光吃力地记录着的木略，不免以笔将本子敲得乒乓响，感叹王副政委文武双全，既懂农活，又了解彝区的民情社况，更兼土质的这样那样，请问王副政委：“酸的碱的，是啥东西？”他只听人家摆龙门阵说人肉是酸的，他吃过马肉，也是酸的。

王副政委说，木略的酸碱和他的完全两个概念，以后有时间再慢慢给他解释，心里对天真如是的少数民族兄弟木略陡生了一份好感。

木略再仰脸看定王副政委由衷地感慨：“人可以这么聪明嗦，啥子都晓得！”

圆圆脸的小参谋插嘴说，他们副政委来凉山前，派他找来一大堆有关凉山历史、地理、政治的图书研读，还专门到西南民族学院请教研究彝族的专家学者。

众人同声附和，追捧王副政委谦虚好学，王副政委摆手："应该表扬的是依葛同志，这几天都是她在给我灌输彝区的情况，如我说的彝族不喜给土地施人粪、男人不爱干农活等，那可不是书本和专家能代替的。像她这样来自最基层的同志，是我们要读的书和应该信奉的专家啊！这样的同志放着不用等于极大的浪费!"特别强调：

"木略县长，我的意思你懂吧!"

追逃 3

1. 哪儿有不懂的，木略转而和钱书记商量如何安排沙马依葛。两人对妇女干部的去处想得到的除妇联就是工会，向王副政委一汇报，挨批道：“不痛不痒，起码得文教系统吧！”便说：那去文教局？王副政委让他俩：“打开思路，抛弃歧视妇女的封建思想，公平、公正地替妇女干部着想。”钱书记积极：“公安系统如何？沙马依葛同志肯定能胜任，也给那些满是男尊女卑思想的家伙洗洗脑，见识见识不爱红妆爱武装的妇女在新社会是如何焕发朝气、施展本领的。”掷地有声，王副政委欢颜喜色，夸钱书记比他考虑得远，有水平。

送走王副政委等一干人不到半月，沙马依葛就被任命为县公安局的副局长。

德玉县上下人等莫不议论：“女的也可以当和尚的头头嗦！”女的比男的自豪，和男人吵嘴：“再敢欺负我，我就去找沙马依葛局长，看她不派公安人员来收拾你！”好些只擅打老婆的手举到空中试了又试，没敢落下来。

沙马依葛真替挨打的妇女出气，一举把打老婆的人揪来游街示众。胸前挂上纸牌子，上书：“我是欺软怕硬打老婆的人”。

这招对脸皮薄的管用，厚的仍然奈何不得他，耍嘴皮：“挂块牌子游街，刚够吃撑肚皮消食。”到处和熟人打招呼，要烟抽，顺手抓几颗小贩的炒瓜子煮板栗吃。毕竟家务事，老婆不经打，这位一拳过去，老婆的下巴颏立刻歪到一边，牙齿也落了一颗；那位一脚上去，把老婆怀着的本应排行七的娃儿踢没了！押的和被押的都是男人，他们就拿这些开玩笑，攀比。沙马依葛听说后气得“肺都炸了”，下一次公捕公判大会时，便以坏分子的名义把那几个打老婆屡教不改还拿来吹牛的人各送去劳教三个月。她身处高出群众包括人犯好几层的主席台，青天丽日下，壮大异常，到底女人，声音尖利，刀锋一样的划过各人的耳膜，鸡皮疙瘩骤起，由不得不怕！

再怎么说，打老婆也算小事，大的沙马依葛局长追到过逃匿十余年的叛匪。

消息传开，德玉县的男人还有不服的少得有数。木略县长向追凶建功的女局长鞠躬，开表彰大会，放鞭炮，请县中学编排短剧《新花木兰》在会上表演。

渐渐，便风传公安局局长，南下干部，有点不自在，说沙马依葛副局长好像要替换他。

结果没有，而是越过局长，升到地区。不再是公安系统，而是文教部门。她不干，跑去找王副政委，没想到让她改行的正是王副政委，不免质问：

“不是你要打破传统观念，让女人做男人的事，别把小手枪，细腰上扎根宽皮带，英姿飒爽的吗？”遗憾不能再穿公安制服，“老百姓的衣服一点型都没有，好难看！”

他们两位的谈话在院坝里的一棵紫藤树下进行。紫藤花谢了，叶子也没几片，往来的人却多。办公室的窗户也开着，就是没开，透过窗玻璃，男女人等打望他们没妨碍。

原来组织上在讨论沙马依葛在地区的任职时，考虑到她的安全，很慎重，毕竟她是母亲，有三个娃娃！抓小偷，收拾几个打老婆的，都不算什么，追捕漏网的叛匪险些丢掉性命就过界，危险了。也因为英勇，升迁至地区。

2. 当时沙马依葛和一位年轻公安正在俄儿公社的约则大队进行普法教育。和他们一样两人结队的另外三个小组，一大早就分别去了相邻的生产大队。沙马依葛是此次普法教育的领队。

尽管公社化了，可凉山上哪有成片的土地来让人排成长队劳作！还不是坡上坡下，这里那里散着一个两个最多七八个干活的社员。放羊的，非得要天擦黑，跟着羊儿牛儿才能返回来。所以要把社员集中起来学习法律知识、时事政策颇伤脑筋。大家自掏粮票钱，在房东家顿顿喝上碗酸菜洋芋汤汤，啃上两个揉得有小圆洋芋的苦荞馍馍，就跑到地里山上去找社员普及法律知识，一边还要帮受教育的社员或者赶拢跑散的羊子，或者薅草、追肥、割荞子。话题总离不开教育人家要知法守法，要晓得这个法和以前彝人社会里流行的习惯法有相同的也有不相同的。同与不同，大家都认定的坏事绝对不能去做，比如偷啊抢的，还有强奸妇女，乱砍滥伐森林。万一违法不能私了，不要说我们杀牛杀猪杀鸡请某个毕摩或者长辈帮我们调解了，视程度大小赔鸡赔羊赔猪赔牛赔钱了，更是绝对不允许的。公社化后，连你们个人都是生产队的，猪啊羊的自然也是生产队的公共财产，岂容你们当成自己的财产抵罪消错！你们会说猪啊羊的是养在你们自家圈里的，是你们省下嘴巴里头的粮食采了野菜来喂大的，当然由你们做主了。你们要晓得，你们种的地是国家的，从里头生长出来的粮食你们说是不是也是国家的呢？当然是啰。草山也是这个道理，属于国家，你们家放在上面的羊子吃的也是国家的草。

还有，如果出现找毕摩找长辈出面调解的事儿，连毕摩和长辈都要被抓到公社区县去按擅自干预司法罪处置。

还有，某某犯了法，不要以为他是你家舅舅或者表哥或者叔叔，你就帮他遮掩，那是要犯包庇罪的！

和之前的普法教育一样，沙马依葛他们这一次也准备了不少案例，新的旧的都有，针对性强，精彩，像听故事，一众社员听得津津有味。沙马依葛先讲了个包庇犯的案例。

案子是当妈的包庇潜回家来的叛匪儿子，还帮着藏枪藏弹药。那是个旧案子，一直在讲。因为还有个别叛乱分子，不单新叛的，十四五年前反对民主改革的叛乱分子仍然逍遥法外。这么多年，如果没有脑壳糊涂的人包庇，给极个别逃跑的叛匪送吃送穿，他们怎么混得下去，早就乖乖地举手投降了！

这是在前一个寨子里讲的。

到了这个寨子，沙马依葛讲的是一个新近发生的案例。起因只关乎道德，涉及的又是一个尚未成年的孩子，将将十二岁，属于教育不力。可是呢，不但丢了一条性命，当事人还抓来判了刑，十年。丢了命的是十二岁的娃娃，叛了刑的，是他家爹。你们说惨痛不惨痛！案例如下：梭罗寨有一家人的儿子，就是那十二岁的娃娃，连着两次偷邻居家的鸡来烤了吃，他家爹妈都不晓得。邻居家第一次就找来过，但这一家的爹妈不肯相信，娃娃也坚决不承认。邻居家第二次找来时，他们两家当着一个毕摩的面诅咒发誓，假如偷了，这家人就得把儿子杀掉；假如没有偷，那家人就得杀牛赔罪。咒诅得太大，事实确实存在，等第三次娃儿又去偷鸡时被逮了个正着。这回他痛快了，一五一十都交代了。他家爹羞得来想上吊死掉算了。毒咒发过，没有别的办法，他就用家里酿的桃儿酒把儿子灌醉后，一刀下去把儿子捅死了。

听的人啊啵啵的连声叫唤，可惜被杀死的娃儿，感叹杀死儿子的爹爹。没有人认为更不用说谴责那爹爹胆大包天，乱杀人，都认为他不得已，儿子坏了嘛，让当大人的没有面子了嘛。何况诅咒发誓过，还有毕摩作证明。

“局长啊，”他们叫着沙马依葛的官衔，不管正副，“你是彝人，你该晓得我们彝人也有我们的规矩啊，对这种事大家心服口服，会引以为诫的。”

沙马依葛砰砰地敲身旁的木柱子，震得顶上苫着麦草秸荞麦秸的木棚子乱颤，众人受此一惊，安静下来。沙马依葛骂他们：“笨猪啊，你们！不要以为娃儿是你生的，你就能随意处置他，不能够，他也属于国家，就像前面我说过的土地牛羊。再说他好比虱子吗，一摁，把他摁死就算了吗？老天爷电闪雷鸣，想要打死谁也没那么容易！万一你家的儿子犯了个小错，你也想这样整死他吗？你也想以杀人罪被抓起来关进牢房关到死吗？案子中的毕摩也被判了三年的徒刑，谁让他是帮凶呢！他搞的诅咒发誓那一套，完全是封建迷信，早就取缔了。你们好生听着，哪个敢拿自己和法律斗气，看不把他抓起来！”众人悄悄的，被吓唬住了。以季度、半年统计的犯罪百分比回回都在下降，相同的案例一次比一次少，说明吓唬是起作用的。

再一个作用是有人来报案。

称自己要是报告有个叛匪藏在哪里，公安不会追究她，把她当成窝藏犯铐起来吧。

3. 是位女人，三十上下，打着光脚板，裙摆被山路上的荆棘挂得稀烂，神色慌乱，话急促，叫几几嫫。

此前两天，沙马依葛率领的普法队在她的寨子里宣讲过对包庇罪的处罚条例。她说，她听沙马依葛局长讲包庇罪最严重的可能挨枪子后担心、害怕得觉都睡不着，她有三个娃儿，她不想他们没妈，就追着沙马依葛局长报案来了。

她帮着掩藏的男人不值得她拿自己的命和娃儿的将来为他抵挡。那男人的脾气本来就火炮一样，随着时间的推移、环境的挤迫，越来越大，动不动就打她骂她。前两天一狠劲，差点把她掀下岩去，因为她没有按他的要求送酒给他喝。酒从哪里来嘛，得拿钱到供销社去买，在生产队干一年下来，口粮都不够，还提啥子钱哦。有点买盐买布的钱都是她采了山货、烧了冈炭背到县城里卖了才到手的。如果是夏天秋天，她还可以酿点桃儿酒、苞谷酒，躲着自家男人，找机会给他送去。眼下是春天，她家连自留地的种子都炒熟来哄娃儿的嘴巴了。那人没耐心，骂她嘴巴里放的全是圆根萝卜屁，想臭都臭不起来。又抖着身上烂得这儿掉一块那儿裂一道的衣服、裤子和披风骂她："穷婆娘，酒拿不来，新衣裳也不能给我做一套吗?"那更得等水果、粮食上来换了钱才有办法！"到羊儿身上剪点毛纺了织了，这也做不到吗?"做不到，她再次顶嘴，羊儿都是生产队的，不是我私人的！这可把男人惹火了，他虽然没酒喝没好衣裳穿，子弹还有几发，箭也射得准，打只黄羊射个斑鸠，肉有得吃，力气好大，火气好大，飞身过来，直把她逼到悬崖边。不罢休，一把卡住她的喉咙，铁钳子似的，眼珠子都快被挤出来，头呢，要爆炸。男人的裤子真的稀巴烂，大半个屁股露在外边，脏兮兮，干巴巴，好不恶心，要不被卡着脖子，早就哇哇地吐了。掀她掐她，想整死她，这么过后，男人竟然还要她的身子，把她撩翻在地，耍水般，一个猛子扎过来，她的肋巴骨、胸骨被挤压得嘎巴直响，痛得她呼天抢地，不管，只顾自己快活！

沙马依葛断喝一声，骂她："住口，想要羞死谁啊！"看她眼神迷乱，脸庞潮红四起，轻扯扯她的袖子，放低声音：

"你说的男人，你掩藏的那个男人，他是哪一个嘛?"

女人吐气悠悠："马布尔子！"

沙马依葛一蹦而起，大受震动。

马布尔子，好大的名头，叛乱头子，潜逃十五年了！凉山奴隶主大规模起来反抗人民政府的叛乱可不是这次的新叛能比的，那是真刀真枪地干，正规军都动用了！打了一年，再用一年来搜捕，马布尔子可能是唯一漏网的叛乱头子。

马布尔子小时候由他的汉人干爹送到南京上国民党的军官学校，和他干爹的儿子一起。他想家，死活要回来就回来了。干爹的儿子加入国军先当士官，以后不断地升啊升，离开大陆跑去台湾时，已经是师长了。来过一封信约马布尔子，让他跟上也跑。马布尔子反手把信给了刚挺进凉山的解放军。他参叛后，这个举动正好表明他的狡诈。

4. 沙马依葛当即决定去抓他，抓活的！

她带着枪，跟着她的小李除了枪，腰间还挂着枚手榴弹，本来是用在水流翻滚的河沟里炸鱼吃的。应该通知其他前去别的寨子普法的队员接应，可她身边派不出人，当地寨子里的又不敢用，怕走漏风声，或者碰上通敌分子呢！眼前这个叫几几嫫的村妇最能说明问题，黑不溜秋，瘦小单薄，谁想得到她的心中身体里蕴藏着火一般的激情，竟然以情人的身份包庇、掩护、养活马布尔子长达十五年。时间也成问题。几几嫫说马布尔子约她当天太阳落山后见面，要找人帮忙也来不及了。

马布尔子老鬼一个，滑得像泥鳅。好几次追兵闻讯赶过去时，还来得及在炭灰里焐熟洋芋、苞谷。有次甚至在县城边的林子里打斑鸠充饥。他最狼狈的一次是丢了煮饭的钢精锅。追兵到时，锅里煮着几截香肠，还有坨腊肉。为钢精锅和腊肉香肠，公安追查了半年。县境内外，马布尔子家八辈子以来的至亲、五服以内的姻亲都过滤了一遍，没有查到。

风传钢精锅腊肉香肠，还有穿的用的，都是马布尔子四下里偷的。更有人说赶场时见马布尔子在用银子买米花糖，还曾见他在山顶的一株红杉树下弹口弦，骑着马儿在鹅公山上飞一样的跑。

传来传去，把马布尔子传得刀枪不入、餐风饮露、遁迹无影，倒是公安人员，一个个灰头土脸，疲于奔命。

沙马依葛决定提前等在几几嫫说的桃树林里，马布尔子一现身，瞄准他的腿肚子就开枪，先下手为强。

当下要把握住的是几几嫫。这女人伤心伤到极点，死心了，不然怎么会将隐藏十五年的秘密抖落出来呢，但她居然不避讳与马布尔子的秘事、脏事，说起来神采焕然，脸亮皮润，万一反悔，还不前功尽弃！

沙马依葛假装不经意地说，天下连猫狗都算上，最负心的是男人。她有这方面的经验。此话既出，浮现在她眼前的竟然是夏觉仁，真让她气不打一处来。确实，当时表面上她没事似的，嫁给了吴升，其实她是割破自己的手腕，被疼痛和慢慢渗出来的血吓住才罢手的。她撩起袖子，露出挨过刀的左手腕，迎着阳光，让几几嫫看割痕，浅而细。没有人在现场，可她骗几几嫫：

“我喜欢的那个男人看着我流血流得来汪在地上，不是来救我，而是抄着手在一边看，想等我死掉，好去找别的女人。我就骂自己，凭啥子死嘛，死了好让他得逞啊。我撕了件衣裳，裹紧伤口活了下来。活下来好啊，我当了国家干部，找了个好男人，生了三个好娃儿，不愁吃不愁穿。你看你，比我小不止四五岁，样子反而比我大四五岁，皱纹长在脸蛋上，都抽巴了。哪一个害你老成这样的嘛，还不是那个找你要穿要吃又折磨你的坏男人。那些神话他的事，啥子神灵附体刀枪不入，都是鬼话，全是你在供养他，让他吃得喝得一肥二胖，正好有力气来欺负你。你多大？二十七，那你十五六岁就跟他了？”那位点点头，沙马依葛真有点同情她，“太可怜，”她说，两手抚住几几嫫干瘦的肩，“等捉住马布尔子，我会保举你当国家干部的，你也会变年轻、水灵的，我保证。”

几几嫫不笨，她说：“沙马依葛局长，你说得口水沫子白白的，是不是害怕我见到马布尔子变卦，给他通风报信啊？你放心，他天天缠我，梦里头都不放过我，要东要西，我恨不得他死掉！”

他们赶到约见的野桃树林子时，马布尔子趁夜黑先发话：

“几几嫫，谁和你在一起?”

三人猛地收住脚步，沙马依葛腿软心慌，只听几几嫫平淡地回应：

“儿子来认认你这个当爹的。”

“嗤，”马布尔子笑道，“未必你借我的种子给我下了两个崽儿啊?”他听出是三个人。

砰的声，就响在沙马依葛的脚边，还溅着闪耀的火花，小李惊叫：“我的枪走火了。”

话音未落，一团黑影飞扑过来，沙马依葛在感到黑影带来的风时，手里的枪响了。响声中，人被仰面扑倒在地，手一松，枪不知掉哪里去了。

响的不止她的枪，马布尔子也开了枪，弹头留在小李的肩胛骨里。沙马依葛近距离击中的是马布尔子的肚子。

有那么三两分钟，摔倒在地上的双方没有一个能动弹，态势呢，马布尔子在上、沙马依葛三人在下。

两个女人先有声气，嗯嗯，哼过后，身体开始蠕动，互相询问你怎样我如何，几几嫫抱怨说谁的大腿卡在她的脖子上，喘不上气。沙马依葛感到的是热而粘的液体水样的在脸上涌，嘴巴里进来一股，腥而烫，人血呀！奋力扒拉开压着她的沉重的身体，露出鼻子深吸气，桃树正当花开，清香阵阵，高喊：“小李，小李!”

男人的声音一概没有，听见几几嫫在说：“噫，尔子一下就死掉了吗，那么经不起!”

“烂女人，看我把你的肚皮打破你经得起经不起?”开骂的是马布尔子。他骂的是几几嫫，攥着的却是沙马依葛的手腕，一边借力往起坐。星宿闪亮，看不清他的模样，呼哧呼哧的喘气声粗而急促，倒不影响他说话：

“打中我的是你们哪一个？几几嫫，不会是你吧？你会打枪，可你哪来的枪呢？那就是你这个女人啰，”他抓着沙马依葛的手腕狠劲地甩了甩，“你也是个彝婆娘，攀亲戚，说不定我还是你家表哥呢，娶你当老婆都可能，你却开枪打我！”

“谁和你开亲，不可能，我两个阶级不同，你是黑彝奴隶主，我是百姓。”沙马依葛说。

“这样啊！”马布尔子厌烦似的，丢开她的手，叫几几嫫说，“不帮我绑扎肚子吗？肚皮烂了，肠子滑出来一大坨。”

几几嫫跳开一步：“哪个信你，把我骗来抓住还不要我的小命！”

“女人啊，”马布尔子说，“明明是你在要我的命嘛！你这么想我死的话，哼一声，我马上死给你，何必让这两个政府干部来送死。幸好死掉的是个男的，如果是这个女的，我马布尔子一世的英名就被你糟践了。”哇哇，连连吐出几大口血来。

沙马依葛已试过小李的鼻息，微微的，胸口上肚皮上也摸了，没有伤口，或者只是吓晕过去了。放平小李，掉头和马布尔子过话：

“你说对了，我和还晕着的这个男的都是政府干部，公安局的。告诉你，接应我们的人手就在后头。”

“你这个婆娘，骗人不打草稿！”马布尔子说，手挥起来，敲在沙马依葛头上的居然是手枪管，不疼，没有气力了吧，“你喊嘛，把你的援兵都喊出来杀了我吧！”险些又被血呛住。

“再叫唤，”沙马依葛说，“不止肠子，肝啊心的都会出溜掉，不如我帮你包扎吧。”

马布尔子用不着她包扎了，喉咙里咕噜噜响过后，无力地蜷卧在地上，“痛死我了，”声音低微：“眼睛好花哦，前面亮晶晶闪个不停的都是些啥子啊？”

几几嫫说，慢不悠悠：“你不是要死了吧？你看见的莫不是来接你的各位祖先？你家爹、你家爷爷在里面吗？你看得见他们吗，是不是随着粉红色的桃花飘来的？”

“哎哟，哎哟……”马布尔子已经不能回答她了。

几几嫫悄无声息地移到他的身边，先是袖手俯视，再蹲坐下去，

"你好安逸哦，"她说，在马布尔子的身上来回摩挲，再搂着他的头轻晃，"正在和你家的祖先商量要去的桃花美境吧！你就去吧，那里不愁吃不愁穿，也不用老鼠兔子样的东躲西逃，你还可以把你喜欢的红毛马儿骑起来，再穿上马裤马靴，风光、神气去吧。你那样打扮最好看，我最喜欢。哎，你天天躲在深山老林里不晓得世道变得你已经认不得了，马裤马靴，连金银玉翠都不时兴了，你走就走吧……"

沙马依葛脱下外衣，摸索着要为马布尔子扎住洞穿的肚皮，没待挨近，就被几几嫫一掌搡了开去，嚷道：

"干啥啊，救尔子吗？救不活了，也不用你来救。只可惜你的枪法不准，没能一枪崩了他，他还在活受罪。"哄马布尔子：

"吊口气在喉咙除了疼和丢你英雄的脸外，有啥意思！让我来帮你，要不沙马依葛局长又会来救你的。她救你不是出于真心，不是好意，是想把你救活了拉到县城去游街。她呢，等着人家给她叫好，戴大红花，说她一个女人家，好凶哦，空手就把你这个潜逃十来年，连解放军、民兵都奈何不得的叛匪抓来捆起啰。你已经答应死给我了，你就死吧！"

话音陡然拔高、尖利，枪声响过。

5. 庆功时，沙马依葛连这一枪也算在自己头上。

村人骂声四起，骂开枪的沙马依葛，骂告密的几几嫫，说她俩是女鬼变的，专门抓人做鬼。啐上一口，咒她俩不得好死，早晚要被马布尔子的魂勾走。

几几嫫与马布尔子十五年的苟且关系更是把众人的鼻子气歪了。哼，要是旧社会，两人的眼神都没有可能碰上，要是碰上，还不把烂女娃子的眼珠子抠来喂狗。

纸哪里包得住火，没几天，几几嫫开枪打死马布尔子的事传得天知地晓，村人言语汹汹：

“马布尔子蚯蚓命啊，死了也只能钻泥巴，和女人白睡啰!”

“不如哪天砸了她家的房子，把她家的猪啊羊的宰来吃掉，再把她全家轰出我们的寨子去。”

他们说干就干，几块石头上去，几几嫫家的木板房顶便多了几个洞，掉下去的石头，砸烂的是装米的坛子、烧饭的锅、盛汤的木盆。幸好没伤到娃儿。几几嫫也幸好，只擦破脚后跟。她男人倒霉，左耳恰恰被一块飞落的片石齐根削掉。

他跑出来，绕寨子嗷嗷地痛叫，被老婆等在某处探出一条腿，绊跌在地。老婆带来他的左耳朵，就着嘴里嚼烂的草药，为他粘耳朵再包扎，保住了。

这以后，村人不再往外轰他们一家，也不挽留他们，但串门的多起来，为摔破皮肉的脑袋、膝盖、脸庞，更有一截编竹篓时不小心切掉的指头。寨子里的赤脚医生也上门讨教，求偏方。

百般遮掩，只说偏方来自马布尔子。村人再扯闲篇时便很体谅她：

“几几嫫重情重义，给马布尔子留了条根儿在世上，老三，鹰钩鼻子、宽肩长腿的那个!”

“要不是她勒紧裤腰带供吃供穿，马布尔子早就饿死冻死掉了!”

可竟然有消息说打死马布尔子的最后一枪不是她放的。

几几嫫满心愤懑，走了一天山路找到县公安局，要沙马依葛局长做证。沙马依葛局长已经调任地区教育局副局长，接待她的同志说，之所以替她保密，是沙马依葛局长好心，为保护她。几几嫫大为光火，叫唤着找木略县长找钱书记，要求正名：“连奖励的几袋面粉、大米都是夜里偷偷摸摸送来的，原来是不承认我的英雄名分啊!”

问她想咋样，说要政府公开承认她剿匪有功。承认又咋样?“那样的话，”她说，“和沙马依葛局长不敢比，起码寨子里的妇女主任可以让我干吧。”

半年后，她当上了公社的妇联主任，脱产，可以领工资。她本就巧言利舌，再靠着治疗跌打损伤的一技之长，人缘出奇得好。

来年，她被县里推举为人民代表，参加地区人代会。一眼望见主席台上就座的沙马依葛，颠颠地跑上去热烈地抓手话短长，泪眼花花，搞得会议开不了场。沙马依葛把她引到话筒前介绍她是剿匪英雄，号召与会代表向她致敬，她才在众代表雷鸣般的掌声中回到自己的座位。

以后每年的人代会她都出席，还代表地区出席过省里的。妇代会也来。剿匪女英雄的名声大振。地区各中小学因此不断地请她做报告，开始她只能说彝话，渐渐的，彝话汉话掺杂着说，最后完全是汉话了。

男人沾她的光，跟着农转非到了公社，享受工人待遇。男人心眼好，想不喜欢马布尔子的儿子都不行。和她商量不如把这个儿子的姓改作马布，叫马布子哈。还没来得及改，可怜这个儿子便被水淹死了。这是后话。

阑尾手术

1. 跟着沙马依葛调来地区的吴升名分上是外科医生，但声言完全没有时间给病人做手术，时间都用在医院的行政事务上了，再就是开会，院里院外的，“焦头烂额，还荒废医术啊！”到处诉苦，听的人反而觉得他故做姿态，明明一副沾沾自喜的样儿！暗骂他脸皮比城墙倒拐还厚，靠老婆到手的医院院长有啥好炫耀的！更有人造谣他喝烂酒伤到神经，手抖得连手术刀都握不住，哪个敢让他动手术！

好似为证实这事，沙马依葛的阑尾手术就差点让他搞砸。

只是一点轻微的炎症，吃点药就可以了，沙马依葛却以率队去重庆接知识青年为由，坚持要割掉阑尾。

沙马依葛要去迎接的是第一批来凉山上山下乡的知识青年。

当务之急，必须拿掉会影响她行程的发炎的阑尾，还必得吴升主刀。

那些讥讽吴升的话东一句西一句，她也听见了。她多心强啊，见不得听不得人家看不起自己的男人，尤其夏觉仁在场的情况下。

他们调来地区，吴升又被任命为夏觉仁的顶头上司、五医院的院长后，夏觉仁专门来家拜访过，曲尼阿果没来。夏觉仁主动告诉回娘家了，说："自她爹死后，阿果就有点恍惚，唯一的执着是回娘家，不管白天黑夜，有车坐车，没车，徒步也走。怎么敢让她随便走呢！赶不上班车时，比如哪个单位的领导或者家属是我给做过手术的，我就厚着脸皮找上门，请他帮忙派辆车，有时真恨这样的病人太少。最怵给阿果请假、续假，她的领导，沙马补和书记，阴阳怪气……"

沙马依葛插话："主要没找你做过手术。"

夏觉仁玩笑说："沙马书记好福气，手指头都没破过，他那三个儿子也没哪个跌过摔过！"问沙马依葛：

"不晓得你和他熟不熟？你们是家门。"

沙马依葛说，有所防备："熟还算熟，起码我得喊他一声哥哥吧。可沙马书记正像你说的，阴阳怪气，万一不买我的账，我初来乍到，外人听说，面子都没了！"

夏觉仁急道："你们一个民政系统一个文教系统，都是领导，需要互相搭台、互相帮衬，他绝对不会拒绝你！他那几个娃儿通过你还可以随便调换学校！"

沙马依葛格外响亮地笑，一边说："夏医生，你变世故了！我一个排名第五的副手，不管用！"

吴升附和："想当初你老兄可是不食人间烟火的翩翩公子哦！"征求老婆的意见，"你看夏医生，除长了点肉，翩翩样儿不改，更添了从容的风度。"

"老吴，别挖苦我！我啊，愁得，喏，"微勾脑袋，扒拉着头顶的发丝，"头发都白了。不瞒你们两个老战友，阿果不吃不喝不睡，瘦得脱形，关键是打不起精神，没日没夜地躺在床上，动也不动。我们的儿子小，以为他妈妈死掉了，老跑来医院喊我。那么钟爱的两个娃儿也不管了，两个娃儿造孽啊，衣裳脏的烂的，虱子虮子爬一身，我要出诊的话，热饭冷饭一概吃不上，要不是邻居帮忙，饿都饿死三四回了。没办法，我把两个娃儿送去上海我大姐家了。这都一年多了，还一次都没去看过他们。走的时候，索玛，我女儿，上三年级，现在五年级。我大姐怕我心烦不告诉我，可索玛能写信了，她悄悄地给我来信——真不晓得她怎么寄出来的，哭诉班上的同学欺生，女生孤立她，男生居然有使绊子想让她跌交的。她还要招架小表哥，那小子常欺负她弟弟。不能说了，揪心得很！女儿儿子走了三十来天，阿果才有反应，天上地下，好一通找，人又蔫了，还得回娘家。她回去长肉，回来消肉。”

又说：“林书记、杨医生看着她的情况一天天变坏，都劝我把她送成都治病去。我给张队长写信，请他帮忙联系大夫。出发前我陪阿果去娘家告别。想不到离家越近，她的表情越生动，等把柴门掀开，她已经欢笑着喊阿妈了。”

“哦哟，”吴升叫道，“这么多年了，老夏对阿果还是一往情深啊！”

“哪里，”夏觉仁辩解，“阿果不是伤心伤得有疾病前兆吗！”瞟眼沙马依葛，心虚似的，目光和身体都有点回缩。

沙马依葛迅速反应，抿鬓发，理衣裳，暗自咬嘴唇。突然，脸轻红，觑一觑夏觉仁，但见那位正含笑看着自己，算知趣，没有和她的眼光纠缠，再敢，她想，就鼓起眼珠子吓死你！又想，且叹你的苦经吧，偏不入你的套，帮你给阿果请假。转而道：

“我听你讲起阿果家妈的事那么热闹，好像你同阿果还有她家妈和解了嘛！我在想莫非那些闲人在编排你和阿果还有她家妈吗？他们说，阿果爹死姐亡时，你躲瘟神似的躲人家，还把人家的一个关系，叫石哈的生产队长告发了，把阿果惹火了，不理睬你，要和你离婚。她家妈本来就嫌你，这下简直恨死你。”

夏觉仁听着沙马依葛这番说，弓腰塌肩，精神大失，再说话像蚊子嗡：

“并非编排，是真的，但我绝不离婚！老吴，还是你命好，听说你的丈人丈母，把你当作菩萨，供着呢。你是怎么迷惑他们的？”

“我吗……”吴升打哈哈，“找了个好老婆！”

沙马依葛驳道：“老婆好倒说不上，关键是阶级不同，阿果家黑彝奴隶主，我家呢，白彝百姓。”

话到这分儿上，夏觉仁按说该抬屁股走人，还赖着，扯闲话，说木略带着德玉县的男女民兵，插了好些迎风招展的红旗，在鸡冠山上又炸又挖，开水渠，号称要用方石砌得和红旗渠一样坚实一样长，“凉山又不缺水，凭空搞一条悬河在人家的屋顶上，哪一天垮了塌了，淹死几个人后悔都来不及！”

吴升听他说得有趣，张圆嘴巴刚要笑，被沙马依葛喝止道：“有点觉悟，不要对新生事物横加指责！”

场面顿时安静。后来他们就在进来出去的三个娃儿身上找话说，感叹韶光易逝，岁月无情。夏觉仁想起兜里的糖果，掏出一把来哄三个娃儿。

吴升嘿嘿乐，沙马依葛和夏觉仁都看他，沙马依葛更问他笑啥？他说：“上海糖果威力无边啊，从民改到现在，十几年，畅行无阻！”沙马依葛闻声狠劲剜他一眼，一脸无辜，还是憨笑。夏觉仁坐不住，起身，尴尬得很，赶紧出了吴家的门。

这边吴升劝沙马依葛看在和夏觉仁和阿果的老关系上，还有阿果可怜的现状上，完全可以帮阿果请回假嘛。搂过老婆，说要给她提个醒，如果想和自己离婚，先要考虑娃儿。

沙马依葛告诫他，再喝烂酒，离婚早晚的事。

吴升的酒量惊人，称遗传自他父亲，还必得强调他爹是拉黄包车的。到现在，他简直就是酗酒，办公桌的抽屉里、文件柜里，甚至桌下都藏着酒瓶子，桌上的茶杯不是用来喝茶，是喝酒的，不知情的人以为这个吴院长才斯文，喝水都兴嘬，殊不知脸膛一天到晚都红彤彤的吴院长嘬在嘴里的是烧酒！

吴升因此甚得岳父和大小舅子的欢心，那几位也贪杯好酒，常笑说："吴升啊，你未必是我们彝人转世，把酒当水喝！"好酒的彝人都喜欢和他往来，凑到一起，管酒是谁的，要杯子要碗，就是酒瓶子，也转着圈，你一口我一口。都是轻举在下唇抿，绝不贪多，抿完，以掌托擦一擦碗沿杯口瓶嘴，再递给下一位。喝低喝高，黑脸膛慢慢红起来，并不显眼。基本不交流，闷头悄悄喝自己的。喝醉了，找个僻静处，披毡、披风一裹，睡上一觉而已。

吴升的话本来少，只喝酒不说话，太遂他的心意，到处宣称自己是民族团结的模范！不单他自己，外头的人也这样认为，娶的是民族老婆，交往的是民族朋友，非但模范，模范中的模范。

只有沙马依葛不认同，骂他酒囊饭袋，奇怪为何众人，包括古代的，都把酒和女人连在一起说事，似乎爱酒的人也爱女人！开展批判宋江的投降主义时，她取来《水浒》，借助辞典奋力读完，其中的好汉，除林冲外，她没有发现第二个既好酒又爱女人的。和吴升讨论吧，那位晕乎乎，晃着脑袋说："夏觉仁算一例，爱女人，但喝酒是这个……"翘起小指头加以鄙视。

吴升话里话外，总拿夏觉仁敲打沙马依葛。后来沙马依葛用他的道还治他的身，比如某天吃糯米、五花肉掺杂豆沙蒸的甜烧白，沙马依葛便说："你们江南人好甜，夏觉仁也是。"又比如，去南京的婆家，再拐到上海耍，沙马依葛动辄拿上海和南京比较，当然是上海洋气南京土气，尽管南京号称六朝古都。在上海游玩到某一个景点时，比如城隍庙，沙马依葛会歪着脑袋在那里想事，吴升自然要问她想啥，她会说，她在想夏觉仁以前告诉她城隍庙里的啥子玩意儿最有趣，可以买一个来装饰家里呢。

这招管用，等他们生下老大，两人像约定过，再不提夏觉仁。调来地区，沙马依葛感觉吴升又有点不自在，话题常扯到夏觉仁身上，说夏觉仁很尊重自己，人前人后不是叫自己吴院长就是老吴；进门出门，只要够得着，总是他给开门关门，然后等在一边让自己先走。不像某某某，仗着和他的老关系，揽腰拍肩，还叫他小吴，把院里的年轻人都带坏了。沙马依葛最听不得吴升赞不绝口，总夸夏觉仁外科一把刀，不仅名冠全院、地区首府，还声震凉山内外。说哪天又哪天，他去观摩夏觉仁做手术，看手术刀银光闪闪，起起落落，花了双眼。还说夏觉仁给五医院聚来的人气像天上的云，连汉区的病人也慕名而来。咂巴咂巴嘴，自愧不如！

沙马依葛总给他打气："你忘了吗，病人也老缠着你给做手术呢！"

"那是县上，"吴升倒谦虚，"独我一份，别无选择！再说，病情稍重的病人，不是自投名医，就是我开单转送地区或者西昌甚至省里去了。"

言谈之间，很欢喜似的。

沙马依葛不让他欢喜，非要他给自己割阑尾。意思分明，就是要长男人的志气，假如一定要灭的话，那就是夏觉仁的威风。吴升，推却不做："下不了刀，沙马依葛你是我最亲的人啊。"沙马依葛和他正相反，非得自己最亲的人碰自己裸露的肚皮才肯上手术台。吴升又以晕血抵挡，沙马依葛呸他一口："骗哪个，杀鸡杀兔子，血流成河，你晕过吗！"他问老婆，小心翼翼："为啥不让夏医生做呢，是不是还在计较他娶了阿果没娶你？"

沙马依葛直想一头撞死在墙上，威胁："你要不给我争这口气，我就给你的娃儿找后爹！"

结果刚下刀，危险就发生了。沙马依葛虽然被上了麻药，意识却清楚，感觉手术刀在自己的右下腹轻拉，正发凉呢，一抖，刀身深入，却猛地横向朝肚脐眼切去。护士捂在口罩里的声音闷闷地传出来，惊恐："喷血了，"肚子上感到压力，好几个人的手同时上来堵血口，门被撞得山响，远远的听得喊"夏医生""夏医生"……

2. 半月后沙马依葛仍虚弱得不能久站，脸色惨白，还是坚持去了重庆。接回来一百五十几位知识青年，都安顿在低山平坝以汉族为主的公社。

刚睡三五天的安生觉，十几个知青找来申诉，嫌汉区的农村太平淡，衣裳灰暗，人木讷，非要到彝区插队不可。更有愣头青嚷嚷："哪怕被抢去做娃子也无所畏惧!"连续几天，没办法调伏他们，只好同意。还是替他们着想，将他们安排在距离城最近，位置也最低，能种水稻的一个彝族寨子。

那里有一条流来地区所在地的河，河高水冷，得名冷水河。知青不怕冷，抵达当天太阳都下山了，十月份的天气，也敢下河耍水。其实是游泳，耍水是凉山人的说法。那都是娃儿们的喜好，再说高山顶上飘雪了，连最调皮捣蛋的娃儿都不会再下水。至于女孩儿，从小到大不会有人光胳膊露腿地泡到无遮无拦的河里混耍。

知青游泳招来很多看客，啧啧连声，很是惊叹，像他们那样的凫水法看客们从没见过，不过是自由泳、蝶泳、仰泳三种。当地的娃娃只会狗刨式，所谓蛙泳。再就是看客们觉得知青速度快，还专往漩涡里扎猛子，也不怕里面藏着的石头撞破他们的脑壳。还有水蛇呢，都成精了，惹嘛，小心鸡巴没了，还咋当爹哦!

第三天还是第四天，事故发生了，不是水蛇，是片石划破了一位知青大腿上的动脉，河面一片血红。寨子里的赤脚医生用半洋半土的手段暂时给他堵住伤口止住血，抬到五医院缝了几大针。

给他缝针的是院长吴升。差点搞砸他老婆的手术后，吴升一直在干缝合伤口的活，和别的大夫合作，人家开刀、堵截流血的创口，反正让他看不见血，或者很少的血，剩下的事他都能做。

当下，吴升陪沙马依葛准备去夏觉仁家，以感谢夏觉仁把沙马依葛从"死亡线"上拉回来。

向夏觉仁表示谢意，两口子商量有一阵了，说这个星期天一准去。星期天到了，礼物拿在手上，正要出门，医院的办事员跑来通知卫生局召开紧急会议，院长、书记必须出席，还得带上传染科的。

说东边三个县的交叉处，七八个寨子，突发急性肝炎，让去商量对策。吴升吩咐沙马依葛自己去，再拖不好意思，从重庆回来快一个月。沙马依葛也是这意思。两人一起出门，到岔路口，一个去卫生局，一个去五医院的宿舍区。

沙马依葛第一次来夏觉仁家，就是五医院的家属区也是第一次。问了两个人，说外边园子里菊花开得最繁盛的那一家。

夏觉仁开的门，前襟上头发上沾着面粉，正做荞面饼。让进门，坐在桌边的曲尼阿果在捏一个饼子，看见沙马依葛，笑笑，似乎刚见过，其实她俩最后一面是在三年前，不让座不倒茶，都是夏觉仁在忙。

沙马依葛嘴里感谢的是夏觉仁，手里拿的一块在重庆买的灰色哔叽是送曲尼阿果的。

曲尼阿果更瘦，奇怪，更漂亮，眼窝深深，眸子郁郁，一副心不在焉又弱不禁风的样儿。前天刚从娘家回来，单位捎口信喊回来的。曲尼阿果甜甜地道：

"我家表哥说，下次他会再来给我请假的，他要给我请半年的假，请到春天我养的蜂子酿蜜的时候。"掉头冲夏觉仁微噘嘴，"你给我买的养蜂子用的面罩、帽子，还有手套在哪里呢？我说过要两套哦。"

"买了买了，"夏觉仁俯身道，"大姐姐来信说已经寄出来了，东西总比信晚两天，最迟后天就能收到。呀，你好快，又捏了两个饼子。你等着我做贴锅饼子，保证烤层香锅巴出来！"

曲尼阿果却站起来，说她不想吃荞麦饼子了，想睡一会儿，头昏，顺手抄起沙马依葛送她的料子打量。沙马依葛乘机说料子够做一件上衣，样式她也带回来了，最近重庆、成都很时兴。正说着，陡然见曲尼阿果的眼里闪着泪花，轻跺跺脚，扭身进了里屋。夏觉仁紧跟过去，被门碰在外边，不离开，竖着耳朵，聆听门里的动静。

回来坐下，冲沙马依葛一咧嘴，算抱歉。沙马依葛紧张地问，是不是自己的哪句话得罪阿果了。夏觉仁摇摇头，悄声说了个沙马依葛从没听过的词："抑郁"，看着她疑惑的眼神，夏觉仁指指脑袋，原来曲尼阿果的脑袋出问题了，"阿果的心伤透了。"夏觉仁又说。

"是呀，"沙马依葛附和，"转眼间姐姐和爹爹都死了，能不伤心吗！可都过了这么久，快四年。"

"这种病搞不好得跟人一辈子！不止爹亡姐死，还有我的原因，背信弃义。"

大难临头各自飞嘛，连鸟儿都如此，何况人！夏觉仁在阿果家出事后的表现正好给那些反对彝汉联姻的人一个攻击的武器，沙马依葛的姑姑就让她小心点，别吴升把你卖了还在那里帮他数钱。

沙马依葛后仰身子，微微一笑："你不是挺巴结的吗……"

"胆子小，怕惹祸上身！"夏觉仁认输道，慢慢松开搁在桌上紧攥着的拳头。

"你恋上阿果的时候勇气大如天啊，连木略都劝你别碰阿果，黑彝姑娘，铜豆子一颗，溅起来，搞不好，眼睛都能给你打瞎！"

夏觉仁带点结巴："木略是劝过我，说我非要找彝姑娘的话，不如找你！"话到后边，声音压低，眼睛闪避。

此时彼时，并不久远，却意思、情调颠倒，心慌脸烫的不是说话的人，而是听者。为掩饰，沙马依葛端起水杯假意喝茶，没料到咽得咕咚响，吓一跳，杯子差点失手掉地上。

夏觉仁倒自在，嘴边的还是曲尼阿果，像是他的心病。和她商量，怎么让阿果回到正常的生活轨道上来，最起码上班拿工资，别老在娘家耗。可是："沙马依葛，你也看见了，她那个病歪歪的样子没法上班啊！"

"是呀，"沙马依葛一改之前的不闻不问，"我看光是几个事假起不了啥作用！没想过请病假吗？你不是说有心带她去成都看病吗，抑郁症？"

"不完全是，准确地说是抑郁症倾向。"

沙马依葛探出手，以指尖与夏觉仁平摊在桌上的指尖相碰，她说，善解人意：“那不算严重嘛！听阿果的意思，她家表哥也在帮她请假。她和她表哥走动开了？”夏觉仁任由她的指尖一一挨过自己的，抬眼望来，闪闪的，竟是泪花。

屋外的鸟鸣鸡叫人声竞相入耳，吃一惊，各各缩回手，敛声静气，旁顾左右。夏觉仁上下搓脸庞，也为揩泪，抱歉：

“别往心里去，第一次也是最后一次。”

“理解，但那是不可能的。”

夏觉仁反问什么不可能，她居然回答：“阿果和她家表哥啊，他们绝不可能接续以前打的娃娃亲！”夏觉仁猛吸口凉气：

“谁在这么嚼舌根呢？”

“那你干嘛哭兮兮的，我一提她家表哥？”

夏觉仁摇头轻笑：“真是女人家啊，就是聪明如你的！我所以失控，伤心呀，你听见了看见了，我怎么做都比不上她表哥给她请一次假！还有你，”又偏头去看里屋的门，“让我也不好受。”

沙马依葛突地心跳，嘴倒硬：“莫名其妙，和我啥相干！”放胆：“你该不是在可怜我吧，可怜我要尽手段追求你，连你的头发丝丝都没打动过。”

“可怜的是我，不值得你那样做！”替她打算，“天晚了，不回家做饭吗？”

不用，有她的外甥女在家帮忙，她大姐的大女儿。“我大姐，你见过，当年行军在去德玉县的路上。”

夏觉仁当然记得，泼辣，急切，好像他是她妹妹的囊中物，“你大姐吓着我了，要不然，结果谁晓得呢！”

“你是在挑逗我吗，一而再的，夏医生？”

夏觉仁跳起身：“我俩外边说去。”

两人来到夏觉仁家的小花园边，天光大亮，都有点不好意思看对方。各侧过身子，马上告别又舍不得。

花园这个季节正在怒放的是各色菊花，零散的还有几朵大丽花、十三太保挂在枝叶上。

沙马依葛表示自己最喜欢黄色的波斯菊，夏觉仁取来花锄挖了三株，“沙马依葛局长，”他说：“我这就种到你家的院子里去。人家都说秋天移栽的花死路一条，你且看我的本领，不但死不了，花开还能维持到下雪呢。”

一路来到沙马依葛家，种下花，沙马依葛已经主动表示明天给阿果请假：“沙马补和书记，喊他声哥哥，他会高兴得忘记自己姓啥的！”

第二天上午，沙马依葛果然打来电话说阿果的假请下来了。她说沙马补和还答应用单位的吉普送阿果回娘家，如果阿果回的话。

真假证明

送回去三个月，单位正要催回来上班，沙马依葛的续假来了，然后是吴升，光他俩就给曲尼阿果请了一年的假，再加上夏觉仁辗转请的，曲尼阿果快两年又没在地区露面了。

这期间，通过夏觉仁这个那个病人的嘴巴，总有曲尼阿果的消息传到相关部门。由消息听来，曲尼阿果疯疯癫癫，听说在养蜂，穿着像防毒面具一样的白衣裳，成天在寨子里、山坡上晃悠，夜里没有月亮总有星星，忽然从眼前闪过，吓得人屁滚尿流，以为碰见鬼了。

她喂蜂子的蜜，都说是夏觉仁捎去的。有从商店买的，也有病人送的野蜂蜜。说她把那些蜜像模像样地储藏在坛子里，每次取用时都很舍不得，发出啧啧的怜惜声。等到春天来了，满山的杜鹃花核桃花刺梨花，还有樱桃花桃花杏花李子花开放时，她完全可以把她养的蜂子放出去吧，不，还是把它们关在后山的几只木箱里，折了各色的花枝叶铺在箱子的顶上、附近的地上，供她的蜂子采蜜。她妈实在看不下去，不管蜂子蜇得又痛又痒，还肿，硬是打开箱门把蜂子放跑了。

曲尼阿果好似不认得夏觉仁，总和她表哥混淆。她表哥撤职后，和舅娘表妹走动得更勤，某个月，监控材料就显示他去过阿果家五次。布控的都是寨子里的民兵。

这些消息传来传去，大家都对夏觉仁生发出些许同情。仁慈的女病人，即便看的不是外科的疾病，也会专门拐来送点自家酿的醪糟、做的豆腐乳给夏医生。沙马依葛更甚，家里煮块腊肉炖只鸡，总要派娃儿来喊夏觉仁。夏觉仁也不客气，不但每喊必到，有时还主动上她家讨口饭吃。如果从医院来，就和吴升相跟上。

木略两口子或者其中的一位来地区办事、看病在沙马依葛家吃饭，夏觉仁也会来陪吃。

看病的，是俞秀，她的风湿性关节炎近两年据她抱怨疼得一夜一夜的睡不着。

又一次俞秀来，几个人凑到沙马依葛家吃晚饭，俞秀说曲尼阿果让下乡回来的木略带给她两罐蜂蜜。沙马依葛立刻睃眼夏觉仁，意思还不是夏觉仁你给提供的。俞秀说阿果给的蜂蜜泡水喝、清口吃都很滑爽，各有股樱桃花、刺梨花的香味。还说，阿果以后可以靠蜂蜜养家了。沙马依葛打断她，却盯着夏觉仁笑道：

“俞秀，你回去竹签子挑一挑，说不定能挑起樱桃花、刺梨花的筋筋脑脑呢。”

俞秀问她啥意思，她再次睃眼夏觉仁：“你让夏医生给你说嘛。”

夏医生夹一箸炝炒豌豆尖，填进嘴里，再填两片油亮、透明的腊肉，慢腾腾地嚼烂咽了，方理会：“那些筋筋脑脑都是揉碎的花瓣，阿果揉烂后掺进蜜里的。”

“没有啊，”俞秀说，“冲出来的蜂蜜水可清亮了。”

夏觉仁很正经：“阿果挤进去的可能是花汁儿！”

沙马依葛拊掌乐，吴升没有表示，夏觉仁难免多瞧他一眼，觉得他有点特别，尽一盅一盅地灌酒了。好酒的人不吃菜是常态，可他的酒没往常喝得欢畅。

俞秀来回看他们三位："啥意思啊，你们？咋可能掺花瓣花汁嘛，我听木略说，阿果专门在蜂箱口给我装的蜜。还说，地上摆的，树上挂的，加起来，总有十来个蜂箱。野蜂不少，黑黑的身背，飞起来旋风一般。"

夏觉仁转移话题，问俞秀："你来看病这么一阵儿了，咋不见木略的影子？"

俞秀摆摆手："动弹不得！自从林彪摔死在温都尔罕，半年多来一直在开会、学习！还学林县挖水渠，学大寨开荒造田。哪里是荒山嘛，都是林子，非得要砍了让种地。木略心里不安逸，也不敢表示！"

"你们汉族连巴掌大点的地都拿来种菜吃，学大寨开山出地能种多少菜啊，你倒不满意了！"沙马依葛说。

"谁让我嫁了个喜欢林子胜过田地的彝胞呢！"

"看你把那蛮子稀罕的！"沙马依葛奚落她。

"未必你不是！好酒好肉，把汉胞吴升养得一肥二胖。"

沙马依葛稍瞧瞧夏觉仁，感叹："咱们这三对彝汉婚姻就夏医生的差点火候，娃儿、老婆、男人，一家人分在三个地方！话到这儿，我倒要问夏医生，阿果的假，她的单位还让续吗？又小半年过去了。"

"没人提这事，都在忙批林批孔，从此把阿果忘记才称心！"

沙马依葛说，带点忧虑："别以为批林批孔和自己没关系，稍一联系实际，就成典型了。你再说阿果精神有问题，抑郁了，有医院开的证明吗？有病假条吗？病退算了，不会是心痛那几个工资吧？"

"也不是没考虑过，但精神上的毛病鉴定起来太麻烦，得去成都，当然可以找张队长……"

"慢着慢着，"吴升放下手里的酒盅，"夏医生，你该不是想找张队长开后门吧，"脸醺红，眼神迷茫，舌头却利索："让他帮你开假证明？"

夏觉仁生硬地问他为啥出此怪论，假证明？吴升抚着酒盅，漫不经心地说：

“夏医生啊，我在旁边听你们议论阿果的蜂蜜到底掺的是花汁还是揉碎的花瓣，不由得把此事的前前后后理了一遍，我想，不如找张队长帮忙开个证明，证明阿果有精神病就万事大吉了。”

俞秀抗议：“那种证明咋能随便开，精神病，不就是疯子吗！拿来骂人解气还行，开证明，白纸黑字，害得不止阿果一人，以后谁敢和阿果的子孙辈开亲啊！阿果的精神有毛病吗，我咋不晓得？”

“要不然，我说开假证明呢！”

“假的真的，都不行！”俞秀态度坚决，“可以开胃病、心口痛呀！”

“胃病心口痛都不如精神上的病威力大，要不，夏医生也不会这么散布了？”

夏觉仁板着脸说：“散布？又不是谣言，阿果爹死姐亡，没有彻底疯掉，已经万幸。你们都晓得阿果家搞迷信，给阿果叫魂吧！按彝族的说法，虽然是迷信，魂丢了，要叫回来；但按科学的说法，魂丢了，相当于失神，是精神上的问题。”

“所以得给她充裕的时间调养啊！”吴升说，“请假不够，开证明最管用，假证明！”

“证明就是证明，老吴，你怎么尽说假的呢？”夏觉仁声音响亮。

“阿果啊，”吴升卖关子，“最多是心理障碍，就像电线短路，暂时的，而且从诸多迹象看来，早就畅通了。抑郁症，全是夏医生在散布！故意的，为让阿果白拿工资不干活！实话说，我怀疑夏医生在阿果请假这事上耍心眼、设局让我们当冤大头不是一天两天了。俞秀刚才那番话让我更加认定我的怀疑是有道理的。”

“哪番话？”俞秀不明白。

“阿果养蜂那事儿！”吴升大大地灌口酒说，“俗话讲，江山易改，本性难移，说的就是夏医生。夏医生不管是非曲直，一味将就、屈从阿果，甚至不惜欺骗组织、耍弄朋友，也要达到给阿果请假的目的。就说巴结我吧。不是一般的端茶递烟，刚瞄见我的影子，就已经在给我立正了，屁大点事也来找我汇报，给我养的花草浇水松土，帮我收拾打扫办公室，进而给我倒痰盂，不嫌恶心。我一看见夏医生毕恭毕敬的样儿，浑身就起鸡皮疙瘩。依葛，你没有感觉吗？”沙马依葛头别到一边，不吭声，他叹口气：“除了阿果，夏医生向谁低过头！我就想这家伙未必有事相求？果然，变化手段，让依葛和我帮他给阿果请假，一次又一次。到今天，快两年了，我们哪个见过精神失常的阿果？没有嘛，却不停地听说阿果发疯的事，养蜂是其中最疯的一件事。请注意，也只有夏医生一个人在说，没有说疯，是抑郁。几几嫫和我打赌，哪个敢说阿果疯了，她就敢不当干部……”

“为这事，你找过几几嫫？”沙马依葛惊问。

吴升表情松弛：“不找她找谁，离阿果娘家最近的只有她。她派人，自己还专门去了趟，然后捎信给我说，阿果不疯不傻，天天围着她养的蜂子转。春天到了，还会雇人雇马北山南山地追着花期养她的蜂子。俞秀说得对，阿果的蜂蜜可以养家了。几几嫫就碰到好几个汉区的人在那里收购蜂蜜。几几嫫拿不准阿果是不是在搞投机倒把。你们认为呢？”

没人回答他。俞秀责备夏觉仁：“为啥把自己的老婆说成疯子？”

“为给阿果请假，好让她从事养蜂事业！”吴升说，阴阳怪气。

“老吴，”夏觉仁放缓语调，带点讨好，“你听我解释……”

“你那些解释留给俞秀、依葛吧！”吴升难得嗓门大，立竿见影，夏觉仁即刻噤口，“她们女人家，心软，听不烦，我再听你诉苦，会当场昏死过去的。夏医生呀，你晓得是啥引起我的怀疑的？恰恰是你扯淡的花末花汁。哼，连蜂蜜都扯谎说是你提供的！”

“难道不是？”沙马依葛底气大失。

“依葛啊，所以我说你呢，不要当东郭先生，迂腐，东郭先生是被蛇耍了，你是被夏医生当枪使了……”

叫　魂

1. 曲尼阿果养的蜂子确实在产蜜，不同的花开时分，蜂蜜的味道各不相同，可要像俞秀说的拿来养家尚待时日，而且会被当作资本主义的尾巴割掉的。

养蜂并不是曲尼阿果的唯一本领，摆弄花草她也很在行，像长了双仙手，坏了根的鸢尾花、被汽车从梢带根都碾烂的芍药也能救活。说到仙气，夏觉仁觉得连蝴蝶、麻雀、山兔子都很喜欢他的阿果，不然，她怎么会把蜜蜂养得那么乖呢，想要樱桃味、刺梨味的蜂蜜也要得到。看她带着蜂箱在山野间自由自在地追逐花期，夏觉仁再心安不过。

外人不必晓得他的阿果擅长养蜂种花，那样的话，他们会认为阿果没有毛病，又会把她拘回来关在单位关在办公室那样的笼子里。为迷惑他们，夏觉仁甚至把两个娃儿都送到上海大姐家去了。原因简单，娃儿的妈妈身不由己，管不了娃儿；他本人，医务繁忙，非但管不了娃儿，也管不了神经出毛病的老婆，任由老婆不断地跑回娘家。曲尼阿果的单位因此会派人去把阿果押回来，有次还动用了担架。

曲尼阿果被单位押回来，抬回来，禁闭以后，就会哭，只有眼泪没有声。女人，就地打滚，自撕头发、衣服，破口大骂，等有人来拉扯你，让你住嘴时，就昏死过去嘛。曲尼阿果不来这一套，头发让她抿得光光的，衣服裤子不时抻一抻，生怕人家笑话她蓬头垢面、衣裳不整。沙马补和书记有一次就发狠话：“看你不吃不喝，哪里还来的眼泪流！”

流不出泪就流血，三滴两滴，单位吓坏了，赶紧让夏觉仁把人领回去。但不许离开地区。

不让回娘家，曲尼阿果的反应一样，有泪流泪，没有泪流血，还绝食，反正死路一条。

在单位打熬的那三四天已颗粒未进，夏觉仁接回来也不吃不喝。有天夜里，夏觉仁硬是掰开她的嘴喂了她半碗鸡蛋羹。第二天早上准备打水给她洗脸，发现脸盆里都是她吐的蛋羹，红红的，还杂有血丝，完全是卡住脖子呕出来的。夏觉仁脑门心一热，冲到厨房抄把菜刀回来强塞到她的手里，让她砍死自己算了。

那刀自由落体，哐当一声，掉在地上之前，擦过夏觉仁的右脚踝，吓出他一身的冷汗。

他再出门上班或者买东西，就会特意把家里的各种刀具藏起来，两把菜刀、一把水果刀，外加一把起子。

他常请科里的几个护士轮流替他照顾，实际监视阿果。护士们个个回来都向他报告，阿果好虚弱哦，呼出来的气多吸进去的少，蚕丝般，热乎劲都没有。她们说，我们哪一个不是连白带黑一天守下来的，可别说屎，连尿都没见她撒过。都主张给阿果输液，盐水，葡萄糖都来点。可等曲尼阿果长了点气力，就会把针头拔掉。再扎，根本扎不进她的血管，淋淋拉拉，都是血。夏觉仁又气又痛，当着护士的面眼泪迸然而出，惹得那些护士直弹舌头，煞是羡慕！

夏觉仁还给曲尼阿果留字条，告诉她不吃东西、不喝水对身体的危害，威胁她要是出了毛病，你家妈，还有年小的弟弟靠谁养活！他也写自己的心情，两个字，后悔。后悔没去料理二姐的后事，没为爹爹奔丧，再就是告发石哈。说有一句汉话叫爱屋及乌，我爱阿果你爱到自以为能以命相许，却不能包容你的父母，他们生死交关时还打自己的小算盘，枪毙三次有余！

他每天放张字条在曲尼阿果的被子上，在她的下巴处，她呼出来的气息吹得字条发出细碎的轻响，十分悦耳，总要叮嘱："记着看啊！"等他回来，那字条可能在床上，也可能飘到地上，只要他拣到，他就压在曲尼阿果的枕头下，把其中的内容讲给她听。他觉得讲的效果比写的强，起码曲尼阿果在听。

讲到第五天，讲不下去了，因为静默的曲尼阿果突然哭将起来，声音之尖利，像要划破长空，引来一大堆好心的邻居相看。

曲尼阿果哭得止不住，还乱扔东西砸他，都是手边的，枕头，手表，闹钟，水杯，调羹，碗，收音机。他被水杯砸中过，左肩，轻疼了两天。闹钟、收音机分别砸碎家里的一个镜框，两个并排的热水瓶。

发泄有好处，此后她开始正常饮食，虽然少。没问两个娃儿的去向。

某天夏觉仁下班回来，看她把园子里的几株芍药挖出来，用泥巴糊根，再用旧报纸包裹。说要栽到娘家的院子里。饭也不吃，马上要走。夏觉仁拦她，假意担心路上花费的时间太久，芍药花娇气，等回到家早死掉了。她明朗地一笑说："你忘了吗，那时你拣回来的索玛花根子都断了，还不是我救活的。"

2. 她什么时候养的蜜蜂，还兴致盎然，卓有成效，夏觉仁并不知道，只知道她再闹着回娘家时更惦记的是先两箱后五箱现在已经十一箱的蜂子。养蜂让她挺分心，好几次，她明明在听夏觉仁读女儿从上海写来的信，或者讲女儿儿子在上海的情况，突然打断他，絮叨自己的蜜蜂。她时而流露出的会心微笑，间或若有所思，并非因儿女而起，而是她的蜂子。

她不吃自己的蜂子采的蜜，开始也不让别人吃，她妈妈尝了口恰恰被她瞥见，当场把手里的一只木瓢摔到地上，竟然裂成几瓣。蜜蜂死了，或者被别的蜂群拐跑了，她总是哭得死去活来，她妈妈气不过："哪一天我死了，你哭得成这样儿吗？"她不让吃的蜜全拿来喂蜂子，真的是在养蜂啊！

事情总在变化，曲尼阿果的妈终于接纳夏觉仁了。早在阿果的爹去世前，碰上亲戚邻居，谁生了病，又非得要去县里地区诊治时，她会建议人家上地区找夏医生，特别嘱咐："不要说我让你们找的！"哪有不说的道理，管用得很，夏医生忙前忙后，殷勤百倍。消息传回来，她总笑笑："又挣了个面子！"曲尼阿果的爹死后，夏觉仁的作为正好印证这桩彝汉婚姻的错误，夏觉仁在她眼里，根本就是坏蛋一个！

可夏觉仁三番几次送曲尼阿果回来，还和以前一样迁就她，又给脱鞋又给擦脸洗手，连饭都恨不得亲自喂，也触动曲尼阿果的妈。

夏觉仁再送曲尼阿果离开时，岳母会一大早起来给他做碗荷包蛋，给他准备路上吃的荞面粑粑、煮洋芋，还会专门磨了燕麦做的炒面让他带回去充饥。

总有所不甘，也是习惯使然，进来出去常吊脸子。夏觉仁知趣，尽量不和岳母照面。听岳母要找祭司、巫师，就是彝话叫的毕摩、苏尼来给阿果叫魂，不敢公开反对，迂回说："这可是迷信活动，万一被发觉，帮忙的毕摩、苏尼也脱不开爪爪。再说，哪来的毕摩、苏尼，早就变成人民公社的社员了。"

阿果妈让他别管，毕摩她来找，"山洞洞树缝缝，不信找不出一个来！"还得找毕摩，毕摩有文化，有传自历辈祖宗、手写在羊皮纸上的招魂经；苏尼靠神灵附体，如果附体不成功，魂就白叫了。

民改以来，再到"文革"，和苏尼一样，毕摩一直在被管制，早就不能做法事了。长时间不操练，技艺生疏，飘在云朵上下的神灵未必听他们的召唤。最主要的是他们变胆小了，害怕法事期间冲来几个，哪怕一个基干民兵，就够收拾他们这些搞迷信活动的家伙了。

这些事儿都不是夏觉仁能操心的，阿果的妈催他赶快回地区上自己的班去。夏觉仁嘴里答应，内心却在抗拒。第二天一早，吃完给他准备的早饭，怀揣上干粮，假装出门，在一个山包后躲到天擦黑，折回来。刚到院门口，听见屋里有男人的声音，以为是毕摩，再一听声音很熟，扒着篱笆一看，影影绰绰，果真是阿果的表哥古侯乌牛，吃惊不小，“啊”的一声，先自跌来摔响在柴扉上。

阿果的妈气得直揉胸口，古侯乌牛不动声色，让他留下来，说不定派得上用场！

果然。

毕摩觉得眼前汉人夏医生的气场最强大，力邀他一起“干迷信”——用汉语正面也带点自嘲地表达做法事。

毕摩让他揪住毛线的一头，另一头由阿果妈攥着。不是毛线，是毕摩念过经有了灵气的魂线，长及两尺。又让他抓举一只绑着翅膀的白公鸡。然后自持柏树枝，越过魂线，舞了舞，示意他将白公鸡举过魂线晃一晃。再让阿果妈和他同时扽线头，扽紧魂线中间挽的活结，表示曲尼阿果的魂给拴住了。

毕摩叫阿苏达尔，曲尼阿果小时候灵魂走失时也是他给叫回来的。前后叫过五次。其中一次，专门针对阿果迷失在汉区的魂。曲尼家只有阿果的魂在汉区走失过。阿果妈因此常抱怨阿苏毕摩当年叫魂打瞌睡了，要不然，阿果何至于找汉人做丈夫！

此刻她抱怨的是阿苏毕摩的胆子，“小得来还不如麻雀的”，先声称叫魂是迷信活动，干不得。后来看在古侯乌牛、夏觉仁是国家干部，后者又是汉人医生的分上，勉强答应下来。但有条件，要夏医生为他的孙女疗伤。那姑娘放羊时划破的腿肚子半年了还在化脓，他调的草药糊糊不管用。

人如约来了，却很恍惚，东张西望，支起耳朵听外边的动静，生怕被民兵发现抓去游斗。

押他游斗的，不止民兵，还有红卫兵。红卫兵的花样多，给戴纸糊带尖儿的高帽子，还挂张牙舞爪、写着“封建迷信分子”的牌子，连他做法事用的神笠、神扇、羊皮纸经文都胡乱挂到他的颈子上。与会的人都在声讨他“干迷信”，破坏生产，耗费财物。具体来说，某家的爹生病了，阿苏毕摩看蛋黄看羊脾，翻读羊皮纸经文，然后让那家的儿子杀鸡杀羊，送鬼送魔，不管用，又让杀牛，牛头羊头全归他，结果，那家的爹还是害病死了，家产呢，荡尽了，穷得来哭天喊地。类似的事情、人家何止一桩一户。其中一人质问他吃过多少牛头羊头？他说忘记了。那人说，光他家上下两代的牛头阿苏毕摩就吃过六个，羊头十三个。有人便在现场统计，数字惊人，阿苏毕摩居然吃过三四百个牛头、上千个羊头，鸡啊猪的难以计数。众人愤愤不平，绕着他转圈，终于有了答案：“难怪阿苏你的脑壳像牛像羊又像猪，原来那些畜牲的脑壳吃多了。”

还有人拽他一把，风言风语：“噫，毕摩，你不是会咒术吗，你咒一个来让我们瞧瞧，看能把我们哪一个咒死呢，还是咒得生病呢！”又抓着他的手擦燃火柴，让他自己点燃挂在胸前的经文。那羊皮纸上写就的经文世代传下来，传到他的手上，已然十三代，是阿苏毕摩家的宝物啊！吱吱的燃烧声，升腾起的皮脂的气味，还有浸濡着他的历代祖先身上手上的油汗味，把他的心都搅碎了。再请他作法，不胆小才怪。

他慌里慌张，在背诵自家的谱系时，老打磕巴，人鬼都不吃他那一套，那些飘荡在家宅内外、由死去的牛羊虫鸡变成的大鬼小鬼，龇着牙除嘲笑他外，等他念叫魂经时还会装怪打扰他，要不腾起一股烟雾来让他看不清经文；要不挠他的胳肢窝，让他痒得坐立难安；要不让他叫魂声收不回来发不出去，张着嘴巴干着急，反正出他的洋相，让他好看！弱毕摩被鬼欺就是这样的。

阿苏毕摩还把曲尼阿果的命向搞颠倒了，“魂啊，”他唱念，“你该回你的西北方啊！那里花红水绿，风轻轻的，多暖和，你的魂要想壮大，只有西北方啊!”应该是西南方，这是曲尼阿果出生时就确定的命向!

阿苏毕摩自觉法力大不如前，不断地呼唤曲尼阿果的爹来帮忙：“曲尼拉博啊，你来帮帮你家女儿，让她柔弱、轻巧的魂不要在离家天远地远的地方玩耍，快点回来吧！再不回来，她家妈的眼泪就要流干了。她是多可怜的一个妇人啊，男人、二女儿挨着都死了，这个三女儿，魂要是叫不回来，一天一天，也要死的。她万一死了，不会像你家二女儿那样变成冤死鬼的，变鬼是肯定的，就是捣蛋鬼也是鬼啊！难道你光晓得在祖灵地的桃花林子里享福，不关心不心痛吗？英勇的曲尼拉博啊，让你女儿的灵魂回来吧，回来挨着她家妈，互相有个依靠吧!”

这番痛说，阿果妈伤心都来不及，哪能顾及毕摩的又一次失误：忘在门后插神枝了，魂路倒画好了。

神枝是灵魂顺着魂路回来寄身的处所，没有它，灵魂还得继续游荡啊!

斗争会

1. 叫过魂，起不起作用，得阿果妈判断，她说起作用，因为阿果允许她吃蜜了，还装在罐子里送人。曲尼阿果自己还是不吃。她问夏觉仁和她是不是站在同一条战线上的，这样的词她也会用，可见她并没有完全脱离社会。夏觉仁自然是她这边的，她偏头，娇嗔地说，那就不能吃她的蜂子采的蜜，惹得夏觉仁欢喜不已。

半路却杀出个程咬金，吴升竟拿她养蜂的真假来生事，还阴暗到找一个叫几几嫫的女人去调查阿果的程度！

那天晚上离开吴升家送俞秀回病房，一路无语。分手时，俞秀难得握了下他的手："看吴升那架势，这辈子怕是饶你不过。我不信你和沙马依葛还在腻歪，没有吧？"

夏觉仁憋不住声大："从来就没有过。"

第二天上班吴升来外科会诊，看不出异样，会诊结束，立即走人。然后，连着三天不见人影。夏觉仁再三再四地在他的办公室外转悠也没碰上，问林书记，吴院长是不是出差了，回答没有。反问他找吴院长什么事，不肯说。事情敏感，只有俞秀这样的朋友可以商量，可俞秀到三十公里以外泡温泉去了，那眼温泉硫磺水质，对关节炎疗效显著。要商量的仅一件，哪怕下跪，也得求吴升掩饰阿果养蜂的实情。

正打熬，吴升找来，叫夏觉仁去他家吃晚饭。

柳暗花明啊！

提前下班，回家好一阵翻腾，没有拿得出手的。去吴升家吃饭，他从不空手，只是上海货有限，他大姐的日子也不好过，来信说街道新来的主任不买所谓红色资本家的账，香港来的汇单都被他扣在手里。

赶在食品公司关门前，忍痛花两张糖票买了三块碗状红糖。

每次看他带东西来，沙马依葛都要客气两句，这次声都没吭，脸板着。

他问，带点开玩笑："老吴欺负你了？"

居然："你！"

装着不明就里，望向吴升，那位哈哈一笑，不置可否。只听沙马依葛又说，清朗得很：

"你和我们往来，是不是在利用我们哦？"

"此话从哪里说起？"瞥眼吴升，小心翼翼。

"你是为给阿果续假，才委屈自己一天到黑吴院长老吴不歇嘴的吧，还鞍前马后，撅着屁股伺候吴升！别熊样儿，腰打直，胸挺起！"

夏觉仁微勾脑袋，低低地笑道："我咋听不懂呢？"

"你就假装吧。"把他放在饭桌上的碗糖略一拨拉，"吃完饭拿走，难道战友的情意就值这点东西？"揪了袖子的一角沾眼睛。有泪吗？吴升开腔道，语气沉缓：

"老夏啊，本来以为你在开玩笑，我们内部说一说就算，没想到你是认真的，满心盼望沙马补和，他的老婆，还有他们的几个娃儿摔破脑袋跌断手脚，最起码盲肠炎急性发作，你好给他们治疗……"

不再往下说，等夏觉仁回话，后者只是看着他，神情瞬间变得异常冷淡。

“往下说啊！”沙马依葛催促。

吴升略避开夏觉仁的眼风：“还用说吗，就是利用别人的痛苦来给自己的老婆行方便！”苦口婆心：“老夏啊，你爱老婆，爱到超过贾宝玉爱林妹妹，无可非议，咋能黑心烂肺，存祸害他人的想法呢！这是对沙马局长，对我们，你的战友，你欺骗我们利用我们，拿为沙马依葛做的阑尾手术摆好论功！”怒火中烧般，音色粗粝：“你是不是看我们傻，好哄哦！”

“只一句，”沙马依葛说，“夏医生，你要我们咋相信你呢？”

“别相信！”夏觉仁说，“本来我打算哀求你们饶我饶阿果一命的，看来不可能。你两口子话语滔滔，手势表情，配合得天衣无缝，我都嫉妒了！唉，阿果和我如果多少有点默契，她就该听我的，不去炫耀她的破蜂蜜。今天这顿饭没法吃了，你们叫我来也不为这顿饭，走了。”

“拿上你的东西。”沙马依葛及时地喊了一嗓子。

“留着吧，要不丢垃圾箱。”

2. 隔天上午，夏觉仁有台手术，吴升过来换上行头也进了手术室。大家以为他要为病人缝针，结果好似督战。临走通知在场的人晚上去饭堂开会，让周知。

下午没事，夏觉仁掐着上班的时间去见曲尼阿果的顶头上司沙马书记。

沙马书记正剔牙，拿根火柴棍使劲捅。

他自顾自坐下，办公室里除书记的坐椅，另有一把。间或好心建议沙马书记别和自己的牙齿过不去，抬起半个屁股探身打量沙马书记龇了一半在唇外的牙：“哎哟，门牙缝卡得进一颗米，再大点，说话就该走风漏气了。”

沙马局长丢掉尖儿都糙了的火柴棍，白眼一翻：“可惜你不是牙医！”

“我不是，可以给你介绍！”

“你这种人，黄鼠狼一样，能安啥好心！说吧，这次想给你老婆续多长时间的假？”

干脆道：“长假，长得你再也不用劳神给她批假了，连基本工资也可以不给她发。”

沙马书记端正腰身，两手攥在一起搁在桌上，瞪大眼睛：“难道要辞职？”

“正是。”

“这可没想到！”沙马书记往椅背上一靠，“我不是听说阿果活蹦乱跳的，在娘家大搞资本主义的副业，养蜂吗！”

“所以毛主席教导说要调查研究呢。作为她的领导，你从来都没主动问过她，从哪里晓得她搞的是资本主义的副业！阿果的娘家离地区不远，你又有车坐，你带上自己的眼睛亲自去看看嘛。信不过自己的眼睛，你还可以到她家附近的翻身奴隶家搞调查，调查完分析完，再下结论好不好？”

沙马书记倒抽凉气：“夏医生，你吃了豹子胆还是老虎的心，变了一个人嘛！今天连烟都没递给我一颗。你是不是以为只要阿果辞了职，我就管不了她，你也就没啥好求我的了？告诉你，痴心妄想，我管不了她，组织也管不了吗！哼，奴隶主家的小姐，新叛分子的女儿，被民兵押着修水渠开大寨田啥滋味，想感受一下吗？”

“她还是我的老婆啊，我可以让她当家属！”

“呸，做你的臭美梦吧！”沙马书记气极，跳将起来就往外轰夏觉仁，嚷嚷，“晚上见。”

不虚此言，晚上果然出现在五医院批斗夏觉仁的现场。不止他一人，还有他手下的革命群众，加上医务人员，百十来号，把五医院的饭堂塞得满当当的。

斗争夏觉仁的理由现成，欺骗组织，包庇新叛分子的女儿，图谋革命同志受伤。下午他自己又送上门去一条：逃避斗争，想给老婆办辞职。

这种随机召开的斗争会，比之四五年前已没什么火药味，不过被斗争的对象必须垂手低头立在众人前面，听这里那里站起一个人来对自己发通议论，一般说批评教育。批评教育的人未必理直气壮，某天因为某段可能被视为污点的履历，或者某些某句针对人事的牢骚话，或者随手在公家的菜地拔了棵萝卜薅了把韭菜，也会被斗争。夏医生，每天抬头不见低头见，迁就老婆也不是一天两天，说到底那是人家的家务事，如果不牵涉新叛，还不是饭后拿来嚼舌头的花絮。所以，斗争会前半场连春风化雨都够不上，哑场多次，搞得两个主持人，吴院长和沙马书记，面面相觑，吴院长不惜点名让批评教育夏觉仁同志。

被他点名的说的都差不多，附和者大有人在，不外乎："新社会妇女的地位提高了，但在夏医生那里也太高了，老婆当成菩萨供。""女人，你越对她好，她就越伤你，夏医生的景况就是这种老说法的真实写照。"在座的女性，居然没人出面驳斥这些歧视妇女的言论。夏医生何以如此，他们说："上海，十里洋场嘛，电影里头看见过吧，早在三十年前本该大门不出二门不迈时，上海的女人就出来工作、应酬，打扮得花枝招展，和男人坐酒馆、咖啡馆，叼根烟端个杯子吹牛打闹，不分上下。""男的地位还要低点，出门进门上车下车，都是男的给女的开门，还替女的拿大衣，走路也让女的先走。"

乱纷纷，人前站着的夏觉仁掴了好几回脚，嘴角溢出笑。

吴院长忍而不住，厉声喝止这些不着边际的言谈："在座的各位难道没有是非观吗？"会场鸦雀无声，只有他的声音在回荡："夏医生现在只是错误，再往下发展成罪行，你们在座的各位都该负责，因为你们没有利用好批评教育他的机会。你们和毛主席指责的裹脚女人有啥区别，只晓得抖又臭又长的裹脚布，触及不到当事人的灵魂，更不要说深处。夏医生心里肯定在蔑视、嘲笑你们这群傻瓜蛋，我之前也被他当成傻瓜蛋蔑视过嘲笑过，包括我爱人，沙马依葛副局长。他利用我们和他的老关系，还有人类普遍的同情心，一次一次地骗使我们为他老婆请假。说他老婆精神受刺激，‘差不多疯了’，还有一个词是抑郁症倾向。我们这些善良的人啊，不追究他的用词，不论真假，又见他做出副照顾不了娃儿，把他们送到上海姐姐家的样儿，更同情他，赶紧动员自己的一切关系、能耐，去帮他，不断地为他老婆续假，续到今天，三年八个月。这么长的时间里，我们大家在干啥呢，抓革命促生产，流血流汗，他老婆，曲尼阿果呢，在娘家享清福，工资一分不少……”

工资说威力巨大，公愤立起，一片喧嚷，夏觉仁请沙马书记作证：并非一分不少，只有基本工资。

吴升煽动不改，不再提钱：

“同志们啊，三年八个月，我们伟大的社会主义祖国胜利完成了第四个五年计划，卫星上天，原子弹成功爆炸……”旁边有人提醒他，卫星和原子弹是十年前的事，笑声四起。吴升两条胳膊平抬再一按：“安静，我那是在打比方！具体到我们地区我们五医院、沙马书记他们民政局，包括今天在场的各位，我们谁没有三痛两病，如果都拿来当借口，你请假我也请假，那谁来为国家地区单位服务呢，更不要说为社会主义建设、共产主义早日实现做贡献了！夏医生的老婆，连最起码的上下班都没做到，只拿基本工资就有理了？听说在大干资本主义副业，养蜂子挣钱……”

夏觉仁打断他：“那点蜜分给亲戚朋友都不够，挣哪门子的钱！你家不也收到过……”

“说明确实在产蜜！那你为啥撒谎是你买来骗阿果的呢？”

“要不怎么会有你宣布的欺骗组织的错误呢！寨子里没有电，苍蝇蚊子、虱子跳蚤能把人搞疯，成天煮洋芋烤洋芋，荞面馍馍里也尽是洋芋，再圆根萝卜，把肚子里的油都刮没了，哪有福可享啊！

得罪，吴院长，你继续批评！”

吴升离开主持人的位置，绕着夏觉仁转圈，咂巴嘴，顿足：“沙马书记的话没错，你吃了豹子胆还是老虎的心，这么嚣张？你说辞职就能辞职吗？不可能，除非开除，被组织！想为所欲为，告诉你，办不到！”

“办不到！”又响起一喊。夏觉仁举目一看，沙马书记的老婆随着话音，旋风般掠过人阵已近到跟前，反应及时，侧身躲过，吴升却被女人的右肩头一撞，原地打了个转儿。

女人指定夏觉仁的鼻子厉声道：

“坏良心的烂汉人！”

“乌芝嫫呀，”她男人、沙马书记阻止道，“啥叫烂汉人，想给民族团结抹黑呀！”

乌芝嫫大眼一瞪：“抹黑，好大一顶帽子敢往我脑壳上扣，你怕是不想活啰！”哄笑，也有喊沙马书记回家跪搓衣板的。乌芝嫫神定气足，庄严自生，众人给压服得悄没声气。等她再开口，群情一振，也发蒙，她居然问夏觉仁：“你脑壳里有妖怪吗？”不会有答案，只能自己继续发挥：“有，我看还不少！就是它们在指使你吧！听说你一天到黑，盼星星盼月亮，盼着我家的人，他，”指自己的男人，手指倒向自己，“我，”胳膊伸长划拉一圈，“还有我们的娃儿摔烂头脸手脚好找你修补！然后，你借机为你老婆，那个好逸恶劳的奴隶主女儿请假。你怕是还巴望我肚子里长包吧？”

她掉过来转过去，不是面对夏觉仁，就是朝向革命群众，言之凿凿，群声呼应，都骂夏觉仁太寡毒，咒人不死！

乌芝嫫掉转不止，头昏脑热，身体又壮大，右脚刺溜，左腿一软，已跌落在地。人群的惊呼中，奋勇地往起站，未得逞，昏黄的灯光下赫然一堆，“哎哟”“哎哟”，大声呼痛。

夏觉仁及时把住她的腿，放声喊这个那个，取担架准备手术室，告诉张皇的沙马书记：“你老婆的左脚踝粉碎性骨折。”

沙马书记兀自大叫：“真让你说中了，我家的人摔断了腿，还摔得粉碎！”

3. 话虽如此，却任由夏觉仁给他老婆治疗。老婆心强，痛得昏死过去的两个间隙都在抗拒，说宁可死宁可一辈子当跛子！沙马书记骂她：“想死想当跛子门都没有，我绝对不允许，夏医生你也不允许吧？”

夏觉仁不置一词，乌芝嫫在他左脸上留了四个爪印，长短深浅不一，血珠子干凝。

沙马书记倒替他想得开：“一报还一报。”

曲尼阿果续假还是辞职，暂时搁置不论。夏觉仁抽空去看过她两次。每次都带回几罐蜂蜜，再不遮掩，随意摆在办公桌上，供大家享用。某天，乌芝嫫来复查，尝了口，赞叹了声，赶紧给她送去两罐。

和吴升的关系怎么都调整不好，迎头碰上能把头侧开；去帮着料理花草吧，所有的花盆上都有毛笔草就的四个字：“他人勿动”。

夏觉仁又新添一愁，怕阿果被强送去劳教。几天前公捕公判大会，当场抓判一个陈姓混混，以好逸恶劳论罪。曲尼阿果没有恶劳，在养蜜蜂，但和社会主义的劳动要求不一致。

一边为难着，一边就像条件反射，抓罐蜂蜜，还有盆开得正繁的茉莉花去了沙马书记的家，送医上门。

乌芝嫫性格爽快，不再和夏觉仁计较。可她有原则，大剌剌地仰坐在椅子上说：“夏医生，治腿，续假，各是各，不要妄想！”

夏觉仁笑笑，不应声，捏把木槌轻敲她的踝骨膝盖。“不要妄想”，几乎是乌芝嫫每一次的开场白，夏觉仁离开时，她还会狡黠地眨眨眼睛，敲打着伤腿，叹息：“腿啊，你快好起来嘛，你好了，你看夏医生还咋搞他的阴谋诡计！”

这一天也如此，没说完，门响，沙马书记下班回来，跟着他的竟然是沙马依葛。

没和她照面已两月，她也一愣，转瞬神态自若：“老战友，咋好久不来我家吃饭了？我姐家昨天送的菌子新鲜得好，晚饭去吃嘛！”她是来看望乌芝嫫的。

沾她的光，得享一碗鸡蛋糯米团醪糟。再和她前后脚，出了沙马书记家的门。

沙马依葛仍邀请他去家里吃菌子。

眼前尽是她男人那张苦瓜脸，哪来的胃口，借口醪糟鸡蛋肚满腹饱，不打算就此别过，专门绕路送她回家。

沙马依葛抱歉对质那天态度粗率，还有吴升干吗非要开会斗争你吗？

夏觉仁抢前几步再掉头审视她，不是装的，目光平稳，脸相端正。

“看啥，”沙马依葛叫道，“好看啊？”

“好看！以前很凶，眼神尤其，刀尖儿似的，能剜下人的一块肉来。”

“剜下你的了？”

“何止一块儿！”

“阿果也没给你补上啊，这几年更是连饭都不管你，瘦巴巴的，遭罪呢！阿果也干柴棍一根。”

夏觉仁惊道：“你见过她？”

“一周前，到德玉县出差，顺便约俞秀一起去的。阿果男人不理，儿女不睬，想老死妈家啊！早和你讲过，黑彝的女儿心肠比石头硬，得罪不得。”

夏觉仁略一迟疑：“所以，我羡慕吴升。”

“够鬼，难怪吴升说你不好对付！”避到路边的柏树干旁，似要和他多聊几句。他很识相，将半个身子掩在柏树后。

两人未免谨慎过头，正是吃饭时间，就是有行人也脚步匆匆。

不过沙马依葛家近在眼前，万一吴升等老婆回来吃饭不及，出门拐过一道几乎逼弯道路的斜坡，不用费神，透过几丛蔷薇花的空隙就能发现他们。

情挑 1

1. 她说："吴升老叽歪我对你心存妄想。"

眼瞧着夏觉仁张口结舌，无以应对。

"有负担吧？大可不必。"语调轻佻，"吴升疑神疑鬼，倒刺激我，想和你试一试！"轻摆腰胯，只到夏觉仁的大腿，竟没闪开，心咚咚，猛跳，脸绯红，斜阳的橙黄都掩不住。

夏觉仁笑眼微眯，气息拂来，还有醪糟鸡蛋味，沤过，轻臭着，深深地吸了一鼻管，感觉到夏觉仁的手，迟疑，却有力、温暖，指头手掌圈住她的胳膊，压疼袭来。夏觉仁说，不很正经：

"你这个女人，不要吓唬我，也不要给我希望哦！"轻托托她的胳膊，放开，缓和地又说，"快回吧，家里等你吃晚饭呢。"

两句话，情调完全不搭，害得她夜里躺在床上翻来翻去，不是腿就是胳膊撞上吴升，有次是他的肚皮，软乎乎，虚乎乎，喉咙一紧，像是卡了块白水煮的肥猪肉。

穿上衣裳，推门出来透气。

哪是透气，透心冷。跺步紧走，再一甩腿，出了家属院的大门。往右是去往五医院家属院的路。不停步，不受夜黑的妨碍，转瞬即到。举手敲门，眼风旁及两边的人家，关门闭户，都在睡大觉。

房里应答过后，灯光泻出窗，亮堂了院子。赶紧贴住门，脚却躲不过，门缝下渗出来的光照得脚指头惨白，原来光脚趿拉着双拖鞋。

里面一拉门，顺势跌进去，跌靠在夏觉仁身上。夏觉仁搀住她，连连问怎么了怎么了，哪里不舒服？“把灯关了再说。”算听话，拉灭灯。

微光下，只见夏觉仁两手前探，瞎子一样的乱抓摸，不免伸手捉住她的胳膊，他压低嗓门：“三更半夜，搞啥名堂？”

“搞这个……”她说，两手把住夏觉仁的肩头，往前一拉，温热，滑腻，混杂着碘酒、香烟、汗臭也沁香的气味，扑面而来，脑袋晕乎，四肢酥麻，体软身塌，牙齿嗑在男人的肩胛骨上，痛。男人更甚，嗷地叫，两条胳膊环围住她的腰，抱起她来。哪里有挣扎的力气，也是陶醉，不及体会，再被男人没心没肺地带点掼，掉落在地上。

羞耻潮水般，满满地胀在脑里心里，变成泪水，滴答出来涌流出来，肩膀乱抖，不能自抑。

几秒钟，还是几分钟过后，夏觉仁俯下身摩挲她，先她的肩，再她的头，然后她的脸庞，手指沾了她好多的泪水，叹息似的哄她不要哭不要哭。指尖前触到夏觉仁的脚，光裸，滚烫，抢过去，一把将他的腿搂在怀里。

略顿了顿，夏觉仁双手插到她的腋下，掰扯开她紧搂住自己的胳膊，把她拽起来，再大力横抱了，直抱到床上。

躺进去，夏觉仁睡过的被窝还暖和着，蜷缩身体，想要保持住。问她喝水吗？蜂糖水？红糖水？头冲墙，左右摇摆。执著，又问她吃饼干糖果吗？还是摇头。再无言语，连呼吸都静止了似的。窗外秋虫小兽的游走，土墙的流沙，尽在耳边。睡意袭来，渐次入梦。

忽听得夏觉仁在唤她：“起身起身，快！对面老黄家的外婆已在做早饭。”从里到外，冷风吹过一般，立刻透彻，撇腿，下床，开门，径直去了。

2. 熬到下午快下班，还是来了医院，不去院长办公室找自家男人，找夏医生，请他帮自己挑麦粒肿，右眼，下眼皮，睫毛间，说："早上照镜子时发现白白的，化脓了吧？"

夏觉仁取来银针，碘酒消毒，让她坐在窗前，迎着夕阳为她挑。告诉她不是脓，是某种积液，干硬。果然，挑出来捏在指头间有点硌皮肤。

弹掉，拿起他办公桌上的圆珠笔，就势压住他的手，笔尖轻划过他的手背，问："吓着你了？"没有回音，手欲缩不缩，躲她的眼神。"不会吃你。"嗤嗤乐："想起一件事，十几年前，也是太阳落山的时候……"卖关子，等夏觉仁看她："你给阿果挑脚板上的刺，没想到挑出一段姻缘来。"

夏觉仁立即反应："哪里一段，一辈子。"

"嚯！"沙马依葛狠声，加力，夏觉仁的手背顿显蓝色点线，戳得深处，油皮翻破。"你帮我挑了眼上的疙瘩，咋报答你呢。好像不需要我们帮忙了，诅咒成功，乌芝嫫成了你的病人，沙马书记再不会为难你了。"

"没这么顺当，沙马书记说，反击右倾翻案风正当时，学习和会议都多，阿果老缺席，太显眼，已经有人在议论，传他可能得了我的好处。"

"说重点。"

夏觉仁眼神闪避："沙马书记说，如果上边谁能帮着说句话，他可以给阿果办提前退休，不行的话，离职也可以。如果开除，我担心阿果会变成社员。"

"社员咋了？劳动者，光荣得很！何况，阿果眼下和社员有啥区别，干的就是体力活啊，满山跑着养蜂子。"

"那是不一样的，社员劳动单纯为了肚皮，阿果……"

沙马依葛接嘴："阿果为了耍、解闷！真想不到你是这么接受社会主义教育的。你呀，”切齿：“竟敢在我面前炫耀你和阿果的柔情蜜意，那么廉价!”捏在指间的圆珠笔说时迟那时快，掷出去，当的碰响在门框。

夏觉仁把笔拣来递到她的手上，“再扔，”微躬：“只要你能消气!”

“算甜言蜜语吗?”微微笑着，把支笔夹在两根指头间头一下尾一下地旋转着玩，夏觉仁略红脸，反问：“什么?”

“现在你装了，昨天可是你先挑逗我的，说啥吓唬、希望的，害得我……”声颤眼热，就像老天在指使，起身，举步要走，眼花头晕，纤纤的腰肢哪能撑住，扭一扭，娇柔得很，手再朝额头一搭，哭声嘤嘤，就是没有泪水，已足够!

夏觉仁疾步过来，托住她的后腰。她真希望一头跌在地上，哪怕后脑勺着地，开瓢，血流满地，就此死去，不后悔。没有这个可能，连跌入夏觉仁怀里的可能也没有，夏觉仁已在喊人帮忙了。

无计可施，只得闭目装晕，任由夏觉仁和两个吵吵嚷嚷的护士把自己抬到病床上，再被按人中、揉太阳穴。一位护士亏想得出来，四指并拢，使劲拍打她的脸，左边右边，生疼，忍不住哼出声。她们，包括夏觉仁大大舒口气，拍打她的护士还认出了她：

“咦，这不是吴院长的爱人、沙马依葛局长吗?”

就有好事者跑去叫吴升，转眼颠颠地来了。一看无大碍，松弛紧张的神经、脸相，难得记性超群，说：“老夏，你给阿果挑脚板上的刺，挑得人家缝针；给沙马依葛挑眼皮上的疙瘩，挑得人家昏过去，看来，医术如你般高明的人也有失手的时候啊!”不罢休，问夏觉仁是不是心中有气，故意把沙马依葛搞昏的?

“这话咋讲?”

吴升眼睛朝上一翻，笑答：“因为我们好久不请你吃饭了!”

纪念活动 1

1. 说到做到，两口子当即请夏觉仁去家里吃晚饭。

没去成，来了位受伤的知青，还跟着几位陪护。

其中一位夏觉仁给缝过伤口，跳水时肩头被河里的片石划了道口子，姓廖。他和同伴抬来的这位却是在劳动中受的伤，锄头没有挖到地里，挖到自己的脚背上。

沙马依葛让吴升先回家，自己呢，她说，兼着地区知青办的副主任，虽然排名最末，但也有责任留下来看顾受伤的知青。

在夏觉仁处理伤口时，沙马依葛领着小廖等几个知青到国营食堂各吃了碗红烧猪肉面条。吃饭当中，说起游泳，小廖不思悔改，沙马依葛大不以为然，特别提醒他别好了伤疤忘了痛！小廖等知青反驳，毛主席他老人家最喜欢游泳，年轻时在湘江游，老了在我国最长的大河长江游。问沙马依葛："你晓得武汉长江大桥吧?"当然，坐火车来回两趟。"宽吧?"当然，这岸望不到那岸。"那你晓得毛主席他老人家在长江游过泳吧?"当然，有照片有新闻纪录片。但你不晓得毛主席十年时间在长江游过多少次吧？被问着了，"十三次，平均一年一点三次。最后一次都七十三岁了，那是 1966 年 7 月 16 日，无产阶级文化大革命开始的那一年，特别有纪念意义。以后每年的 7

月16日，全国各地都会隆重举行纪念毛主席畅游长江的活动。”

沙马依葛点头摇头，无话可说，怪自己太无知，也惭愧。

吃完面条，给夏觉仁和病号买了几个馒头，再二两猪头肉一把榨菜。

沙马依葛急于和夏觉仁单处，小廖好不容易有与沙马依葛主任相处的机会，亦步亦趋，哪肯稍离半步。这个晚上，小廖的目的达成，沙马依葛准他脱产来教育局帮助工作。

不单小廖，用锄头伤了自己的知青也很满意，他拿到夏觉仁给他开的病假条，一个半月，还能回重庆的父母家疗养。夏觉仁告诫他，下回再挖，挖左脚，力气同右脚，那样，才能保持身体平衡，不致变瘸子。

沙马依葛怀疑他自残，夏觉仁支吾了事，看他和小廖的眼色，还交换，猜得八九不离十。她此刻的心性非比平常，未必想管本来就不属于她分内的闲事，眉头皱一皱，痛楚袭来，确像夏觉仁形容的，那一锄头似也挖在自己的脚背上。

此后十几天，沙马依葛都忍着不见夏觉仁，一方面确实忙，还抽了两天去越北县，慰问教育系统在那里蹲点的同志。

她带着三个部下，照例是单位的吉普车，照例是领导出行的派头，副座就座。

后座的知青小廖，从一出发就不停地赞叹凉山的山林景色，本地的两位干部反而羡慕他来自的成都坝子，天阔地广，一望无际，让人好不舒畅！凉山你看嘛，他们说，陡山乱石，顶着你的眼球就来了，不小心斜生横长的树枝桠眼膜都能给你戳破。转个身吧，一脚踩空，直接就掉山崖下了。再说天空，这山那山的一拱围，巴掌大。太阳呢，高高地升起来又高高地落下去，转眼天便黑尽。

小廖说，天黑了好啊，星星钻石一般，再深再密的林子也能照亮。再有月亮，灰亮的光一罩，连大山巨峰都能变柔软，浩淼无边，海似的，不也一望无际吗！

“知青娃儿硬是烂漫，作诗呢！难怪不怕石头，不怕水冰冷，就敢在河里扑腾。”

沙马依葛想起知青中最爱耍水的一位叫华明光的，回头问近况？小廖说，被体委抽来正备战省游泳比赛。

沙马依葛问在哪里哪天比赛。

“内江，下月，7 月 16 号毛主席畅游长江那一天。”

“也在河里游？”沙马依葛好奇。

小廖轻笑笑：“除铁人赛几种特别的赛事，游泳比赛都在游泳馆。”

沙马依葛暂不作声，身体随着车的颠动晃来晃去，咔嚓，生出一计：

“不如我们也搞游泳比赛来纪念毛主席畅游长江十周年。六六年到现在，十年。时间来得及，还有一个月呢，群众性的，规模越大影响越大。”

后座的三位同时往前一探，大出意外，都等着领导的下文。

等她铺展开，好似谋划已久。她说，纪念活动除对伟大领袖的热爱外，还有至少三个方面的意义：一是向毛主席他老人家学习、致敬，响应他老人家锻炼身体，保家卫国的号召；二是在凉山上为游泳事业的普及开个好头；三是欢送游泳队并祝他们取得优秀成绩，也改变一下大家对知青的成见。很多人，包括干部，都有知青无用的论调，认为这些来自城市的青年好吃懒做，偷奸耍滑，只晓得拉手风琴吹口琴，男男女女聚在一堆唱歌；要不然，捧个画板追着放牛放羊的彝姑娘跑；花样翻新，还耍水。这是他们的自由，可以不加理会，可年底得给他们分口粮，简直是从农民的牙缝里往外抠啊。他们倒舍得，作价卖了，只为换块腊肉换只鸡。吃完，油嘴一抹，竟然好意思又找队长要口粮。哪能得逞，就吆喝着去公社、县委静坐，声言有人破坏知识青年上山下乡的伟大运动。

沙马依葛的主意小廖最先叫好，另外两位也声声附和，只其中的王姓干部有疑问：除非西昌地区的安宁河，河面宽，水深，山上的河流，包括我们跟前的冷水河，宽度有限，石头多，河床陡，水流急，还来不及展开胳膊腿，就冲没影了。

沙马依葛征求小廖的意见："你有实战经验，说说，可行吗？"

小廖圆滑，话分两头："就是安宁河也不适宜做天然游泳场，但一直都有人在各条河里游，并不是我们知青来了以后的事……"

"也不断有人淹死！"老王反对的调子更高。沙马依葛不满：

"我听说有专人看管的游泳池还淹死人呢。要奋斗岂能没牺牲！"

小廖证实他的一个小学同学就是在少年宫的游泳池里淹死的。奋力前探，热情表态，愿尽心尽力辅助沙马依葛局长。声称老王的问题可以得到圆满解决：划定河道，清理石头，拓宽河床。这方面他们已经很有经验了。

接下来，加上司机，几个人一路上都在热烈讨论纪念活动举行的时间、人选、活动场所。返回地区，方案成型，题名：纪念伟大领袖毛主席畅游长江十周年暨欢送地区游泳运动员参加省游泳大赛。

2. 方案报到地区革委会的第二天，王副政委，地区革委会的临时负责人，拿着签批过的方案来沙马依葛的办公室，盛赞她出了个好题目。时间、地点、人数都没有问题，唯一不满的是纪念办竟然有古侯乌牛，新叛分子曲尼拉博的外甥。

古侯乌牛是目前所知凉山游泳水平最高的彝族人。

沙马依葛也刚知道。

车过越北县团结区的地界不久，他们赶上一场游泳比赛，十几个人，团结区的公安员古侯乌牛也在其中。

河水清澈，倒映着天蓝云白，斜坡高山的青翠树木，黑白相间的羊子，头发辫得翘向天空的牧童。扑通几响，水面的景象被打乱了，竞游者，一身耀目的黑皮，在搅和起的白色浪花里翻转。两岸的人大声为他们鼓劲："加油""加油"。

几个回合过后，胜负自分，最先从水里冒出头来的，是古侯乌牛。那一位也看见了她，上岸后避到一块岩石后。再出现时，衣服裤子，十分齐整，微笑着和她打招呼。

古侯乌牛称自己小时候就会游泳：“要不知青夸我是童子功呢。”沙马依葛问他愿意参加纪念毛主席畅游长江的活动吗？古侯乌牛觉得意义非凡，但不打算参加。

他越不愿意，沙马依葛就越积极，小廖，包括现场的知青也鼓噪不止。

又突生念想，设计了两个配对的前景：一对是曲尼阿果和她表哥，一对当然就是她沙马依葛和夏觉仁啰。她确实像吴升纠结的那样，一直对夏觉仁怀揣迷梦吗？眼神柔媚，脸颊酡晕，那几人再来问询她哪里听得见，远而又远，蜜蜂似的，嗡嗡着。

扑通水响，心神还在涣散中，古侯乌牛已经在放声骂半山上的某个牧童了，原来那小家伙抛下两块石头。沙马依葛趁乱调整好脸上的表情，端庄依旧。

凭着这副表情，不急不缓，向王副政委报告和古侯乌牛的邂逅，主要是邀请他参加纪念活动似能开启民风、鼓舞士气。

王副政委再说话时已很欣赏：“成熟了，依葛你！”

他们在一起时，越到后来，交流得越多的是工作。言谈下来，两下里拉开丈宽，不带丝毫苟且。她确信王副政委在培养自己，少数民族妇女干部，不止她一个，还各有一位傈僳族和藏族，可稍加留意，眼神发直，闪避，脸通红。再就是说话忘词，张口结舌。有回刚沏的一杯茶翻扑在腿上都没感觉。

某天，鬼使神差，沙马依葛声言：“人家都在传你和我好上了。”

人家不是虚拟的，可以具体到木略等的头上。木略更感慨女人长得漂亮胆子又大的话，机会比天上的星宿还多！

王副政委脸一沉：“哪里都有嚼舌头的！怎么没人理解我的苦心呢，我是为了把你树立为少数民族妇女干部的典范啊！难道你也不理解吗?”话音里似带有创痛。

等见过王副政委的老婆，更长了份见识，天生的美人坯子，又温婉，自愧不如。往来开，恰像自己的姐姐。互通有无，交换的无非成都、凉山的稀罕，凉山的是花椒、菌子、野猪儿、野鸡，最野的一次是两只熊掌；成都的是衣服、鞋子，也帮忙购买、找裁缝，料子、做工都是成都城里一等一的。

3. 这天，王副政委在她这里呆的时间比之前的任何一次都长，半小时还没动窝的迹象。

他们一直在筹划纪念活动。王副政委给她提了很多建议，她的汉文水平有限，记录得慢，好多字不会写，王副政委专门捉了笔一一写下来，一共写了十六开的两页半纸。纪念活动的意义得到很大的充实，上升到“文化大革命”在凉山取得的成果之一种。还有实施的方案，宣传文字，如何督促报社在活动前一个月，从现在开始就有所动作，先造势，到时再登在省报，万一中央级的哪家报纸转载了，电台播送了，那会是多么大的政治影响啊！说不定会调到省里去呢，问沙马依葛，愿意和我们作邻居吗？她笑成一朵花，连声应承：“愿意愿意。”根本没听出王副政委的话中话，他要回省里工作了。

王副政委提醒她：“组织者已经是你了，现场指挥千万别争。”她倒大方：“指挥自然由你来当啰。”

“再说一遍，指挥的事，一，你不能去争；二，谁出任也不是你能指定的，不会是我……”

沙马依葛还是着急：“你是负责文化体育卫生这一摊的领导，不是你是谁?”

“我要走了……”王副政委说，起身，沙马依葛挨他批评两句，巴不得，顺势跟在他身后，不容他掉头，一直送出门去。

王副政委刚离开，通知来了，让相关负责人去地区小礼堂开碰头会。会议一上来就宣布王副政委奉命调回省军区，替换他在革委会临时职务的负责人已到任。

沙马依葛左右看看，发现大家都很镇静，还鼓掌，欢迎王副政委做离职讲话。讲些什么完全没听见，声音好远。掌声又起，随着椅子噼里啪啦一阵响后，大家起立向王副政委致意。沙马依葛没有，泪水滂沱而下，叠得方方正正的手帕揩也揩不净。

然后是接任他的木略讲话。

木略既出，沙马依葛乱淌的眼泪被惊回眼眶，眼睛瞬间晶亮得孙悟空一个筋斗云打出去十万八千里那么远的地方都清清楚楚，何况近在咫尺的木略。还是副得势不饶人的小人样儿，眉梢嘴角，都是藏不住也不想藏的意气洋洋。

居然连点风声都没听说，木略的官又做到自己上头去了，沙马依葛想着，四处梭巡王副政委，怪他欺瞒自己，难道怕她和木略争？哼，如果争，还说不定鹿死谁手呢！

身边人轻捅她，告诉在说你呢。支起耳朵一听，木略果然在说由她倡议的纪念毛主席畅游长江的方案。提到她的名字时加重语气，向王副政委保证，他交办的任务一定会圆满完成："我嘛，本事没有，服务意识很高，沙马依葛局长，我们是老战友，别客气，有啥事只管吩咐，我照办就是。"

散会后，沙马依葛不和王副政委照面，反而跟着木略，去了他的新家。

套木略的话，想知道王副政委在他的升迁里起了什么作用。

木略说，蛛丝马迹都没有，调令就来了，还让他立即来地区报到，搞得他晕乎乎的，以为在做梦。俞秀咋安排还不晓得，早一天晚一天，总要跟来。话题一转，笑说："你可千万别拉扯我的升迁，是你在领导，主要是王副政委面前美言、保举的。本来你最应该拉兄弟我一把的，"用的是电影《南征北战》国军张军长的一句台词，"但你呢，在我的推动下，顺水顺风，调来地区四五年了，毫不作为，把兄弟我，还有你的姐妹俞秀丢在下边，大眼不看小眼不瞧，耳朵也关闭了……”

沙马依葛叫屈：“就胡说吧，你来开会，俞秀来治病，你们两口子在我家吃的饭、打扰的时光何止二三十次，门槛都快被你们踏平啰！”

“你家吴升那张脸拉下来快掉到胸脯，你以为我稀罕去你家啊！”

“又乱说！吴升哪一次不是小心伺候你的，脸笑成干核桃，几天都展不开。”

“那么，是掉给夏医生看的啰！”

沙马依葛一直在帮他归置行李，这时又在叠刚从手提袋里掏出来的衣服裤子，装没听见，怪怨俞秀这老婆当得不咋样，衣服都成腌菜了。

木略不饶她：“老婆的样儿各有不同，俞秀可是老哥我的心肝宝贝！男人的样儿也各不相同，人家吴升对你掏心掏肺，可你顾及过人家的心情，哪怕一次？”

沙马依葛真不高兴了，把手里的衣服往床上一掼，跳起身，煞白脸：“念你在我追求进步的路上拽过我两把，凡事让着你，了不得了，臭嘴巴直接喷粪！”

转身要走，木略掰住她的肩，挥着手里的几页纸，笑嘻嘻：“你这女人，未必是省油的灯，尽惹事，看把谁的名字写这儿了！”手指点上去，又是古侯乌牛。

沙马依葛一梗脖子：“他的泳技高啊，彝人里头一位，连知青都服气。再说，就兴你向毛主席他老人家表忠心，不兴人家表啊！”

木略眼里满是狐疑：“你这个婆娘啊，肚子里的花花肠子盘来绕去，又多又长，打的啥主意，老实告诉我，我可不像王副政委那么好糊弄，是经得起你的诱惑的。”

“关王副政委屁事，拿来鬼扯！”沙马依葛一晃肩膀，甩开他越来越紧攀住自己的手，“你要看着扎眼睛，划掉嘛，反正我是从工作出发的，王副政委也双手赞成。”

“哼哼，我看古侯阿牛是幌子，你不是在打夏医生和阿果的主意吧？你可不要脑壳发热办错事，再去纠缠往事旧情会起麻烦的！”

自己的一点心思又快被木略老鬼看穿了！沙马依葛嗷地一叫，恼羞成怒，抬腿走人。

情挑 2

摔门出来，心情黯淡，想到以后要在木略的魔爪下活命，气都喘不上来。又好像被谁出卖了，当然是王副政委，没有好像，根本不打算才出狼窝又进虎穴，找他去。

当空的太阳下，只顾踏着自己的影子气哼哼地往前走。发现不在去单位，也不在回家的路上，明明白白，已经近到夏觉仁的家。

夏觉仁拉着窗帘在睡午觉。

进得门，看他，蒙蒙的光线打在脸上，有点张皇。后踢，脚跟碰上门，靠住门板："我也要睡！"料不到他说：

"要睡就来嘛，又不是没睡过！"朝里间而去。

赶上去，挤挤挨挨，脚下一踉跄，就压着他的背前扑到床上。他哼哼呀呀地低叫着，膝盖碰在床框上疼啊，让她慢点慢点，自己的动作倒快，手已经温凉地摸到她的腰间、胸前，箍住了她。

完事，两个人后背相对，睡着了。

听到敲门喊门声，同时爬坐起来，脑袋昏沉沉，不辨东南西北。窗外，太阳光打在西墙上，晃眼。

夏觉仁应声，含糊，外面的人互相告慰："太好了太好了，夏医生没出门！"发声："来伤员了，小崽儿，从山上滚下来，头上身上血糊糊的，不晓得伤到哪里了，谁都不敢碰！”

夏觉仁哦啊嗯的，忙着套裤子，沙马依葛把他拽来跌坐到床上，掰过身，哑声问自己咋办？让她在这里等，转一圈马上回来。

没法子可想，嗵，往后就倒，外边哪能听见，听见也未必知道屋里另有隐情，夏觉仁做贼心虚，扑过来握她的嘴，一偏脑袋，躲开，迎着他的嘴狠狠亲了口。夏觉仁闷声哼哼，把住她的肩头一搡，鹞子翻身，慌里慌张地去了。

并不像他承诺的，马上回来，当然，他可能比自己更着急！

正是下午放学的时间，一拨一拨的小学生中学生在窗外跑跳、喧哗，有几次皮球砸在墙上窗框上，震得土渣簌簌地往下掉。

沙马依葛撩起窗帘的一角打探，认出其中的一个男孩是小儿子的同学，小学三年级，最喜欢和儿子在一起混耍。放眼再望，幸好儿子没在场。

心安稳，肚子却饿。一天下来，只是早饭就着泡菜、豆腐乳吃过一个馒头，喝过一碗稀饭。拉开夏觉仁家的箱子柜子，种类不少，地区食品加工厂用糖面烘烤的杂糖，上海寄来的入口即化的苏打饼干、萨其马，还有一种她没吃过的点心，更有股特别的油香。过后夏觉仁告诉她是起酥，用牛油揉的面。因此拈酸吃醋地计较阿果吃的上海点心比自己多！夏觉仁觉得有趣，微笑着看她变幻的表情，将她散在脸侧的一缕长发缠在指头上闲耍，感慨阿果从不曾因为吃的穿的和自己歪缠，其实是表扬她嗲得有理。偏不领情，闹得两人不欢而散。这是后话。

天半黑，瞅准院子里各家正吃饭的当口，神不知鬼不觉人不察，溜出夏觉仁家。回到家，已过饭点。先喝两碗稠米汤，再吃上块泡萝卜，塞满甜货、腻歪歪的肚子方安生。

吴升抱怨她午饭晚饭都不回家吃的话，起码应该给他的办公室来个电话。问她，午饭在哪里吃的？欢送王副政委吗？一律唔唔过去。

第二天还是饭桌边，午饭时分，问题来了，吴升讶异王副政委不声不响，竟然打道回府了。她“啊呀”叫声，一箸菜悬在空中，急问吴升从哪里晓得的？吴升反问：“你没听说，又是欢送又是吃酒席的？”她不过脑子，张嘴就来：“谁说我欢送了？”吴升一敲碗沿：“你自己啊，昨天晚饭时，也在这儿！你该不会在骗我吧？”

她头一扬，回瞪眼，把筷子拍在桌上，起身往外就走：“我问问咋回事去！”

问别人，嫌没面子，因为人人都晓得王副政委和她的关系，还得找木略打听。

木略也刚听说。不过，他觉得王副政委不辞而别反而是件好事，免得哭哭啼啼，伤感！抽抽鼻子，要揩眼泪似的。沙马依葛讥刺道：“假惺惺的，装啥样子，在我面前！”他笑道：“是啊，我俩，哪个跟哪个！你生王副政委的气吧？是不是想质问他，为啥提拔木略而不是我？”

“只想请问你，为啥不长个儿呢，矮冬瓜！”

木略轰她回家睡午觉哪里肯，非要和木略商量纪念活动的一应事情。间或思量晚上回家如何对付吴升，当然要继续把谎撒圆啰。

先在木略这儿谎称昨天她去冷水河边探路，上下各两三里，腿快断。她觉得下边的河段更适合游泳，建议木略：“现在就喊上小廖等几个知青，再探探去。”

木略不愿意，哈欠，眼泪，要午休。沙马依葛让他眯半小时，问有没有烂衣服，她可以趁等的时间给补了。木略只好抓把茶叶丢进嘴里乱嚼，提神，跟在她后头，再叫上小廖、小华两位抽调来帮忙的知青去了河边。

别说昨天，前天沙马依葛也没挨过冷水河的边，但她对流经地区所在地的这条河有了解，下面的一段确如她所说，河岸河床都比上面的宽敞，河面也平静。四人指指点点，很快就确定了主席台的位置。至于用作主席台后，场地里快开花的荞子如何处理，不是问题，连根拔掉，一切服从大局。要拔掉的不止荞子，正抽穗的水稻也得清干净。小廖发现汪着水的田里插着农科所的牌子，原来这些水稻是做试验用的。木略揪了把，大多数是瘪的，手一张，扬撒了说："试验结束，充分说明在海拔高如冷水河边这样的山区栽种来自东北大平原的水稻是不切实际的妄想!"

说到泳道，据小廖目测，南北两岸四十米不到，与五十米的短距离泳道有差距，将就。泳道的宽度却不能将就，起码得有四个身位，那样，场面才热闹，纪念活动才隆重。河床也得清理，尽是尖石块。

回到木略的办公室，忙了一下午，方案拟就。第一第二项立刻就得落实，一是以组委会的名义，通知各县各公社有游泳技能的知青参加纪念活动，本地的社员和工人、干部也可以参加，只要会游泳；二是组织附近两个公社的社员来加宽河道、清理河床。木略特别指示小廖负责第二项工作，让他大胆干，好生指导彝族社员。

"有个人比我更合适，"小廖说，"越北县团结区的公安员古侯乌牛。"

纪念活动 2

1. 半个月后，古侯乌牛就出现在了地区所在地的大街上。

他不会有感觉，长住此地，或者县上公社往来公办的人，已经感觉到两条街道，尤其是两旁的五六家食品店、百货店，有点人挨人。卖杂拌糖果的女售货员不止一次抱怨哪里来的知青娃儿，都快把糖买光了，每年的人代会政协会期间也不至于啊！

知青很好识别，衣着打扮虽然也是男的中山装女的翻领对襟衫，但与当地人大有区别。男知青不扣领扣，有的干脆敞怀，露着海魂衫，戴顶军帽，檐半歪，裤子肥而长，走路故意左右扫荡，泥巴都能带起来。女知青在衣裤的腰间、臀部做文章，各自掐去半寸，腰身就细巧屁股就轻翘了。当地人喊爱打扮的女知青“超妹”，意思是超级臭美的丫头！

知青的神情也与当地人不同，眼梢斜吊，嘴半撇，就是矮子也能摆出副低瞧人的架势。中学毕业直接分来的比较单纯，串联过的红卫兵，尤其男的，当知青的年头又在三年以上的，最难缠，油嘴滑舌，白的能说成黑的。所以，只要看见脸皮起皱、胡子拉碴的，躲开就是。

除了知青，就是郊区几个生产队的社员。

他们都是彝族，要不是解放后地区首府设在他们的地盘上，哪有多少集会游行这样的新鲜玩意儿热闹他们的眼睛啊。现在又是耍水。男女知青娃儿要出水平了，干部们要给办耍水大会，命令他们清理冷水河的河道，修筑拦水堤，平整河边的会场。

他们吃住都在河边，收工后没有地方去，只好来街上逛。都没钱，走走停停地看街上的行人和汽车，要不挤进商店看玻璃柜里的糖果、油盐、针线，还有挂在当空、靠在墙边那一匹匹一卷卷的布匹。商店借助的是自然光，看不清，反被买糖买饼干吃的知青踩脱鞋子，勾下腰去提后鞋帮吧，屁股又挨一撞，差点扑在地上，听知青抄着软绵绵的成都口音骂：好狗不挡路。

大街上，以往多空旷，连卡车都敢呼啸而过，现在头头脑脑的吉普车也得停停等等。那一天沙马依葛坐局里的吉普车出去就被堵在当街。人欺车，当时便有几个男知青靠着车头沐浴着清亮的阳光弹烟灰，吹牛，说到高兴处，穿海魂衫的某位还冲轮胎当当来两脚。一个老人家，干脆在车窗上敲他的烟锅，抖烟锅巴。沙马依葛一拉窗玻璃，闪避不及，烟杆掉在地上，也不拣，抖嗦着黑而多皱的厚嘴皮叫道："啊啵，吓死我，你这个女人！"有人拽他，直把他拽进两列歪歪扭扭，扛着铁锹、锄头的队伍中。他也是抽来干活的社员。

这次活动规模、人数的空前大，知青们岂有放过之理，会游不会游，泳技高低，一概不论，波浪般，举着公社开具的一纸所谓游泳能手的证明，就把组委会的办公室淹没了。三天时间，报名者直逼四千，组委会的工作人员叫苦不迭，紧急向主任木略报告，担心蜂拥而来的知青会把地区挤爆。这还是本地区的。有消息说，凉山上下、邻近地区也有知青蠢动。再有那没有怕性、喜欢滋事的老知青，真要折腾起来，那就不单是本地区不稳了，连带周边各地都要翻天。何况谁能证明他们都是游泳能手呢？公社的证明，哄鬼差不多！

亡羊补牢，组委会应对的办法唯有：晓之以理动之以情，把仍在来路上的知青堵回去。

谈何容易！知青声称自己不是盲流，有公社开的证明。有的拽着劝返者，非要去路边的沟里河里展示泳技。个别带着老婆背着娃儿的恼道，火车汽车，还有山路，好容易快接近目的地了，让回去，没门！

“不回去，”木略出招，“老子就考你们，看你们到底几斤几两，敢号称游泳能手！”放言：刷下来的人胆敢赖在地区的话，基干民兵伺候。

标准一条，所谓能手必须在三分钟内游够五十米。

滥竽充数者听得要选拔，坚决不干，几个男知青更是张牙舞爪地冲过来，唾沫星子溅了沙马依葛一脸。

沙马依葛个头不输男子，反应敏捷，一掌出去正好卡住某位的细脖子，顺势一捏，咕噜噜，喉咙乱响，脸憋得快喷血。被卡者心机暗藏，就势栽倒在地，痉挛，翻腾，再一个鲤鱼打挺，装死。其他知青随之起哄：“打死人了！”“打死人了！”

拉拽起来，声称脖子痛得不能自由转动，支棱着脑袋，尾随着一彪人马，不肯稍离沙马依葛半步。

沙马依葛根本不加理会，东走西走，忙自己的，故意放大声气，有一句没一句，知青听到耳里，也紧张。她说的都是招工招兵，还有推荐上大学的事，谁还敢相随，越来人就越作鸟兽散。脖子不能稍动一动的知青回头看去，除了自己的影子，就是几个屁大的娃儿，腿哪能不软，趁着来到大街上，人挨人，寻个遮掩，溜了。

身旁的人不及报告，沙马依葛就说晓得，号称自己眼观六路。其实，她瞄见的是夏觉仁。那位侧身站在街边，满眼都是她，手里托个邮包。沙马依葛走过他身旁，靠近，恰恰听见他说，嘴巴翕动：“晚上来我家，等你。”

2. 晚上？怎么也得吴升睡着，那到啥时光了，十点半以后，难熬啊！不如去河坝上帮木略解决问题。

感觉小廖想劝止她，念头全在晚上、全在夏觉仁身上，顾不得追究。

知识青年聪明剔透，早发现木略主任烦得她皱眉蹙鼻，躲为上。她呢，无知无觉，大无畏，什么都要抢头彩。

见她出现在河坝，木略反应激烈："这里可不需要你逞强！"已听说她勇斗知青的事儿了。

沙马依葛咧咧嘴，不吭气，蹲树下躲太阳，完全在小廖对她的认知之外，不免眼呆，沙马依葛却在心里可怜他青头娃儿，不解风情，哪里晓得沙马依葛局长我夜里要去会自己心爱的人，硬的软的，不软不硬的，一切都受得起。

木略也感到了她的变化，逆来顺受，不正常啊！

河坝上的情况他已摸清，不是有人闹事，是工程进展比预期慢，社员在磨洋工。他们不是故意的，就是干活不着急，抡几下锄头，铲几下泥巴石头，就要去抽旱烟。不将就，非得找个阴凉地，几人凑在一起，互不搭话，各抽各的，把旱烟带出来的清口水用舌尖卷了，再射出去，最起码半米，憋足劲，两米都可能，反正不能啐在附近，那多脏啊。

喝开酒，无论如何再动弹不得。

一般是凑份子，再派年轻的跑腿，拿上几只空瓶子去食品公司灌本地用苞谷生产的散酒，花不了多少钱，比自家酿的荞麦酒有劲。不用杯子也不用碗，就着瓶嘴直接抿，一个圈子的人，依次轮转，喝转转酒。酒多酒少，都是抿一口的斯文喝法。还是蹲在地上，冷与不冷，都喜欢把随身带的黑羊毛披风搭在肩上，由着它垂下来，把自己遮挡成锥形物体。慢悠悠地喝下来，等到眼睛有点惺忪，棕黑的额头、脸颊滋润，脸红或不红基本看不出来，大半天就过去了，还怎么干活！

说到底，还是不喜欢干农活，也不擅长，喜欢的是舞刀弄枪。

如果让他们参加打靶训练，哪怕布置、清理打靶场，给参加打靶比赛的人端茶送水，最好是擦枪、整理子弹，都欢迎！现在倒好，放着待收割的荞子不管，两脚，包括小腿肚子泡在冰凉的河水里，让平整河床，把生长或散在那里的石头刨、拣出来，留下松软的沙子，供知青娃儿耍水。世界上竟然有这种耍法，是他们想象不到的，也是他们大不以为然的。他们大声叹气、抱怨，说自己是翻身得解放的人，不是来伺候城里头闲惯了的知青娃儿的。这些娃儿名义上说是来接受我们的教育，其实是来抢我们的吃的，一拨，一拨，来了就不走，领导在讲，到处刷的标语打的横幅也写着，要扎根凉山。好吓人哦，要真扎下根来，不要说荞麦粑粑，到时候我们恐怕只有喝风了。耍的花样也多，连水也拿来耍。水是干啥的，是拿来给人喝给马儿羊儿喝，给土地喝的，他们却拿来泡身子，汗泥巴、皮屑、伤疤痂痂都泡来掉进水里了，我们，马儿羊儿牛儿、土地喝起来不脏吗？我刚吃的饭快吐呀，好恶心！作势干呕几声，把旁边直着腰杆嫌酸，杵着锄头、铁锹把歇着的人逗得傻笑不止。

现场指导主要是小华等几位会游泳的知青，其中有在彝寨插队的，那也听不懂他们在用彝话谈笑些什么，反正指挥不动他们，急出一脑门子汗。开始还找领队谈，后来发现所谓的领队两位不过是生产队的会计，另一位是赤脚医生，根本不顶事。小华等义愤填膺，正要向组委会报告，木略主任亲自来视察进度了。

让人把三个领队找来。三个领队到底见过世面，知道木略是比他们队长、公社书记、县长都要大的官，两手揪着衣襟，瘦骨头肩膀高耸，踮着脚尖小跑过来，拘谨地站在他面前。木略劈头问，晓得不晓得是在为谁干活？他们朝小华等知青一努嘴巴：

“还不是他们啊！”

“错，”木略断然道，“你们是在为毛主席服务！”

三个老实人听得眼睛发直，赤脚医生怯生生地问：“毛主席他老人家要来吗？”

木略神情格外严肃："毛主席忙国家大事，哪里来得了，可他老人家在北京城里的天安门城楼上望着我们呢。"

此话不要说这些一辈子都没有可能走出山地的乡巴佬信，就是他有时候也信，尤其前几年挨斗无措时，稍一凝神，毛主席的面容就能飘浮在当空，慈祥，温暖，主心骨显然。口袋里揣本《毛主席语录》，唱"抬头望见北斗星"，效果也不错。

疑问仍在，这回是会计："主任啊，你不会骗我们吧，难道毛主席也喜欢耍水？"

他们在用彝话交流，"耍水"不恭敬。彝话具体该用哪个词，木略找不到合适的，只好借用汉话"游泳"。他说："毛主席喜欢的不是耍水，是游泳"。他不断地把"游泳""游"这两个汉语词夹在彝话里说，"毛主席他老人家未必稀罕我们眼前这条小河沟，他游泳的那条河好宽好深，看不到边，竹竿子任你连上五根六根，也捅不到底。那条大河叫长江，可以行船，船有多大，把你们大队四五千人装在里头都放得下。毛主席他老人家年轻时就在里头游泳，还写过一首诗。以后呢，他领导我们劳苦大众干革命，国民党反动派霸占了那条大河，等到他带领劳苦人民把国民党反动派赶到台湾，人民过上幸福生活后，他又可以放心地去那里头游泳了，六十多岁游，七十三岁还游。每游一次都会写诗。年轻时的那首诗说的是搏击激流，老了更有胸怀，在那么一条一年到头谁晓得要打翻多少船、淹死多少人的河里游泳后，居然说好像在闲庭散步，走耍耍的意思。毛主席他老人家为啥喜欢游泳，还为游泳写诗呢，就是在表达他不怕困难还勇于和困难做斗争的精神。他希望我们国家的年轻人都来游泳，锻炼他们的革命意志，接好革命的班。现如今你们看到的只是知青在游泳，以后我们的娃儿子也要吆到河里去游泳……"

赤脚医生打断说，不必讲得太深："哪个听得懂诗嘛，还是汉族的！主任啊，你的意思我们清楚了，知青是在为毛主席游泳，"他用的也是汉话"游泳"一词，"我们呢，表面是在为知青服务，其实是在为毛主席服务。在你以前，还没有哪个当官的给我们讲到这一层，所以我们磨洋工呢。现在懂了，大家会好好干的，保证在活动前完成任务！”

可木略要的是清理出来的河道明天就能使用，选拔真会游泳的知青。“那些懒东西，他们耍的鬼把戏未必老子不晓得啊，借口纪念毛主席游长江逃避秋收逃避劳动。哼，老子让他们得逞不了！”他发狠道。

三位领队听及此，会心一笑，深感木略主任在知青的问题上和他们是一个立场的。

要想在这一天剩下的时间里，即使搭上夜间，完成河道的清理，除非增加人手。三位领队自告奋勇地要回去叫人，赤脚医生更保证，他的队长会亲自带女社员来帮忙的，凉山上历来女人比男人更擅长干活。

木略让小廖通知办公室，组织机关干部，只要男的，到河坝参加突击劳动。和生产队不一样，机关里男人比女人能干体力活。

半小时过后，工地上已是人潮涌动、号子声四起，加上杆杆红旗、幅幅标语、连串的电灯，一派热火朝天的景象。

大功告成，木略心欢气畅，再四下里一打望，都是忙乎的各色人等。这个那个，借着有限的灯光、朦胧的月光，专门来到他跟前，非要他看清楚自己也在现场，就是不见沙马依葛。也怪，半下午来了默不作声，这么重要的现场又缺席?！一头想，明天俞秀带着几个娃儿，还有家具就要来了。

3. 三四千号人接到的通知是来河边集中开预备会。一大早到了才知道要测试各人的游泳水平，达不到要求的，回去秋收，路费由组委会负责。

乌泱泱的人群即刻大乱，这个喊那个说，把河水声都淹没了。木略第一次使用手握扩音器，话筒不是偏到左边就是右边，要不上下晃动，正好和嘴巴错开。好在他的嗓门大，音尖。喊完话，他故意站到主席台的沿上，没有拿扩音器的手掬在耳廓，做倾听状。

还真被他听见了，一个知青干笑两声："老子可不想得风湿，绝不下水！"木略刺激道：

"连水都不敢下，那你们干啥来了？"

扩音器把他的声音放大散向四方，知青乱糟糟地回应：

"耍来了！"

"看热闹来了！"

"会朋友来了！"

"好一群混世魔王！那你们向后转，回家去吧。"伴随着话筒哧啦啦的一大响，在场的人哇呀惨叫，掩耳不及。木略不道歉，调整话筒，哧啦啦，又是一阵大响后，还说他的："地区大小有限，容纳不下你们，也接待不起你们。我算了笔账，这七八天，你们吃掉一个公社三个生产队一个季度的口粮。毛主席说了，我们还是个穷国家，要节约闹革命，在纪念他老人家畅游长江的日子里，我们更不能违背他老人家的教导。知青同志们，你们说对不对?!"

反驳声起。一位知青更是放大声压倒一切地指责他故意混淆概念，说自己，"包括其他有志气的知青不是来混吃混喝混耍的，是怀着对伟大领袖的无比热爱，响应号召，特意放下农业劳动，来尽自己的一份力量一份心意的。"又有知青让木略拿出确切的数字证明他们到底吃掉多少口粮，他说，好意思提大米白面，不是掺了苞谷面荞麦粉，就是混合了洋芋南瓜，菜呢，基本上是干辣椒炒莲花白洋芋萝卜丝丝，油星星都见不到。"主任，你对毛主席他老人家的教导记得那么深刻，还应该记得他老人家夸我们年轻人的语录吧？"两条胳膊一挥舞，指挥知青抑扬顿挫地齐声念诵：

"世界是你们的，也是我们的，但是归根结底是你们的。你们青年人朝气蓬勃，正在兴旺时期，好像早晨八九点钟的太阳。希望是你们的。"

完毕，两条手臂齐平往下一压，全场回荡的又只有他的声音。他再请问木略：“作为党在本地区的高级干部之一，你是怎么贯彻毛泽东思想的呢？明明晓得我们这些早上八九点钟的太阳需要大量的来自粮食的优质能量放光散热，为祖国为人民服务，你减扣口粮不说，还拿洋芋南瓜打发我们，让我们本应该散发出的明亮、清澈的晨光，变成昏暗、疲软的暮光！听说木略主任是娃子出身，你摸着自己的良心回想一下，这几天我们吃的东西和奴隶主丢给你吃的有啥差别！”

“差别，”木略终于等到他的机会，举起扩音器，“天上地下啊！你们的忆苦饭，苞谷面搅上麸皮洋芋苦菊葛根熬的糊糊，我一口气能干三大碗。竟然敢叫忆苦饭，完全是思甜饭。我们奴隶娃子旧社会吃的那些东西，呸，猪狗不如啊。猪放在山上，有新鲜的草吃；狗有奴隶主剩下的骨头啃。发馊长毛的烂洋芋烂萝卜、陈年的荞麦面，混在一起乱煮，就是我们奴隶娃子的饭食！稀汤还缺分量，刚够吊着我们奴隶娃子一条不值钱的小命。”

现场在静下来，他继续：“你们比我有文化，又都是大城市来的，见的世面好宽广哦，才将还高唱过毛主席他老人家的语录歌，我就奇怪了，为啥你们中的一些人早上八九点钟还在睡懒觉，那个钟点应该像毛主席希望你们的像蓬勃的阳光奔忙在社会主义的农田上啊！你们大白天睡觉，晚上劲头来了，跑出去偷鸡摸狗，人家挂在灶台上留作过年的几块几根腊肉香肠，地里还没长熟的苞谷南瓜，青杏嫩梨小苹果，包括看家狗、鸡鹅鸭，没有放过的。咋忍心啊！尤其人家农民，一颗鸡蛋都舍不得给娃儿吃，非要存到十颗八颗，还要赶场天，小心再小心地放进铺了麸子的篮子、羊皮口袋里，又小心再小心地带到市场上卖钱看病、买盐巴、换针线。来地区参加纪念毛主席他老人家畅游长江这么有意义的活动也不醒悟，还是偷，人家月母子养来下奶的母鸡也被你们吃掉了，连娃儿嘴里的奶也惦记啊！”不给知青应对的时间，宣布：

“参加选拔的都去河边。告诉你们，不是随便在水里扑腾几下就能过关的，必须有速度，五十米保证在……哎，几分钟游完呢？五分钟，还是六分钟呢？你们到河边问组委会的古侯乌牛、小华，他们晓得……”台上台下笑声震天。

木略就在扩音器里问：“把你们笑得前仰后合的，咋了？”

台下都在笑话他：

“就地滚五十米也不用五六分钟啊。”

“又不是乌龟爬、蜗牛走路！”

说笑间，会游泳的，还游得不错的知青陆续向河边而去。余下的左顾右盼，等到身边的人再走上几位，耐不住，顿顿脚，也跟了过去，但只在一旁观望，确属旱鸭子。

旁观的除知青外，各单位的工作人员也不在少数。

木略瞧着高兴，只要碰上眼神，就半抬胳膊和这个那个招手。沙马依葛却横闯而来，按住他手里的喇叭说：“我不赞成机关的人都来凑热闹，后防空虚，到时哪个哪几个坏分子钻空子，搞破坏，谁负责！”

木略扫兴道：“那就按你的意思，把他们赶回去吧！不如你赶，喏，那边，都是你们的人。”

“我们的人没问题，喊上一声，乖乖的都得给我回去。你官大，别的单位还得你发号施令。再拿着你手头的大喇叭上台喊话去嘛。”

木略一咧嘴巴，似笑非笑：“我倒是想听命于你哦，可是我的职责不允许。你呀，心头的花招子，我的眼睛探照灯似的，看得清清楚楚，你妄想支开我，自己在这里称王称霸！我们朋友归朋友，希望你把我当领导尊重一回，干好自己该干的事，像昨天动员知青，像今天为知青叫早，都很到位嘛。这只是第一步，下一步更艰巨，清退他们中的混混，还不晓得会闹出啥乱子来。千万别以为大功告成、天下太平了，多如牛毛的事情等着你去处理呢。”

4. 他们吵嘴，河边的男女知青也在吵嘴，为谁先游的事儿。

女的不是男的对手，接二连三败下阵，愤愤然。过来三位女知青，其中的一位，腰粗肩宽，农业学大寨的标兵，铁姑娘。木略记得铁姑娘的名字，无限和蔼地问她：

“秋华，不打算参加选拔了?”

铁姑娘秋华大大叹口气，说她和她的两个同伴就是为这事儿告状来了。她说男知青嚷嚷就罢了，组委会的同志也大加附和，把女知青的选拔排到晚上。理由堂而皇之：担心当地传统保守，女知青光胳膊露腿，引起不必要的混乱。这不是歧视不是封建是什么！新社会都二十多年了，毛主席早就教导全国人民说，妇女能顶半边天，专门为妇女写过“不爱红妆爱武装”的诗，这是在和伟大领袖唱对台戏!

木略和沙马依葛一对视，再一搡她：“你们女同志好说话，我先观察观察。”话音未落，往人堆里就钻。

哪里容他消失，秋华身子一旋，挡在他的前头，铁塔一般，另一位女知青，秀气，伶俐，问他：“木略主任，你是不是也和那些人一样，戴着封建主义的有色眼镜在看我们，认为我们有伤风化?”

沙马依葛问：“因为泳装吗，两根细带子挂在肩上、长只到大腿根的那种?”铁姑娘说：

“那是资产阶级的泳装。”

“我们无产阶级的呢?”沙马依葛问，连木略都好奇了。

秀气也伶俐的那位从斜挎的军包里掏出一件东西，一抖，连身衣服，袖子和裤腿各短半截，齐至胳膊肘和膝盖。

秋华也从包里掏出一件来，只不过那位的是细碎小花，粉红绛红，配以绿叶，铁姑娘的花大色浓，红黄二色，平常都是拿来做被面的。

木略征求沙马依葛的意见，被回敬：

“你不是说河坝上的人和事由你说了算吗！我啊，坚信木略主任你在妇女和男人平等的问题上是马列主义者。”

木略让几个女人惹得心烦，声调高昂，为脱身：“歧视妇女，也不看看啥时代！我去敲打他们，未必他们都长着颗封建主义的花岗岩脑壳，敲不烂啊！”

万岁！三个姑娘欢呼起来，朝河边疾奔。在她们的呼号下，转眼跟来百十来位。

等她们都穿上自己命名的无产阶级的泳装后，阵势一变，成了她们的天下。山风劲烈，飘忽起的短裤短衣，夸张了年轻姑娘身体的肥腴，肉虫子一般。听得信号枪响起，性急的，通，通，就往水里跳。

一个来回游下来，一个挨一个地爬上岸，衣裳粘在身体上，凸的凹的尽显。围观的，包括本地人，尤其彝族男女社员，兴趣盎然。待细看，“啊”一声，埋头低脑。这是男社员。女社员“啊”过，还是看，互相交换眼色，撇嘴巴，都在议论女知青显露无遗的屁股奶子这个的翘那个的扁，说扁的那几位前边后边木板一样，平展展的可以耕地。

女知青有会点彝话的，也有意会到的，当下变脸，甩胳膊踢腿，和女社员打口水仗：

“敢笑话我们，也脱了展示一下嘛！”

“都是生过娃儿的婆娘，和我们比，肚大腿粗，丑死！”

男知青笑嘻嘻的，也把她们当风景打望。一位女知青先醒悟，嗷地一叫，两条胳膊捂在胸前，扭身躲到衣裳齐整的同性身后，效仿者纷起，沙马依葛背后也躲来两位。更有躲至拉扯开的红旗和标语牌后的。

“伤腿的先抬走”，声音响过，不用看，木略就知道夏觉仁来了。慢着，慢着，为啥他和沙马依葛的对瞧别有含意呢，飘荡出来，像蚕子吐的丝，缠了一道又一道，还拉扯，越紧。木略喊：“夏医生”，那位抬眼看过来，慢半拍，发现是他，竟然移开视线去找沙马依葛，求助般。

两人黏黏糊糊，发生事情了？肯定是馋，贪鱼腥了。木略猜一定是沙马依葛先馋的，她一直都贪着夏觉仁这一口，从十八九岁起。从来都轻看她的木略不禁慨叹一声，长长的，响亮。难道盖过河水的奔流声了，一旁的小廖问：

“你说啥，主任？”

他没有吭声，小廖不再纠缠，报告：女知青退缩，不愿意在白天游了。

“还是敌不过我们这些封建脑壳啊！”木略笑说。吩咐男知青的选拔抓紧，该着手赶没本事还添乱的家伙了。

嘴里下命令，心里惦记的是沙马依葛和夏觉仁，手搭凉棚遮住阳光再找他们，都没影了。未必不在，逆光看去，再有大山的影子，人头幢幢，泛着光，哪里看得清谁是谁！围在水边的人们，高的矮的，都在叫喊，汉话彝话夹杂其间，汉话在喊加油，也有加上某人名字的；彝话是赞叹，都是男社员：

“啊啵，鱼儿一样！”

“那一个咋不见了，刚还在扑腾，莫不是淹死掉了！”

“人家是在潜水，冒出来了，啊啵，超前好大一截哦！”

女社员掩身在石头后或土坎下，男知青跳进水后她们才支起身子、翘起下巴颏看。

木略专门走过去，逗她们：“干吗不起哄，像对付女知青一样，把他们也轰走啊！”

她们叽叽喳喳，意思都差不多：“咋好意思嘛，人家是男的。”

木略又逗：“过几年，你们的女儿也耍水，我看你们笑话不笑话！”

“哦哟，你家有女儿吧，有的话，你先让她耍水给我们看，我们的再耍不迟。”

木略兴致高涨，还要和女社员斗嘴，人家又都支起身子看河里奋勇争先的知青，木略讪讪的，蹭到河边。

这里也不需要他，古侯乌牛，从省里请来的两位游泳教练，小华、小廖等几位知青，工作运转得天衣无缝，他就是一根针也插不进去、一滴水也渗不进去。四下一看，终于扫视到夏觉仁，正忙着治疗一个谁知道哪儿破了的知青。刚要过去，小廖又出现了。看来他并不像自以为的那样没人理睬，只是没有遇到问题。

小廖报告：泳道清理得太马虎，石块，尖利的还不少，连续六个知青不是划破腿就是划破胳膊，有一个最严重，当胸那道，尺长都不止。古侯乌牛和省里的两位教练建议暂停选拔，重新清理河道。

“取扩音器去，”他说，小廖满脸困惑，两手在他眼前一拍，“我好喊话，返工啊！”

小廖应声是，转身待跑，被沙马依葛拦下了。她竟然指控泳道里的石头是有人搞破坏，故意放置的。木略问她证据，自称看见不下两个奴隶主三个奴隶主的子女也在现场，完全是阶级报复，很有可能还是集体作案。

要在私底下，木略就要骂她疯婆娘了，但小廖几个年轻人惊愕之余，由不得不信的表情油然脸上，木略只得问她有何打算。说把那几个家伙捆起来审问，不信他们不吐实话。小廖带着几个知青拔足就要去执行，沙马依葛朝不同的方向指点，带相貌特征：“那个男的，鹰钩鼻子，窄条子脸，黑荞巴样；他旁边那个，女的，宽皮大脸，在拍打身上的泥巴；喏，还有那个，宽肩膀大脑壳的小伙子……”

木略打断她，很策略：“何必兴师动众，我找他们领队，先把他们赶回家严加看管，活动结束后再处理不迟。”瞪一眼沙马依葛，狠狠的，这位唯恐事小：

“早点处理吧，万一出了人命不好交代！”

“你还是去管夏医生吧，看你们四目相对的样儿，莫非有啥含义？”木略不胜其烦，话蹦出口自己先吓一大跳。沙马依葛闻声脸紧，眼神发呆，未必有诈？他也一呆。沙马依葛反应快：

“该提醒的我都提醒了，主意还得木略主任你来拿。夏医生暂时顾他不上，我得先去帮俞秀，听说她带着几个娃儿，押着拉家具的汽车到了。”

情挑 3

1. 去到木略家，帮忙的人比她预想得多。

她哪里是来帮忙的，操着双手，东挪西移，给板凳桌子柜子床、坛子水缸瓦罐腾地方，几个娃儿穿梭着喊饿地叫渴的告状的哭闹的，一派混乱。难道木略看出点名堂，那双贼眼？暗自打算，也好，不如就此离婚再结婚。

想得脸发烫，眼睛迷蒙，猛地被俞秀的肘子撞了下，生疼，听得叫她说："河坝上来人找你呢！"看过去，花花的，不真切，听声音是秋华，说木略主任让她去河坝吃晚饭，吃完，安排女知青继续上午的选拔。

木略六岁的小儿子也要跟着去，说想爸爸，其实想饭吃。沙马依葛乐得带上他再见到木略时好敷衍，便牵着他的手，和俞秀打过招呼，与秋华一道向河坝而去。

迎面过来夏觉仁，背光，脸色暗黑，喊她："沙马依葛局长。"很正规。

"夏医生啊！你咋回来了，伤员呢？"

夏觉仁愁眉苦脸地盯着她："我找你好半天了，有话说。"沙马依葛把木略娃儿的手递给秋华，让她先走一步。

夏觉仁要说的是：“木略晓得我俩的事儿了。”

“怎么会？”

“他说他看出来了。”

“你就承认了？”

夏觉仁一委顿，矮了截。沙马依葛轻舒气，问他：

“你既然承认了，下一步有啥想法？”

不吱声。

路边说不成话，只有换地方。不用多想，这个地方还是夏觉仁的家。

别上门，取几块点心，悄声让夏觉仁给自己倒杯水，“我还没吃晚饭呢。”她说。问夏觉仁吃过吗？回应：“哪有心情？”似在责备她没心肝，这种时候还吃得下东西。回身取来一样东西，说是送她的丝巾，上海的姐姐寄来的。

无话，只听着她喀嚓喀嚓的咀嚼声咽水声，夏觉仁不时发出轻微的嘘声，嫌响。后来几口，她将饼干填进嘴里，灌水，泡软，舌头搅和，咽。

丝巾清凉，展开围在脖子上，解下来，一头系个疙瘩，握住另一头，甩出去击打夏觉仁：“疼吗疼吗？”引他说话，没有奏效，自己说：

“你让木略晓得我们的事，又是男人，你说咋办？”心里期盼夏觉仁拿出离婚结婚的勇气，哪怕逞强。夏觉仁却说：

“阿果怎么办？吴升怎么办？还有我们各自的儿女？”

话到最后都哽咽了。

沙马依葛也是悲从中来，与夏觉仁两手相握，再在他的牵引下，被拉坐到他的大腿上，像顺便，两人亲嘴，鼻涕眼泪，互相沾了不少。就这样黏着彼此的嘴巴、摩擦着鼻子，爬上床。

豁出去，泼出命，折腾，翻覆，床吱嘎叫，此前他们是多么小心翼翼啊，特别是夏觉仁。

同时听见外面有孩子在喊："妈妈，妈妈，"嫩声嫩气，两人停止动作，虚飘晕乎，声音由远及近，是她的小儿子强强，此刻他喊的是："强儿的妈妈，强儿想你了，你在哪里嘛？"

沙马依葛支起身子，像兔子松鼠麻雀，机敏得不但耳朵，连眼睛都竖起来，不是在听，而是在判断为什么她的小儿子会在外边喊她？跳下床，急速地拣散乱在地上的衣服裤子再往身上套，一只鞋子东摸西摸，就是找不到。汗闷在额头、脖颈，凉凉的。停顿片刻，强儿又妈妈、妈妈地叫。鞋子终于被她摸在手里，在墙角。夏觉仁也在往起爬，被她按住，凑到他耳边，让他只消穿上睡衣裤，等她一走就去开门，装出意外，但亲热的样儿，还要假装一开始没看到肯定跟在后边的吴升……

转身要走，被夏觉仁拽住，问她干啥去？眼巴巴的。摔开夏觉仁的手，指指后窗，夏觉仁不用装，惊讶得嘴巴张好大，忍不住想笑，一边推开后窗，并不高，一撩腿，大半个身子旋出去，再一努，已经到了院墙根。夏觉仁上身扑出窗外，看她如何把腰猫得比窗台还低，在那两尺宽的窄道上捯着两腿迅跑。

窗后背阴的这条窄道是她被关在夏觉仁家那一次注意到的，当时就留了个心眼。

2. 转眼间，人已经出现在河坝上。不专门和谁打照面，山里的天光，太阳下山基本就黑了，见面也看不清鼻子眼睛，故意敞开喉咙，喊这个叫那个，除寒暖，问饥饱。抢过古侯乌牛手里的扩音器，冲着水里扑腾的女知青喊话，让注意安全，小心河里的石头，男知青划破腿划破胳膊的好几个。有人在旁边提醒她，那是下午的事，河床经过清理，几乎都是软沙子了。"那也不行，沙子多软，脚陷进去还咋游！"听得两旁的人都笑。

木略夺过话筒递给古侯乌牛，把沙马依葛拽到人圈外，让她"不必鼓一声锣一响，安静下来吧，今天你们一家够闹腾的，先是你男人拿着喇叭满河坝喊你，现在又换你拿着喇叭满河坝证明自己在这儿。秋华告诉你男人，也用喇叭，等于告诉满河坝的人，说你和夏医生在一起。你脸上此刻啥表情我看不见，也懒得猜！”跨前一步，放低声音，“吴升找着你们了？夏医生呢？”她嘴硬：

“有本事你问他们两个去嘛！”

还要歪缠，那边“木略主任”“沙马依葛局长”，喊成一片。

古侯乌牛建议收工，水太冷，女知青体力不支，抽筋的太多，电灯泡亮得有限，再被风一吹，光都是乱的，哪里清楚河里的状态，搭救不及，死人都可能。

一声令下，各回各处。

组委会的人不能散，都跟着木略回到纪念办，其实是他的办公室。一天下来，游泳的人次需要统计，经验需要总结。女知青老实，一听说要擅长游泳的，自动就走了三百来个，剩下的就是全留下也只三百来号。男知青近三千，自称游泳高手，一个都不肯走。一天下来才刷掉二百四五十个。“太少，太少，”木略连连说，“按计划五百个里留一百个，五比一，最后留下五六百个，今天没完成这个比例，不是给明后两天出难题吗？”

小廖出主意：“明天我们可以提速！”

“不行，”古侯乌牛说，“那样的话，还没参加选拔的知青该叫唤了……”

“叫唤就叫唤，还怕他们不成！”木略大声道。

古侯乌牛不作反应，继续：“今天参加选拔的知青水平都不错，明天上午还有一些，下午再后天，滥竽充数的家伙会自动告退的。”

正说着，一个女孩在门口探了探脑袋，木略眼尖，喊道：“珍珍，进来，找你妈妈吗？”沙马依葛起身，把羞答答已经迈进门的珍珍领到外面。

吴升指使来的，家里有事，喊妈妈回去吗？珍珍摇摇头，窗口泻出来的黄黄的灯光横投了一指宽的两道在她脸上，天真，无助，惹人怜爱，沙马依葛禁不住弯下身在她的嫩脸蛋上亲了口，即刻，两条绵绵的小胳膊搂住她的脖子："爸爸没让我喊你回去，只是让我来看看你在不在这儿。"

"那我在这儿吗？"嘴巴贴住女儿的小耳朵，哑声问。

女儿被痒痒得直躲，咯咯地笑，喘声说："在这儿，在这儿！"

"你就这样告诉爸爸去吧！"轻轻在女儿的背上一推，喊道，"注意看路哦，别跌跟斗！"

一冲动，她不是返回木略的办公室，而是跑去夏觉仁的家。

这可把夏觉仁惊着了，捏在指头间的半截烟用力戳进烟灰缸，刺啦一声，烟灰缸直接划过三分之一的桌面，摔响在地。

"我来，是想打听吴升怎么骚扰你的。他疯掉了，刚还派女儿来打探我的行踪！"

夏觉仁弯腰拣烟灰缸，还有散落在地的几个烟头，其中两个，高举给沙马依葛看："吴升抽剩的。"直起腰又说：

"吴升在这儿抽了两支烟走的，没说话，我也没问他为啥让儿子在我家门口喊你喊个不停。"

"关灯。"

夏觉仁动也不动："你不该再来，又不是练胆子。"

"你怕了？"

"外头的人早就看见你了，走吧。"

反而跨前一步，来到灯光下，向着窗子，舒展腰肢，大声说："夏医生，你真是神医啊，让你一捏巴，我的肩马上不疼了。"

躲 雨

沙马依葛再次出现时，木略专门问她，别有用心，把珍珍送回家了？不回答，眼风掠过木略，嘴角挑着，似在微笑。

她离开不过半小时，他们已经讨论到遣返淘汰下来的知青了。两个方案，一是选拔结束后一起遣返，一是淘汰一批遣返一批。木略赞成第二种方案，要求明天一大早就遣返，卡车送。

和担心的一样，第二天，除十来个胆小的女知青，落选的知青没有一个肯离开，就是承诺他们免费坐车也不干。他们承认自己落选，但仍有权利参加纪念毛主席畅游长江的活动，比如唱歌跳舞，朗诵毛主席的诗词，讲毛主席青年时代的故事，哪怕参加集会，高喊毛主席万岁，也坚决不离开。毛主席不专属于那些游泳过关的人，是我们大家的伟大领袖。

几个自作聪明的家伙，声称自己还没有参加选拔。小廖等几个组委会的知青刚要加以揭露，沙马依葛拦阻道："由他们表演吧。"她站在食堂门口，放大声让他们吃得饱饱的，做好准备，参加今天的选拔。

几个家伙欢欢喜喜地正要离开，别的知青闹将起来，直指他们欺骗组织。两下里吵得不可开交，手脚并用。掩藏在食堂附近的男女民兵听得响动，各各跑来十几位，不废话，只出力气，不消片刻，便将对阵的双方拉扯开了。不等他们有所反应，拖拽着，直接送上专为他们准备的卡车。虽然嘴仗不断，自报家门却不含糊。刚意识到上当，喊起来，车已然启动、加速，跳是不敢往下跳了。

第一天效果最明显，车子一走，地区的大街小巷清净不少，第二天下午问题出来了，送走的知青，又有卷土潜回的。他们像泥鳅似的，混在知青堆里不好捉拿。木略说话算话，河坝之外一概不插手，全由沙马依葛做主。

沙马依葛先派民兵堵在路口，大路小路，连夜里都有人站岗，起恐吓作用，精力放在林子边那些看似无路但到处是路的地方。

那些藏在林子里伺机返回的知青因此受到相当程度的阻挡，不要说全身而出，才冒出头顶，就得缩回去。相隔十米二十米把守的民兵动都懒得动，冲着树林子一站一叉腰再一瞪眼足够。他们炫耀说：

“老子们凶猛的目光把龟儿子几个吓得屁滚尿流。”

民兵不是铁打的，也要吃饭睡觉、拉屎撒尿，人数又有限，三下两下，窘态毕现。比如，饭菜刚刨几口在嘴里，身边忽然刮起股风，一个人掠了过去，出手抓吧，舍不得手里的饭菜；起步追吧，挎在肩上的枪带滑下来卡在肘弯，枪托悬在空中，敲打大腿，再碰着膝盖，酸痛得步子都迈不动，哪能追上那蹿得比兔子还快的家伙。

这是因为吃饭耽搁的，还有避到草丛土坎下拉屎误事的。

当然，被抓住的是多数。枪杆子又不是摆设，惹急了，冲天上放几枪，咣、咣响，胆子都能给他吓破。抓住再用卡车往回送，再潜回来，又被抓住。如此往复两三次，彼此都有点不耐烦，抓也好放也好，都等着活动开始、结束。

哪里想得到天公不作美，气象台吃干饭的，预告失灵，活动的前一天下起雨来，淅淅沥沥，线一样，没有断的意思。便去气象台讨说法。气象台看天象算数据，几个回合过去，让顺延一天，信誓旦旦，后天开始，连续半个月都是大晴天，晒荞麦晒苞谷随便。木略没好气："只需要一个大晴天。"台长表示："那就更没得问题啰。"在占了半面墙的雨势图上比画："东边有云，西边无云，到时还会刮风，云想生成都不可能，又怎么变成雨呢！"西边正好是当头这片天空。

他的观测已经失败过一次，让知青妄想不断，遣返潜回的不论，没来得及遣返的请求组委会给他们一个练习的机会，希望在活动那一天向敬爱的毛主席致敬。他们三五成群地赖在河里，怎么叫怎么哄都不上岸。高山上的河水本来就冷，加上下雨，气温下降，好些知青都冻感冒了，急性肺炎就有十几位。组委会只盼雨停，活动圆满，大家回散。

知青还算小事，关键活动邀请来的贵宾陆续到齐，省里的邻近地区的，王副政委也来了，还是省里派来的代表团的副团长之一。加上本地受邀而来的干部，总数百号不止。一天半天，已经很耽误人家的光阴了，有多少抓革命促生产的工作等着啊！木略、沙马依葛一次次地去道歉，一次次地跑去气象台探听天气的好坏，急得肝火炽盛，嘴角打出燎泡。结果一天再一天，还是下雨，台长也纳闷，但坚持："我们头顶不该有雨啊？"有雨的他认为是东边的云河市，因为云都聚积在那边的天空上。

云河市受邀参加活动的革委会副主任打电话问，回复：万里无云，天气晴好。便和木略商量，不如由他把省里的领导请到云河休息一下，那里的山水名胜值得一游。木略只得同意，要不怎么办！两人商定，这边一放晴，那边躲雨的人就回来，百十公里，快！副主任又一个"不如"，"不如你把纪念活动移到我们那里的湖河去举办吧，随便哪一处，水波不兴，细沙铺底，还宽阔。"

话毕，那边的副主任自觉有地区优势论的嫌疑，担心戳痛民族地区民族干部的心，转而盛赞木略脑袋灵光，连省里都惊动了，一下来了四五位捧场的领导，还带着文工队员，好大的面子！

木略苦笑："别得好卖乖，警告你，在领导面前别光自我表扬，把我们也捎上，多吹捧我们几句对你们没有妨碍，我们是少数民族地区、穷地区、边远地区，吹捧我们只能显示你们风格高！何况你们沾我们的光，把领导劫走了。"

那位笑道："沾的哪里是你们的光，明明是老天爷的嘛！再说，谁在陪他们，不是我，也不是我的人，是你的人，老弟！一般人就罢了，偏偏沙马依葛局长，文武双全，哪样输人后！倒是求你给沙马依葛局长打个招呼，让她好歹也美言我们几句！"

"哪里哪里，"木略嘴上谦虚，心里却佩服自己棋高一着！从王副政委方面来说，当然由沙马依葛陪最合适。两人真是喜相逢啊，也腻歪，尤其沙马依葛，抢上前捧住王副政委的手，泪花闪闪，腰肢飘摇，埋怨王副政委招呼都不打就回省上了，"未必我犯错让你讨厌了？"

"怕的是你的眼泪啊！"王副政委哈哈一笑，"看看，泪下来了吧。见面都成泪人，分别还不泪流成河！"环顾周围的各方人等："少数民族姑娘热情奔放，说哭就哭，说笑就笑，看沙马依葛局长，嘴角眼梢挑起来，憋不住啰！"

事　端

1. 前去躲雨的各方人等，包括陪同人员，分别登上两部大轿子车，准备出发。

送行队伍里突然岔进七八位妇女，面目张扬、激愤，挥舞着黄油布伞，左一下右一下，别开干部的伞，再挤开他们，近到沙马依葛就座的大轿车一侧，跳脚舞手，高喊她下车，有事情要说清楚。

女人的嗓音尖利、高而亮，雨声、风声、送别声，都掩盖不住。沙马依葛拉开车窗，问她们都是谁？妇女们七嘴八舌，自称曲尼阿果的娘家人，来替阿果撑腰的。指责她，为啥要抢阿果的男人？不要以为阿果的兄弟小，爹死了，家庭成分不好，舅舅家的人不敢出头，就欺负她，和她的男人鬼混，亲嘴搂抱，脱光了睡觉，不要脸。话到难听处，呸呸，连啐唾沫，怕脏自己的嘴似的。说的都是彝话。

越听，沙马依葛的脸越紧绷，语气强硬而不容置疑，喊司机："开车！"

车一轰响，马上闪出两个女子，张开双臂，拦在车前。坐在前面的王副政委回头问她：

"依葛同志，啥情况？"

沙马依葛起身向车门而去："我也正纳闷呢，等我了解后向你报告。”

下得车，被木略一把拽到车后，狠声：“凉山人民的脸都被你丢光了！”

沙马依葛揉着被他拽疼的胳膊，抽着鼻子：“你没有闻到阶级斗争的新动向吗？”

木略求她别捣乱，赶紧说话，领导们都等着呢！

“奴隶主开始新一轮的反扑了。”

木略脸憋得通红，声大：“哎呀，一派胡言！”

“明明嘛，看不出来啊，你！”沙马依葛朝跟着他们来到车尾又围了一圈的妇女，努嘴巴，“这些女人不是奴隶主家妈就是奴隶主的婆娘，肯定是阿果家妈，那个老奴隶主婆指使的……”

木略出声笑：“沙马依葛啊沙马依葛，阿庆嫂的沉着、机智、胆量，你都有，她没有的，你也有，脸皮都厚过城墙倒拐了！你咋好意思拿阶级斗争打幌子？都不用别人，我就可以回答你。你的问题和阶级斗争没关系，是作风问题、男女关系问题！来找你算账的这些妇女，”以指头挨个儿点着，“她们的成分比你的都低，和我一般，全是家养的奴隶娃子，凉山上最苦大仇深的就是她们了。”凑近又说：“看见没有，鹅蛋脸圆眼睛，好秀气的那一个，就她穿着雨靴，那是古侯乌牛的老婆、阿果的表嫂，这些女人都是她邀约来的，是她的亲戚。”

“哎，哎，”妇女中的一位，嘴巴麻利，“你两个安生点，别扯了阶级斗争扯成分，说当前吧。当前我们这些有家有室的妇女，最想阻止沙马依葛你去破坏人家的美满家庭。”

“你是哪个，干啥的？”沙马依葛仍然嘴硬。

“革命群众。”那位干脆，回的是汉话。

她的汉话引来哗的一笑，原来是云河市的副主任，来到他们跟前问道：“彝话里没有革命群众这个词吗，非得用汉话表达？”

木略支应：“不要说革命群众，就是造反派这样的词彝话也有对应的，只是说起来不如汉话有威力！”

副主任不是来和他讨论彝话汉话的，奉王副政委的令而来，要求天黑前赶到云河，都三点了，下雨天又不敢开快车。

沙马依葛拔足要走，哪能够，妇女们或揪或拽，像藤子对付树干。揪扯下，胸口肚子鼓的凸的，再扣子崩开两枚，露出暄白的一截肚腰，又引来女人们的唾沫和讥刺：

“骚嘛骚嘛，就这点本钱也敢！”

“不晓得撒泡尿照照啊，就在那里勾引人家的男人！”

“那个男人也瞎眼哦，放着天仙样的老婆跟你耍！”

“未必稀罕你是女人当官！”

木略听不下去，厉声吼她们，完全不起作用。全凉山人的脸皮哦，硬是被她们丢光了。幸好这位副主任不懂彝话，木略建议他陪王副政委等领导先出发，等沙马依葛局长把这边的事情处理好后再赶过去。回头问沙马依葛，要去和王副政委打招呼吗？

沙马依葛摆摆手，神情笃定，说：完事，赶到云河后，她自会向王副政委解释。

2. 她得先向组织解释。

已是当天傍晚。雨还在下，天要下空似的。半下午，妇联办包括主任在内的三个女干部，一直在请她澄清问题，其实就是她犯下的男女关系错误。这个错误，不但影响到她个人，最主要的是带来的社会影响很坏，大庭广众之下妇女们围着她乱战就是明证。

她让她们别在她身上浪费时间，男女问题，即便真的，损失的是个人；纪念活动如果出差错，损失的是组织。她再次呼吁木略主任放她去云河陪王副政委等省领导，她个人的问题等纪念活动结束后再调查、处理不迟，如果真有问题。

妇联主任觉得她的呼吁很有道理，便去和领导商量。不到三分钟，回来说领导不同意。沙马依葛问：“领导在哪里答复你的？”妇联主任一歪脑袋：“门外边。”

沙马依葛便抬起身，直喊木略，让他有话进来直接说！

木略把门拉开一条缝，露只眼：“我还是回避吧，这种事情……”

沙马依葛反问：“哪种事情？”

木略说：“都啥时候了，何必硬撑！难道要我去把那些在大街上批评教育你的阶级姐妹请来和你对质？”沙马依葛顿时颓然。“心虚了吧！”木略不饶她，“所以啊，把自己的事情向你们的娘家人，妇联，说清楚。说清楚了，才能轻装上阵，把纪念活动进行到底！”

关门，往墙上贴。办公室的屋檐太窄，风夹着斜雨，不断打在身上。天慢慢在黑，雨越来越冷，拐进另一间办公室和在座的几个人抽烟喝茶。

烟抽得嘴巴发苦，烟子熏得房间里的人眼睛难睁，茶淡了，也饿了。

沙马依葛死活还是一句话：“你们要我承认啥嘛？”再后来，干脆闭紧嘴，不吭声。

妇联主任又一次溜过来向木略讨主意，大大的眼珠子盯着他，表示自己无论如何都不敢向沙马依葛点明她犯了男女关系方面的错误，而且影响到了安定团结的社会局面。她说：“就是有那回事，我相信沙马依葛局长也能把它摆平，你想要她因此退出历史舞台是在做白日梦！”

木略被她说得笑起来：“不晓得的，还以为你是写大批判文章的高手呢，其实你，大字识得了一箩筐不？”

妇联主任颇自得：“一箩筐还是半箩筐，你别管。虽然你可以命令我，但我不会让你把我当枪使。”木略把烟头丢地上，一脚上去，狠狠地一碾：

“你一趟一趟，来回跑得也辛苦，又不想被我当枪使，好嘛，你请回吧！”

妇联主任不以为意，端起他的茶杯喝了一大口，待喝第二口，嫌茶味寡淡，放下说：“正好，我回家吃热饭喝热汤去啰！但我可以给你推荐一个人，几几嬢。”

说话间，几几嬢就到了。

她是来领那些被刷下来的男女知青的，自己倒把儿子带来了。向木略报喜：两个儿子“聪明得很，都学会浮水了，纪念活动那天，木略主任，你要让他们头拨下水哦。”

她的做派和妇联主任完全相反，陪着沙马依葛静坐，菩萨一样，任时间飞逝。木略派去打探的人来回报告的都是这样的景象。

正说着，进来两个河坝上的人，不脱雨衣，任雨水淋淋拉拉地滴落在地上，瞬间就汪住了。他们请木略发话让熬两大锅姜汤来喝，河坝上的人冷得喷嚏鼻涕的，快感冒了。

木略诧异：“黑成锅底了，还有人在河坝上晃？”

那两人：“岂止河坝上，河里头也有的是，喊不上来，非要过关不可！”

木略心头火起，放大声：“泡在水里干啥子，想淹死一个来摆起嗦！”下令他们回去清场，一边听得隔壁有歌声传来，支起耳朵一听，几几嬢在唱，竟然是《幺表妹》，说：“几几嬢这个婆娘搞啥子鬼名堂啊，唱起歌来了？你们哪个去给我问一问，她啥意思啊？”

两个打探的家伙，故意在窗前门缝探头探脑，放声议论：

“几几嬢，你就乱唱嘛，表妹表哥，你想我念，袖子裤管合在一起穿，心放在一个胸腔里跳动，好肉麻，都是封建社会奴隶社会的糟粕，被街上逛的知青听见，跑来开你的批判会，你哭爹喊妈都来不及。”

“你不要唱了嘛，怪难听，乌鸦叫猫头鹰哭啊！你们这些女人，害人哦，木略主任不让我们喝酒，说要保持清醒的头脑，随时应对你们这些婆娘闹事，唉！”

几几嬢不肯稍停歌唱，嚷一声：“幺表妹哪里是黄歌，明明是苦歌嘛！唱的是好可怜的一个女儿家，被父母兄弟卖给瘸子当老婆换钱花，不得见自己心爱的人！”接着唱幺表妹的美丽，说她站在山巅光彩亮山脚、站在草坝光彩亮林海，晓得爱懂得情，说亲的不胜数，诱奔的有九家。

沙马依葛终于轻启金口：“诱奔？烂女人，这也值得炫耀吗，就是黄歌！”

几几嫫唱得口干舌燥，本意为勾引沙马依葛开腔，赶紧请教她：“要不我们唱《妈妈的女儿》，要不唱死也不做汉官的小老婆，勇敢的甘嫫阿牛吧。”摸出口弦，请沙马依葛唱，她弹口弦，炫耀她五个指头都够得上拨弄口弦，一般人两根指头就费劲。

沙马依葛不肯唱，让她也别再唱，完全是白费心，因为自己就没有问题要说清楚、要交代的。

不愧是几几嫫，敢说话：“那些找你闹事的姐妹们还等着你给她们下保证呢，不再勾引曲尼阿果的男人夏医生！”

木略的人听及此，赶紧回去报告，在场诸位各各对视，觉得事情即将见分晓，都松了口气。

清场的回来了，自称最后一拨。抱怨：一天下来，河坝上的人喝掉五十来斤散酒。不单组委会的人在喝，知青、社员也在喝，尤其知青，“每一个下水前，借口水冷，都要大大地灌几口，爬上岸，还来讨酒喝，又没得酒量，醉来舌头打拧，眼睛发蒙，都瘫在地上了。”

木略不禁问：“这么冷的下雨天，你们就把醉人丢在河边不管？”

“咋可能，”他们说，“都让他们的同伴背的背、扶的扶，领走了。”

更有一位声称，有个知青还是他给扛回去的，轻得很，一百斤不到，甩在肩上一溜小跑丢床上了。

“你们几个，”木略还是不放心，敲打说，“都醉醺醺的，敢不敢保证，已经把河坝上的人员清理干净了？知青的命可比你我的贵重，万一有个闪失，判你个破坏知识青年上山下乡的罪，罚你吃十年八年的牢饭算轻的!”

那几位前后乱晃，醉得不堪，嘴巴却利索：“敢保证，敢保证，连赖在河里头死活不上来的家伙都被我们清干净了。”

还要往下说，夏觉仁推门而入……

3. 夏觉仁刚离开，沙马依葛就进来了，几几嫫跟在后边，很挫败，看来白指望她白欢喜了。不过已不需要，夏觉仁出面担当，木略认为效果更好，最起码保护了夏觉仁的婚姻，虽然让沙马依葛逃掉了，木略心有所不甘。

木略问沙马依葛：“晓得夏医生来过?”

并不晓得。

“那就告诉你，夏医生把事情都揽在自己身上了，说自己鬼迷心窍，为给老婆请假续假，利用了你，阿果家的亲戚呢，因此误会了你，说你们之间并没有发生男女间的烂事!”看她紧咬下嘴唇一言不发，又说，“你不会还想求啥名分吧?”也可怜她：“你就当夏医生爱护你，不想耽搁你的政治前途，收下他的好意吧!”

沙马依葛真是坚强，眼风带点下瞟：“女人偷人、男人搞姘头这么让你兴奋啊?”

“胆子没有你大，敢去实践，当然只能听来乐一乐啰。”木略嘿然笑道，挠一挠头皮，显出天真来，又说，“未必你不是啊，每回说起你们单位的破鞋汪翠翠，像打了鸡血，连人家穿的红裤衩也拿来乱说!”

沙马依葛哼一声：“我要是你，会先亲自带人去河坝上，打上手电筒，哪怕像地道战里鬼子说的挖地三尺呢，哪怕拿梳子篦呢，也要清场再清场。如果万一，出条人命受个伤，我看你这个组委会的主任吃不了兜着走!”发狠顿足而去。

走出来，要去的仍是夏觉仁的家。

拍门，可能太轻，没有回应，加重，还是没动静。倚在门板上觉得累，咬咬嘴唇，疼痛袭来，心想，可能在值班。

医院除几盏路灯，哪里都黑黑的，值班室也是。转了两圈，不敢敲门，如果不是夏觉仁呢？她这样想，轻轻笑，笑自己，今天下来事情太多，憨了吧？不是夏觉仁又如何，只说自己肚子痛，阑尾炎，来看病的。鬼哦，哪里来的炎症，阑尾早拿掉了。

敲开门，万幸，是夏觉仁。吓了一跳，却敏捷，一把将她掳进去，气急败坏："三番五次，想干啥？"

不应声，嘴巴凑上去堵他的。

刚挨着，清凉，被搡到一边，"正经点。"

"好的，"沙马依葛说，"你后边的窗帘咋没拉起呢？"趁夏觉仁回头，扑上去，拦腰搂紧他，脸贴住他的肩窝。容不得喘口气，又被搡开，朝后踉跄三四步，耳听得催她：

"赶紧走了吧赶紧走了吧！"

连着被搡还没回过神，再被这话一激，她气得浑身发抖："怂包，害怕人家来捉奸啊！"越往后，声音越往上挑。

压着她的音梢的是搪瓷杯砸在墙上、跌落到地上和杯盖滚动的连串脆响。杯子是夏觉仁扔的，泡的茶水，泼洒在白色的墙上，淋漓的水迹上挂着的茶叶，横生斜逸，也有点点往下掉落的。

敲门声起，不等响应，已然开了，值夜班的一个女护士，揉着眼睛，懵懵懂懂，没看见墙上地上的景象。夏觉仁说，抱歉：

"吵醒你了？杯子不小心掉地上了。"

"故意摔的，还怕吵醒人家吗！"沙马依葛狠声说，没料到夏觉仁会扔杯子。

小护士这才注意到墙上地上的不同，哦了声，眼神迷茫地掠过他们，蹲拣杯子盖子。

夏觉仁发声琅琅："沙马依葛局长，我送你吧。"

"好啊！"沙马依葛也应道，感觉护士在瞟自己，虽然手不闲脚不停：杯子放在桌上，取了扫帚将地上的茶叶归拢到一块儿。

两人前后脚出门，沙马依葛避到一边，夏觉仁缓和地说：“慢点走，捏亮电筒。”看她并不动弹，又说：“别往心里去，是我混账。”

“哪里，怪只怪我不要脸！”出手就推，夏觉仁身子一偏，摔倒在他亲手植下的杜鹃花树墙上，再陷进去，刚好够沙马依葛抬腿踢他，还伪君子、坏蛋的乱骂，斥责自己：“脑壳坏了、眼睛瞎了，脸不要，家不要，哈巴狗不如，比不上乞丐，围着你这个没有恩义的坏蛋转。你呢，完全在骗我，骗着给你那个供在云朵上的老婆摇尾巴示好哦！”

这后一句不经意的话击中的是自己，气力尽散，摔跌在地，不知道疼。

烈士陵园或黑老林

1. 几几嫫什么时候来的不知道，任由她挽着搀着，听她说：“依葛局长，你先回家换身干衣裳吧，免得感冒发烧耽误正事，纪念活动光木略主任一人做主也不行吧！”

沙马依葛换了身干衣裳，没有回家，去她的办公室换的，文件柜里塞着好几身衣裳呢。

随着换干衣裳，喝热开水，头没那么晕了，眼神又变得活泛了，额头、脸颊也有了光晕，表示得去河坝上看看，说昨晚以来一直在担心雨水带来的洪水会冲毁好不容易辟成的游泳场。

天麻麻亮，雨渐渐在小，让她们，尤其沙马依葛喜出望外，连着下了三天三夜啊！等她们来到河坝上，雨完全停了。

朝前两步，河水漫过脚背，赶紧回跳，几几嫫惊道：“涨水了！”

“没有发泥石流已经谢天谢地了。”沙马依葛说。举目望去，感谢老天爷，灰亮的晨光里，主席台下专门挖的游泳池距离漫过来的水线还有两三尺，根本不影响活动当日小学生在其中扑腾翻覆，制造气氛，热闹会场。台上的横板竖木也没有一根脱落的，桌子椅子各在其所，悬挂的国旗、团旗和装点的五彩三角旗被清风吹干，飘扬开了。那截清理出来、游泳健儿将在其中施展身手的河道，闪着圈圈点点的光亮，波澜不惊。

几几嫫担心雨水过后，河深水急：“要是死上一个两个，给纪念活动抹黑啊！”

“你担心的事情绝对不会发生！”沙马依葛铿锵道，“你晓得古侯乌牛吧，他好会耍水哦，鱼儿一般，我们彝人里的头一位。如果发生你说的那种情况，不等呛上口水，就被他揪着头发扯上岸了。”

“那我也不准我的两个乖儿子到大河里耍水，只许在水池子里头耍。我那两个乖儿子啊，特别是小的那个，刚学了没两天，水耍得那叫欢势啊，古侯乌牛就夸他天生是游泳的料！”见沙马依葛眼神缥缈，根本没听她说话，不免生气，大胆地又说，

“那个古侯乌牛，该不是和曲尼阿果打过娃娃亲的表哥吧？”

沙马依葛的反应来了，白多黑少，好刺人的眼神，嘴也不饶她：“我两个旗鼓相当，肚子里头有几根蛔虫彼此都晓得，你何必拿曲尼阿果的表哥来影射曲尼阿果和我、我和她男人的关系呢！我那点烂事你都看了一天一夜的热闹了，还嫌不够啊！”

“啊唷，还不是因为你不听我夸儿子，我心里不安逸嘛！”几几嫫倒爽快。

“那你老实告诉我，两个儿子里，哪一个是马布尔子的种？”

“你这个婆娘呀，我算输给你了……”还要再说，沙马依葛嘘声响起，打断她说：

“快看，那棵树的枝杈间好像卡着一个人啊？”

2. 那是棵野桃树，叶子稀疏，按季节还该有几枚艳黄的果实挂在上边，但旷大的河坝上，山风河风劲吹，早刮没了。说不上哪一根是主干，就是一撮种子长出来的一丛桃树，枝桠细的粗的，纠缠着拦住了那个可能被高涨的河水冲走的人。

沙马依葛和几几嫫发现时，那人已经是具尸体了。

几几嫫却不肯相信，因为那是她的小儿子。

3. 要让她相信儿子死了，被水淹死了，简直不可能。看人家取来担架，把那孩子往担架上放，要抬走，她就扑上去不让他们动弹，说怕他们把孩子的梦惊了。“他睡得好甜哦，两个嘴角翘起，在笑呢。但脸咋这么刷白，冷的吗?”脱下外衣，卡其布做的，还让大儿子把自己的卡其布上衣也脱给她，好盖在小儿子的身上。那死去的孩子穿的也是卡其布衣裳，是母子三人为这次活动专门缝制的。

她守在担架边，太阳升得老高，天气转热，苍蝇嗡啊嗡的飞来好多，不是一般的小黑苍蝇，是绿头红翅膀的大苍蝇，不叮她，不叮别人，专叮她的小儿子。她两手齐上，扇啊扇的，都扇它们不走，只得掏出手帕盖在儿子的脸上。那些苍蝇还是叮，叮那孩子裸露的脚、手、脖颈。那还怎么睡觉嘛，她摇一摇孩子，喊他，让他回招待所睡。哪里摇得醒喊得醒，连孩子的肩都抓不住，好硬，好冷。她哭起来，心里明白她的娃儿死掉了，越哭越凶，哭到昏厥。

醒过来，人家告诉她，已经是第二天的上午，问她吃饭吗喝水吗，都不要，还是哭，眼泪一滴半滴；咿咿呀呀，声哑气弱，捶一捶胸口，疼痛，这都显示她活着，而她的小儿子却死掉了。死前没有征兆，死后没有托梦给她。这个儿子的爹马布尔子多英武的一个男人，留下这么一根独苗苗咋会从此就没了呢?

环顾左右，招待所的三人间里，她的小儿子曾经睡过的床空着，她大儿子的床沿上挤坐着三个人，包括大儿子。他们是在嫌弃她那变成死鬼的小儿子啊，连他睡过的床都不肯挨一挨。看她醒过来，三人转转眼珠子，出去一个，跟进来几个，有她认识的、眼熟的，也有没见过的，都立在她的床边安慰她，让她想开点，不想开点怎么办，儿子已经走了呀!

木略和沙马依葛也来了，木略看上去心神不定，捎来王副政委的慰问。死人后王副政委从躲雨处赶了回来，其他来参加活动的各方人员就地星散。木略称开会在即，先走，留下来的是沙马依葛。

几几嫫虽然伤心欲绝，还是感到木略和沙马依葛的位置有点倒过来，昨天木略主动，今天沙马依葛主动。沙马依葛和她的关系也如此。沙马依葛说："昨天你陪我唱歌，今天我陪你流泪。"帮腔声起："姊妹家就是这样你帮我我帮你啊！"

沙马依葛和帮腔的几位女人开始议论她儿子的死因，好狠心，竟说：她的小儿子是先喝醉，丧失意识，再被水淹死的。至少有十个人在组委会做了笔录，当然不是他们让那少年喝的，那点酒他们都不够，怎么舍得！他们所谓的"那点酒"，指的是组委会配发的，一天他们一人能喝到三两，再多，组委会就不允许了，可他们的酒量都很惊人，一旦把肚子里的酒虫子勾来蠢蠢欲动了，想要它再蛰伏，根本不可能。他们就自己凑钱，派人去买。组委会的领导未必不知情，睁只眼闭只眼，木略主任时不时还会蹭过来抿上一口两口。连他都掏过酒钱，说是感谢他们工作努力。

几几嫫的小儿子就常被他们指使去买酒，虽然他们晓得他偷酒喝，但谅他不敢多喝。哪里想得到，他的酒量那么不堪，有人看见他在买酒回来的路上打偏偏，就那样，还仰脖子灌。这都是事后想起来的，于事无补。

他们推测说，当他们夜里十一二点钟离开时，那少年可能就在他们附近，一定醉倒在地上了，不然的话，他们不会看不见他。后半夜他还在那里昏睡，水涨上来，轻缓的，涌流的，不绝地漫上来，淹没了他，又让他漂浮起来，他反而在黑甜梦里陷得更深，直至死了过去。要不是那丛野桃树，他可能就被河水带走了，带到下游的某个地方，等发现时，已经被河里的石头撞得青伤累累，再被鱼儿啄上几嘴，面目全非，就像古侯乌牛和一个叫叶童的知青，古侯乌牛还是游泳高手，彝人中想找第二个都难！

几几嫫听明白了，原来她们不是狠心，是在转着弯子安慰她，但听起来不入耳，好像她家小儿子死得值似的，连游泳高手古侯乌牛都死了，还有一个知青叫叶童的也死了，她家小儿子那么一个蚊子、蚂蚁一样的小人物死了又算啥！几几嫫气绝，不在神情上露出来，也真想打听：

“真的吗，除了我的小儿子还死了两个人？”

沙马依葛等几个女人忙不迭地应声：“是呀，是呀！”

几几嫫又问：“他们也喝酒了？”

沙马依葛等几个女人眼神相碰，嗖的一下，都来看她，五味杂陈，沙马依葛做主回答：“乌牛肚子瘪得贴在后背上，恐怕米饭都没几颗，哪里会有酒呢！那个知青倒是肚大如鼓，筋筋脑脑，蚯蚓样的爬满了肚皮，不晓得灌了多少水在肚子里，吓死人！”

另一个接嘴：“就怪他肚子里的水拽着他，死沉死沉，不但让他丢了小命，连搭救他的古侯乌牛也给拽下去淹死掉了。”

“可不是吗，”再一个女人插话，“听说把他们捞起来时，知青的两只手还死勾着古侯乌牛的脖子呢，完全是索命鬼！”

“别扯封建迷信，啥子鬼啊还索命的！”沙马依葛批评道，柔软眼风，专注几几嫫，“古侯乌牛同志是为救毛主席派来我们彝家的知识青年，献出自己的宝贵生命的，已经定为烈士，要埋在烈士陵园。”

“啊唷，”几几嫫叫道，哪里痛似的，“他的老婆娃儿可怜了，有娃儿老婆吧？”

又是插话的：“咋没有，三个娃儿！老婆前天还带着一帮子人来闹过……”也“啊唷”一声，不是“受痛”，后悔不及，和哪个闹？还不是和眼前的局长大人沙马依葛闹啊！

众人都瞄一瞄沙马依葛，见她脸色眼色淡定，身体纹丝不动，一时无话。冷眼旁观的几几嫫继续提问：

“那么，死去的知青你们准备把他埋在哪里呢？”

“他不是烈士，进公墓。”沙马依葛回答她。

“那么，我的小儿子呢？”

沙马依葛顺嘴：“上黑老林！”

黑老林，说的是黑老林里的烧葬场，附近讲究的人家都去那里砍油脂丰富的柏树松树，再砍耐烧的青冈，层层架高，如今还有汽油煤油浇，最后把尸体放在上面烧。烧得几块骨头，小辈的随便；长辈的收起来，先放在家里某处裂开的墙缝里，等着毕摩念完超度经，选好日子再送到某座风光绮丽的山上安放。

几几嫫反问沙马依葛凭啥？她说她的小儿子烧可以烧，但骨头得埋进烈士陵园吧！逢年过节，尤其清明节，也享受一下红卫兵红小兵的敬礼默哀。

在场的男女人等都是彝族，以为自己听岔了，不及和她讲道理，又听她说："晓得你们要说送黑老林是我们的规矩，但那是老规矩，早就不作数了。我来问你，沙马依葛局长，未必你死了也按老规矩烧掉、骨头放山上了事？鬼才相信！你进不了烈士陵园，也得进公墓吧！"边往起站边说要去找领导申诉，还没站稳当，身虚腿软，眼前一黑，跌坐在床上，气急交加，连声叫大儿子来扶自己。

沙马依葛抢上来，抓住她的胳膊晃，说："姐姐你啊，你就放心吧，我会做主让你的愿望实现的，不就是进公墓的事儿吗！姐姐和我，不分里外，你的儿子也就是我的，咱们彝家，姐妹算至亲。"

几几嫫说，很有策略："不是我两个的问题，是跟着你的这帮女人太瞧我不起！我来问你，"矛头还是直指沙马依葛："我家小儿子他是为啥子死掉的，和古侯乌牛，和那个知青一样，都是因为响应各位领导的号召，参加游泳活动死掉的。你们呢，偏要说他是喝酒醉死的。你们又咋晓得古侯乌牛和那个知青没有喝酒呢？不是领导给买的酒吗，让大家暖和身体，好和冷雨斗好和大风斗。我的儿子喝了，难道错了吗！可怜他，嫩娃儿，喝不了酒！那些在场的各位，沾亲带故的有多少，都没人伸手拉过他一把，张嘴喊过他一声，硬是由着他醉死掉。前因后果，我都不追究了，只是想给我那苦命的儿子求一个死后的名分，你们都不干，还说风凉话，不就是在于他和他家妈我一样，洋芋屎荞子屎都没有拉干净，无名小兵一个吗！"

她这通飙把自己累得直喘气，也因为伤心和饿，又强调：

“沙马依葛局长答应的事，让我儿子进烈士陵园的事不要忘了哦。”

曲尼阿果

1. 按下葫芦浮起瓢。知青叶童的父母和古侯乌牛的老婆伍呷嫫听说一个初中生也能进烈士陵园，都有意见，叶童因公去世，现在要求改烈士；古侯乌牛的烈士自然就得升级，叫一个别的名头。人家说再没比这个更高的名头了，伍呷嫫不干：“反正你们汉族的词多，想一个嘛!”再解释，她嫌人家的说话声像机关枪，连声道：“我要昏过去了我要昏过去了。”当真仰面一倒，昏死在地。

一个小秘书见状，出主意说：在烈士前加形容词，比如优秀或者特级。被训斥道：自古以来就没这种怪用法!

女人对付女人，还得沙马依葛出马。来到伍呷嫫的房间，却发现场面并不像报信的人形容得那么糟糕，相当安静：伍呷嫫昏睡在床上，她的哥哥，亲的堂的表的都算上，八九个大男人或蹲或站，围着当中一位端坐在独凳上的女人轻言细语。

那女人居然是曲尼阿果。一袭传统服装，荷叶帽，百褶裙，斜襟大摆衣裳，俨然礼服。

伍呷嫫的哥哥们不和沙马依葛谈，嫌她官小，让她找个说话作数……话没说完，曲尼阿果接嘴，区别于哥哥们，用汉话：

“能够一锤定音的人!”

沙马依葛难免一惊，举目看去，她也正看着自己，眸子清亮、专一，又听她平和发声，仍旧汉话：“我说的不对吗？”避开她的眼锋，下意识地呢喃：“哪有不对的！”心怯意乱，忘了指使手下，一溜小跑，请来王副政委。跟着的是木略。

离开的工夫，哥哥们说辞已变：既然乌牛的表妹自然也是我们的表妹阿果都说烈士上头再没别的说法，我们就不坚持了，乌牛还是当他的烈士吧。知青呢，阿果表妹说，人家年纪轻轻，来到我们凉山上女人的气气都没来得及闻一闻，就淹死在我们的河里头了，好造孽哦！他家爸爸妈妈更造孽，多标致的一个儿子化入空气影影都不见了，他们想要儿子是烈士就由着他们吧，要不然传出去，人家觉得我们彝人好计较好心毒哦！反正，我们一切都听阿果表妹的，她见的事情多，讲道理，有分寸。

话音犹未了，王副政委也夸曲尼阿果：“这个大姐识大体、有水平。”由她那身装束，猜她起码是哪个公社的妇女主任吧？木略赶紧介绍是五医院夏医生的爱人。王副政委“哦”一声，闪电般瞄了眼沙马依葛，格外郑重地倾身问曲尼阿果，关于她表哥还有什么要求？

“我家表哥不进烈士陵园，骨灰按我们的习惯撒在他喜欢的螺髻山顶。”她用汉话回答，转而翻成彝语给哥哥们听，包括王副政委的话。

王副政委表扬彝人的习惯优秀，尸体架柴烧掉，不像汉人土葬占耕地。但他主张乌牛同志的骨灰安葬在烈士陵园，供革命同志，尤其是二代三代及至无数代凭吊、怀念，继承烈士的奋斗精神，感念幸福生活来之不易，激发建设社会主义共产主义社会的信心。

曲尼阿果表示，可以用她表哥那只传自他爷爷的鹰爪漆酒杯来代替骨灰。举例说，平叛时牺牲的解放军有几位连一块皮肉一节骨头都没有找到，就是用他们戴过的军帽喝过的茶缸穿过的胶鞋代替的。有一位她亲眼所见，从战友那里翻出张两人的合影，喀嚓剪下他那半埋进了坟里。

她说汉话说彝话，一屋子的人随着自己能听懂的语言点头、附和。沙马依葛与木略对了下眼神，这是两人闹翻后的头一次，还心有灵犀：眼前伸缩自如、口齿伶俐的阿果简直和他们认识的不是一个人。难道阿果的抑郁症好得这么彻底？要不然她一直在装疯卖傻，夏医生也被她骗了？再不然真像吴升调查的夏医生和阿果两口子一直在唱双簧，互相配合，欺骗组织，更可气的是，拿朋友当猴耍，尤其夏觉仁那个坏东西玩弄我的感情我的身体？沙马依葛瞬间气昏了头，眼睛热辣辣的尽是虹彩。

王副政委和蔼地问曲尼阿果知道“衣冠冢”这个汉语词吗？

茫然摇头。“也许，”迟疑道，“就是我说的用酒杯茶缸鞋子顶替尸体要不骨灰的意思吧。”

王副政委正待发挥，呆一呆，自嘲地一摆手，掉头只征求木略的意见，其实是他的决定，烈士陵园保留古侯阿牛的衣冠冢，其他的都按彝人的风俗办。他说，不必拘泥形式，起到作用就行。

2. 曲尼阿果身轻体健、神清气爽，连感冒都少有。消息传自俞秀。曲尼阿果回地区后一直住在她家。夜里睡上一觉，白天东跑西颠，为她表哥善后。

俞秀的消息还包括：曲尼阿果声称，如果她真的疯了，最不高兴的一是沙马依葛一是夏医生，因为法律不允许疯子离婚。她没有疯，只要她和夏医生离婚，沙马依葛和吴升再一离，那两人就名正言顺了，免得被抓住，当成野男女、通奸犯。

曲尼阿果的言谈和以前相比，确实犀利，但要说这些话出自她的嘴，沙马依葛打死不信。五六年的时间，众人只听夏觉仁一面之词，以为曲尼阿果因家破人亡只有一条发疯的路好走，却没有料到她还可能变得有担待，脸相、眼色因此深不可测，事情也做得滴水不漏。

沙马依葛还是找到一线缺缝，为此，她不怕去找木略说这可能是取消或者减轻他处分的一个机会。纪念活动出事后，木略被降级处理；沙马依葛侥幸躲过，没有证据显示她因男女关系有渎职的嫌疑，风评却已在民间。

见她找来，还是这么一个说法，不晓得她又要耍什么花招，不免问："王副政委不计较你了？"她嗯唧声，顺水推舟：

"你摸着良心想一想，你对得起我吗，抓我当典型，找人审我！现在呢，我可能帮你拿掉处分，胸怀多宽阔啊！"

"处分拿不拿吧，三条人命呢，没把我抓来关上几年已经谢天谢地。你实在想展示自己宽阔的胸怀的话，就告诉我吧，从王副政委那里带来啥新精神？"

"暂时没有，但只要我们坚持上报阿果在夏觉仁欺骗组织、谋取工资的问题中也有份，新精神就会长腿一步跨过来。"沙马依葛保证。

"我真是疯了，竟然想从你这儿分点阳光，起码别把我赶到区上去吧，结果你疯得比我还厉害！你呀，虽然没挨处分，官位也到头了，保持心情愉快吧！"

"我能愉快得起来吗？"沙马依葛捏紧拳头，当胸用力一压，"被阿果被她男人害得成笑话了。"

木略哑然笑道："最后再问你一次，夏医生和你有一腿吧？"

"呸！"沙马依葛的脸通红。木略缓和地说：

"你信不信不要紧，但我为奉命审你那事估计会后悔到死的，男人的脸面都丢光光了，我才是笑话！也对你不起！所以呀，你歇歇心，缠不上夏医生也别给人家的家庭添事，免得以后后悔！再有，那些你说的人民的血汗钱，阿果一分没花，一千多，都还给单位了。还递了辞职报告，俞秀和我咋劝都劝不住。"

"夏觉仁那个坏蛋没有辞职的觉悟吗？和他老婆一起当农民不好吗？这更不能让他得逞，最好让他老婆把他赶出家门、赶出凉山！"

"嘎嘣嘎嘣的，小心把牙齿咬碎啊！软话你不听，硬话要说的话，还是你自己没本事，床都跟人家上了，从小到大到老，都没抓住人家的心！”

群蜂飞舞

1. 曲尼阿果的辞职报告在木略和沙马依葛的交谈时已被沙马书记撕碎丢垃圾筐了，考虑得很周全，让曲尼阿果在距离她娘家最近的乌尔区当民政员，“那样的话，阿果还可以养她的蜂子，”他说，“我们也就有蜂蜜喝了。最主要的是乌尔公社的社员可以跟阿果学养蜂酿蜜，挣点小钱，到年底别成群结队地追着我要救济粮救济款！”

夏觉仁的辞职报告没受理，根本不予承认，直接就把他开除了，要不是退回了那一千来元工资，法办都可能。

第二天一大早，夏觉仁就在阳光亮堂的院子里摆了满地的家什。半上午引来不少邻居男女围观，有感兴趣某样某几样的，抹不开面子，来去往复，搓手顿足，稍以时间，蹲下站起，手碰指摸，端详细究，啧啧于上海货的品质、外观，两只不锈钢锅，几只描着金鱼水草、透亮的玻璃杯最抢眼。赞叹夏医生称钱，一般的棉絮被褥、锅碗瓢盆比之众人家的优良、耐用。有人嫌贵惜贱，夏觉仁听见后上下调整，这又不符合另外几人的心理价位。终于有一家的婆婆忍而不住，率先出手，抄起一只不锈钢锅。这就开启了哄抢，在场的不少医务人员，斯文扫地，左右手齐上阵，脚探出去够，不小心绊倒被绊，大呼小叫，喧腾不已。

打岔的却来了，是这家的女主人曲尼阿果。

似乎她并没有随运送古侯乌牛的车回去，或者又转回来了。一声断喝稳定住场面后，缓和口气，话语低低，但不容置疑，东西不卖了，得过日子，寄养在上海亲戚家多年的儿女也要回来了。

她这几句话倒像在通告夏觉仁，却不看他一眼，请这个那个相熟的邻居就手把各样家什送回被夏觉仁搬空的家去，好像他们本来就在帮她家的忙。

其中有知晓她情况的，咦咦几声，很是惊讶，三两年不打照面，看她标致依旧、着装得体，最主要是神情笃定，冷峭得还是老样子，连夏医生都爱搭不理的。神经这样的病哪能用来寒暄，也不能打听夏医生作风问题对他们婚姻的影响，多严重的绯闻啊，把纪念伟大领袖畅游长江的活动都搞砸了，还死了人，也是夏医生被开除的原因之一，他的姘头反而没事好古怪。

好奇心泛滥，嘴巴直发痒。就外围突破，称道她的蜂蜜，说夏医生给各科室送过。不接话茬，随她一起来的俞秀笑道："想吃的话我家还有几瓶。"

又拎出话头，问她女儿儿子各多大了，在上海可呆了不止五六年。答话的是夏医生，三言两语也不多说。

那四五个男女，东西搬完也不走，假意归置物件，抹桌子扫地，操心房子的面积怎么容纳长大的女儿儿子？拍额头拍巴掌，刚想起似的，先告得罪，然后求证："夏医生，处理你的通告我们都看到了，你不能住这儿了吧？"加码："妇科的李护士刚生了对双胞胎，听说挺惦记这三间房子的。"俞秀恨道："太着急了吧！"几个闲男女齐声说："别怪李护士，我们也以为夏医生要回上海，所以卖家什呢！阿果你舍不得夏医生来拦他的吧？"

曲尼阿果却轻巧地说："俞秀啊，你猜对了，是在凑路费呢！"

从开始就在她身边转悠的夏觉仁嗫嚅道："根本就没想回去，俞秀啊，你可别跟着乱猜瞎扯。"略停顿："家里的这些东西我嫌它们旧了，怕，”略顿：“怕阿果不再喜欢，所以想卖掉换新的。”

对不锈钢锅爱不释手的婆婆也在现场，立即掏出一元钱来拍在桌上，让买新的时当补贴用，一边招呼几个闲男女回家做午饭。俞秀趁机轰他们，曲尼阿果在一旁连声向他们致谢，不离开也难，哪里甘心，当中的圆胖妇人攀住门框，奋力回头还打听：

“阿果，你回来是要和夏医生离婚吗？”

俞秀扮个鬼脸：“结婚证都没有，离屁的婚！木略说我们一直在非法同居，你们也是。”

“组织上批准的，敢说非法，堂堂正正。”夏觉仁脖子一梗。

曲尼阿果说：“俞秀啊，我们的这种彝汉婚姻自己做主就可以让它作废。当时组织上的代表，那位短发杂乱的女人就没给我们开证明，还说结婚你们自己看着办，万一离婚你们也自己看着办，我们不反对不支持也不知情。”

“俞秀啊，”夏觉仁说，“你应该晓得，组织上其实是赞成彝汉通婚的，只是斗争复杂，不能公开表态，你说的那位女同志就吃了我送她的喜糖。要不然部队也不会那么大张旗鼓地给木略和你、吴升和沙……”张嘴结舌，满眼惶急。

俞秀急忙帮腔：“你夫妻俩聊也好吵也好，看着对方啊，把我夹在中间，喊着我的名姓，话却不是说给我听的。就像彝人臭讲究多，公公和儿媳不方便直接对话，没有传递的人，就喊板凳锅庄羊儿狗，反正是眼前的东西，假装是说给它们听的。被我说中了吧，看你俩羞答答的样儿！”

俞秀好似启发了他们，尤其阿果，再有话说，眼睛直视虚空，张嘴就来。

两天后她一进门就说，不点名不道姓：“我啊，今天和俞秀在东街的尾巴上相中了两间房子，楼上楼下各一间，和主人家隔着门厅，互不干扰。楼后是个园子，有樱桃树、梨树，还种着小葱、薄荷和香菜，茅厕也在那里。租金谈妥了，明天就可以搬过去。”

2. 曲尼阿果处理她不喜欢的东西不是卖，是丢。床单被子褥子枕套，但凡和床沾边的都趁天黑人静丢垃圾坑了，杯子盘子碗筷勺，包括那几只金鱼水草的玻璃杯也丢了。

俞秀可惜没来得及，说哪如由她藏起来用呢，反正阿果眼不见心不烦就行。私下里给夏觉仁鼓劲，说阿果嫌弃沙马依葛最可能碰过的床上用品和杯盘正显示她对你还没有死心，你不是也晓得她会厌恨那些东西，才要卖掉它们的吗！你两位互相怜惜，缘分难断呢！马上呸一声，骂夏觉仁糟践自己，让阿果蒙羞，居然和沙马依葛做出那样的丑事来。

也稀奇，问夏觉仁："真的是因为给阿果请假续假才和沙马依葛那样的吗?"说不出口哪样，两根食指互相碰。

更稀奇的是曲尼阿果连在她面前都只字不提夏觉仁和沙马依葛的事。她偶尔提及吧，曲尼阿果就说别的，或者干脆没听见。她本来惜言如金，又因为夏觉仁说的啥抑郁症，五六年里和大家离多聚少，按夏觉仁说的没有疯掉已属万幸，俞秀也怕自己乱说话刺激她，再犯病。她现在的状态，俞秀觉得比她得病以前通情达理，像是突然长大，懂事了。

她还是他们四个人里最忙碌的，不是忙家务，是工作，成天到周边的公社指导社员养蜂酿蜜。俞秀自打结婚后和家庭妇女差不多，工作基本应付。木略呢，自称参加革命以来第一次这么闲，窝在家里老琢磨，是不是上级把他遗忘了，要不然为啥还不安排他的工作呢？他以前工作过的农牧系统听说还空着一个副处的位置呢！好在他还有书面检查拿来混时间。被开除的夏医生手再痒，也没有手术找他做，脸皮倒厚，每天逛完东街逛西街，拎手里的几样蔬菜都蔫了，不想回家，冷冷清清，经常就他一人。

来找过木略，这位听见喊声，三步并作一步冲进里屋，扑通倒床上鼾声大作。

木略可以在沙马依葛面前极力维护夏觉仁，但内心波澜起伏，是他不能控制的。他觉得夏觉仁不止于小鬼小妖，不然的话，从新叛开始，一路到纪念活动的夭折，都有他的身影，包括曲尼阿果的穿插其中，就是淹死的人里竟然也有他们家的一位。而死人的结果直接断送了他的政治前途。顺序追想下来，由不得他不胆寒，连天接地的魂气肯定遭到了削弱，赶紧连翻三只箱子翻出那顶曾经戴着和周总理朱总司令合影、支着尺高天菩萨的青布缠头，专门挂在毛主席像下，心里嘴里连呼三遍毛主席万岁，求保佑！他决定和他们断交，哪怕短时间，有事也尽量不去东街，还告诫俞秀少和他们来往，免得晦气。

俞秀和他的看法却大有出入，认定他是贪最终也没尝到的沙马依葛那口腥才背时的。奚落他非但没把亲手扶上马的沙马依葛拽下来，倒被人家踢了一脚，连摔两个跟斗，从副地级掉到副处级。反而和曲尼阿果、夏觉仁走动得越勤，主要是和后者。

有天去，夏觉仁居然也不在；隔天再去，还是不在。等在街上碰见他，十天以后，脸、手黑黑的，爆着点点的白皮，精神倒饱满。他诡秘地一笑，告诉她，自己跟踪阿果，看她工作，也散心去了。让她千万保密，尤其不能告诉阿果。

他说，自己一般掩身在林子里、庄稼地里打望阿果，也陪她走一程。阿果带着十几个社员，赶着驮着蜂箱的马儿，七八匹，连天追逐着这种花那种花到处放蜂子，遇到哪里的花盛就多待两天。秋天，花开一片的只有秋荞麦，阿果他们就歇在山头上等蜂子采花蜜，已经一个星期了。

问他怎么糊口的，睡觉呢？

他说，带着药箱，一路行医换肚饱。药钱都是他垫的，只求病人给他几个荞馍馍煮土豆，鸡蛋更好。觉吗，裹着羊毛披风随便哪里都敢躺。笑一笑，也服输，说，起秋露了，关节痛。真有人认得他，给切除过半个胃的生产队长、割过脖子上肉赘的老婆婆。这更增加了沿途老乡对他的信任。

好几回他都觉得阿果发现了他，他抠蜂蜜吃那次他帮着搬运蜂箱那次他摘了束紫红色的荞麦花偷放在她背包旁那次……阿果陡然掉转头，扫视着他所在的方向，朝他藏身的杉树后轻挪，渐次逼近，单薄的衬衫下圆柔的肩头、胸部，还有俏腰肢，汗津津的脸绸缎般的闪耀，轻撩一撩遮挡眼睛的发丝，纤纤五指，指尖依然粉嫩透明，缭绕过来的气味啊，温热，跳荡，花的草的蜜糖般的，山的水的麝香般的，从来都没变过的阿果的香气阻断又畅通还急迫了他的呼吸，他以为自己的脚迈出去了胳膊也张开了，他的小香香阿果转眼就会栽倒在他怀里。其实，他身体发抖喉咙发紧脸发烧，却动弹不得。

这都是夏觉仁脖子以下的话，俞秀听不到。她听到的基本上是夏觉仁对工作中的曲尼阿果的赞美：首先，养蜂天才，她经手的三只箱子每天收的蜂蜜最丰，沥沥拉拉流满一塑料壶，是别人的两倍以上。必定要不断地补充，你记得吧，阿果栽草弄花也很在行。其次，世上最负责任最好心的老师，手把手地指导学习养蜂技术的社员，分吃自已带的干粮，亲自为他们戴面套、手套——连野蜂都养乖了，只有她一人没有任何防护的东西。再其次，举手投足都十分轻盈、有致。当她俯视蜂蜜滴落、仰望放飞的蜜蜂时，沉静、专注，满足的笑意微微浮现在眼梢嘴角，实在美不胜收。

俞秀虽然心宽，耳朵里灌的都是和自己不相干的赞美，也嫌烦：“这些让人起鸡皮疙瘩的话你就不能当面和阿果表达吗!”

夏觉仁叫屈：“明明你就晓得，如今的我哪里有和阿果直接对话的资格嘛!”

“那么我问你，憋好久，再不吐出来该馊了，你动摇过吧?”

夏觉仁反问：“动摇啥?”

“沙马依葛黏你一黏十几年，难道你就从没动过心，也不可怜她吗?”

夏觉仁脸色一沉，即刻堆出笑来，俞秀假装打个寒噤：“演川戏变脸啊!”

夏觉仁给她道歉：“你是阿果最好的朋友，随便说啥都没关系，我咋能和你犯浑呢!”

但他始终没回答俞秀的问题，俞秀也再没问过。

3. 又是七八天过后，俞秀正准备午休，二儿子木勇回来说，刚在照相馆碰见夏叔叔，请妈妈你下午抽空去他家一趟，有东西给你看。转而嫌他爹势利，夏叔叔被开除了，就不把人家当朋友了，还瞧不起人家住在居民的房子里。他开玩笑说：“夏叔叔你可别得罪啊，他家女儿可和我打过娃娃亲，是我的小新娘。”

木略气哼哼，骂夏觉仁啥都敢和娃儿讲，故意丢他的面子！俞秀午觉也不睡了，说等她这就去敲打夏觉仁，趁机出了家门。

夏觉仁要给她看的是相片，才冲洗出来，都是曲尼阿果，或者以曲尼阿果为中心的。

这回跟踪曲尼阿果，他带上了相机。

他手边的这部相机以前也多拍过俞秀，那还是他和曲尼阿果结婚后第一次回上海时买的，稀罕得很，买回来，半个城的人都来欣赏过。“文革”开始，到现在，差不多十年，再没用过。

三两句夸完相机，夸曲尼阿果，有他这次偷拍的相片为据。都排好顺序了，一列六七张，共五列。嫌木头房子又在一楼光线暗，建议上二楼。

二楼靠着南北墙各放着一张单人床，问夏觉仁：“和阿果各睡各的?”不承认，说是给女儿儿子准备的，先暂时用着。

把照片铺排在窗前的书桌上，招呼俞秀快看，一边解说：“我说过吧，就阿果一人没戴防护用具，蜜蜂围着她嗡嗡地飞，嗯，你说，蜜蜂是不是也当她是花儿在采蜜哦；这是阿果在赶马儿，看她抡马鞭的样儿，胳膊伸展、腰身挺拔，漂亮吧；阿果在吃三七的叶尖尖，旁边的人涩的苦的都吐了，只有她在吃，眉毛鼻子皱一起，好笑吧；

啫，阿果在拣蘑菇，已经不是长蘑菇的季节了，但是阿果还能拣到，看都起堆了；这张我离她最近，焦距调得也准，瞧阿果的桑叶眼，一点都没耷拉，俞秀你耷拉了吗？再瞧阿果的眼窝，晕染过似的，衬得眼多朦胧……”

再喊俞秀，没感觉人家隐隐的已经生气了，还是满口阿果。

也亏他有心，邀俞秀到有樱桃树梨树的后园子拍几张相片。但俞秀的小心眼上来了，说：“眼睛耷拉，不如不拍。”赌气再不理夏觉仁，连曲尼阿果中间回来也没见。

有关夏觉仁的消息却不断传来。都在说地区五医院被开除的夏医生经常在公社卫生医院看病救人。不是他非要行医，是各卫生院铁心拽他。几个公社的书记在电话里碰了碰头，打听到夏医生是因为老婆的事被开除的，不关乎政治也不关乎医术，而且医术超强，凉山号称外科一把刀，就睁只眼闭只眼，由着他做编外医生了。很短的时间里，他确实救了几个危重病号。有位产妇就是因为他，才保全下自己和孩子的命。

源泉公社的书记爱医心切，胆也大，建议夏觉仁留在他们公社卫生院，他给开劳务费，算工资，从公社组织的在外修路架桥的专业队上交的利润里出，还会找机会恳请上级解除对他的处罚。

夏觉仁不干，他是曲尼阿果在哪里他就在哪里。

某次，曲尼阿果连着三天在一个公社教授养蜂技术，夏觉仁也在那里的公社卫生院待了三天。

卫生院的男女医士都知晓他的心思，也知道他这种时候最好说话，瞧病开药打针吊盐水葡萄糖清洗伤口包扎，一并请他代劳，管自晒着秋天的太阳喝茶。故意拿与曲尼阿果的交情说话，结果嘴多误事，泄露了她的行踪：已经出发去旁边的公社了。后悔来不及，夏医生拔腿就一溜烟。

赶过去，突听得公社的大喇叭在放哀乐，毛主席去世了。曲尼阿果停下手里的工作，就地参加追悼活动。这个时候，她肯定也知道了夏觉仁对自己的尾随。

夏觉仁坐镇在该公社的卫生院，在毛主席追悼会举行之前，割了一个扁桃腺一个阑尾，阑尾那位差点穿孔，他的爹爹正巧是这个公社的主任，就决定给夏觉仁一个权力，让他列席毛主席的追悼会。

该公社三十七个寨子能出动的男女人等，四五千，黑压压，铺满在一条河沟左岸的漫坡上。天青日朗，时间长，站得哭得反正伤心得晕过去不少人，害得列席人员如夏觉仁者不能安生地给老人家默哀、听悼词，到处抢救昏倒的群众。有些人也是执着，一而再再而三地醒过来又昏过去。眼晕头昏摔蹭在砾石、荆棘上，擦破脸磕烂额头的也大有人在。这又得包扎，起码得涂红药水紫药水，忙得各位医务人员不可开交。

曲尼阿果也是昏过去的一位，看见的人都说，夏医生好过分，把正在救护的伤员朝旁人身上一推，也不管人家接住没接住，跌破头又如何，飞奔过去，托住老婆的脑袋，再奋力挪到腿上，痴看。有人递来用南瓜叶子兜着的清水，含上口，欲喷不喷，任由老婆在自己腿上昏下去。

……

这种事一传十十传百，传回地区，味道便有点深长，往轻说不严肃，往重说不检点，虽然是夫妻，却涉嫌在公共场合“表演”，有点男女私情外露，伤风化了。

越后来，众人议论的女角不再是夏医生的老婆，直接变成了他的相好，而他之所以被开除是犯了男女关系方面的错误。

坐实的女人是沙马依葛，风头正盛的一位女干部，没感觉吗，蔫巴巴的有一段时间了，连降职检查的木略都出现在毛主席追悼会的主席台上，没有她。

不甘心

1. 小老百姓哪里知道，女干部沙马依葛请假到省里看病去了。在成都参加完毛主席的追悼会，才回来。

没几天，“四人帮”被抓，举国另一番气象，欢腾不已。沙马依葛频频出现在游行的队伍里，振臂喊口号，高声谈笑。竟会扭秧歌，腰间系条红绸带，领着一干男女，把道路占得水泄不通。又主张将《绣金匾》翻译成彝语推广，痛惜音乐史诗《东方红》里一曲红军过凉山时与彝族人民关系的《情深意长》，因为“四人帮”的倒行逆施，尽管译成了彝语，但没能唱响在凉山的山水之间。

她一贯用力过度，这回抢的是文化局、歌舞团等宣传口的风头，哪能由她，刚在文化系统谋得安排的木略找她谈话，让她守本分，别以为纪念活动没挨处分就没问题，成都一趟，王副政委没给你新精神吧，听说躲你不及呢。还有，阿果回来在民政系统上班了，夏医生他俩现在租住在东街的民房里。想不到吧，眼睛里容不得一点点沙子、脾气天大的阿果竟没和夏医生离婚，阿果不会不知道夏医生和你睡觉的事吧。

沙马依葛气得大叫，让木略嘴上留德。木略嘀咕：

“不是睡觉是啥子，婚外情，够不上。”

木略不提倒罢，一提，沙马依葛不断地在不同时间不同地点遇见曲尼阿果，商店、大街、邮局、医院、会场。

偶尔，夏觉仁也在场，比如粉碎“四人帮”的庆祝大会。按他的身份，没有公职的社会闲散人员，庆祝大会根本没他的份儿，却出现在居民的行列里，散会后又和曲尼阿果并排走在一块儿。后来听说因为他在乡下义务行医有功，特别网开一面。

奇怪，即便下乡的途中，沙马依葛也能和曲尼阿果打照面。当时，曲尼阿果和几个社员在回迁蜂箱，准备过冬。

就是山野那次，她也下意识地抻衣扽裤再扫视鞋面，似在和曲尼阿果比高低。有啥心虚的，曲尼阿果脸黑皮糙，衣服裤子皱在身上，露着的小腿肚子都是黄泥巴，更别提胶鞋了。先在心里嘲笑曲尼阿果，傲兮兮的有屁用，男人都管不了，和别的女人就在你的床上打滚叫唤，好不舒畅！

瞅一眼曲尼阿果，无论如何舒畅不起来，分秒之间都在睨视自己，漫不经心，明明她俩一样高，或者她还高点。也和她说话，不过总让她别扭，好像中间隔着一个人，曲尼阿果在和那人交流，意思倒要她来领会。

问曲尼阿果，她妈妈的身体是否康健，掉头喊一声沙噶——配合她工作的年轻人，说：“我家妈还记得你上回去看她呢。吃了夏医生捎回去的降压药，头晕得没那么厉害，能够上后山搂点松毛回家引火了。”问她蜂蜜今年收成如何，沙马书记以蜂养人的愿望能达成多少？又喊沙噶，这回是因为关系数字沙噶说得更清楚。还让沙噶送瓶蜂蜜给沙马依葛局长，加一句：“没啥稀罕的，夏医生早送遍了。”

又是夏觉仁。感觉有啥深意吧，扬眉看去，她正回盯着自己，一无遮拦，显得自己心中有鬼似的。

不是显得，就是有鬼，成形已然、飘荡在体外的鬼——风流鬼。处理古侯乌牛的后事时，她就大大地紧张了一回，生怕曲尼阿果甩她几耳光，只能干挨着。但别说那一次，以后也没有。

沙马依葛本来怕吃曲尼阿果的耳光，光想一想，耳朵就嗡脸蛋就热辣辣的疼，而且大庭广众下多么的屈辱，但没吃上又有所期待，曲尼阿果若无其事的表情也让她气闷，难道赏和自家男人睡觉的坏女人耳光不是自古以来一个正常老婆该干的事？总感觉只有疼痛和羞辱才能证明她和夏觉仁睡觉的事实，不然的话，她自己都起疑心：睡过吗？

2. 假装路过，在曲尼阿果租住的房前来回好几趟。

没碰上那两位，夏觉仁肯定在家，来找他的人三三两两，看来都是病人和家属，没有断过。问大门边摆着簸箕卖麦芽糖的房东婆婆，果然。再问夏医生的老婆呢，答称："刚还在这里呢。"赶紧溜了。

厚着脸皮去找俞秀，问她阿果是不是神经得脑子发生了逆转，像男人作风问题这种事都能放过，面子，特别是黑彝家的面子一点都不要了吗？

知道俞秀会刺激她：当然是因为夏医生感动了阿果啰！白沫子翻飞，给她渲染了半天夏觉仁怎么尾随养蜂的阿果行医挣饭吃又偷拍阿果的故事，还说自己因为嫉妒，最近都没见那两位。

沙马依葛说："这有啥稀罕，夏医生早年间不是当娃子给阿果家放过羊儿吗？"

"那是阿果年轻貌美的时候。"看眼沙马依葛，"阿果至现在也比你漂亮，她那对眼睛不要说夏医生欣赏，我也是，还那么亮，桑树叶一样，也没耷拉。"

沙马依葛哧地笑："你也是毛病啊，越被打击越坚强，你嫉妒得都厌烦见他们了，还在用夏医生的话夸阿果！"

"你呢，还不是惦记着人家夏医生。他咋对待你的，我可听说了，死活不承认和你睡过觉，还把你搡在杜鹃花丛里，额头上这疤就是那时候留下的吧。”

“随便你乱说。”沙马依葛用肩碰碰她，“其实你也好奇呢，阿果咋会对男人出轨的事没反应，对不对？至少咱俩这一辈子得同气一回吧，要不缘分也太差了。”

俞秀把住她的肩，把她掰来朝向自己：“和你同气，除非想死！我家木略挨着你一点边就连降两级，敢和你共呼吸的话，鬼都变三次了。你不会又在耍啥鬼花样吧？你操阿果的心干吗？反正又得不到夏医生。你不做官了，哪里来的这些闲心！”

“夏医生和做官，两件事都到头了，你再傻也看得出来吧。没底的话，问你家木略去。”

“听说你的靠山没搭理你，你去成都。”

“咋搭理嘛，垮了。可能和执行极左路线有关。”

“你官不是到头了，是做不成了。你可是王副政委培养的少数民族干部啊！”

“操心你家木略吧，他也算一个。哎呀，俞秀，你再这样，我自己行动了。”

“瞧你用的词，打仗吗。你要咋行动？”

沙马依葛说：“阿果娘家不会不管夏医生的事的。她弟弟阿可不小了吧，该给姐姐撑腰了。还有她舅舅家的那些儿子呢，也都不好惹吧。最近没感到吗，旧规矩在回潮，黑彝白彝说法又多起来了。这种伤面子的事伤的又不是阿果一人，是她家，还有她所属的家支。”

俞秀跳起身，警告沙马依葛敢挑动事端，或者夏医生哪里受伤的话，她都会举报的，告她破坏民族婚姻，也就是破坏民族团结的大好形势。

沙马依葛让她别给自己扣大帽子，不时兴了。她保证不会过激：“我就是彝族，未必不比你清楚我们的习惯啊，会有分寸的。我们这样做的目的啊，”亲热地一揽俞秀的脖子，“是为了逼出阿果的真实感受，不然，她真会憋出病的，这回就不是啥抑郁症了。”

爱情 6

1. 彝年和春节相隔两三个月，这段时间里，夏觉仁的病人，彝人汉人都算上，这家一坨那家几根，送来不少代替医疗费也感谢他的腊肉、香肠。曲尼阿果专挑臀肉寄给上海的姐姐，香肠那边嫌花椒麻留下自用。夏觉仁这才晓得其实阿果每年都在寄，包括松茸、山木耳、天麻等。

这一年秋天开学，女儿儿子终于回到凉山上高中上初中。某一天女儿说妈妈去上海看过他们两回，更让夏觉仁吃惊，说乌牛表舅陪着去的。“为啥不告诉爸爸?”“乌牛表舅说怕爸爸嫉妒，因为妈妈和乌牛表舅小时候打过娃娃亲。”

质问阿果，轻描淡写：“乌牛表哥那是在开玩笑。”

夏觉仁跑到邮局给姐姐挂长途，那边回答：“你要晓得了，阿果还能来吗?”让他庆幸吧，如果不是阿果来过两次，你家儿子早跟着弄堂里的几个小赤佬跑去抗美援越了，还不到九岁呢。又说：“阿果第一次去时，病怏怏的，路都走不了，就晓得搂着孩子哭抱着孩子亲，都是乌牛表哥在和孩子们周旋，逗他们开心，带他们逛动物园公园看电影，连红房子那么贵的西餐也舍得买给他们吃。对我们也是百般讨好，生怕我们亏待你的两个小鬼。”唏嘘不止，“可怜啊，好人命短!”

再看两个娃娃，丝毫没有曾经寄人篱下的作态，爽朗，大方，和他们也不生分，尤其和阿果亲，女儿和母亲依偎在一起聊半天不嫌多。去看望外婆，先来个大拥抱，把从来就受害羞教育的外婆羞得脸通红。

索玛插班到地区一中高一三班，和木勇同班。一开始木勇还以保护人自居，颐指气使，后来发现吹牛的本钱不如索玛，嘴巴也没有她利索，功课更不是她的对手，大感无趣，宣布父母做主的娃娃亲无效，冬季应征去南海舰队当了水兵。索玛也在那年年底，以在校生的身份参加“文革”后的第一次高考，考上她心仪的建筑专业，回到上海。

临走的前一天，木略和俞秀来送她，木略夸她是鸡窝窝飞出的金凤凰。俞秀不赞同，说明明人家多数时间是在上海那个金窝窝成长的。

木略便问夏觉仁：“也打算回那个金窝窝吗？不然，为啥只有我在这里皇帝不急太监急？”

他指的是夏觉仁复职的事。之前那份请求复职的报告被驳回来了，认定夏觉仁的问题言之凿凿，欺骗组织，谋取公款，没有平反、复职的可能。

情况最近发生了变化，新叛经过调研、甄别，被证明是子虚乌有的事，牵涉其中的人员平反昭雪在即。阿果和夏觉仁算得上是新叛这个覆巢下的两枚破了皮的蛋，恢复两人的名誉，取消对夏觉仁的错误处理理所当然。但夏觉仁得重新组织材料，再上报复职请求。

木略埋怨夏觉仁当时为啥不带曲尼阿果上医院留份病历，现在口说无凭，正好被吴升用作杀手锏。

那两口子也是狗屎运旺，沙马依葛止步不前，吴升却突飞猛进，以知识分子的代表荣任科技委主任，为甄别平反委员会握有投票权的当然委员。木略以自己的老资格，兼任委员会的副主任。

夏觉仁表示自己正在抓紧准备材料，但最近病人比较多。木略对他的说辞一律斥为借口，指他忙着处理病人送的腊肉香肠还差不多！问他怎么和房东婆婆分利润？听说都是通过房东婆婆的手在往外倒香肠腊肉，及至荞面、洋芋和三七、党参等草药。

做声不得，阿果却把手举在空中轻晃，夏觉仁不明就里，和木略、俞秀都把视线投向她，只听她说：“往外倒的手不是房东婆婆的，是这双手。”

一直在楼上和姐姐玩耍的小海不知什么时候下来的，这时把胳膊一伸，攥着拳头，“还有这双手，”那少年说，“我是妈妈的运货员。”

俞秀嘴快，笑道：“那你长的是资本主义的小尾巴！要不要让你爸爸拿他的手术刀给你切掉啊！”

同时被曲尼阿果和夏觉仁瞪了一眼，曲尼阿果拍拍儿子的脑袋，让他找姐姐去。木略拊掌为他老婆助兴：

“夏医生，你可得把刀子磨快点，还有阿果那条大尾巴呢！”

曲尼阿果拍拍桌子，木略的笑声戛然而止，问：“做啥？”

“你是夏医生的老子吗？如果是，这儿子也长大了，有家要负担，有儿女要养活。你站着说话不腰疼，因为有国家给你的活命钱，夏医生不靠自己，不凭自己的真本事吃饭，我们一家子喝西北风，等死啊！”

“夏医生、夏医生，”木略连连喊道，“你是在笑吗，嘴巴咧着，欣赏你老婆是吧？”

“并没有，”夏觉仁辩解，抿紧嘴巴，瞟眼阿果，心里身体里似荡过一股真气，坐在凳子上，居然腰腿都是硬朗的。木略聒噪不止：

“你老婆出口伤人的毛病没改，又长了不少本事啊！说你两口子联手欺骗组织我还是不信，但说阿果你买卖蜂蜜今天我信了。俞秀，这位最担待你的好朋友，奇怪你一贯要面子，却为何不和夏医生离婚，现在有答案了，原来你是贪求他的真本事啊！夏医生、夏医生，你好自为之，别累死没人可怜你!”意犹未尽：

“唉，可怜的另有其人啊，沙马依葛真是白白和你睡了。”

2. 夏觉仁听此，扑过去自己也不晓得是要堵木略的嘴，还是要捶他，都没来得及实施，便被曲尼阿果绊了一脚，摔磕在桌子板凳和人腿之间，着力不大，就是鼻子娇气，鲜血喷涌而出，房东一家人都惊动了。

第二天起大早，听索玛的安排，吃过早饭，和准备上学的小海在家门口请房东帮着拍了张全家福，提前将行李拎到汽车站存上，一家三口便爬到了车站的后山上。

索玛小儿女心态，临行前非要看看和她的名字在在相关的开满索玛花的地方。

尽管花开时节不到，毕竟春风往来，也非干枝硬条，向阳又背风处居然柔嫩地轻摇着顶着花蕾的枝丫了。

索玛自己或搂着曲尼阿果这样拍那样照，把“摄影师”夏觉仁支得团团转，再掐几个花苞折几截嫩芽夹在书里，一边问爹妈自己出生时朵朵花儿盛开的景象，她的爹爹又是如何采了一大抱去献给初为人母的她的妈妈的。

“你都背熟了，还问啥吗?”曲尼阿果说，“不就是红的粉的紫的，难得还有黄的，让绿叶一衬，艳得晃眼睛，床头、窗台、书桌、衣柜，连灶台上都放着，所以呀，不叫你索玛还真不成。”说完就笑，夏觉仁也跟着笑。

问索玛：“你妈妈都给你讲了多少你小时候的故事啊?”

“多了，不雅的如抠脚丫巴，危险的如藏猫猫藏进家里新买的箱子里差点憋死，还有你打我居然说打是爱骂是疼，所以我奇怪地问妈妈，她是不是不爱我不疼我啊，因为她从来没动过我一根小指头，小海那么淘气也没拍过哪怕一巴掌。”

“我那是吓唬你们。”

“什么呀，我们家的情况是妈妈惯我们，你惯妈妈，对吧，妈妈？”

曲尼阿果没搭腔，微微地脸红，神态扭捏，煞是动人。

女儿换了话题，在吩咐夏觉仁以后多加注意，房间暗门槛高，别再摔倒了，假如旁边没人呢。昨天那场戏除了在场的四个大人，她和她弟弟并不知情，没听见木略最后那句话真让夏觉仁感到万幸。他支应着女儿，眼睛盯的是她妈妈。

如果不是这两个重新出现在他们面前的孩子，他都忘了自己的父亲身份和曲尼阿果是妈妈的事实。阿果说得不对，他并没有负担这个家，他只是自以为在担负家庭的责任，做丈夫做父亲，做得焦头烂额，带着越来越强烈的厌烦，也自傲：如果不是他，这个家早就星散了。他的牺牲很大，包括和沙马依葛的苟且，完全不是为了享乐。这是根生在他心底的想法，虽然愧疚，无以面对阿果。而阿果，一直是他照护下的二十年前那个任性、娇憨的女孩。但阿果在他的视野之外成长了，保有了他们的家庭，甚至从经济上，维系着包括他的亲人在内的人际关系，最主要的是两个孩子值得依赖的母亲。这一年多以来，连他也不自禁地在依赖阿果。他想阿果可以不原谅他，但别不搭理他，也让他加入到家人亲热的互动中。他有点后悔为啥没早把女儿儿子接回来呢，他们是阿果和他关系的润滑剂啊！好在小海刚上初二，离家尚有时日。

此刻，他很想告诉曲尼阿果，要是她愿意，她还可以绊他、揍他，不但让他鼻子出血，脑袋瓜也摔破，只要能发泄，不管是愤怒还是屈辱。她能这样做，表明她能够、愿意面对他，不再无动于衷了。在他同理。昨天曲尼阿果那一绊给他带来的鼻血涌流，好像流掉的不是血，是积郁、块垒，让他得到极大的释放。血还是流得太少，头昏眼晕得还是不够，那种感觉闭目回想，再来一次就悠荡、欲仙了。

索玛摇晃着他的胳膊叫他，睁眼，阳光白亮，花花的一片，问他怎么了？曲尼阿果替他回答：

“你爸爸舍不得你，在忍泪吧？也可能被自己感动了，你的名字不就来自于他采的索玛花吗？哎，别自作多情，我给索玛讲她名字的来历，是想让她记得自己的彝根根。我们下去吧，快到发车时间了。”

还没进车站的大门，索玛的舅舅阿可就欢呼着迎上来了。他说自己连滚带爬地赶过来，要是没送上新一代的大学生索玛，还有送女儿上大学的三姐，就太亏了。

3. 送走外甥女和姐姐，和夏觉仁说好晚饭回家吃，也在家里住，结果没来，第二天第三天也不见影子，不免着急，电话打到阿可所在的德玉县农业局，说已经回去了。这是前所未有过的事，夏觉仁不在意都不行，问他为啥不打招呼就走了，居然回答：“问你自己。”把电话挂了。

问自己也不难，夏觉仁猜他那天在地区一定听到了某些让他难堪、丢面子的事情，其实只一件，他姐夫我和别的女人私通的事。夏觉仁的心因此悬在半天上，才和曲尼阿果有所冰释的关系莫非又要板结？

他都没考虑周全就决定去趟德玉县，带着小海，以缓和与小舅子之间的紧张气氛。

小海所起的作用仅仅是从舅舅那里拿到三元钱的见面礼。

阿可的新婚妻子抹不开面子，究竟他们新房里三分之二的家具都是姐姐姐夫给装备的，阿可的工作也得自于姐夫的帮助，想去馆子里端两个菜，请姐夫外甥吃顿饭。

阿可嫌她啰嗦，称自己公事在身，没时间和他们父子俩吃饭，也根本不想吃。

夏觉仁要解释，别过头不听，说娃儿在跟前，别让他说难听的。夏觉仁就请他妻子把小海带一边去，他又说：

“你年纪比我大，难听的话我也不好意思说。自己做的事自己清楚，满世界的唾沫星子不怕啊！”

完全以“你”相称了，从来喊他三姐夫，问他：“唾沫星子是谁在啐？”

“你的三朋四友啊，要不，我会相信！”

“有不得已的情况……”

阿可大睁眼，呀呀叫道：“你认账了吧！我三姐当年找你这个汉人就瞎了眼，现在又被你丢一坨臭狗屎来沾在身上，硬是脚背上爬小鬼了，不找毕摩，也得找苏尼干个迷信，捉鬼！”

夏觉仁轻扽他的袖管，低声下气：“认账也认错，要杀要剐都由你，只是阿可啊，你现在是曲尼家的当家人，求你别逼你姐姐和我离婚……”

阿可一把搡开他：“你才别缠着我三姐不松手，赖皮赖脸，也得有度吧。别逼我三姐？就是我不逼她，我家妈、家支也会逼她，脸皮有层数的话，我家的，整个曲尼家，黑彝家的，一层一层都给臊没了！也不晓得你给她灌的啥迷魂汤，竟然不和你了断。你不松手我就让我三姐松。唉，这种事做弟弟的咋好管姐姐哦，说出来，姐姐不羞死，弟弟也要羞死！”

管自说完，拽上老婆正要走，又转回来贴近夏觉仁的耳朵，悄声道：“念你是我五六岁起就喊的一个姐夫，要不真是捶扁你都不解气。按我们彝人的规矩，像你这种乱搞的人，还得给我们赔钱，一大笔，赔得你哭爹喊娘都来不及。算了，不要你的，反正你一个汉人，也不稀罕你在我们的规矩里。赶快滚吧，滚出九十九座山去，滚出九十九条河去，滚得再也见不到你！”

回到地区，继续闭门，不接诊，给阿果写信，写那天自己在车站后山上的感受。写毕，左读右读，怎么也放不过那段和沙马依葛有关的文字，沙马依葛那四个字就在狠扎他的眼睛，麦芒根根，酸痛袭来，泪流满面，呜呜出声，感觉自己确实无耻，竟然自我刷白、去污，便在旁边批上“无耻小人、死有余辜”八个字，然后连三页信纸一道撕了，再烧成灰烬。

信是写不成了，写好寄去，曲尼阿果也未必能收到，加上路途，她只有十五天的假期。

期间，木略的幺儿子木山奉父命来传话：“我爸爸让你把材料递上去。”

还是家长的派头，夏觉仁不觉切齿，材料就在手边，突然不打算递交了，准备小海和他的晚饭时，脑袋里盘旋的是：不如扔灶膛。

转天，曲尼阿果从上海回来。说给她听，不动声色，上班时专门捎到组织部，平反甄别小组在那里有间办公室，附在后边的是曲尼阿果自己的一份陈述书，经索玛润色。

曲尼阿果还是不和他搭腔，更不主动和他说话，总要借小海的名头，小海这样，小海那样，小海在他们家出现的音频率最高：普通如“小海，今天我们吃啥子？”“小海啊，明天记着买米买面哦。”特殊如“小海啊，妈妈单位的王孃孃今天要来找你爸爸看病，可能是腱鞘囊肿，想处理掉。”“小海，你家外婆吃的降压药要不要换一种啊，阿可舅舅捎话来说咋不管用呢！”

再喊小海，被夏觉仁截断，让她改成板凳，举举听诊器，“这个也可以，小海经常不在家，板凳和听诊器只要我在的地方，它们都在。”

看来德玉县那趟管用，起码，阿可保持住了沉默。

过了两天，阿可又捎话来，说要把妈妈接到县医院做全面检查。

夏觉仁立即表态：“板凳啊，明天我去德玉县陪妈妈体检吧。”不过瘾，又叫道：

“板凳啊，下午我上医院买给家里带的药，吃的用的也得准备吧，晚上吃啥子我就不操心啰！板凳啊……”

曲尼阿果就快展颜了，却已抽身而去。

晚饭时，同一个曲尼阿果，脸再变回去，无动于衷，眼神带点凌厉，喊着小海说：“外婆身体不好，妈妈明天回去带外婆检查，你和爸爸好好待在家。”

夏觉仁也喊着小海说：“还是你和妈妈在家吧，爸爸去用处多点。”

“小海啊，”曲尼阿果又说，“你舅舅找我有话说。”

小海这边那边转着脑袋听他们和自己说话，犯晕，不耐烦地说：“你俩都去吧，别管我，我到木山家住，他妈妈做的菜好吃。”

朋友间的毒

1. 小海并没有如愿住到木山家，最后，还是妈妈去看外婆，他和爸爸留在家里。

他觉得他的爸妈对他虽然宽松，但不会宽到他可以随便在外留宿，即便是他们的朋友木略叔叔家，却比较鼓励他在木略叔叔家吃午饭，因为妈妈经常下乡，爸爸的病人从早到晚不断，顾不上他。

晚饭他必须回家吃，饭后，爸爸要检查他的作业，如果他有问题的话，还会为他做讲解。木山有时也会来找他爸爸解题，顺便在他家吃饭。

俞秀很满意两家间的这种平衡，通过两个娃娃还可以打听夏觉仁和曲尼阿果的近况，而不必和那两位照面。比如，她就问小海："你妈妈带外婆检查身体那次，你舅舅和她说啥了？"小海干脆地回答她："不晓得。"但小海会传递一条她也很感兴趣的消息给她：

"我妈现在不叫我的名字就和我爸说话了。"

俞秀再问他，"你妈说话时笑吗？"小海一偏脑袋说：

"不笑，我爸笑，有时还会叫着听诊器啊，找我妈妈说笑。"

又问："谁在你家楼上睡？"

"我爸和我。"

几个回合后，小海会烦，木山也嫌他妈妈打扰他们，竟宣布：

“再问，小海说他就不来我们家吃饭了。”

东边不亮西边亮，木略也是她的消息源。这天，木略问她，最近没和阿果走动吗？她添油加醋地说：

“你对他们那么迁就，敢骂你爹啊老子的，夏医生浑球，那一天还想打你吧！这样没得良心的人，不想和他们走动。”

木略不置可否，说：“阿果今天来我办公室找我，谈夏觉仁复职的事。口口声声叫我木略主任，一二三的在那里例举夏医生受新叛之害应该平反、复职如何的，我转着脑袋这样看她那样瞧她，根本不呼应我。”轻咳声，冷淡地又说：

“复职，以为是啥天经地义的事吗，拦路虎多得很，别以为就吴升一个。人家的理由无法反驳啊，新叛受害的人多了，可谁也没有像夏医生似的诓骗组织、妄取公款啊……”

“不是已经退款了吗？”

“敢不退，那就得判他刑了，哪是开除这么简单的！证人几几嫫，那个和沙马依葛联手干掉马布尔子的女人，为此还跑来说阿果买卖蜂蜜，是她亲眼所见，连交易的汉人她都认得，最近在西昌城开了家百货店。风气变了啊，允许私人经商，不是啥资本主义尾巴了。嗯，东街上开了家饭馆你晓得吧，说是一开张就把国营食堂比下去了……”

“感叹这些做啥！”俞秀说，“夏医生复职的事到底有没有可能嘛？”

“难哦，又多了条理由，说夏医生利用医学知识欺骗组织。说得也是，夏医生那家伙不就是拿谁都搞不懂的抑郁症打的幌子吗！”

木略的意思她听出来了，不大想管夏医生的事，因为曲尼阿果自以为是和公事公办。

再提起曲尼阿果，木略更加不满：“她以为各位领导的办公室是自己家吗，大摇大摆，进出自如。”漫空质问：“难道找我还不够解决她的问题吗？简直目无尊长，根本不把领导放在眼里，深受‘文革’毒害啊！”

隔天又说曲尼阿果，口气缓和许多，觉得曲尼阿果公事公办的姿势拿捏得恰到好处，尽管夏医生复职的事未必办得下来。因为人人都晓得他们和我的关系，她避着我，好说话。

俞秀问：“她也找吴升吗？”

木略“咦”道：“就是吴升一手遮天，能决定夏医生复职的事，阿果也不会找他！你是阿果的好朋友吗，说这种疯话！不会是犯你们女人家更年期疯疯癫癫的毛病吧，也早了点吧？对了，那天我可看见你和沙马依葛在墙角交头接耳呢！再咋想都可疑，你因为啥要和她搅在一起呢？还有你最近都没去听夏医生两口子的故事吧？前段时间你跑得多欢啊，饭都不做！”“啊啊”叫两声，警告她离沙马依葛远点，“就是当着你的面，能让天上掉几坨银子下来，也离她远点。”

俞秀遮掩说：“哪里不见夏医生了，早上还在菜市场见了一面呢。”她说，夏医生告诉她，诊所恐怕开不下去了，卫生局早前三番五次地刁难他，上周干脆带着公安人员来把他的诊室封掉了。还说他偷税漏税，要查他。

夏觉仁给她叹苦经，说自己半个月没接诊了。也怪那年他跟在阿果的屁股后头招摇，半山、高山的彝族病人都成他的基本群众了，不拿现钱就能看病，可能也是他们蜂拥而来的一个原因。冬天到了，闲在家里，身体上的不舒服大爆发，都找上门来了。

他说俞秀：“你要不信，跟我去看，人可多了，大门口开始，能排出半里地，抱着鸡的，拿着天麻的，挎着鸡蛋篮子的，背着洋芋、荞面、干酸菜的，还有牵羊儿的，啥都有，不晓得的，还以为赶场呢！需求这么大，既不给我复职，又不让开门诊，哪里符合党的十一届三中全会实事求是解放思想的精神？”

转而喜滋滋的，又夸他的阿果，把眼前的窘境尽丢爪哇国：“幸好阿果冬天也不忙，我看病时能帮我维持秩序，看不成时能说服他们去各家医院就诊。还能帮我配药呢，到时再能帮着打针吊盐水，就可以当我的护士了。”

让俞秀去看看阿果，说自己感觉她们有一段时间没见了，和他也是。问俞秀：“你不是故意在躲我们吧。”声称他们和木略之间有点互相得罪，但无伤大局，和她可是亲如姊妹啊！

俞秀兜头泼他一盆凉水：“阿可没找你们麻烦吗？”

夏觉仁脸如冰霜，警惕地看着她：“你不会也在背后煽阴风点鬼火吧？你可是我们的朋友啊！”

俞秀想起夏觉仁的样子，不觉皱了皱眉头。“煽阴风点鬼火”，居然乱用到她头上！心虚地又想，难道夏觉仁看出来了？一边后悔她在前、沙马依葛在后，搅合一气，煽动阿可！

和阿可和沙马依葛相关的话哪敢让木略知道，耳听得他在旁边说：

“夏医生、阿果两口子虽然不近人情，我们担待他们也快半辈子了，就担待着吧，能搭把手的地方还是要搭的。”

三五天过后，木略午饭时在饭桌边长吐了口气道：“我啊，真的赶上夏医生的家长了，对他哪里才搭了一把手，两把三把都不止，你过两天去看热闹吧，索玛诊所就要开业了。”

2. 拍板敲定此事的虽然是前来指导工作的副省长，但木略岂止搭手，完全是鼎力出战，居功甚大。

副省长在听过各种汇报后，称自己眼前一亮，没想到偏远的凉山上改革的新风先行吹起来了。他所说的新风里，就有夏觉仁申请开私人诊所这一股。夏觉仁申请开诊所的事本来是反着给他的材料，哪成想被他掰正，树为典型。

在座的吴升等人陈词滥调，仍然拿夏觉仁的被开除说事。木略举手要求发言，其实是拉了一篇夏觉仁的传出来。说他具备三爱，一爱党，所以入伍当军医；二爱凉山，所以留下搞建设；三爱老婆，所以犯了错误。只有吴升强调错误为欺骗组织，除此而外，均无异议。

副省长就说他个人认为：此人确为“新叛”的间接受害者，政治上没问题，医术业界公认一流，在医疗水平仍然落后的凉山实属难得的人才，应该大胆使用，但因牵涉经济问题，平反、复职应严格按原则处置。

到底，副省长也没去夏觉仁的索玛诊所，而是带着一干领导到同时开张的知青钟表修理店表示祝贺。

不少本打算跟去索玛诊所的闲人，脚后跟一旋，直奔钟表修理店而去。只俞秀一人远远地望着索玛诊所，感觉病人寥落，都不够平常的数。

天低云厚，粉粒般的雪飘洒而来，瓦片木板房，过往的汽车、马拉车，裹着黑色披毡披风的彝人，剪影般，轮廓却灰蒙蒙的。

远远过来的一溜数位踅进索玛诊所的彝人，俞秀可知道他们的来历和目的。他们是曲尼家的长辈，由阿可领着，来找夏觉仁理论的。索玛诊所开张这个日子不是他们故意挑的，而是山南山北，凑各人的时间赶巧了。

“阿果愿意离婚了？”前一天沙马依葛告诉她时，她问道。

“可能吧。”沙马依葛含糊道。她的信息员，何止，更是她亲自指挥、翻弄是非的几几嫫，没有给她准确的说法。“阿果不愿意没关系，曲尼家的长辈会迫着夏觉仁离的，加上赔偿金，两件事合在一起办，更利索！”她说。

“那不公平，夏医生没有长辈给他做主，也应该有他的代言人。”

“可以让你家木略来做这个代言人啊！从民改那会儿起，他不就一直在替夏觉仁帮腔吗。帮得好啊，夏觉仁的诊所开业了，还是地区树的改革开放的排头兵！呸，卖老鼠药还差不多！”

莫名其妙地和沙马依葛搅在一块儿，本来就让俞秀心神不宁，马上表态，让她以后别再找自己看阿果的笑话了。她说：“我是想看笑话，你可不是，你是恨阿果和夏医生不死吧！”

沙马依葛恨声道：“只恨夏觉仁一人不死！滚出凉山也可以接受！”拍她的肩，亲热地说：“我可不会放你走，想要夏医生家的热闹有趣味，得和你这样一个知根知底的伙伴分享啊！”

此刻，俞秀再度表示，沙马依葛自己享受那所谓的趣味去吧，站在街头偷窥阿果家也好，躲在街心公园策动阿果离婚也好，自己绝不再干。今天是最后一次。

沙马依葛取下头上裹着的方巾，抖抖，再掸掸俞秀头上的落雪，紧盯她的眼睛说：“清醒得比我预想得快，不嫉妒阿果了。就是好朋友，她有你没有，也是毒啊！”

俞秀扒拉开她，舒口气说：“管好你自己吧，你才是大毒药！”

一抬头，曲尼阿果的房东婆婆捏着钱已经到了她们跟前，问：“哪个叫俞秀？”听见是她，递过钱来说：“曲尼阿果让你帮她买五瓶泸州老窖，家里来老辈子了。”

老辈子

诊所果然和诊室不同，索玛诊所租用了房东家的门厅，方正，面积近三十平方米，四面刷白，房梁高悬，屋顶换上两组亮瓦，前后有窗，高敞、明亮。

谁想得到，不过两年，凉山西昌合并，索玛诊所也随着搬到西昌，巧的是租的也是东街的民房，不过是西昌的东街。这是后话。

诊所里来苏水味混杂着更强烈的旱烟和饭菜味，当中的一盆冈炭火正旺。为了曲尼家的这些不速之客，索玛诊所初张之日的午后，病人被悉数请走，小海也被打发去了俞秀家。

曲尼家的老辈子们吧嗒着旱烟嘴，拿起这个药盒那个药瓶摇一摇或者拧开盖子闻一闻，再有拉开消毒柜张望的，甚或摸摸手术刀、镊子的，一派天真，其实是不在乎。他们也不会在乎夏医生，只会倚老卖老，舌头像安了弹簧似的，把自己完全倾向于阿可的仲裁者角色扮演好。俞秀不觉同情起夏觉仁来。

曲尼阿果打发她买酒，自己却不在家。当然，她何必旁听老辈子们可能对夏觉仁的滔滔声讨，那不是打自己的脸吗！俞秀替她想到，也为自己竟然和沙马依葛结成狼狈一族，羞愧不已。

很快，她发现自己还成了须臾不能离开的添酒的女人。

夏医生坐在诊所角落的矮凳上，平视前方，两手搁在大腿上，规矩得很，瞄见她拎着“泸州老窖”进来也只欠了欠屁股，阿可示意她取只搪瓷碗倒酒给老辈子喝。

曲尼家的五位老辈子，加上阿可，六位，围坐在炭火边，自成一圈，喝转转酒，主要是长辈们在喝，阿可传酒。

两三轮过去，其中的一位老辈子发话了，他让阿可把火钳递给他，他夹块燃炭点旱烟。伴随着火钳在铁火盆上的磕碰、木炭的爆响，他说，缓声慢气：“夏医生啊……”他所在的圆圈在他和夏觉仁之间自然裂开一个空隙，让他能直接面对夏觉仁，轮到另一个人时也如此，所以，夏觉仁得转着身子聆听来自不同方向的老辈子说话。

他表达的是夏医生是一位值得他们尊敬的人，“作为医生，救活了好多人，跌破脑壳、摔断腿胳膊的都不算啥，肚子胸口里头哪里烂了，也能帮着取出来丢掉。我们山上毕摩家的女儿就是肚子里头长了个坏东西，吃不得喝不得，毕摩自己给她熬草药喝，打牛杀羊送鬼，都不管用，觉得都没希望了，听说你拿把刚才我在那边柜子里看见的小刀刀一下就把她肚子里的坏东西剜掉，她又活了过来。真是神医一个。”其他人安静地抿口传到自己跟前的酒，再递给下一位，至多点点脑袋，不插话。“但是呢，”话锋一转，“作为一个当家男人你却不值得我们尊敬，”夏觉仁凹胸、低头，“你做的事情啊，太丑，我当长辈的害羞，说不出来，说出来也怕脏了自己的嘴。你是汉人，我们彝人的规矩你可能不懂，我们是一个人干的丑事，丢的是大家的脸，所以呢，你别怪我们来打搅你难为你哦！再有一点呢，我听说你家也是汉人里的硬骨头，有钱有势，我们有句老话说，老虎的祖先漂亮，它的孙孙也漂亮；乌鸦的祖先漆黑，它的孙孙也漆黑。我这个老黑彝的话，你该听得懂吧！”

夏觉仁抬头点头又低头。

“那么我就来问你，你一个月收入多少呢？现在公家也不给你发工资了，估计你也没得多少钱吧？”

夏觉仁报了个数字，他们朝前一凑，聚拢在火盆边，不怕热，窃窃私语。然后，由另一位通报他们讨论的内容。他们替夏觉仁算了笔账：有两个娃儿要养活，学费生活费，开销不小，在上海读书的女儿大学二年级，有盼头了。哦，过两年还得准备嫁妆。“夏医生你还是不宽裕啊！不过呢，你要想明白，老树伐倒小树丛丛生，娃娃们自有他们的福气，你要操心的呢，是给阿果娘家的赔偿金如果少了，人家会笑话曲尼家的老辈子面子和蚂蚁蚊子的一样大，不值钱，你说以后我们出外玩耍、喝酒咋好意思和人家说笑嘛！再一点也要给你说清楚，赔偿金拿到手后由阿可帮着保管，当然，常有娘家爹爹兄弟花光赔偿金的事，花一点是允许的，毕竟娘家爹爹兄弟操了心费了力，连我们这些老辈子也跟着忙呢。这不，放下家里的活路跑到这儿来费口舌，恼火哦！”

好一阵停顿，阿可赶紧招呼俞秀续酒、续酒。

静默地又喝了两巡，负责通报的老辈子可能忘了之前讲到哪里了，上来就报数字，赔偿金，占夏觉仁总收入的一半，以十年计算。这让他有点赧然，扭捏道：这是我们合计的。拿指头乱点一通，“如果多了呢，夏医生你可以反对，我们再商量。”

夏觉仁照单全收，只是付款的时间请他们允许他分两年付清。

他们互相看看，没有不同的意见，点头，一致同意。有一位用彝话嘀咕了几句，负责通报的这位老辈子赶紧道：

“哎呀，赔偿金的话刚才没说完。娘家爹爹兄弟，包括我们这些老辈子用是可以用一点，但多数存起来，等离婚的女儿再嫁时做嫁妆。夏医生，你别觉得可惜，这些钱阿果再嫁人的话都是她的，本来你也对不起她嘛。”

夏觉仁大梦方醒，原来赔偿金的前提是让他和曲尼阿果离婚。

他先叫阿可，没回应，再喊俞秀，昂首又是两声阿果、阿果，人已然蹦起来，“不是这样的规矩，”他嚷道：“我打听到的是，只要付了赔偿金，是可以不离婚的。到死那一刻，阿果都是我老婆，你们要把她嫁给谁？她都没和我离婚，怎么嫁？违反婚姻法，以为国家不制裁你们吗？”

难怪他胸有成竹的样儿，原来提前做了功课！俞秀想，一边把他拽来重新坐下，一位老辈子黧黑的脸冲着他开说：“你既提到婚姻法，那上面难道允许你乱搞吗？婚姻法要制裁的是你不是我们！”

夏觉仁撑起身，决然道：“要打要杀凭你们，要我离婚，不如我死给你们！”用的全是凉山女人被逼无奈的话语，也确实敢说敢做！

旧事牵扯

1. 双扇大门哐当一响，曲尼阿果出现在门口，满是雪花，瞥眼阿可说：

“长大了哦，开始主持曲尼家内外的各种事情了，索玛、小海以后有靠了。”

不等阿可反应，又说：“你把老辈子们哄来围着人家夏医生孤单单的一个人耍嘴皮子，欺负老实人，不怕传出去让人笑掉大牙啊！”

“树活皮人活脸，三姐，我快被你气死。难怪俞秀姐躲你呢，朋友都不想和你做了。”求助地看俞秀看老辈子们。

短暂的尴尬过后，老辈子们比俞秀还淡定，如常的喝酒姿态：酒碗轻放轻取，抿一口，以指揩去碗边自己可能留下的唇迹，再往下传，不交流，不对眼神，不再对夏觉仁和曲尼阿果的纠葛发声。

阿可策划的“既成事实”破产后，又打着母亲的旗号，甚至把少有走动的大姐也发动起来，劝三姐离婚，都不奏效。索玛每个假期回来，都拿这事找舅舅说理，斥他不是封建脑袋，是奴隶制脑袋，也让他招架不住。

两年后，西昌成了凉山的首府，索玛诊所迁来该地后，一个小时的车程，又有火车连接，正好方便阿可的朋友打着他的旗号找他姐夫看病。回头告诉阿可，你家姐夫好客气，听我说是你的朋友，给正在看的带着跟班、领导模样的病人道个歉，先来安顿我们，我家爹的手术也是他亲手做的，我们来去他都起立相迎相送，搞得我们太不好意思了。小舅子你的面子比天大啊。阿可嘴上虚应着，心里实骂夏觉仁狡猾，大概就是这样给他三姐灌的迷魂汤。

真该找苏尼做个迷信，把可能附在三姐身上的迷魂鬼捉掉！

也就想一想而已。他们见面的次数，一年最多两次，一次过彝年，一次过火把节，夏觉仁还都在场。夏觉仁在不在场并不重要，主要是阿可连话都找不到机会和他三姐说。他三姐有意也确实没工夫搭理他，在乌尔山的家里，和夏觉仁一起，尽忙着照顾饱受心脏病折磨的妈妈了。

他也不理睬俞秀，不在于俞秀不再帮他的忙，而是他发现“俞秀姐姐，你居然和我三姐的敌人沙马依葛暗地搞阴谋”，女人何以如此，包括他三姐的坚决不离婚，不是他想得明白的，他也不打算费那个神了。

俞秀却不放过他，碰巧在西昌名气最盛的米粉店遇上他，把他拉一边告诉他：“你家三姐不离婚是因为不想让我们称心。”

“俞秀姐姐，这都是四五年前的烂芝麻了，你觉得还有意思吗？”

“我不是自打你招来那帮老辈子闹腾以后再没见过你吗？都那么长时间了呀！”

可不是吗，木勇当兵回来在公安系统上班都两年了，木山和小海大学二年级。还是人家索玛有出息，大学还没毕业就拿到美国啥大学的奖金，已经在那里读了三年的研究生。和曲尼阿果开玩笑，“万一找个黄头发绿眼睛的老外回来咋办啊！”忘乎所以：

“那就不是你家我家这样的杂交品种可比的了。”

气得曲尼阿果又想和她断交。赶紧讨饶，让原谅她这个退休人员。

她就着参加工作三十年可以提前退休的政策，拿了三千元的安家费，是他们中第一个退休的。

她沾沾自喜地说，即便当过地级干部的老婆，虽是副的，那也算享受过荣华富贵，但无论如何也改变不了她的农民本性。一拿到退休安置费，再凑上几个钱，就在当年她和木略、沙马依葛和吴升举行过集体婚礼的小李村买了一个农家小院，知道宅基地买卖不合法也不怵。买下来，前边后边使劲蚕食，不是拿来养鸭子喂鸡，就是拿来种果蔬，小李村四围的邛海有的是滋养活物的水。经她的手，稀罕的如百香果、无花果这样的热带水果都能丰收。异想天开，还引进过不知道哪里传来的据说营养新概念的肉蛆。那些东西肉滚滚的，楼上楼下还园子里，到处蠕动，恶心得惊吓得朋友们有段时间都不愿意进她家的门了。

夏觉仁两口子是她的常客，尤其曲尼阿果，她在一个农村服务协会工作，却很少去半山或高山上为农民服务，不是因为年纪大，跑不动，而是年轻一代的男子少有在家务农的。留在家里的老人妇孺，地里的农活都忙不过来，哪有时间和体力抬运蜂箱。

她还在养蜂，俞秀的园子里也放着三箱子，安宁河坝子的暖和气候让小李村一年四季都有花开。在娘家的乌尔山上也散着几只蜂箱，她回去看顾母亲时都会去甩回几罐蜂蜜来。

乌尔山上的年轻人也没有跟她学养蜂的，“靠嗡嗡的蜜蜂儿挣钱，啊啵，人都等老了，也挣不来，喝酒都不够。”他们说。

一觉醒来，再没人喊这些昔日的社员出工收工，拿工分当钱当粮食来束缚他们，还有开会学习这个精神那个政策，又专门组织他们农闲时排演文艺节目、开展体育活动，发杆部队淘汰的步枪，都不填子弹，训练他们喊口令拼刺刀……开始还不适应，老围着队部转圈圈，后来发现生产队长都带头跑城里找活干去了，三三两两的也出了门。外头没人干涉他们，空气甜香得吞一口下去，肚子就饱了。山下汉人的饭菜已很讲究，再远点的乐山、成都吃得才细致，鸭舌头鹅肠子也收拾出来吃，作料无非辣椒花椒，撒上撮糖，浇两勺熟油，并不特别，但香得舌头都在跳舞。地又平展又宽大，哪像我们的地盘出门就见山。热怕啥嘛，蹭在火车站候车室睡觉先有风扇后来有些地方还安了空调，比我们这山上还凉快点。

每次回家，曲尼阿果都要带回一些乌尔山的消息来，年轻人一拨一拨流失得最多，连小学刚毕业的也跟上跑了。这不是乌尔山的孤例，整个凉山的情况都如此。

让他们读书考学，他们中有喊曲尼阿果姑姑的有喊奶奶的，就说，好难的事，彝话变汉话再变成汉文，跟着老师学，不如天南地北地跑着跑着，汉文不敢说，汉话自然就会了，四川话算啥，普通话都说得来，广东话福建话也能冒几句给你听。又说，外头好吃好耍，没得钱用，钻进蚂蚁子一样多的人里，摸包包，被发现当小偷打，没相干的人也来打，下手再狠，又打不死；要不拿根竹竿竿把人家晾在带护栏阳台里的衣服挑出来卖；扒火车来钱最多，守在坡道边，火车突突爬得费力慢下来时，跳上去掀东西，掀着啥算啥，云南的烟酒来钱最快，电器没用，目标大，不好出手，放在山上的家里，没电的地方多，只能用来装苞谷洋芋。扒火车风险大，警察越来越凶，掌握的情况多了嘛，抓住的风险大，慢慢的，也不敢扒了，火车头换机器了，是不是坡道都跑得飞快，这个那个摔死掉的消息时有传来。

他们说，火车扒不成，可以干别的事，外边世界大，又不认得自己，就是干了越轨的事也不担心丢人。

“人家认不得你，你也认不得人家啊！只能在城市的边边角角偷鸡摸狗，拣垃圾，混天度日，养一身的懒毛病、二流子习气。”木略每每听说，都要破口大骂，听众多是他老婆或者曲尼阿果、夏觉仁。

退居二线后，他说的话再切中要害再精彩，单位的人都觉得他在发牢骚。比如他撸袖子露胳膊捏拳头，说要去远到乐山、成都、重庆，甚至东北、广州把败坏彝人名声的娃娃抓回来示众，单位的年轻人客气地让他不如先去西昌街头抓几个来给他们看。这种时候，木略就无比地怀念集体化时代，组织说话哪个敢不听，现在组织隐身还是怎么了，不见派人来管这些傻娃儿。

无能为力之下，他会咕噜几句他的老主子、吉黑哈则家爹的好话，说他辖制下的百姓、娃子都被他调理得服服帖帖的。时不时地梦见老主子小主子，又哭又笑，惊醒或者被俞秀摇醒，只记得主子们模糊的脸面。每当彼时，少不了要辆车，或者木勇有闲开车，送他回老家去转一圈。

在他的老家，他自己的亲戚一个没剩，认得的只是前主子的孙子一家。他给他们捎东带西，见吉黑哈则的孙子走村串户卖百货，还凑钱帮他买了辆手扶拖拉机。不过在木勇看来，他们未必领他爹的情，还当你是娃子进贡呢，他笑话自己的爹说。

这个本来在勤劳致富的孙子后来怎么会吸食进而注射海洛因，一般说吃毒，木略百思不得其解。

木勇在新成立的缉毒组工作，给他的理由是无知，不知道海洛因的凶险，还当是旧社会的鸦片呢！老话不是说，鸦片是黑彝和土司的糖吗！黑彝、土司霸道时他们尝不到，解放、民改后鸦片长啥模样木勇说自己都不晓得，电影里看来的也都是汉族恶霸地主资本家和妓女、国民党的兵在吸，拿杆大烟枪，有气无力地靠在烟榻上，哪晓得凉山上有人一直当经济作物在自己的红壤土地上种到解放，拿来换枪换子弹换吃喝，兵强力壮，锋芒所向，不仅自己的族人，同处一地的汉人，周边各族，连省府都深为忌惮。

同在一旁接受缉毒组员普及毒品知识的夏觉仁不免轻戳木略的腰窝，“这就是鸦片经济啊，你不懂吧！”悄声：“民改前你也是当糖在吃吧，和今天那些无知的年轻人一样。”

木略驳道，他吃过的和烟叶子差不多，现在的你没看见吗，白粉粉。称自己对鸦片叶子之所以产生了短暂的小瘾头，在于奴隶的命运悲苦。夏觉仁说：

“那些生活在城市边缘的年轻人，他们的命运又好到哪里去了，语言不通，没有技术，从小洋芋荞面粑粑，体力有限，交际只能找自己人耍，不苦吗！”

夏觉仁的话引来木勇的批评，指他父亲，关系到自己都是借口，对别人就是不讲方式方法的管和抓，既然那么想管，就应该管到底，要穷一起穷，要富一起富，干吗把连商品意识都没有又毫无积累的人，凭空扔到市场经济里去不管不顾啊！

木略指责木勇观点偏颇，却也自豪，经常说：“我家木勇啊，要是受过大学教育的话，都可以当理论家了。”

2. 这一天曲尼阿果给俞秀电话，讨几个新鲜的鸭蛋吃。特别问木略在下边吗？上边是他们在城里的家，木略因为还在上班，一般都住上边。正好在。曲尼阿果就说，夏觉仁和她一起来。

木略建议打几圈麻将。

他们都没打麻将的瘾，曲尼阿果才学会，常常不是少牌就是多牌，反正奔着荒牌而去，主要还是为了聊天无避讳。

三言两句，木略又开始夸他的木勇具备理论家的潜质。

曲尼阿果也跟着夸木勇还具备领导才能和做人的良心，因为他说不该放弃那些流落在城市边缘的年轻人，应该负责任地把他们管起来。

由此，她想到了“新叛”时曾帮助过她家的石哈。

石哈的名字，时隔十数年，仍能调动夏觉仁和木略的各路神经，两人急速地对了下眼神，木略老练，复归平静，夏觉仁却坐立不安，不时小心地觑曲尼阿果。

曲尼阿果要说的是，石哈多造孽啊，他儿子因为扒火车偷物资被判了三年刑，老婆年前为够长到小河里的一个南瓜掉水里淹死了，他比我只大两岁，老病得牙都掉光了，生活苦得很。下面才是她的正题，她说：

“石哈也是‘新叛’的间接受害者，比夏医生直接，能不能管管他，找有关部门给他点补偿啊，哪怕分月给几个钱呢，起码让他看病不愁吧。”

木略说：“难怪，你不操心夏医生复职的事了！”

“夏医生现在和复职有啥区别，按时在五医院上下班，工资由五医院开，他的索玛诊所成了五医院的街头医疗服务站，财务也早就交给五医院了。”

“那不是你想要夏医生复职计划内的事吗！当时我坚决反对夏医生回五医院坐诊，我说夏医生是地区树立的改革开放排头兵的一员，诊所迁来西昌后发展的势头多猛啊，夏医生香港的两个哥哥支持的力度多大啊，培训医生、赠送药品器械，再搞两年都可以改医院了。你咋回答我的，势利得很，居然说：排头兵管啥用，应景的还差不多。后来我感觉你的做法很像是下棋时丢车保帅那一招，还和俞秀夸你确实变聪明了，用诊所来换夏医生的复职和名誉。事情好不容易做到这分儿上，五医院的院长前两天找我商量说，不如先让夏医生复职，然后再谈恢复名誉的事，我当场就拒绝了，说名誉恢复在前复职可以在后。你现在又是演的哪一出戏，真是变化无常！”

“此一时彼一时嘛，”夏觉仁接嘴说：“当年那个和我一批当典型的钟表修理店的知青，后来看书和挂历卖钱，改当书商了；又看药品比书更赚钱，已经开两家药店了，常来纠缠我买这个那个新药，最近又不知和香港还是广州的投资商勾兑，要找政府协调开发小水电站。”

“瞎扯啥，都搭不上，”木略拿起一块麻将牌敲敲桌面，不满地说。转而道：

“夏医生，你是不是认为我退居二线，被淘汰了，就不值得尊敬啰！”

“都不晓得多尊敬了你几年，木略主任，要按你的真实年龄，你五六年前就该被淘汰了。”

“顶撞我家木略你倒机灵，一次不落!”俞秀干涉说：“对我对别人也一样，只要和阿果有关，你就是这个态度。老实告诉你，因为你，我差点和阿果做不成朋友了。那年，你偷拍阿果回来，多大的恩惠似的，给我也拍了两张，一边夸她贬我，也不想想，阿果正眼都不瞧你时谁在安慰你，当你的垃圾桶，听你那些说给阿果的肉麻话，还给你送吃的喝的。所以，我才会被沙马依葛利用，挑动阿可让你们离婚！哦，我提到沙马依葛了，犯忌吗?”俞秀挑衅道，这边那边地瞅曲尼阿果和夏觉仁。

一阵静默，曲尼阿果说：“看来听来你们都晓得石哈这个人，也晓得夏医生向当时的木略县长告密那件事，要不干吗这个打岔那个扯闲篇，硬是不让我说石哈的事。”

木略捻着手里的麻将牌：“你今天不是来要鸭蛋，是专门为石哈的事来的吧!”

“鸭蛋也想要，”曲尼阿果说，“可没想到石哈的事让你们这么反感，我都没提，也不打算为他平反的事奔波，只想和你们商量怎么才能够帮到他。”

“你说的补偿金不平反不恢复名誉哪能到手啊?”木略为难道。

曲尼阿果：“那就帮他恢复名誉啊，当时他是乌尔生产队的队长，说起来，他老婆是生产队的妇联主任，因为帮助我家，丧失了阶级立场，和石哈的队长职务一块儿被撤了，她是不是也有平反、补偿的可能啊?”

“你还是要闹着为他，还有他老婆喊冤啊!”木略叹口气。

“我家爸爸，新叛的首恶分子，多大的冤都伸了，石哈这事当时肯定不小心给漏掉了，现在弥补不是也来得及吗？夏医生恢复名誉、复职的事七八年了，不是还在进行中吗?”曲尼阿果理直气壮。

“我晓得你善良，想要改变石哈的穷困生活，但像你说的，既然已经漏掉了，就别去揭盖子，我们来想想咋给石哈申请点钱吧。五保户，不行，儿子又没死，在监狱，不止这一个吧，还有女儿吧?”

曲尼阿果点头再点头，木略又说：“贫困救济款呢？你去民政上了解一下到底有哪些救济款是我们可以操作的？”

“石哈是乞丐吗，你要这么污辱他！要不就是我是个笨蛋，你可以这么糊弄我！”曲尼阿果嚷起来，“夏医生做了啥好事，还要为他恢复名誉……不是他造谣说石哈丧失阶级立场，帮助新叛的黑彝奴隶主，石哈不会落得这个下场！”

“阿果啊，”木略说，“你要说那是谣言的话，也是我造的，不关夏医生的事。”

俞秀插话：“夏医生，看你紧张得脸发白，一脑门子的汗，快喘不上来气了吧，你干脆去邛海边走几步，呼吸点新鲜空气再回来！”

“就晓得你们只同情夏医生一人！夏医生，你敢走一步试试！”

夏觉仁本没打算离开，反而起身立在曲尼阿果一侧说：“阿果，我不复职了，就当是石哈的事对我的惩罚吧。”

“光是这么一个惩罚哪里够，还有沙马依葛的事呢！俞秀，你竟然胡说夏医生和沙马依葛至多算擦枪走火！”

话到后边，哭声已起。

乌尔山上

1. 曲尼阿果和夏觉仁相跟着离开一会儿后，夏觉仁居然又出现在门口，屋外明亮的天空衬得他模糊如影子一般，他双手贴着大腿两侧，恭恭敬敬地给木略和俞秀鞠了一躬，请他们继续担待阿果和他，“大人大量”，这才离去。

一个月以后，听说曲尼阿果也办了提前退休的手续，回乌尔山照顾母亲去了。木略就指使俞秀去找夏觉仁来他们在小李村的家耍，没找到人，听说参加巡回医疗队走十来天了。

木略其实是想问夏觉仁为啥要给他鞠躬，就像和死人告别。俞秀说，和死人告别是三鞠躬。木略说，一鞠躬那就是在和活人告别。

巡回医疗队回来了，夏觉仁却没回来，虽然不在编制内，是被开除的人，但他在五医院的作用暂时无可替代，等着他来手术的病人已排到十一位。院长找领队问情况，领队想一想，觉得夏医生是有所蓄谋的，因为他带的行李不像是为巡回医疗准备的，两个皮箱子，有一个高过了我的腰，领队说，他是位一米八的大汉。大箱小箱，大家以为夏医生顺路孝敬老婆娘家吧，年轻人还积极地帮他搬上抬下。果然，连人带行李，留在了乌尔山。那里正是他老婆的娘家。医疗队按计划，还有两个乡需要巡回。

他们说这话时，夏觉仁在一个叫安特乌布的护林员的帮助下，在阿果娘家的后山上搭了间木棚子。

安特乌布认识他，“因为你给我家老二做过手术，他三岁那年，就在县医院，那次来了好几个大医生，还有省里的。”夏觉仁记不得，他就在裆部比划了一下，“就是这里嘛，我家老二，他雀雀上的蛋少了一个，你给他找出来了。”夏觉仁笑问，那孩子咋样了？“都生了两个小崽儿了，”他说，“当时还担心长大后生不出娃儿呢！”

安特乌布更知道他是曲尼家的三女婿，“但你为啥不住在他家呢？”

“没得面子，女婿住丈人家。”

安特乌布自告奋勇，要帮他在阿果娘家边上找房子。他说，乌尔山的住家退耕还林后响应政府号召，拿上补偿金、安家费，便宜卖了房子，往下搬了不少，县城，甚至西昌都有搬去的。但更高山上的人也在往下迁，加之水电站移民，乌尔山搬来不少人家。“比起他们的山，乌尔山就是这个。”安特乌布翘了下无名指。

夏觉仁谢谢他为自己找房子的好意，称住在丈人的后山上能随时打望他老婆。他让安特乌布如果碰见在山上放蜂的曲尼阿果，暂时替他保密。

安特乌布听他一会儿彝话一会儿汉话，亲近感倍增，就问他为啥呢？只好回答得罪老婆了。

又问：“不会是有女人吧？”

“没有，这么大年纪了。”

安特乌布自以为聪明地冲他挤挤眼：“夏医生你可没那么老，再说你们汉男人显年轻，

看你脸皮薄薄的，还白净。你呀，一定是有女人了，来求饶的吧？哎哟，你们汉男人说给女人下跪就下跪，羞死人！”

夏觉仁由他随意想象，只但愿他别马上向曲尼阿果透露他在这

儿安营扎寨。

在春天剩下的时间里，他和安特乌布还来得及辟出一块儿地来种草药，直接移栽天麻、三七、党参，也间种洋芋、小白菜和葱蒜姜。

稍有时间，夏觉仁便爬在山沿俯瞰曲尼阿果的娘家。看得见的是铺着木板压着石头的房顶，红土夯的墙，堆着柴火，还各有一棵核桃树和花红树的院子。所有的景物都像在井底，漂浮、柔弱，连枝叶伸张、遮蔽了半个院子的核桃树都似能手握，更别提穿行的人，蚂蚁一般。多数时间只有一位，曲尼阿果而已。

根本不用担心曲尼阿果发现他，从她所在的院子望得见的只有山尖的几朵白云。没有云时，就是青天和闪亮的星宿。

2. 他约定的乡卫生所的阿依大夫已经来给岳母做过三次检查了，半个月一次，兼配送药物。阿依大夫曾在五医院跟他实习过，比较熟。头一回来阿果娘家，还辛苦地爬到他的窝棚喝了杯茶，诧异杯子的精致，青绿，油润，恰好手握。夏觉仁告诉是阿果喜爱的东西，合适时会给她送下去的。

每一回的检查结果他都看，再调整病人的用药，和阿依大夫约在石哈家旁边的野杏树林外。这是阿依大夫给石哈做完检查后的必经之路。

阿依大夫不是白干，他们采取的是换工制，每周一天他去乡卫生所给病人看病；碰上棘手的、又不能移动的病人时，他得听卫生所的召唤，第一时间赶过去；他还会跟着卫生所的大夫出诊。这都是事前商量好的。

有时，他会带上卫生所的病案去县医院找内科大夫咨询。反过来，县医院也会麻烦他为病人做手术，偶尔，五医院也会来人请他去参加会诊。所以，他在乌尔山上的时间并不多。

其中一次，他带去一份吸毒者的血样。这位叫拉合的吸毒者胳膊、脚肚子上密密麻麻的都是针眼，而且高烧不退，神智也模糊了。夏觉仁怀疑他体内暗藏的艾滋病病毒爆发了。此前，另一个县已有艾滋病病毒携带者死亡的消息传来。

送拉合来卫生所的是他所属家支的几位长辈，他的父母亲反而成了陪衬。他们都是一副听天由命的表情，诉说拉合连着昏过去了好几回，他们都以为他已经死了，可他喉咙里咕噜噜响，又活转来了。有一次，他还吐，竟然有力气把肚子里的渣渣脑脑喷到天花板，他们想也许还有救，眼跟前不就有一位大医生吗？

问他们："拉合是不是用头撞墙了，还是你们不小心打他的脑壳了？"

这些民间人士最近在家支范围内发起了强制戒毒活动，动手捶几下那些不服管教的戒毒者是常有的事。"不下狠手不行啊，"其中一位说，"要不然，家支这一代的年轻男人就要死光光了。"

他们请夏医生下回有话直接说，别客气地绕弯子，"不小心"的话再别挂在嘴上，既然是我们彝家的女婿，又是我们难得一见的大医生，我们不怕羞。

"没有人打拉合的脑壳，"那位说，"拉合他兄弟和舅子几个五天前把他从成都抬回来时他就是蔫的，好不容易下肚的嫩苞谷糊糊、连渣豆浆，还是我们撬开牙齿灌的，后来只能抿点他家妈妈抹在他嘴巴上的蜂糖水。造孽哦！小时候是我们寨子里最能打架的一个，吃毒后就只有人家打他、抢他的东西了！"

问他："夏医生，你要救不活他，最低限度能给他打个睡觉的针不，你看他，眼睛半睁半闭，回来这五天就没睡着过。"

卫生所的一位大夫抢话："还用得着啥安眠针哦，看不出来他在掴气，往死路上走着吗？已经没有睡不着觉的痛苦了，疼也没感觉。"

一位长辈当即驳斥那位大夫："他的身体没感觉了，他的魂有感觉啊！总有一天你会感觉到这个滋味的。"

拉合的妈妈以手当扇，不停地在儿子脸上扇着，赶苍蝇赶蚊子，低低地和儿子说着话，欢迎他回家，要死也宁肯他死在家门口，再别乱跑了。说他十七岁初中毕业跑到现在二十五岁了，中间就回来娶了个老婆，生了个娃儿，算起来在家的时间不到一年，“妈妈把你想得来不敢看年年开的索玛花了。索玛花都晓得一年开过来年再开，你一年一年的不回家来，妈妈快忘记你的长相了！”又让他老婆把三岁的女儿抱来给他看，捏着那小娃娃的手，摸一摸爸爸的脸。说他连个儿子都没留下，断了根根啊！

尽管认定拉合已经在死路上走着了，家支的长辈们仍决定请毕摩给拉合“干个迷信”，赶走拉合身体里骗他缠他吃毒的鬼，让他死也死得舒服点，“看他嘛，在挣命呢！”他们说。

他们的另一个用意是训诫家支里的其他年轻人，指点着告诉夏觉仁：“那个黑皮皮绷在凹着两个坑的脸上，腿、胳膊柴棍子一样的娃儿，敢说没吃毒！”

那一天，先在卫生所的院子里摆上一圈蓝花瓷碗，在太阳出山的清凉里划破几只鸡的脖子，再把血滴答在盛满白酒的碗里，看着那点点的红丝丝缕缕地散开去，听着毕摩的念经声，更多的是劝导、吓唬，然后让端起酒来，一起诅咒发誓，如果吃毒，如果吃毒不戒，人死，留下的魂，火葬地不留，家回不成，桃花艳艳的祖灵地去不了！就是死也不安生，像拉合，吊着口气在喉咙里，苦苦煎熬。

2. 阿依大夫和安特乌布分别向夏觉仁报告，阿果百分之百晓得你躲在我们身后，指使我们了。曲尼阿果当然要问阿依大夫为啥来给她家妈，包括给石哈看病，还那么勤，得到的回答是夏医生拜托的。

阿依大夫已经够奇怪的，安特乌布还常来她家送吃喝，日常的米面蔬菜，特殊的保健品、营养品，有时候是衣服，也有石哈的一份，还有索玛从美国寄来的治疗心脏病的药，给曲尼阿果的葡萄籽胶囊、鱼油。再一次，竟然是曲尼阿果喜欢的两只瓷杯。

更奇怪的是，有病人上门来找夏医生看病，告诉他们夏医生在西昌，不相信，让她何必隐瞒，大家都晓得的事。为此，乌尔山热闹了不少。

阿依和安特乌布的判断是，阿果故意不拆穿你，想你给她家妈还有乌尔山上的其他人看病。安特乌布更说，连他都舍不得夏医生你走了。

曲尼阿果的想法不用去猜，只要能看到她，夏觉仁的心就是安宁的。他也没打算把自己隐藏起来，他只是想不受阿果可能的干扰，先把自己安顿下来，在乌尔山上，然后等候阿果。

他担心的干扰是曲尼阿果会派一个或几个亲戚，比如可怕的老辈子，来赶他离开乌尔山。她临走给他留了一页纸，像最后通牒，其中有句话就是："别来找我"。她宣布和他断绝夫妻关系，因为没有结婚证，所以不用找组织或者法院办离婚，自己分开就行了。还说，她写过字的这页纸算是他们的离婚凭据。

这是页十六开的信笺纸，起首是夏医生，落款是曲尼阿果，中间四行不到，歪歪扭扭，分手的理由写的是"讨厌你了"，真让他不想笑都难，一边随手在谐音汉字曲尼阿果前，标注上他唯一会的彝文字："曲尼阿果"。

随着时间的推移，他开始巴望曲尼阿果已经在他出门时光顾过他的木棚了。每次归途上他都想在木棚里堵住曲尼阿果——正好在给她做饭，像田螺姑娘，然后把她的壳藏起来，她就只得留下来陪他过日子了。回到木棚，先打量可能的变化，比如他离开时故意放错位置的碗筷、书、两只等着曲尼阿果来喝龙井的茶杯，没有叠的被子，可惜可供设计的东西太少。结果，即便有变化也都出自安特乌布之手，不免气恼！

安特乌布这个护林员，从家里捎点荞麦面来，就认为可以和他共享一切了，大张旗鼓地调奶粉喝、翻点心糖果吃，倒头还在他的铺上睡大觉。可让他去阿果娘家办点事吧，不断推脱，称自己忙得很，竟说：“夏医生，你已经暴露了，自己去嘛，我猜你两个早都碰过头，睡都睡过了吧！”

他确实抽不出空来，在夏觉仁的指导下，晾晒各种采来挖来，包括夏觉仁种的三七、党参等草药，再分好等级背到山下去卖给药材公司，也卖给外地来的商人，能挣不少钱。手气不错，松茸、鸡枞想捡多少有多少，猎物打得也很顺手，但除了野兔、雉鸡、斑鸠，香獐子不敢打了不说，夏医生告诫野猪也不能打，被保护起来了。

自己去就自己去，有阿依大夫做内应，趁着曲尼阿果上县城采购，夏觉仁前去给岳母量血压听心音何止三两次。

也碰到过曲尼阿果，一拐弯，那些土墙房子到处都是墙角，阿果过来了，赶紧缩回来。又一回竟然紧贴着墙，让阿果和她同行的石哈先过去，巷道窄嘛。石哈招呼他，干脆没应声。

山坡上那次，专门堵上曲尼阿果，却说不出话来。曲尼阿果又甩得了几罐蜂蜜，装篮子里挎在胳膊上，篮底卡在腰间借力，头颈端正，面貌从容，快从他身边过去了，赶紧说：“复职批下来了……”

曲尼阿果不吱声，来打听夏医生什么时候回地区的却络绎不绝，连木略的代表木勇都随着在省里工作的小海来了，个个声言，好事传千里嘛，要求杀猪宰羊摆酒他们也要凑份子。

没有宴席，夏医生也没有离开乌尔山，还是老样儿，也挖也种草药，也给人看病，县医院，连地区五医院，一年不晓得要往返多少回。都不多待，三天两天，由接他去的小汽车再送回来，只能送到乌尔山下，自己爬上来，中途要经过曲尼阿果的娘家，还是绕道。

众人议论，他两位肯定再而三地撞上过，巴掌大的地方，抬头不见低头见。但谁也没有证据，闲嚼舌头而已。撞上又如何，一个碗里吃饭、一张床上睡觉也不奇怪，人家本来就是夫妻嘛，只不过因为害羞，不好意思弄风播雨，四下张扬！暗地里投桃报李，也在你来我去，比如说，夏医生木棚子下边那棵青冈树，曲尼阿果有上好的蜂蜜就会挂一陶罐在枝杈上。风吹着，当当当，敲着树干响呢。等到听不见响声，你们再去看，陶罐换成布袋，里面装的不是夏医生新采的松茸、鸡枞，便是晒干的当归、天麻，还常挂只山鸡、野兔，再不然，半爿野羊子。